普通高等教育"九五"国家教育部重点教材

普通高等院校汉语言文学专业规划教材

中国民间文学

（修订版）

李惠芳　著

WUHAN UNIVERSITY PRESS
武汉大学出版社

图书在版编目(CIP)数据

中国民间文学/李惠芳著．—武汉：武汉大学出版社，1999.8(2023.6重印)
普通高等教育"九五"国家教育部重点教材
ISBN 978-7-307-02818-0

Ⅰ.中…　Ⅱ.李…　Ⅲ.民间文学—中国—教材　Ⅳ.I207.7

中国版本图书馆 CIP 数据核字(1999)第 47103 号

责任编辑:詹　蜜　　责任校对:汪欣怡　　版式设计:马　佳

出版发行：**武汉大学出版社**　(430072　武昌　珞珈山)
(电子邮箱：cbs22@whu.edu.cn　网址：www.wdp.com.cn)
印刷:武汉中科兴业印务有限公司
开本:720×1000　1/16　印张:15　字数:268 千字　插页:1
版次:1999 年 8 月第 1 版　2023 年 6 月第 24 次印刷
ISBN 978-7-307-02818-0/I・211　定价:29.00 元

目　录

引言：在世界民间文学研究的坐标系上

“中国民间文学”，是汉语言文学专业的基础理论课。一般称之为“民间文学概论”或“民间文学基本原理”。它的主要任务是通过对民间文学基本知识、基本理论的学习，了解民间文学的本质及特点，认识民间文学的价值及功能，总结各类民间文学体裁的艺术经验，探讨民间创作的内部规律，并学习一些民间文学田野作业和科学研究的理论与方法。

世界各国、各民族都有自己的民间文学。民间文学，作为一个国家或民族，乃至于一个相对独立的区域所特有的口头文艺现象，它具有鲜明的民族性、地域性特色；然而，作为人类发展相应阶段上出现的一种精神文化产品，它常常又呈现出某些世界性特点。因此，民间文学研究，也是一门国际性的学科。这是有别于作家书面文学的一个很突出的特点。

中国民间文学，是世界民间文学宝库中的重要财富，对中国民间文学的研究，也就理所当然地受到世界各国学者的重视。因此，在具体学习中国民间文学的基本知识与基本理论之前，了解一下在世界民间文学研究的坐标系上我们自己所处的位置，无疑是很有必要的。

一、民间文学研究的国际性

纵观中外民间文学发展史，可以看到一种很有趣的情形：有些国家和民族，远隔高山大洋，相距万里之遥，他们的族源、语源根本不同，社会发展、风俗习惯，乃至地理、气候条件，都有很大的差异。可是，在人民口头上流传的许多神话和故事，却常有惊人的相似之处，有的绝大多数雷同。

例如，关于造人的神话，几乎各个民族都有：在中国，说是女娲抟黄土创造了人类；在希腊，说是大神宙斯让普罗米修斯用泥和水捏出了人形，并给他以生命；在古埃及，说是洪水过后，大神喇再用泥土陶轮造人；在古巴比伦，说是天神马杜克用芦苇、泥土和水造人；在古希伯来，说是天神耶和华用泥造了亚当，赋予亚当以智慧，然后用亚当的一根肋骨造了夏娃；北美印第安人则说，天地的开创者用暗红色的泥土掺和水，做成了男女两个人形，再烧制而成……可以看到，这些相距甚远的文明古国或是一些晚熟的民族，在他们发展的低级阶段，都曾不约而同地产生过极相似的“造人”神话：都说人是造出来的，而且用的材料多是泥和水。这些造人故事在世界各地的产生和流传，有力地说明了它们的世界性质，说明了不同的民族，无论其发展的先后早晚，都曾走过了同一的社会历史阶段——陶器时代。这些流传于世界各地的造人神话，当是原始社会新石器时代制陶艺术在神话中的投影。

又如，世界各地广泛流传着一种“天鹅处女”型故事。其基本情节是：几只神鸟（天鹅、孔雀、白鹤、雁或鸽）飞落湖边，脱去羽毛衣变成美女入湖洗浴；一青年男子（猎手、牛郎、渔夫或王子）盗匿羽毛衣，迫使美女与之结合；婚后生子若干，后女子找出了羽毛衣，披而飞去。类似这样的故事，大同小异，几乎世界各地都有。19世纪末20世纪初，不少学者对这类故事进行过搜集和研究。英国早期人类学家哈特兰德博士在其《童话学》中，曾将他所了解到的全世界范围的天鹅处女故事，分成六大类进行解说；日本早稻田大学教授西村真次博士，也曾搜集了五十多篇流传于世界各地的天鹅处女故事。这类故事在我国流传的时间，可远溯到1500多年前。东晋干宝《搜神记》卷14中所载“豫章新喻县男子”，即是情节完整的“毛衣女”故事，全文91字。

再如，“灰姑娘”型的故事，也是广泛流传于世界各地的。1893年，英国民俗学家柯克斯女士在其著作《灰姑娘》中，比较分析了318个灰姑娘故事异文及其流变历史。许多学者认为，“灰姑娘”故事是欧洲的舶来品，其实不然。早在9世纪中期，唐代段成式《酉阳杂俎》续集卷之一中所载叶限女的故事，就是十分完整而典型的“灰姑娘”故事了。

类似的例子，不胜枚举。上述各例，一方面说明了我国民间文学资源丰富、渊源甚早；另一方面，也很清楚地说明了民间文学确实具有世界性质。这种情况，很早就引起了各国学者的注意。

从世界范围来看，真正具有现代科学意义的民间文学研究，肇始于19世纪初。1812—1814年，德国著名语言学家格林兄弟出版了他们搜集整理的《儿童与家庭故事集》（即《格林童话集》），接着，又出版了《德国的传说》（1816—1818）、《德国的神话》（1835）等故事专集，在欧洲激起了巨大反响。此后，欧洲各国争相仿效，开始搜集本国的民间故事与传说。19世纪下半期至20世纪上半期，在欧洲，搜集和印行的故事资料，难以胜计。人们很快发现：同样一个故事，在许多不同的国家都有流传。据有些国家的统计资料说，一个民族所流传的故事，至少有1/3以上属于国际性的或世界性的。有些故事，甚至在全世界绝大多数的民族中都能找到它们的踪迹。正是基于民间文学这种国际性，各国民间文学的比较研究，从一开始就很盛行，学术交流从未间断。

应该说明的是，国际上对民间文学的研究，最初是纳入民俗学、民间文化范畴之内的。民俗学，国际上通称为“Folk-lore”，意即“民众的知识学问”。“Folk-lore”一词，最早是由英国的古物学者汤姆斯（W. Thoms）在1846年提出来的。本身有两层含义：一是指民俗本身——风俗、习惯、歌谣、故事、寓言等；二是指研究民俗的理论。所以，“Folk-lore”既可指“民俗”，也可指“民俗学”，以至“神话”、“歌谣”、“故事”、“民间文学”都通称为“Folk-lore”。尽管民俗学研究后来出现了众多学派，各派对民俗所指的对象各有不同的解说，但把民间故事传说、民间歌谣、民间俗语作为一种重要的民俗资料加以采录和运用，却是大家一致认同的。早期的民俗学研究，也多从对民间故事、民间歌谣和民间俗语的研究入手。

民间文学的国际性研究团体是国际民间叙事文学研究会。研究会以促进民间叙事文学的研究为宗旨。1989年6月，国际民间叙事文学研究会第一次邀请我国的学者出席了在匈牙利布达佩斯召开的第九次代表大会。1992年7月，第十届国际民间叙事研究大会在奥地利的因斯布鲁克召开，大约50个国家的学者共向大会提交了180篇论文。我国有9名民间文学工作者提交了论文，并有4人参加了会议。

由于多种原因，过去很长时间内，我国参与国际交流的机会不多。但是，世界各国对中国民间文学的研究却是源远流长的。

二、国外的中国民间文学研究述略

中国是世界文明古国之一，世界各国学者对中国民间文学的许多领域都有广泛的研究。要想把近代以来的研究成果作一个全面的介绍，那几乎是不可能的。这里，只能作些举要性介绍：

《格萨尔王传》，是我国西藏的一部英雄史诗，也是当今世界上发掘出来的最长的、规模最大的一部英雄史诗。国外介绍并研究这部史诗，已有200多年的历史。1716年，北京出版了蒙文木刻版《格斯尔可汗传》，从此，这部史诗流传到国外。第一个根据藏文本逐字逐句翻译这部史诗的，是法国的石泰安博士。他于1956年出版了《岭地喇嘛教版藏族格萨尔王译本》。1959年，原德意志民主共和国的胡默尔根据安多方言版本译成德文的《论格萨尔王传》在《人类学》第54卷上发表。1965年，原联邦德国的赫尔曼依据安多方言藏文本翻译、出版了《藏族岭格萨尔的民族史诗》。此外，不丹王国国家图书馆也出版了24卷本藏文《格萨尔》，印度也出版了《格萨尔王传》部分章节。迄今为止，用德文、俄文、法文、英文、蒙古文、藏文等文字出版的格萨尔史诗的各种版本近30部。研究成果不断涌现。其中，石泰安的专著《藏族格萨尔王传与演唱艺人研究》尤为引人注目。全书646页。著者旁征博引，论述了史诗创作与佛教僧人的关系；探讨了史诗创作的年代；考证了《格萨尔》和中亚细亚、伊朗等地的英雄传说的关系。此外，他还发表过《格萨尔生平的历史画卷》、《藏族史诗的古代历史文献》等多篇论著，受到欧洲及东方学者的高度重视，被同行誉为“研究藏文格萨尔王传的先驱”。

除石泰安的著述以外，比较有影响的研究专著还有：法国巴黎大学高等学术研究院第四部历史语言研究所女藏学家艾尔费的《藏族格萨尔王传的歌曲》(1977年)、蒙古人民共和国策·达木丁苏伦的《“格斯尔传”的历史源流》（1957年)、前苏联斯·史·查洛杜夫的《格斯尔传的渊源》(1980年)，以及原联邦德国瓦尔特·海希西的《格斯尔研究》（1983年）等。至于发表的论文，那就更多了。学者们研究的范围比较广泛：除对《格萨尔》的主题思想，史诗的起源，格萨尔是否为历史人物，蒙、藏格萨尔的关系等问题进行研究外，还从宗教、历史、考古、语言、音乐、习俗等不同范畴的不同角度进行了颇有成效的探索。

谈到对中国民间文学的研究，不能不提到日本。日本的民间文学研究早有传统。自1913年柳田国男和高木敏雄创办《乡土研究》开始到现在，已有80多年的历史。他们从1949年开始，对全国范围内的民间故事进行全面的搜集和整理。1977年开始出版32卷集的《日本昔话通观》。全书共收录日本民间故事6万余篇，是明治以来日本最大规模的民间故事总和集。日本国内有很多民间文学研究组织：如日本口承文艺学会、日本民话之会、中国民话之会、中国民俗研究会等，各大学还设有专门研究机构。近几十年来，日本的许多学者越来越关注中国民间文学研究的课题。

1959年，日本东京宝文馆株式会社出版了《世界民间故事全集》，全集共八卷，中国被列为第一卷，共选入我国汉族和少数民族故事24篇。编选人是日本民间故事委员会委员村山孚。

1963年，日本东京都立大学中国文学研究室中国民间文学研究会出版了《中国少数民族民间文学集》，共介绍了蒙、维、藏、纳西、白、彝、傣、僮、苗等各族民间故事50余篇。由东京都立大学教授村松一弥写了序和跋。村松一弥先生对我国少数民族民间文学很有研究。1962年，他给《白族民间故事传说集》的编著者李星华写信，信中将白族民间故事和日本民间故事进行了很细致的比较研究，提出了一些问题，并索要邓川、洱源、剑川等地的民间文学概述资料——日本学者研究之细之深，可见一斑。

到了70年代，日本学者中，从事中、日民间文学比较研究者日渐增多。日本口承文艺研究会常务理事、庆应义塾大学教授伊藤清司致力于中日民间故事的比较研究和中日神话的比较研究30余年，有很高的造诣和成就。他的代表著作有《赫奕姬的诞生》、《“开花爷爷”的源流》、《故事、传说之源流——东亚的比较故事传说学》和比较神话学名著《日本神话和中国神话》。1980年12月，他随日本口承文艺学会访华代表团到我国访问。1982年在我国中央民族学院做了为期一年的进修研究工作。这期间，他应邀在我国几所大学和科研单位作了十多次关于中日民间文学比较研究的学术报告。近年，他又推出了新著《〈山海经〉中的善神恶鬼世界》。伊藤清司力求从中日两国的古代文化背景上，对两国的民间口头创作进行多学科、多视角的考察，因而其研究成果具有比较文化学及方法论的意义。

近年来，日本学者研究中国民间文艺、中国民俗的专著、论文相继问世，成绩斐然。

日本国立民族学博物馆名誉教授君岛久子女士著有《东洋的天女们——关于羽衣传说》。她以中日天女传说的比较研究为中心，论及东南亚各国的同类传说，并进而对其所反映的社会历史背景进行了深入的探讨。

东京大学名誉教授、东京女子大学教授大林太良先生的《浙江观潮考》，结合东西方学者的有关论述，分析了中国的浙江潮与日本的千珠满珠传说及有关习俗、礼仪甚相类似的情况，论证了二者所象征的中国江南和古代日本之间的历史关联。

其他著述还有：东京都立大学教授饭仓照平的《孟姜女故事的原型》、筑波大学名誉教授直江广治的《中国的石神信仰》、爱媛大学教授加藤千代的《革命传说故事》、庆应大学教授藤田祐贤的《聊斋民谭考》，以及伊藤清司、大林太良合编的《中国之历史与民俗》，后藤淑、广田律子合编的《中国少数民族的假面剧》、百田弥荣子的《中国灰姑娘考》等。

从1980年以后，日本各种民间文学考察团频频来访：

1980年12月，日本口承文艺学会访华团应邀访华。

1981年3月，日本“中国民话之会”访华团赴云南采访。

1981年4月，“日本昔话通观”编辑部成员访华，成员全是汉学及民间文学研究专家。

1983年5月，以君岛久子为团长，小泽俊夫为副团长的日本民间文学代表团访华，并作学术报告。

1985年5—6月，日本“中国民话之会”第四次访华团到湘西苗族、土家族苗族自治州考察。

近几年，这种学术交流更加频繁、更加深入：

1988年7月，日本中国民俗研究会会长、早稻田大学教授铃木启造和茨城大学讲师中原律子到浙江舟山考察渔村民俗，河姆渡、马家滨、良渚稻作文化和江南民间信仰。

1989年12月，中日学者联合调查南通童子戏。

1990年3月，中日两国民俗学者共同组成“中国农耕民俗文化比较研究考察团”到江苏常熟、浙江金华、丽水一带考察江南水稻区。

1990年4月，中原律子赴山西参加国际傩文化会议。

日本学者不辞辛劳，多方采访，严于比较，慎于立论，他们在中日双边及多边民间文学比较研究领域中的杰出成绩，不仅受到中国学术界的高度赞赏，而且产生了广泛的国际影响。

除日本之外，研究中国民间文学取得突出成果的，还有前苏联。

1961年，前苏联出版过735页的《东方各民族谚语俗语选》，其中，占有很重要位置的是中国谚语。

在众多的研究学者中，前苏联科学院高尔基世界文学研究所研究员、汉学家、语文学博士李福清是最出色的一个。李福清著述广博，见解独到。1961年，前苏联科学院世界文学研究所、东方文学出版社出版了他的《万里长城的故事与中国民间文学的体裁问题》一书。全书共分七章，对孟姜女故事进行了详尽的研究：从古代关于杞梁妻的传说、远古文献中杞梁妻的形象、古诗中杞梁妻的形象、汉代散文中有关杞梁妻的传说、乐府民歌里有关万里长城的题材、4—7世纪诗歌里关于长城的传说，到唐代历史、文学著作以及变文中提到的孟姜女传说、孟姜女民谣、唐代诗歌里万里长城的题材，再到宋代文人作品、民间艺人创作中的孟姜女形象，明代万里长城的歌谣、明代戏剧中的孟姜女故事，清代宝卷、子弟书、鼓词、弹词及民歌、戏曲中的有关孟姜女的作品，直到现代散文、抒情叙事歌和戏曲作品中所载的关于孟姜女的传说，作者进行了系统而详尽的研究。书中选用了多幅孟姜女寻夫的连环画作为插图，并对孟姜女故事的历史背景及当代中国学术界的有关评说一一加以分析和介绍。李福清很敏锐地注意到了中国民间文学中一个鲜明的特点：就是那些通常为人民所喜闻乐见的情节，常常通过不同的形式与体裁反复地加以表现。作者企图通过孟姜女这一形象的研究，来探讨表现同一题材的各种体裁、形式的变化与发展，进一步阐明中国民间文学体裁的特点、变化等问题。1969 年，他写了《古代中国的神话及小说的发展》。1970 年，他又写了《中国的讲史演义与民间文学传统——论三国故事口头和书面异体》。1979 年，他撰写了《从神话到章回小说——中国散文体作品中人物形象的演变》。1988 年，中国民间文艺出版社出版了李福清的《中国神话故事论集》。李福清博士渊博的知识，敏锐的洞察力、分析力，严谨的科学态度，以及他在中国民间文学研究中所取得的丰硕成果，深受我国学界的好评。

除李福清之外，俄国和前苏联还有一批研究中国民间文学的学者，成果也很可观：如C. 盖奥尔吉耶夫斯基的《中国人的神话观与神话》(1892)，B.阿历克赛耶夫的《中国民间年画》(1966)，И.里谢维奇的《中国神话中世界的样式及五行学说》(1969)，Л.华西里耶夫的《中国的崇拜、宗教、传统》(1970)，П.波波夫的《中国诸神》，B.索罗金的《14—15 世纪中国戏剧中的佛经故事》(1970)，Э.燕雪娜的《中国古代神话中的反神主题》(1963)，A.克利斯特的《中国神话》(1968)等。至于对我国柯尔克孜族英雄史诗《玛纳斯》的研究，规模就更大、人也更多，这里不能一一尽述了。

上述介绍，实在只能算是一种举要性述略。即使就我们所能搜集和见到的资料、信息来看，也远不止这些。比如，对《格萨尔》的研究，并不只是法国，英、美、德、日、印等许多国家也有不少翻译和研究。对中国的歇后语、谚语、笑话、民间戏曲、民间故事、传说加以研究的论文，在日本及东亚有关国家的民间文学刊物上，也经常发表。

面对这些事实，我们不禁要思考：为什么世界上有那么多国家的人对中国民间文学这样感兴趣？有些学者甚至以其毕生的心力去介绍它、研究它，这绝不是偶然的。这说明，我国各民族民间文学财富有大量值得向世界介绍的价值，它本身是世界文明的重要财富。对此，我们应该心中有数。

三、世界民间文学宝库中的珍贵财富

我们从世界各国对中国民间文学的重视与研究的诸多事实中，应该得到很多启发：

首先，我们可以看到，世界很多发达国家，不管它们的社会制度如何，它们的很多学者，对本民族和其他民族的民间文学，都是持着一种严肃、认真的科学态度进行研究的。从 1878 年英国的民俗学会成立算起，真正具有现代科学意义的民间文艺学，建立也不过100多年的历史。但这100余年间，世界上许多国家做了大量工作，他们建立了民间文学资料馆，对本民族和世界各民族民间文学进行了分类，有些国家还建立了民俗的和民间文艺的博物馆，运用了科学的、现代化的采录方式和管理办法。从目前来看，世界上许多国家对本国及他国的民间文学研究，已经很具规模了。这是因为，每一个民族的民间文学，是同本民族的历史一起发展的，它记录了各民族在各自发展阶段上的真实轨迹，传播了民族心理，它经过许多变迁，形成了优美和刚健的风格，即使在今天，仍然是各民族固有文化的起点。同时，民间文学在一定程度上，又反映了处在相应历史发展阶段上的人类某些共通的文化心理因素，因而也是世界各民族得以交流、交通的共同的文化基础，它们都是人类共同的、宝贵的文化财产。《日本昔话通观》前言中，有这么一段话很耐人寻味，它说："昔话通观""将开拓世界视野的大成公之于世，应当是时代的要求，它使日本的文化基底得到明了，进而使评定优秀的日本文化之世界水准的相对位置成为可能，而且也担起了次代文化创造的重要职责"，还说，这个"通观"，"为日本文化的未来架起了桥梁"。这虽然是对《昔话通观》所作的价值评估，然而，也可以看成是对世界各民族的民间文学文化价值的一种认定。特别是各国学者对我国民间文学所表现出来的关注和热忱，是应该使我们受到极大的鼓舞和激励的。它充分说明，我国的民间文学，是世界民间文学宝库中的珍贵财富。

第二，我们应该开阔视野。国际上对民间文学的研究，从来都不孤立地进行，而是结合本民族古代文化史的发展一起研究的。日本学者在研究我国西南少数民族神话、传说和故事时，结合不少台湾学者搜集、整理的有关资料，发现这些神话传说故事与印度支那各国及菲律宾、马来西亚等国的故事有很多近似之处，并进而分析中国和东南亚各国间相互往来的悠久历史及文化发展的某些特殊的血缘关系。所以，研究民间文学，也必须结合或借用文化人类学、民族学、历史学等相关学科的知识和方法。

当今世界，是一个全面开放的世界。现代科学技术的发展，更是大大地缩短了人们之间的空间距离，使各民族、各地区间的交往在更大范围内成为可能，而且，成为一种不可抗拒的趋势。在这样一种大背景之下，任何一国、一个民族的文化研究，都不可能，也不应该囿于某种狭隘的、封闭式的方法。对任何一种文化现象的分析，都应该自觉地把它纳入到人类文化史的总体范畴中去加以考察。更何况民间文学本身就具有某些世界意义的性质。

第三，对国际上的各种研究成果及研究方法，应该有一个科学的态度。民间文艺学既然是一门科学，就有它自己发展的规律。各种民间文艺学流派及其研究方法，都是民间文艺学史上的阶段性成果。它们各有其产生的背景，当然也就各有其历史性特点。我们既不要妄加排拒，也不必盲目套搬。科学的态度应该是：学习、分析、比较、鉴别，择其优者为我所用。

国外学者，由于他们本人一般具有渊博的学养，还因为有其本国文化作参照系，所以，在研究我国的民间文化现象时，常有“旁观者清”的优越而不乏深新独到的见解。然而，人文、地理、历史条件的差异，语言、习俗等诸多文化基因的阻隔，及来去匆匆的旅行式采访，使他们的研究也难免有“雾里看花”之憾。相比之下，我们在中国本土上研究我们自己的民间文学，自然比外国学者要方便得多了。我们应该充分利用这种得天独厚的条件，把我们的研究工作更快地向前推进，以期在不远的将来，我们能以当之无愧的、权威性研究成果，参与国际间的民间文学学术交流，让世界更深刻地了解中国，了解我们优秀的民间传统文化。

第一章　民间文学的起源与本质

第一节　什么是民间文学

一、什么是民间文学

民间文学，是广大民众集体创作、口头流传的一种语言艺术。它运用口头语言叙述故事，展示生活，塑造形象，抒发情感。它是广大民众生活的组成部分，是他们认识社会、寄托愿望、表达感情的重要方式之一。

二、民间文学的学科属性

1. 民间文学是一种文艺现象

从借助艺术形象来把握生活的特点来看，民间文学是一种广泛存在着的文艺现象。它属于文艺学中的一个分支。

文艺学，是研究各种文艺现象并阐明其基本原理的科学。真正完整的文艺学，应该把迄今为止人类所有的文艺现象都作为自己的研究对象。就文学领域而言，应该包括作家文学和民间文学两大部分。以文学理论为例，就有作家文学理论和民间文学理论之别。作家文学理论，研究作家书面文学的创作规律，以具体的作家作品为对象。民间文学理论，则是研究口头文学创作规律，以民众口头创作的诸种事象为研究对象。其他如文学史、文艺批评，作家书面文学和民众口头文学两大部分亦各有自己的体系。二者之间，既有千丝万缕的联系，又有泾渭分明的区别。两者在其形成机制、存在形态、社会功能以及批评标准等方面，各有自己的特点和规律。所以，民间口头文学，又不仅仅只是一种纯粹的文学现象。

2. 民间文学是民众传承的一种生活文化

民间文学虽然具有文学艺术的重要特点，但它在民间并不像作家书面文学那样，仅仅是作为“文学”而存在的。从文化学的角度来看，民间文学，乃是一个民族民众传承的生活文化之一。国际上，对民间文学的研究，从一开始就是纳入民俗学研究范围的。

1846 年，英国考古学家威廉·汤姆斯（Willian Thoms）创造了“Folklore”一词：“Folk”即“民众”，“lore”即“知识、学问”，合起来指“民众的知识或学问”。“Folklore”可以被用来指代各种信仰、风俗，及故事、歌谣等具体的民俗事象；亦可用以指称研究这些民俗事象的学问。所以，“Folklore”在具体语境中，或是译作“民俗”，或是译为“民俗学”，有时，也将神话、故事、歌谣等民间文学体裁直呼为“Folklore”。由于“Folklore”很贴切地表述了这一广泛存在于社会生活之中的民众文化现象，因此很快得到欧美许多国家学者的认同，成为一个国际通用的学术概念，从而也就成为现代民俗科学发生的起始标志。其中，神话、传说、故事、歌谣等口头文学，都被看做是“民众的知识或学问”的一部分，受到广大民俗学者的共同关注，成为民俗学家重点研究的对象之一。

民俗，是一个国家或民族的民众集体创造、共同享用并世代传承的生活文化。它包括衣食住行习俗，生产交易习俗，社会关系习俗，人生仪礼习俗，岁时节庆习俗，语言游艺习俗等多方面的内容。民间口头文学，与其他种类的生产生活习俗一样，都属于民众传承性生活文化范畴。而且，彼此之间交融互渗，很难截然分开。所以，与其说民间文学是文学，不如说它是一种知识，一种“民间文化”更合适。不过，口头文学除了具备“民俗”的品性之外，同时又兼有“文学”的特点，这是民间文学与其他民俗事象的一大区别。这一特点，不仅有难以数计的口头文学作品可以证明，而且，学者们对其创作、流传特殊规律的探索亦早有传统，形成过许多派别和体系。所以，在确认其民俗学属性的基础上，民间文学从 19 世纪中叶以后便是一门日渐完善的独立学科。

认识民间文学这一学科属性的特点，我们就可以把民间文学放在一个大的文化背景下来作立体考察、总体把握，进而在综合研究的基础上，深入挖掘民间文学的文化学价值，使它能更好地发挥应有的功能和作用。

第二节　民间文学的起源与本质

一、民间文学的起源

1. 口头语言的产生为民间文学的创造准备了条件

民间文学既然是广大民众集体创作的口头文学，那么，口头文学的产生，应该是伴随着口头语言的出现而开始的。

考古学和人类学的研究成果告诉我们，好几十万年以前，由于自然环境的变化，迫使人类的祖先类人猿从树上开始移居到地面来生活。猿类来到地面以后，变攀援为直立行走，从而“迈出了从猿转变到人的具有决定意义的一步”。①

直立行走，使人的视野迅速扩大开来，手脚开始分工，逐渐学会了打制石器，以谋取必需的生活资料。于是，人类渐渐开始具有了“区别于猿群”的特征。

为了生存，人类的祖先多集群而居。“随着手的发育、随着劳动而开始的人对自然的统治，在每一个新的进展中扩大了人的眼界。他们在自然对象那儿不断地发现新的、以往所不知道的属性。另一方面，劳动的进步必然促使社会成员更紧密地互相联系起来，因为它使相互支持和共同协作的场合增多了，并且使每个单独的人都清楚地意识到这种共同协作的好处。一句话，正在形成中的人，已经到了彼此间有些什么不得不说的地步了”。②

直立行走，手脚分工，集群而居，不仅使早期人类有了交流的迫切需要，也创造了交流的可能。因为直立行走，使猿类原来不发达的喉部及口腔内的发音器官，缓慢地然而肯定地得到了改造，慢慢地能比较自由地控制气流，形成多式样的阻碍，从而发出各种不同的声音，并逐渐学会发出一个接一个的清晰的音节。语言就这样从劳动中并和劳动一起产生出来了。③ 口头语言的形成，为口头文学的产生准备了必要的物质载体。

2. 人类的进化过程，使口头文学表达获得了可能

劳动和语言，是人类进化的“两个最主要的推动力”。人自从学会打制工具之后，便为自己的生存打开了无限广阔的前景，使自己越来越区别于动

① 恩格斯:《自然辩证法》,人民出版社 1984 年第 1 版,第 295 页。

② 恩格斯：《自然辩证法》，人民出版社 1984 年第 1 版，第 298 页。

③ 参见恩格斯：《自然辩证法》，人民出版社 1984 年第 1 版，第 298 页。

物界而成为“类的存在物”。

弓箭的发明，渔具的制造，火的使用，家畜的驯养，使人的饮食结构发生了根本性变化。肉类食物的大量摄入及熟食，不仅“大大地促进了正在形成中的人的体力和独立性”①，更重要的是极大地促进了人脑的发育。“脑因此得到了比过去丰富得多的为本身的营养和发展所必需的物料，因此它就能够一代一代更迅速更完善地发育起来”，② 人的思维活动因而也愈益丰富。而“脑和为它服务的感官、愈来愈清楚的意识以及抽象能力和推理能力的发展，又反作用于劳动和语言，为二者的进一步的发展提供愈来愈新的推动力”。③ 人类的生存环境、生存方式不断得到改善，继渔猎、畜牧业之后，又有了农业、纺纱、织布、冶金、制陶等新的生产领域以及由此而来的新的生活内容。人类的种种活动越来越表现出明确的目的性，人类的思维活动不断地通过语言这一物质外壳外化出来，形成只有人才有的精神活动现象。

随着人的生活内容的丰富，以及劳动、思维、语言的交互作用，使人对所见、所触、所知、所感的诸多事象，以及关于各种愿望、情绪的口头表达成为可能。譬如：劳作时用以协调动作的“吭唷、吭唷”的劳动号子；在特定的巫术仪式上念诵的各种咒语和祷词；庆贺丰收时的歌呼鼓舞；对人与自然、人与人之间诸多关系的原始看法与解释（即神话）等等，统统都属于原始意义上的口头艺术。民间文学就这样独特地伴随着人类的生产与生活，开始了它的发展旅程。

二、民间文学的发展

民间文学是伴随着人类的生产与生活一道向前发展的。在不同的历史阶段，民间文学的内容、形式以及创作者都在不断地发生变化。

1. 在原始社会里，民间文学是全民的口头文学

民间文学主要的形式有：简单而原始的劳动号子、巫术祝辞、神话及部分史诗等。这种全民性的口头文学，是原始社会唯一的文学形式。它由原始社会成员集体创作而成；反过来，又为全体成员服务。正是在这样的意义上，才称之为全民的口头创作。当然，这里说的“创作”，只是今人的一种描述，原始人是从来不把这种活动当做“创作”来对待的。

---

① 恩格斯：《自然辩证法》，人民出版社 1984 年第 1 版，第 301 页。
② 恩格斯：《自然辩证法》，人民出版社 1984 年第 1 版，第 301 页。
③ 恩格斯：《自然辩证法》，人民出版社 1984 年第 1 版，第 299 页。

2. 作家文学产生后，民间文学的发展

“艺术生产”出现以后，即作家文学产生以后，民间文学主要指的是，由从事物质生产的劳动者集体创作，并主要在他们中间传播的口头文学。按鲁迅先生的话说，在阶级社会里，民间文学，主要是“生产者的艺术”。①

随着生产力的提高，剩余产品的出现，野蛮时期开始向文明时期过渡。部落制度逐渐为国家所代替，城乡的分离与对立，产生了阶级分化，脑力劳动和体力劳动的分工，使社会上分离出一部分专门从事艺术生产的艺术家。从此，民间文学不再是全民的口头艺术，也不再是唯一的文学样式。它主要是处于社会下层的、从事物质生产劳动的广大民众集体创作、共同享用，并世代口耳相传的一种口头文学。作为下层的劳动人民，他们被剥夺了享受文化教育的权利，口头表达，成为他们抒发心声、表露爱恶、寄托理想的主要渠道和方式。

作为“艺术生产”的文学创作，主要以文字为载体。因此只有处于社会中上生活水平的知识分子才能胜任。创作者的这种经济地位、政治地位以及文化层次上的分野，使民间文学与作家文学在创作、流传方式上有了显著的区别。作家个人也可能偶尔有口头式创作，但那不是其主要的创作方式；民众的口头文学作品，也有不少被文人采录见于文字，但那也不是口头文学主要的传播方式。自此以后，民间文学与作家文学同时并存、互相渗透、互相影响、共同发展。其中，健康的民间文学与进步的作家文学，共同构成了民族文化的精华。

在漫长的发展演进过程中，口头文学的品种日渐丰富。有各种散文叙事类作品，除神话外，还有各种传说、幻想故事、生活故事、民间寓言、民间笑话；有各种内容的口头韵文创作，如抒情歌谣，长篇抒情、叙事诗，短谣体的民间谚语和谜语；还有韵散兼有的各种说唱，以及小型综合表演性的民间小戏等诸多样式。这是一笔特别丰厚而宝贵的文化财富，是我们民间文学研究的主要对象。

3. 当代，民间文学在创作、流传方面的继承、变化与发展

作为一种传承文化的积累与延伸，各种传统的民间文学作品在当今民间依然多有流传。即使在很现代化的生活氛围中，各种古老的传说话题、故事笑话、歌谣谜语、说唱扮演，继续表现出很强的生命活力。特别是在一些比较封闭、偏远的乡村，传统的民间文学仍然是村民们共同享用的文化财富。

① 鲁迅：《论旧形式的采用》，《鲁迅全集》（六），第19页。

但是，毕竟时代在前进。今天，人们的生活方式、生活内容、生存状态，以及由此而引起的智识水平、价值观念、审美兴味等都发生了很大的变化。所以，口头文学在当代，也明显地带上了许多时代色彩。

首先，创作群体的结构有了新的变化。

在传统农业自然经济的社会生活中，口头文学的创作者主要是农民和各种手工业劳动者，到了近代，才有部分产业工人的口头作品产生。传统作品，主要是以他们的生存状态及心理愿望为内容的。

在当代，劳动者的队伍扩大了。工农商学兵，都是国家的主人。大家在各自的岗位上，为社会服务尽力，都是自食其力的劳动者。即使是专门从事艺术生产的作家艺术家，也都作为精神劳动者的成员，成为社会生产力的组成部分。撇开各自从事的具体工作领域，仅从人的最基本生存状态而言，大家都是广义上的民众。

随着创作群体范围的扩大，民间文学的内容也突破了传统作品的话题，迅速地拓展开来。各行各业的民众，在他们自己的工作、生活圈内，不断有各种迅疾折射世相百态的时事笑话、传说故事，或含蕴深沉的民谚短谣广为流传。

这些口头作品应时而出，随风而去，东西南北中，大同小异，无处不有，成为新时代民间创作中一种不可小视的口头文学现象。即使是世代务农的农民，现在也有相当一部分人从土地上解脱出来，加入了工、贸、商、副等多种行业的流动大军。生活空间和生活方式的转换，使他们的口头创作也注进了鲜活的时代内容。

其次，因时代生活节奏的加快，传播媒介的日趋现代化，各类体裁在创作与流传范围方面都各有调整：新编的时事笑话及带有明显警策意味的即兴民谣，在广大城乡空前活跃；民歌唱和，在各少数民族传统的歌节歌会及传统的礼俗仪式上更显风采；传统的故事、说唱、小戏，依然备受农民群众的欢迎；鬼狐精怪、魔法故事则在深山老林等偏远地区，仍有不少听众；古老的神话故事、地方传说，则更多地被作家采撷去翻新改编、加工、再创造成新的书面文学作品。

此外，在传播方式上，民间文学虽然仍以口头语言为主要载体，各类作品主要还是依靠口头流传。但由于政府文化部门的有效组织和大力支持，民间文学普查、采录活动盛况空前。80 年代至 90 年代期间全国各地编纂的“民间文学三大集成”（即故事集成、歌谣集成、谚语集成），基本上是传统口头文学作品的集大成。它使口头文学获得了超越时空限制的传播效应。这也是前所未有的。

不过，尽管民间文学在创作和传播方面现在已经有了许多新的变化，但是，作为与书面文学相对应的口头文学，其基本特征却并没有改变；民间文学的创作者范围虽有扩大，但其创作的主力，却依然还是构成社会基层的劳动大众。口头文学主要还是由他们集体创作、共同享用，并在他们中间广为传播的一种语言艺术。因而，它永远是考察民情、民意、民事、民风的最直接的窗口。

三、民间创作的本质

如前所述，民间创作，是为适应人类生存需要而产生、伴随着人类的进化而发展的一种人的精神活动，是民众的一种艺术创造。这种艺术劳作，离不开创造性思维的活动。

人类在漫长的社会实践中，创造了自身的物质本体，同时也造就了自己丰富的精神世界，造就了只有人才有的创造思维。

创造性思维本身有一个很值得重视的特点，即创造性思维是人类物质本体的产物，但却不是它的奴隶；人的物质本体是创造性思维的依托，但却并不是它的主宰。创造性思维依赖人的物质本体而产生，但同时又总是表现为对物质本体和精神世界的一种审视和超越。

对于劳动大众来说，物质生产实践当然是第一位重要的。但是，人们之所以要在物质成果之外，还要在口头文学中去顽强地复现一下自己，其根本动力，恐怕还不止于某些显见的实用目的，更重要的是一种精神需求，一种强烈地要求超越现实、超越自我的精神追求——尽管劳动者本人并不自觉意识到这一点，它却是客观存在着的。

古代神话，是原始社会人们的艺术创造。它深刻地反映着“古代劳动者们渴望减轻自己的劳动，提高它的效果，防御四脚和两脚的敌人，以及用语言的力量，即用‘诅咒’和‘咒语’的手段来影响自发的害人的自然现象。”①

在私有制统治下，劳动具有两重性。首先，劳动是被异化了的。“劳动者耗费在劳动中的力量越多，他亲手创造的、与自身相对立的、异己的对象世界的力量便越强大，他本身，他的内部世界便越贫乏，归他所有的东西便越少。”② 但是，劳动实践毕竟是人之为人的最基本的确证，它能唤起人的

① 高尔基：《论人民创作的劳动基础》，《苏联民间文学论文集》，作家出版社1958年版，第93页。

② 马克思：《1844年经济学—哲学手稿》，人民出版社1979年版，第45页。

自信心与自豪感。因此，劳动者又总是保持着与劳动的一种自然的和谐。所以，即使现实的折磨再深重，民间创作还是要讴歌人的劳动。当然，这是在一种理想国度、理想法治、理想政权下的劳动。人们驰骋自己的审美想象，凭借一切人间、超人间的力量，在自己的精神世界里，去否定黑暗的现实，去歌颂理想化的生活。在迷人的故事里，在瑰丽的山川风物传说中，去反复领略人的品格精神的伟岸，去高扬自我的创造才能。即便是那看去仅具实用价值的劳动号子，设若不是凝聚着改天换地的决心与气魄，而仅有对现实苦难的叹息，能召唤出那么雄健整齐的节奏来吗？

在封建礼教的重压下，爱情、婚姻只能是家势、财力的牺牲品、殉葬物，毫无歌唱的价值可言。可是，优美的情歌却是民间创作中的奇葩：野火烧不尽，春风吹又生！与其说这是对封建礼教的抗争与反叛，不如说这是劳动大众对人性美与人情美的呼唤和礼赞，是要求恢复人的尊严、人的本性的一种不倦追求。

人是类的存在物。他懂得按照美的规律来塑造：既塑造自然，也塑造自己。劳动者虽然并不一定能道出多少美学原理，但他们却实实在在是美的世界的建造者。无论现实世界多么丑恶，统治他们的人多么腐败堕落，劳动大众总会用自己“内在固有的尺度”去塑造自己，去规范社会。人们在各式各样的生活故事里，去实现自己的道德理想；在机智幽默的笑话中，去展现庄严的人格精神；在精警无比的谚语中，求得对人生哲理的领悟与升华！劳动者，就在这种无限追求的过程中，不断地促进自己的主观目的性与客观规律性的统一。

由此可见，民间创作的本质，是劳动大众在不断调节本体与自然、个体与社会关系的实践中，升华出来的一种主动精神的艺术表现。它源于现实，却又超越现实；它从自我出发，却又不断要求超越自我。

民间创作，虽然并不是一种自觉的文学创作活动，但也正是透过这种并非刻意为之的意识活动，才更能窥见人类精神生产的本质。这些千姿百态的民间创作产品的存在，本身就雄辩地证明了：人类具有一种要求无限完善自己、完善社会的追求精神——民间文学作品，就是这种精神在艺术领域内的具体表现。这正是人类的精神生产，也是民间创作的本质所在！

第二章　民间文学创作、流传的基本特征

民间口头文学虽然也是文学，但在其形成机制、存在状态及文化功能等方面，明显区别于作家文学，在创作、流传方面，有自己的特点。

第一节　创作中主、客体的高度统一与和谐

一、民间创作中的主、客体关系

如果说，书面文学是作家对社会生活的能动的反映，文学作品是作家审美意识的物化形态，那么，民间文学，则是对劳动大众的创造力量、人格精神和审美意识的一种现实肯定，它是民众精神生产的结晶。在民间文学作品中，处处显露着社会生活的深刻内容，也处处充溢着创作主体的丰富情感。但是，在创作主体与审美客体的关系上，民间文学与作家文学又存在着很大的不同。

对作家来说，社会生活是他感知、理解、把握的对象，是他情感作用的对象物。主、客体之间是一种观照与被观照、反映与被反映的关系。即使是写作家自己，也还是从一种审美观照的角度，去自觉地加以反映。对作家的创作思维来说，此时的自我，亦是审美客体。主、客体之间的空间距离和情感距离是比较明显的。各种复杂的因素往往会从不同的角度锲入其间，妨碍主体向客体的深入和客体对主体的占有。作家想要摆脱狭隘的功利束缚，使自己的情感意志得到真正的实现，必须作很艰难的努力。

民间创作却不一样。民众的创作活动，基本上是一种自然状态的。民众在创作民间作品时，并不把它当做艺术创作来对待。民间创作活动，常常是

伴随着物质生产或生活一道进行的。民间创作的主体是劳动大众；客体，亦即是劳动者自身所处的自然及社会、历史生活环境。创作主体的情感冲动、直觉感受，很少受当时占统治地位的思想体系的干扰。民间文学是“我口唱我心”，“心之忧矣，我歌且谣”，“饥者歌其食，劳者歌其事”。与其说它是一种客观写照，不如说它是一种情感的主观抒发。其创作的冲动，并不在于反映的愿望，而在于抒发的欲求。在这种特殊的创作活动中，创作的主体，常常又是对象本身，主、客体之间几乎相融无间。

例如：单身长工唱的是“三十几岁郎无妻，好比种田扯断犁，装得犁来秧已老，水过滩头花过期”。

苦媳妇唱的是“在家做女娇又娇，高桌吃饭要娘挑，今朝做了人媳妇，灶头吃饭像只猫”。

放牛娃唱的是“隔河望见大水牛，嘴含青草眼泪流，水牛哥哥哭什么，我哭一年苦到头”。

工匠唱的是“山歌好唱难起头，木匠难起八角楼，瓦匠难烧琉璃瓦，铁匠难打钓鱼钩”。

农夫唱的是“栽秧割谷两头忙，屋里忙来田里荒，田里忙来蚕又老，夜里忙来麦子黄”。

还有流传甚广的“不平歌”：“泥瓦匠，住草房；纺织娘，没衣裳；卖盐的，喝淡汤；种田的，吃米糠；磨面的，吃瓜秧；炒菜的，光闻香；编凉席的睡光床；抬棺材的死路旁”。

总之，长工有歌，纺织娘有歌，放牛的、牧羊的、打猎的、砍柴的、驾船的、背纤的、捕鱼的、赶脚的，乃至孤儿寡妇、能工百匠，都有自己的歌，自己的故事，自己的笑话。这些作品，都是作者们蓄之既深的一种感情的凝结物。它是文学，同时也是人民生活的组成部分，是人民表达感情的方式之一。在这里，主、客体之间如此贴近：用不着“入乎其内”，也不必担心能否“出乎其外”；既不要重新熟悉，也无须再度体验。客体的某些深刻内涵，常常也就是撞击主体心灵的中心震源。这种“感于哀乐，缘事而发”的自然倾吐，实际上正体现着主体内在情感的真实指向。这在客观上就造成了一种艺术表现的最佳条件，即排除了一切狭隘功利束缚的主、客体之间的统一与和谐。因此，民间文学作品，常常表现出一种真纯不羁、率性而发的独特风格。骂财主，就骂得痛快淋漓：“莫夸财主家豪富，财主心肠比蛇毒，塘边洗手鱼也死，路过青山树也枯”；说造反，就破釜沉舟：“刀砍杉树不死根，火烧芭蕉不死心，刀砍人头滚下地，滚上几滚唱几声”；表白爱情，那是披肝沥胆、热烈率真：“真恋郎，哪怕家中八大王，砍了头颅还有颈，挖了心肝还有肠”；而对反动统治者的讽刺，则更是穷形极相、毫不留情：“夺泥燕口，削铁针头，刮金佛面细搜求，无中觅有。鹌鹑嗉里寻豌豆，鹭鸶腿上劈精肉，蚊子腹内刳脂油，亏老先生下手！”

二、自在自由的性灵抒发

从某种意义上说，这种创作真可称得上是天马行空式的、自在自由的一种心灵抒发。创作主体既不受某种利欲的引诱和驱使，也不避忌任何外力的束缚与制约，他不求登堂入室或名传千古，也就不须看人脸色行事，想怎么说，就怎么说，想怎么唱，就怎么唱。创作者对于社会人生的理性评价，完全流注在一片真情的倾吐之中。所以古人有“故风出谣口，真诗只在民间”的慨叹。

诚然，书面文学的深刻与完美，也常常是民间文学所难及的；然而，一切的深刻与完美，正是以情感的真纯无伪为基石的。艺术的动人之处，莫过于心灵之间的互相交通。作家只有忠于情感和直觉感受的内在真实，真正的“情动于衷”，才可望通过“言于外”的艺术形象唤起接受者的强烈共鸣。从对创作主体的情感要求来看，民间文学的确有它不可取代的长处。也许，这也正是它能在万般劫难中，依然保持着独立地位的价值所在。

第二节　群体性的审美方式

一、创作、流传中的集体性

创作、流传中的集体性特点，是民间文学区别于作家文学的重要标志：作家的创作，主要以个体方式进行；民间创作，则是一种群体性的审美活动。

一部优秀的作品，常常是作家的一面旗帜。作家对社会生活的独特见解，他的人生态度，他的审美情趣，以至他的性情品格，都会在这面旗帜上留下鲜明的印记。作为作家创作个性的表征，它将成为一个不与任何其他的艺术品相雷同的客观存在。

民间创作，是一种集体审美意识的实现。民间文学作品，具有集体创作、集体流传、集体加工、集体保存、为集体服务的特点。一个作品的产生，不是某一个人就能完成的。各种劳动号子、锣鼓秧歌自不必说，即令最初是由某个人单独创造的作品，一经流传，便自然地归属集体所有。只要需要，谁都可以按照自己的感受、自己的评价，在它的基础上加工润色、改造制作。而且，创作主体、对象客体与接受主体之间的位置常常是可以调换的：今天，他是一个故事的听众；明天，他又成了这个故事的讲述者；后天，第三者也许会把前两人一起编进故事里再去传讲。这样，劳动大众人人都可以是创作者，但谁也不是某篇具体作品的专利者。正因为民间创作这种“匿名性”特点，所以鲁迅先生称民间文学是“无名氏”的作品。

另外，有些由职业或半职业的民间艺人演述的曲唱、评书作品，同样也具有集体性特点。因为，演述讲唱活动一定是要在集体场合进行和完成的。听说书和看小说不同：读小说，读者有感受、有意见，作者一般是不知道的；听说书就不一样，听众一般都会根据自己的生活体验、趣味爱好对讲唱内容作出不同的反应——或者赞赏，或者摇头，或者拍案叫绝，或者喝以倒彩。听众的这些意见，甚至于某些细微的情绪变化，都会促使民间艺人不断地修改、加工、丰富自己演唱的作品。著名的长篇传统评书如《岳飞传》、《杨家将》、《武松》等，都是数代评书艺人不断丰富加工而成的，所以，也是集体的艺术结晶。

二、群体意识的历史积淀

认识民间文学的集体性特点，有什么意义呢？

其一，可以使我们从更深的层次上理解民间文学的价值。民间文学虽说由集体创作、集体加工而成，但这种集体的加工制作，并不是说个人可以随心所欲地胡乱添加。一个传说或故事，能在群众中流传开去，并不断被人加工完善，总有它深刻的社会历史原因和审美心理依据。一般来说，创作个体的主观情感，总是沿着社会内趋力的特定指向，在群众共同关注、共同感兴趣的交点上聚焦的。当它再度反射出来时，就不再是缕缕单线，而是巨大的光束了。因此，民间文学作品，实际上是一种群体意识的结晶。这里面，既包含有社会心理的深刻内容，更体现着劳动大众的审美习惯、审美兴趣的传统特点。这些传统积淀，分别贮存在各个优秀的民间创作家的个性风格里。而优秀的民间故事讲述家、民歌手，也正是体现了这种群体的审美传统，才被集体公认为民众文化的传承人。从一定意义上来说，民间文学也是探寻人类文化心理结构的一把钥匙。通过它，不仅能看到民众的理想追求，领悟到民众的心理习惯、审美趣味，同时还能辨析出一个民族数世纪以来的心路历程。

正因如此，民间创作的价值评判标准也与作家文学有所不同：

作家创作的深刻性，主要表现为个别作家对社会人生的深刻理解；民间创作的深刻性，一般不表现为个别天才的独到见解，而在于群体意识的历史积淀。

作家作品的丰富性，总是以单个作品的别树一帜为特点；民间作品的丰富性，却不表现为单个作品的出类拔萃，而在于类型性中所包含的千姿百态。

毋庸讳言，孤立地看，单篇的民间故事，也许难与一篇有趣的短篇小说比美。但是，谁又能以为，民众精神产品的集成是某一个文学天才所能及的呢？所以，我们今天论述民间创作的群体性质，其意义就不再只是为了描述其在创作流传方面的外部特征，而是要深入到群体创作的内里去，探寻集体审美意识的深刻内涵和生动表现，从而对我们民族民众的文化心理结构能有更深层的认识和理解。这样，也许更能接近民间文学的本质。

其二，认识民间文学的集体性特征，便于我们在搜集整理时进行必要的鉴别。现实中，常常碰到这样的现象：有些人模仿民歌的格式，编出一段新歌，拿去发表，上头标出“×地民歌”，下边又注上“×××作”的字样。这些作品，就不一定能称之为民间文学中的“民歌”。因为，由创作的集体性决定，民歌一般都是匿名的。即使不排斥个人创作的因素，但要称得上是“民歌”，却必须具备在群众中广泛流传、为群众所承认、而且已成为群众的共同财富的条件，否则，不能算民间文学作品——这丝毫也没有贬低上述作品的意思。同样，作家（专业的或业余的）直接采用民间文学素材改编、再创作的文学作品，都属作家的个人创作，而不应划归民间文学范畴。

第三节 永不凝冻的优质载体

一、创作、流传中的口头性

民间文学的载体，是民众的口头语言。民间文学用口头语言进行创作，同时又通过口头语言进行传播，而且大部分作品都保存在民众口头上。如讲故事、说笑话、唱山歌、破谜语等，无一不是“口耳相传”、“口传心授”。所以，民间文学曾被称之为“劳动人民口头创作”或者“口传文学”。口头性特点，是民间文学区别于作家书面文学的本质特征。

在人类创造的一切精神文明中，大概没有多少比语言更神妙、更丰富、更富于变幻、更让人陶醉的了。它给人的思维披上了一层物质外衣，使人与人之间的交往成为现实，从而帮助人完成了从生物性存在向社会性存在的过渡，使人的社会性得到了真正的确证。人类社会的无秩序运行状态，终于可能告终了。口头创作的产生，便是明证之一。

语言是伴着人的社会实践一道产生、进化、发展的。社会生活有多么丰富，语言就有多么丰富；人的认识能力深到什么程度，语言就能精确到什么程度。语言的潜能是与人的本质力量剧增的。作为民间文学表现手段的民间口头语言，在释放这些潜在能量的时候，又常常表现出它独具的长处。

二、口头文学语言的独特魅力

民间口头语言生动明快，简洁传神，极富形象性、立体感，具有一种流畅活泼的动态美。民间创作是以讲、听方式口耳相传的，它的对象性相当明确：故事是对人讲的，谜语是要人猜的，歌是唱给知音听的——即使是自感自叹，也是以自己为接受对象的。民间创作的过程一般不能离开讲、听的具体环境，显然，接受过程是从听觉形象的输入开始的。优秀的民间故事家大都有这种惊人的本领：他只需用三言两语，就能很快地激活听众的情绪，调动他们的经验积累，在极短的时间内，实现听觉形象向视觉形象的转化，让人产生绘影、绘神、悦心、悦意的感受。试看下面这段人物介绍：

> “要说这杜老幺嘛，一个姣姣个，刮骨脸，是哪朝哪代人可说不上来。有人说他比张果老年纪还大，究竟活了多大岁数，谁也说不清白。只知道杜老幺帮过工、打过榨、赶过脚、背过盐，世人不干的他都干过，世人不吃的他都吃过。说起他住的那个房子，是三十六个大天井，七十二个小天井，屋里是风扫地、月点灯，干净得连颗老鼠屎都没有。四十岁上还讨不到个媳妇，腋窝里的疙子栽得活杉树秧子。这日子摊到别人头上，那哭都来不及。可偏偏杜老幺一生专爱说个笑话，拆个白，道个字，对个四言八句，那是张口就来，无遮无拦，嘴巴从不打封条……”①

这是一段没有作任何加工的口头讲述实录。这段开场白，朴素简约，却又活脱如画。甜中带苦，笑里含泪。杜老幺的形貌、家境、简历、性格，他的辛苦，他的穷困，他的达观，他的诙谐……似乎历历在目，如此亲切，如此自然。说的是杜老幺，亦可能有讲述者自己的经历，甚或有旁边听众的影子。

口头语言的这种表现力，使民间作品具有极强的黏附功能。它能牢牢地吸引住听众，使民间作品的继续流传加工成为可能。而且，这一过程的再循

① 采自湖北民间故事讲述家刘德培讲述录音。

环，使口头语言的表现力更加丰富。民间口头语言的这种长处，历来被许多文学大师所赏识。普希金曾告诫青年作者："为了彻底了解俄罗斯语言的财产，研究古代的歌曲、故事等等是完全必要的；批评家对它们的鄙视是徒然的。老百姓的口语值得最认真的研究；青年作家们，阅读老百姓的故事来理解俄罗斯语言的表现可能性吧。"① 鲁迅先生历来重视口头语言的活力，他认为，"名人的话并不都是名言；许多名言，倒出自田夫野老之口。"② 他自己就是一贯坚持"博采口语"，"采说书而去其油滑，听闲谈而去其散漫，博取民众的口语而存其比较的大家能懂的字句。"③ 这样，鲁迅先生作品的语言，便能做到"从活的民众的口头取来"，加以提炼之后，又"注入到活的民众里面去"④，从而更好地发挥了文学作品语言在纯洁与丰富祖国语言方面的积极作用。

活的口头语言，不仅是口头创作的丰富内容得以充分表现的物质凭借，同时，它还是民间创作某些具有普遍意义的创作方法形成的内动力之一。认识这一点，对于我们进一步探讨民间创作的内部规律很有意义。

譬如说，过去我们曾认为，"谐音"、"双关"一般是民间歌谣常用的艺术手法，目的是造成一种"言此及彼"，"语近情遥"的抒情意境。其实不然。当我们认真研究了各种活在口头的民间作品，特别是多听一些民间故事家的讲述以后，就会发现，民间故事、民间笑话、民间谣谚，乃至民间俗语中，运用谐音打岔、一词多义、同音异义、双关影射等手法结构情节，进行创作，乃是一个普遍性的规律。这是民间作者习用的创作方法之一，与口头语言这一载体直接相关。

口头语言诉诸听觉。故事中的语词信号虽然是音义合一的，但是，听众能直接感知到的却只有字音。如果听众识字不多，那么，他在听到字音以后，最先引起联想的必然是音所示的物，而不是音所指的字和字义。而汉字有那么多的同音字，它们分别代表各个不同的事物，如"九、久、玖、韭、酒"便是一音六义，这在客观上就造成了含混打岔、说东指西、笑话百出的可能。开始，也许只是无意的听觉误会。多了，人们就学会自觉地运用这

---

① H. 布洛茨基：《普希金与民间文学》，《苏联民间文学论文集》，作家出版社1958年版，第121页。

② 鲁迅：《名人和名言》，《鲁迅全集》（六），人民文学出版社1981年版，第364页。

③ 鲁迅：《关于翻译的通讯》，《鲁迅全集》（四），人民文学出版社1981年版，第384页。

④ 鲁迅：《关于翻译的通讯》，《鲁迅全集》（四），人民文学出版社1981年版，第384页。

种方法去进行自由创造了。而且，愈是文化低、识字少但阅历深、见识广的老人，运用得愈是自然，愈见巧妙。这些人，对物的体验相当丰富，联想也就特别活跃、敏捷，信口接音便能随方就圆，而且，一般都会出人意料：或讽刺、或警醒、或俏皮、或调侃，挥洒自如却又藏锋不露。让人听得如痴如醉，最后才猛然发觉上当，啼笑皆非，从而引爆出强烈的艺术效果。这是口头文学家独具的天才。书面文学很难有这种自由。因为有文化的人只要一看见字，便能马上会意，一般不会引起理解上的歧义和错觉。因此，知识分子多只从静态审美角度去观照"谐音"在民歌中的应用，却很难享受到"谐音"在创作、欣赏中带来的奇妙乐趣。而一旦偶尔听到，便会叹服民间作者的机敏与俏皮："亏他想得出"！殊不知这是民众的家常便饭，实在用不着多想的。还是鲁迅先生说得对："乡民的本领并不亚于大文豪"，① "中国农民之间使用幽默的时候比城市的小市民还要多"。② 民间文学这种创作方法延伸得很广，民间作品中有不少结构艺术都由此派生而来，这是值得认真研究的。

认识民间文学口头性特点，对民间文学的采录、欣赏及作家文学创作，都有很切近的意义：

今后，我们在采集民间文学作品时，一定要注意尽量保持口头创作的原貌，保留原作的叙述方式、叙述风格，留意叙述或演唱的具体环境、参与对象，乃至语气声调、手势表情，并尽量准确地记录、传达出来。决不能只草草记下一个故事梗概，然后用自己的话重新编撰，结果弄得面目全非，失去了口头创作的光彩。

民众口头语言的潜能是没有穷尽的。这个永不凝冻的优质载体，不但赋予了口头文学以物化形态，同时，也源源不绝地给它输送着常新的内容，使它永不枯竭、永不凝固，成为一种生生不息的文学。这也是作家们取之不尽的语言艺术宝库。

民间文学口头性特征的形成，有一定的社会历史原因。过去，劳动大众多数没有文化，更没有印刷、出版的手段和能力，这在很大程度上制约着民间文学的口头创作和口头传播。但这并不是起最后决定作用的因素。民间文学口头性特征的形成，主要还是由口头语言本身的特性和优长所决定的。口头语言灵活多样，简洁传神，既便于流传，也便于记忆。在人类社会还没有

① 鲁迅：《偶成》，《鲁迅全集》（五），人民文学出版社 1981 年版，第 199 页。

② 鲁迅：《1935 年 2 月 6 日致增田涉信》，《鲁迅全集》（十三），人民文学出版社 1981 年版，第 619 页。

形成的时候，口头创作就已产生；今天，劳动大众都有机会学习文化，且掌握了文字，口头创作并没有因此而消亡。

口头文学是伴随着人类的智慧之光一起步入人类生活领域的。只要世界上有人存在一天，有口头语言存在一天，口头创作就不会停止。

第四节　寓不变于万变、万变中有不变

一、创作、流传中的变异性

由于民间文学是集体创作、口头流传的，所以，它本身总是呈现出一种不断变化的状态。与作家书面文学的稳定性相比，变异性是口头文学的又一重要特点。

作家创作，以文字为载体，一经出版，便成定本。即使重新修改、校订，也很有限，而且改定再版后，又进入稳定状态。

口头文学却以口耳相传、口传心授为其主要方式。讲述、传播过程是动态的。每一次传述，都可能是作品再创造的过程。即使被记录入册，在民间口头流传时，仍会不断变化。从这个角度讲，民间口头文学永无定本。

这种变异性，有几种不同的情况。

一种情况是，因流传地域不同，自然环境、季节气候、风俗习惯、方言土语各有差异；再加上不同的演述者各自的口才、风格不一样，因而同一母题的作品，在不同地区流传会有不同的异文。

例如，董作宾先生 20 年代曾将流传于南北各地的一首歌谣《看见她》搜集一处，共得 45 种。试看其中两首：

陕西三原的

"你骑驴儿我骑马，看谁先到丈人家，吃一袋烟儿就走价。大嫂子留，二嫂子拉，拉拉扯扯到她家；隔着竹帘望见她：白白儿手长指甲，樱桃小口糯米牙。回去说与我妈妈，卖田卖地要娶她"。

江苏淮阴的

"小红船，拉红土，一拉拉到青江浦。买茶叶，送丈母，丈母没在家，掀开门帘看见她：穿红的，小姨子，穿绿的，就是她。梳油头，戴翠花，两个小脚丁 gāgā，卖房子卖地要娶她。"

同是一首《看见她》，一北一南，情趣各异：陆地骑大马，水乡撑红船；北方的淳朴，南方的婉丽。①

特别是一些农事气象谚语，所指虽为同一件事，但因南北纬度高低不同，说法也就同中见异。试看全国普遍流传的《数九歌》：

河北

"一九二九不出手；三九四九沿凌走；五九半，凌碴散；春打六九头，脱袄换个牛；七九六十三，行人把衣宽；八九不犁地，只待三五日；九九杨花开，以后九不来。"②

湖北

"一九二九不出手，三九四九冰上走，五九六九河边看柳，七九河冻开，八九燕子来，九九加一九，耕牛遍地走。"③

江苏

"一九二九，相呼不出手；三九二十七，篱头吹觱栗；四九三十六，夜宿如露宿；五九四十五，穷汉街头舞；不要舞，不要舞，还有春寒四十五；六九五十四，苍蝇躲屋栿；七九六十三，布衲两肩摊；八九七十二，猫狗躺渹地；九九八十一，穷汉受罪毕；刚要伸脚眠，蚊虫猎蚤出。"④

显然，各地的"数九歌"，都因当地气候寒暖、农事迟早的不同而有所变异。

散文叙事类作品的变异性也比较普遍。

有些情节或主题基本相似的故事，甚至某些著名的人物传说，在不同的民族、不同地区流传，会带上不同的民族特色和地区特色。如汉族的《梁山伯与祝英台》的传说，在白族、壮族、布依族、彝族等少数民族地区也广泛流传。各民族不同的山川风物、习俗风情，以及性格爱好，都在各自的

---

① 参见朱自清：《中国歌谣》，作家出版社 1957 年版，第 33 页。

② 河北《大名府志》，清咸丰三年刻本。

③ 湖北《京山谚语集》，中国民间文艺出版社 1990 年版，第 79 页。

④ 胡朴安：《中华全国风俗志》（下册），《吴中岁时杂记》，河北人民出版社 1986 年版，第 167 页。

“梁、祝”故事中打下了深深的印记，使这一古老传说显得异彩纷呈。

第二种情况是，有些传统作品，在数千年的流传中，由内容、情节的逐渐丰富而导致了作品主题的重大变化。这是因为，随着时代的发展，民众的生活际遇、感情愿望都在发生变化。这些变化，会自然地折射到口头创作中去。如著名的孟姜女传说，早在两千五百年前，就有了它的雏形，那只是杞梁妻拒绝齐侯郊吊的小故事；到了西汉，又多了杞梁妻“善哭”的内容；流传到东汉，又发展了“哭倒城墙”的情节；到了后魏，又传说哭倒了梁山或莒城。到了北齐，文宣帝天保六年，动用180万民夫筑长城，百姓苦于劳役，怨声载道。于是，民众自然地联系到秦始皇筑长城的历史事实，便利用他们所熟悉的杞梁妻善哭的故事加以改造，发展成杞梁服苦役、修长城，后被杀，筑尸于城墙下，孟姜女千里寻夫哭倒长城的故事。直到唐代，才完整地形成了反徭役、抗暴政的传说。①

从这一传说的演变可以看到，民间文学的变异性，不仅是一种自然属性，而且常常是以严肃的社会背景和迫切的群众心理为基础的。这是一种具有积极意义的变化。

认识民间文学这一特点，我们在搜集整理民间文学作品时，就应注意尽可能搜集各种异文。异文越多，整理时可资比较、研究的材料就越充足，也就越能充分挖掘和保存民间文学的精华。著名长诗《阿诗玛》，就是在20份异文的基础上，各择其长，综合整理而成的。

必须说明的是，变异性是民间文学在创作、流传中客观存在的一种现象，不能作为整理者任意篡改民间文学作品的借口。

二、创作、流传中的传承性

民间文学虽然因集体创作、口头流传的缘故，经常呈现出不断变化的状态，然而，其集体创作、口头流传的方式，也使它本身存在着一系列相对稳定的因素。正是这些稳定的因素，使民间文学代相递传，形成传统，这便是民间文学的传承性特点。它与作家文学的时代性特点有明显的区别。

认真考察口头文学的实际存在形态，我们会惊异地发现，各种不同时代产生的民间文学作品，除了自然遗忘或流传中的淘汰、失传之外，一般都能穿越时空的限制，代代相传。诸如：远古的神话；历代帝王、清官良将的传说；各地山川风物传说；各行工匠传说；各种母题的幻想故事、生活笑话，

① 见钟敬文先生著：《为孟姜女冤案平反》一文，载《民间文学》1979年第7期。

乃至狐精鬼怪故事；各种小调、山歌、长篇说唱等等，在当代民间仍有流传。特别是一些广为人知的作品，如“白蛇传”的传说，“梁、祝”的传说，“三国”、“水浒”、“西游”等故事，不仅能以相对稳定的形式，继续活在民众口头，而且还不断地被专业艺术家改编制作，通过新的媒体，以现代方式传播。

民间文学这种传承性特征的形成，主要有两方面的原因：

第一，民间创作是群体意识的历史积淀。民众意识的形成，是一个历史积累的过程。这一积累，深厚而复杂：既有古代原始信仰的遗留和传承，也有后世关于伦理关系、人生态度、善恶是非、生死观念、价值标准等方面的历史认同。作为一种深层的心理因素，一种集体的文化基因，民众的意识具有相对的独立性和稳定性，因而具有传统性。它不会因为社会的巨变而骤然断裂；也不会因生活潮流的冲击而一夜之间变得面目全非。这样一种集体文化心理的遗传基因，既贯注于过去的民间作品中，又存活在现代民众的现实意识里。民众很容易在传统作品中找到内心愿望的契合点；也能不断地将新的感受与体验添加到传统作品中去，从而使传统民间文学作品的现代流传与再创造成为可能。不同时代的不同创作之所以能历传不衰，其最深刻的内在原因即在于此。虽然它比较隐秘，一般难为人见，但却是一种客观存在。无论这种群体意识积累中有多少精华或糟粕，作为客观考察民众文化心理的一面镜子，它的作用是无可取代的。

第二，民间文学是民众审美意识、审美情趣的集中表现。民间创作，是一种群体性的审美活动。作品口口相传，一些易传易记、便于掌握、且为群众喜闻乐见的创作方式，会自然而然地被广泛使用，代代相传。某些故事讲手和歌手个人的出色创造，也会很快地被群众吸收消化，成为群体创作共享的财富，进而在艺术形式和创作手法上形成相对稳定的传统：包括讲述方式、结构艺术、修辞手段、音韵格式、习惯用语等。这些传承，不仅构成了民间文学总体的艺术特色，也充分展现了民间文学地域性和民族性特点。

以民歌创作为例。我国五十多个民族，各有自己的多种民歌形式。就汉族的民歌体式而言：有陕北的“信天游”，内蒙古的“爬山调”，青海、宁夏、甘肃的“花儿”，以及流传各地的“对花调”、“鲜花调”、“茉莉花”、“剪靛花”、“紫竹调”、“采茶调”、“放风筝”、“绣荷包”、“孟姜女”、“四季调”、“五更调”、“十二月调”、“十叹”、“十绣”、“十想”、“十送”……还有江南各地的田秧山歌、连枷号子、喜歌、丧歌、哭嫁歌等，难以尽述。各种歌式中，既有四句一段的“四字头”，也有两句一组的“爬山调”，还有五句一段的“赶五句”，梗、叶相配的“穿号子”和长短句自由体的

“乱山歌”。句式三、五、七言不等，根据各地方言特点和情感表达习惯，还可加上衬字、嵌字或垛句，形成富有地区特色的歌唱传统，代相传习。

各少数民族的歌谣体式就更加丰富了。每个民族都不止一种歌体，有的多达数十种。如蒙古族有抒情性长调和叙事性短调；朝鲜族有“农夫谣”、“鼓风谣”、杂歌等；达斡尔族有小调体式的“扎恩达勒”、舞歌体式的“哈库麦”、长篇叙事的“乌春”及宗教祭祀用的“萨满”曲“雅德根”；鄂温克族有山歌体式的“扎恩达勒格”、舞歌“鲁克该勒”；维吾尔族有猎歌、酒歌、婚歌、战歌、长诗弹唱等多种体式；哈萨克族有婚礼歌、“森丝玛”告别歌、谜歌、谎歌、巫师歌等；藏族有“谐”和“鲁”两大类歌体，“谐”类民歌多伴有舞蹈，有“果谐”、“堆谐”、“康谐”、“菜谐”之别，“鲁”类民歌则又有“卓鲁”、“哩鲁”、“昌鲁”、“戛窝鲁”、“戛鲁”等区分；苗族有古歌、理词、飞歌“央恰”、苦歌“夏木丢”等；土家族有摆手歌、挖土锣鼓歌、哭嫁歌等；壮族有欢、丝、比、加、论等五种民歌体式，每一类又有若干歌体；瑶族有信歌、字歌、蝴蝶歌、“梅蕾歌”、“瓦流歌”等；傣族有“赞哈调”、“升和尚歌”、“划龙船歌”等真是难以数计，美不胜收。①

各地区、各民族的民间歌谣在章法、句式、节奏、韵律，以及对比兴、夸张、谐音、双关、对偶、排比、回环、烘托、复唱等多种手法的运用上，各有规律，曲尽其妙，不变中有万变，万变中有不变。这些传统的、精美的艺术形式，是各地区、各民族广大民众在千百年的传唱中，经过反复的锤炼、加工、积累而成的。这些艺术形式一旦形成，又反过来培养、熏陶着当地人民的审美情趣、欣赏习惯，从而更加强化了传统形式的表现力，使之更趋完美。

散文叙事类民间创作，在讲述方法、情节定式、形象类型、语体结构、套语运用等方面，也有相对稳定的规律可循。

上述各种创作手法、艺术形式的传承，不仅为民间文学的内容提供了最好的表现形式，而且，有些艺术形式本身也极富美学意味，形成了民间文学独特的艺术传统。

了解民间文学的传承性特征，能使我们认识到，口头文学是一种带有浓厚传统性的文学现象。类型性、程式性、模式性，乃是由集体口传艺术自身质的规定性所决定的，不能与作家书面文学所避忌的脸谱化、雷同化混为一谈。而且，口头创作中的类型性、程式性，也是与作家文学的独创性相对而

① 参见段宝林、过伟编：《民间诗律》，北京大学出版社1987年版。

言的。类型性、程式性中所包含的千姿百态，正是口头文学所独有的艺术传统。我们在欣赏、评价民间文学的具体作品时，只有遵循民间创作自身的规律，才可能把握正确的标准。

民间文学在创作、流传方面的这几种特征，是相互联系、相互依存、相互影响、互为因果的。其中，创作流传的集体性、口头性起主导作用，它们和其他几个特征一起，共同构成了民间文学区别于作家文学的独特标志。

第三章　民间文学的功能

第一节　民众生活的独特伴侣

民间文学是广大民众生活（特别是精神生活）的重要组成部分，是民众交流信息、沟通思想、表达感情、寄托理想的重要方式之一。在民众生活的一切领域，大多有口头文学的存在。从生产到生活，从家庭到社会；个人从小到大、从生到死，民间文学始终都是人民生活忠实的伴侣，体现出极强的实际效用。所以，满足民众多种社会生活需要，是民间文学最根本的功能。

一、在劳动生产中的实用功能

民间文学在劳动生产中的实用功能主要体现在两方面：一种是直接的、客观上的；一种是间接的、主观性的。

1. 直接效用

最能体现这种直接效用的是劳动歌谣。

“古人劳役必讴歌。”各种劳动号子，是伴随着劳动过程、应和着劳动节奏呼喊出来的。它们具有指挥动作、统一步调、鼓舞情绪、减轻疲劳等客观的、直接的实际效用。

试看湖北地区流行的几段打夯号子：

①　（领）　同志（那个）们哪—
　　（合）　嗨—呀！

（领）　站拢（那个）来呀
（合）　嗨呀！
（领）　提起那个来——
（合）　哟、哟、哟喂哟嗬嘿呀嗬嘿！
　　　　咻咻子哟咻哟嗬咳呀嗬嘿！

这种号子，平缓均匀，多在开工起势时唱和。开工一段时间后，全身已活动开来，打夯速度渐快，号子气氛也相应热烈：

②　（领）　来来来呀打起来呀，
　　（合）　哟嗬嘿，哟嗬嘿！
　　（领）　大家就站拢来呀，
　　（合）　哟、哟、哟嗬嘿——嘿！
　　（领）　齐着一力把硪抬呀，
　　　　　　哟、喂喂子哟嗬嘿，
　　　　　　嗦拉子嗦拉子嘿嗬嘿！

劳动一段时间后会有短暂的休息，再开工时，又可变换另一种曲调和节奏，调节气氛：

③　（领）　来来来
　　（合）　咳呀、嗬呀！
　　（领）　哎呀同志哥哪，
　　（合）　咳——呀！
　　（领）　打起来呀
　　（合）　耶呀耶佐依嗬呀嗬嘿呀，
　　　　　　哟——喂——哟呀！

快收工前，如果为了赶进度，号子的节奏会变得急促、紧凑：

④　（领）　伙计们哪，
　　（合）　嘿呀！
　　（领）　齐下劲哪，
　　（合）　嘿呀！

（领）　一硪一硪，
（合）　嘿呀！
（领）　压着打呀，
（合）　嘿呀！
（领）　保证质量，
（合）　嘿呀！
（领）　早收工呀，
（合）　嘿呀！

劳动号子的领唱部分，简短扼要，随打随唱，既可指点方位，也可提示要领，甚至可拆唱某些现成戏文，活跃气氛。号子的重心在于众声应和时的整齐有力。这种整齐的节奏应和，既能协调动作，亦可减轻疲劳。

2. 间接功能

这是作用于人们的主观心理活动，借以满足人们的祈愿性目的的一种功能。

这种功能，也几乎是伴随着人类最早的生产劳作一道开始的。原始的采集、狩猎生产阶段，初民谋生不易。如果某种植物或动物能成为他们经常性的食物来源，他们会很自然地以为与其有某种联系，而对其产生感激、敬畏甚至依赖情绪。受原始思维的支配，他们相信自己语言的力量，因而常在出猎前的巫术仪式上念唱某种咒语或模拟捕杀猎物的动作，以期狩猎成功，猎物丰厚。正如B. 马林诺夫斯基所说："初民是在一切之上要去控制自然以切实用的；然其控制方法，乃是直接去办，是用符咒仪式强迫风与气候以及动物禾稼等遵从自己底旨意。"① 在初民心目中，对这些咒语、歌诀的功用和灵力是确信无疑的。它们在心理上支撑着、强化着人们劳有所获的信念。"只在时间很久以后，他才见到巫术力量不能偿其所愿，于是有所戒惧或希望，有所祈祷或反抗，于是乞灵于较高能力，乞灵于魔鬼、祖灵或神祇。"② 这种情况到农业社会就更加明显了。

农业生产，受天时、气候影响很大，基本上是"靠天吃饭"。风、雨、雪、雹，常常违反人的意愿不期而至，旱涝虫害也时有发生，人力很难控制。

① （英）马林诺夫斯基：《巫术科学宗教与神话》，李安宅译，中国民间文艺出版社1986年版，第4页。

② （英）马林诺夫斯基：《巫术科学宗教与神话》，李安宅译，中国民间文艺出版社1986年版，第4页。

为求风调雨顺，五谷丰登，农业性祭祀活动从来就是农业生产过程的有机组成部分之一。如《礼记·郊特牲》中的《蜡辞》就是年终蜡祭时念诵的祷词或咒语。人们命令（或祈求）“土反其宅，水归其壑，昆虫勿作，草木归其泽”。另外，土地生长百物，对土地及土地神的祭祀，也是农业生产的要项之一。下面是湖北孝感地区新年到土地庙玩灯、划采莲船时所唱的贺彩词：

“一船划到土地堂，
特见土公和土娘，
白天二老同台坐，
夜晚同照一炉香。
土地神，土地神，
保佑我湾得太平，
保佑青苗肥又壮，
保佑牧畜满山林，
保佑禾苗无虫损，
保佑牲猪三百斤。
五业兴旺齐发展，
牛肥马壮猪满栏，
土地保佑表不尽，
千言万语谢土神。”

再如鄂西一带农村，每于农历四月初八，要用红纸书“嫁毛娘词”贴于壁上：

“佛生四月八，
毛娘今日嫁，
嫁你去远方，
永不归我家。”

俗信以为书此可以驱除虫害。

显然，这类彩词、咒语，具有明确的祈愿目的，绝非一般的游戏娱乐。它们对劳动过程本身并无实际效用，只是为了满足人们祈盼“五谷丰登”、“人畜两旺”的心理愿望而被创作出来的。所以，它的服务功能只是一种间接的，明显地带有劳动者主观的、祈愿性心理动机。

二、在社会交往中的礼俗功能

这是民间文学独有的功能。

民间礼俗，是在民众生活、交往中约定俗成、世相沿袭的一些语言、行为方式，具有正规性、模式性及民族性、地域性等特点。具体表现在人生仪礼，及各种人际交往活动中的礼俗仪式上。

人的一生，要经过许多重大的、具有转折意义的时段。每至这样的时刻，都会有相应的礼俗，而每一种礼俗，都离不开口头文学。

小儿出世三日有“洗三”礼。山东一带，每给男婴洗三时，会边擦洗边说喜话：“擦擦鸡，会咏诗；擦擦蛋，做知县；擦擦沟，做知州；擦擦小腚旁，中个状元郎。”

贺子成人，古有“加冠”礼。现今冠礼多在婚前一日举行。是时，亲友要给新郎送号匾并升挂于堂。“升号匾”词丰富多彩，如：“匾升高堂，恭贺新郎，即时登科，名标金榜。……一送恭喜天长地久，二送恭喜地久天长，三送恭喜三元及第，四送恭喜四海名扬，五送恭喜五子登科，六送恭喜鹿鹤同春，七送恭喜七星高照，八送恭喜八仙过海，九送恭喜久久长寿，十送恭喜新科点状元。”

婚嫁礼俗的全过程，几乎全有歌唱伴随。

待嫁女要唱“哭嫁歌”：“难为我的爹，难为我的娘，把我拉扯十八年，如今也是白拉我一场！难为我的哥，难为我的嫂，帮助爹娘把心操，到今日也是白操劳！叫声我的弟，叫声我的妹，莫看雀大各自飞，我离家门还要回。”

梳妆时有“开脸歌”：“一线开当面，二线盖两旁，三线生贵子，四线生出个状元郎。”

上轿时有“上轿歌”：“新郎大哥迎亲来，红罗衣，红罗鞋，进屋就把父母拜。轿子上面十朵花，十个姊妹来敬茶，今年送我先前走，明年你们来出嫁……”

下轿时有“拦车马歌”：“天地开张，日吉时良，新人到此，叩谢三光，男家香火出来迎，女家香火转回乡。”

进门时有“拜堂歌”：“神前一支蜡，风吹两边发，今年吃饼子，明年生娃娃。”

铺床时有“撒帐歌”：“一撒天赐平安，二撒早吃红蛋，三撒三元及第，四撒四季如意，五撒五子登科，六撒天地人和，七撒七子团圆，八撒子孙孝贤，九撒天长地久，十撒白发到头。”

闹洞房时有“盘新姑娘词”：“新姐配新郎，新床配新房，说得四句上新床，说不到四句站天亮。”

赴喜宴有“贺喜歌”：“一张床，四只角，四条板凳十六只脚，今年接我吃喜酒，明年生个状元郎。”

连叫花子也有“赶酒喊彩词”：“太阳一出笑哈哈，听见声声吹喇叭，赶上前来放挂鞭，噼噼叭叭满地花！今日来吃东家喜酒、喜烟、喜茶……”下面一气可喊三百六十句彩，最后入席：“客们坐板凳，叫花子坐地下呀，地下尽是灰呀，就坐老板的稻草堆。喊完三百六十句，句句都是恭喜呀。喝茶吸烟歇口气哟，喜酒喜肉包你吃呀。”

年过花甲，寿庆时有“祝寿歌”：“说了一层又一层，贵府有位老寿星，寿活彭祖八百载，好比宋朝佘太君。”

丧葬礼俗更是离不了哀歌。湖北各地农村，凡老人过世，谓之“白喜事”。孝家一般都要延请歌师鼓手打鼓唱歌伴亡，俗称“打丧鼓”。“丧鼓歌”种类很多，内容十分广泛：天文地理，忠孝节义，前朝后事，说古道今，旨在悼亡行孝，以求荫庇子孙。

除人生仪礼之外，乡里社会生活中，诸凡大事，皆有成套礼俗，也都有喜歌贺彩伴随。有些少数民族，不仅在待客时有“请酒歌”、“敬客歌”、“送客歌”，就连排解纠纷、订立乡规民约时，也有以歌代言的。

三、在日常生活中的娱乐作用

口头创作是广大民众（特别是农民群众）休闲时光自娱自乐的重要方式之一。讲故事、说笑话、猜谜语、唱山歌、演小戏等都具有很强的娱乐功能。这种娱乐活动，在众多的传统节日中表现得尤为集中和突出。

我国的传统节日，是农业文明的伴生物。节日文化链本身，便是农业社会生产、生活规律的一种特殊表现形式。与春种、夏锄、秋收、冬藏的生产性节律相应，民间节日中，也就有了春祈、秋报、夏伏、冬腊的岁时性生活节律：

新岁开春，万物复苏；但冻土乍开，农事无多，农家生活相对闲适。人们祭天敬祖，鞭春劝农，拜大年，赏花灯，闹社火，过花朝，感应春气萌动，踏青郊游，临水祓禊。通过一个个春的节日，祈盼着秋天的好收成。

入夏，农事渐忙，少有闲暇；且冬谷既尽，宿麦未登，青黄不接；更兼炎夏暑热，疾病易生。故端午习俗主要以驱邪避瘟、除恶祛毒为主。

金秋时节，新谷登场，瓜果成熟。人们怀着丰收的喜悦，秋社报赛，荐新祭祖，拯孤照冥，团聚赏月，饮酒登高。既是报答神明，也是慰劳自己。

秋去冬来，大田农事告竣。仓廪丰足、猪羊满圈。人们整米磨面，酿酒烘肉，“送寒衣”，“履尊长”，“数九”消寒，饮酒“扶阳”，喝完“腊八粥”，又开始准备“忙年”——新一轮的循环重又开始。就这样，所有节日，井然有序地分布在一年四季，顺应岁时节候的变化，应和着农业生产的节奏，张弛有度，自然和谐。

每逢重大节日，城乡多有盛大的社火、庙会活动。届期，商贩咸集，游人如织，祈福、求子、烧香、还愿，欢歌群舞，百戏杂陈，各种民间说唱、草台戏班，一演十天半月，自编自演，自娱自乐。庙会既是农村最大的交易场所，更是民众自娱自乐的大舞台。人们在节日的歌舞娱乐中，愉悦身心，消除疲劳，改善关系，增进往来，得到充分的休整，以利投入新的劳作。各少数民族的传统节日，更是民间文艺的大展演：如藏族的“锅庄”，侗族的“月也”、“玩山”、“赶歌场”，苗族的“采花山”、“踩歌堂”、“吃新节”、“芦笙节”，仫佬族的“坡会”、阿细“跳月”，景颇族的“整过”，彝族的“踏歌”，壮族的“歌墟”、“三月三”，崩龙族的“泼水节”，傈僳族的“新米节”，土家族的“摆手舞”等，皆是民间歌舞的盛会。

第二节　民众生活的教科书

民间文学在民众生活中，还发挥着生活教科书的功能。它既是民众生活的伴侣，也是民众的良师益友。

一、传授知识的功能

民间文学，是民众智慧的结晶。劳动大众在世代相续、年复一年的生产实践中，积累了丰富的生产知识、劳动经验。特别是一些农事谚语、歌谣乃至谜语，常常只用一两句，或三四句话，便能概括出一条规律，或总结出一个经验：

“天上钩钩云，地下雨淋淋”；“天上鲤鱼斑，明天晒谷不用翻”；“有雨四下亮，无雨顶上光”；“久晴西风雨，久雨西风晴”；“盐出水，铁出汗，雨水不久见”……这些都是农民对气候变化规律的简明概括。

“头伏萝卜二伏菜，三伏里头种荞麦”；“春旱不算旱，秋旱减一半”；“清明要明，谷雨要雨”；“谷出不怕连夜雨，麦出不怕火烧天”；“立夏不下，犁耙高挂”；“夏至种芝麻，头顶一支花”；“霜降不刨葱，越长越心空”……这是对农事与节气之间关系的认识。

“豆薅三道颗颗圆，谷薅三道米汤甜”；“庄稼一支花，全靠肥当家”；

"有收无收在于水，多收少收在于肥"；"八成熟，十成收"……这是田间管理的经验总结。

其他如林木的种植护育，家畜家禽的饲养，蚕桑渔业，五行八作，都有非常细致、全面的经验总结。这些谚语，虽然不一定经过现代科学实验的论证，但它是农民对自然规律与生产规律长期观察、认识、积累的结果，是他们直接经验的总结。它不一定有科学命题的严密性，但却有很强的实践性与指导性，它是农民自己口传的科普教材。

二、道德教化的功能

民间作品中，深刻地反映了劳动大众的道德观念和道德理想，是民众进行自我道德教育最方便、最常用的形象教材。

1. 民众道德意识的产生

社会生活发展史，是人类不断认识自然、改造社会、不断追求更美好生活的历史，是真善美不断战胜假恶丑的历史。当人类还没有足够的能力意识到自己的独立价值的时候，人类是以"群"的方式与整个大自然搏斗的。在初民简单的思维里，自然力或者是助人的，或者是害人的。助人者于人有益，是善的；害人者与人敌对，是恶的。由是而产生了人类最早的善恶观念。人们在共同的物质生产劳动中，建立和发展着一定的社会关系。为了维系社会及自身的存在，人们学会了有意识地运用一定的原则调节个人与个人，个人与集体以及集体与集体之间的利益和矛盾，从而形成一定的道德规范。道德意识的产生，道德规范的形成，道德关系的确立，是人区别于动物的重要标志之一。"动物不对什么东西发生'关系'，而且根本没有'关系'；对于动物来说，它对他物的关系不是作为关系存在的"。① 所以，动物之间就无什么道德可言。

中华民族素来重视道德伦理的教化，道德意识几乎贯穿在社会生活的各个方面。民间创作作为一种精神产品，从来都受到劳动大众的道德意识的制约与影响。创作者对生活所作的评价，他的好恶褒贬，都是以符合本阶级利益的道德规范作为尺度的。道德意识在创作中的作用甚至可以达到这种程度：民间作者可能根本不觉得自己是在进行艺术创造，但他却能自觉地意识到，他的讲述是直接为对象而发的：或是进行道德教育，或是进行道德评价，或是进行道德审判。民间作品中，无处不打上创作者道德意识的深刻烙印。因此，民间创作，也是劳动大众用以对本阶级成员进行道德教育的重要

① 《马克思恩格斯选集》第一卷，人民出版社 1972 年版，第 35 页。

方式之一。

2. 民众道德规范的具体内容

劳动者在任何时候都是社会的主体力量。他们通过自己的劳动实践，不断地改造着自然，不断地完善着自己，实现人类社会的进步。创造性的劳动实践本身是代表着社会前进方向的，在此基础上形成的劳动者的道德观念，是保证这种创造付诸实践的主观条件。因此，从总体上来说，劳动者的道德规范，是符合一定的社会发展规律的进步原则。尽管随着社会的进步，有些道德规范明显地表现出了落后的一面，但在它产生的那一特定时代，却是进步的。

民间作品中表现了民众哪些道德规范呢？

①劳动，是民间文学永恒歌颂的主题。以劳动为荣，以劳动为立身之本，是劳动者最基本的道德准则。无论是前阶级社会中产生的神话、史诗，还是阶级社会出现以后的民间作品；无论是以“超人间”形式出现的幻想性作品，还是现实题材，无不表现出对劳动精神的赞美，对不劳而食的鄙弃。劳动者以勤劳为美德，以对劳动的态度作为道德评价的首要原则，作为立足社会的第一行为规范。无论剥削阶级对劳动大众存在何等的偏见，劳动者的这一信念却从不动摇。在民众的口头创作中，人们恣意嘲笑四体不勤、五谷不分的寄生虫，毫不留情地揭露他们的愚蠢与无知；而对于自己的劳动成果与劳动技能，则充满欣赏与自得的激情。这是对劳动者的后代最直接最形象的劳动启蒙教育。

②团结、友爱、互助，也是民间作品中经常歌颂的主题，是劳动者所遵从的行为规范。人类社会的初期，由于生产能力低下，个体生命的生存与延续，只能依靠群体的协同合作才能实现。而群体只有在一定的社会规范中才能彼此协调。因而，团结、友爱、互助对劳动群体来说，也就是必需的原则了。就是在生产力高度发展起来以后，劳动者依然把这一原则作为处理人际关系的重要规范。民间作者总是利用各种类型的口头作品，不断地对社会成员进行友爱精神的道德教育。特别是在各种童话故事里，这种教化愈形突出。与友爱互助精神相联系着的正直、忠诚、无私、勇敢等品质，也是被民间作者充分加以肯定的。而那些违背这一精神的各种丑恶行为，如狡诈、欺骗、贪婪、怯懦等则是被否定和批判的对象。这些道德准则作为人类起码的行为规范，在任何历史阶段，在任何社会形态中，都具有积极意义，都不会过时。即使在生产力如此现代化的今天，体现在童话故事中的这种道德精神，对儿童来说，仍然有现实的积极意义和特殊的、不可取代的教育作用。

③民间作者的道德意识，还表现为对一切剥削阶级道德准则的否定与反

叛。

首先，民间作品对剥削阶级奉行的封建等级制是否定的，劳动大众不承认封建等级制度有存在的合理性。民间创作由于不受生活表面真实的束缚，作者们可以自由地按照“应该如此”的原则，虚拟出种种看似不合生活常规的情节，把压迫者与被压迫者，把“高贵”者与“贫贱”者，把“智”者与“愚”者扭结在一起，让他们在特定的纠葛中，各呈其本来面目，从而撕开“高贵”者、“智”者的假面，显示出这种等级划分的极端不合理性。各种“长工地主型”故事，聪明人故事，“三女婿型”故事，都分别从不同角度，对封建等级制度进行了无情的嘲笑和否定。无论是封建文人，还是财主官吏，以至卿相帝王，劳动者都可以和他们平起平坐，可以和他们斗智，可以和他们同桌共饮，可以对他们的丑行进行讽刺揶揄。而那些“清官”传说之所以得到人民的喜爱，也在于清官执行的“法”，是人民理想中平等的法。虽然由于统治力量的强大，民众在现实生活中对封建等级制度的反叛是有局限的，劳动者个人对这种等级制度的认识和态度也存在着千差万别，但作为劳动阶级来说，这种反叛意识却是常存的，民间作品便是这种意识集中化的表现。

第二，民间作品对剥削阶级重男轻女原则也是加以否定的。在剥削阶级的道德观念中，是没有妇女的真正地位的。可是，在劳动阶级这里，妇女的面貌与作用就全然不同了。民间创作中有一个很耐人寻味的艺术现象：即不管现实社会中妇女的地位如何低下，可在绝大多数的妇女生活题材的民间作品中，妇女却总是人们衷心赞美的对象。孟姜女、白素贞、祝英台、七仙女、莫邪、韩凭妻、刘兰芝、秦罗敷、花木兰等，都是民间作品中的不朽形象。她们善良、勇敢、忠贞、多情，被人们世代传颂。而那些数不清的巧女、巧媳妇的故事，则更是把妇女的品格、才智、胆识、能力都作了诗意化的描绘。她们的对手上至当朝皇帝、文武大臣、各级官吏，下至富商乡绅、酸腐文人、帮闲狗腿，凡作恶肇事或图谋不轨者，都会受到巧女、巧媳妇们的嘲弄和惩罚。在日常交往和家庭生活中，巧女或者是父兄的智囊帮手，或者是聪明能干的管家人，民间作品中甚至还有专门作为巧女、巧媳妇形象陪衬出现的“傻儿子”、“呆女婿”等。这种道德评价，实质上是对封建礼教意识的一种反叛。而且，也只有在民间创作中，才可能把这一意识提高到道德规范的高度来表现。

第三，民间作品对剥削阶级的婚姻观也是予以否定的。迄今为止的一切剥削阶级的婚姻，都是不同形式的买卖婚姻。“当事人双方的相互爱慕应当高于其他一切而成为婚姻基础的事情，在统治阶级的实践中是自古以来都没有的。至多只是在浪漫事迹中，或者在不受重视的被压迫阶级中，才有这样的事情。”① 劳动者的婚姻观与剥削阶级的婚姻观是尖锐对立的。这两种婚姻观的尖锐对立，鲜明地表现在民间创作中。劳动者选择配偶的标准不是家世和财产，而是劳动能力和真挚的情爱：

“车水沟里开白花，小妹爱我我爱她，妹妹爱我会车水，我爱妹妹会当家。”

“鲜花插在牛屎上，乌鸦崽子配凤凰，戴金戴银有么用？金银不是如意郎。”

“连就连，只讲情义不讲钱，讲起钱财连不久，讲起情义万千年。”

在剥削阶级看来，“父母之命”、“媒妁之言”是天经地义的，即使毫无爱情可言，也应服从。逃婚便是不孝，私奔更是奇耻大辱，寡妇再嫁则被认为是伤风败俗。可是，劳动者却不受这种精神枷锁的羁绊。尽管现实生活中婚姻的自由与美满很难如愿，然而民众却要在精神世界里，用最优美的旋律，讴歌自由的婚姻、幸福的爱情。浩如烟海的民间情歌、叙事长歌及民间小戏，便是这种深情的结晶，是这种道德理想的升华。正如恩格斯所说：“只有在被压迫阶级中间，而今天就是在无产阶级中间，性爱才可能成为并且确实成为对妇女的关系的常规，不管这种关系是否为官方所认可。”②

体现在民间作品中的劳动者的道德观念，最终都在作品的诞生和流传中得到了确证，从而使民间文学真正能成为民众的良师益友。

---

① 恩格斯：《家庭、私有制和国家的起源》，《马克思恩格斯选集》第四卷，人民出版社 1972 年版，第 75 页。

② 恩格斯：《家庭、私有制和国家的起源》，《马克思恩格斯选集》第四卷，人民出版社 1972 年版，第 67 页。

第四章　民间文学的价值

第一节　认 识 价 值

民间文学是一个民族民众传承的生活文化之一。它是伴随着民众生活的历史一道生长、发展的，因而它本身蕴含着民间文化的诸多要素。作为民众生活的伴侣，它在人们的历史与现实生活中发挥着多功能作用；而作为一种民众的文化，它又能为相关的人文学科提供许多有价值的知识，供其研究与探讨。

一、民间文学与民众历史

民间文学，是民众口传的历史。早期的神话和史诗，形象地传递着史前人类社会的各种信息：对天地宇宙、自然万物的理解；人类生殖繁衍、婚姻状态的演进；各种始发性的文化创造；部族的迁徙、征战、分化及融合等等。这些都以其特有的人类童年时期的"天真"与执着，表现出了无可替代的文化史价值。

阶级社会出现以后，阶级压迫、阶级剥削以及被压迫阶级的反抗，构成了社会生活的重要内容，同时，也就成了口头文学频繁表现的重要题材。在这里，你能听到被压迫者的沉重呼号，也能看见剥削者的种种嘴脸。官吏的昏庸腐朽，地主的贪婪吝啬，高利贷者的凶残狡诈，地痞无赖的卑劣猥琐，都有着十分准确的描绘；另一方面，佃户长工的辛酸，妇女的悲惨命运以及民众的阶级意识与反抗情绪，同样也有着深刻的表现。由于民间创作中主、客体关系的贴近与融合，创作者对生活的感受及其倾向性，可以毫无阻隔地直射到作品中去，不需要伪饰，也用不着说明，一切皆是有感而发。所以，民间作品对生活的反映是最直接、也是最真实的。

那些数不清的农民起义传说，是民众为自己阶级的英雄立下的座座历史丰碑；

那些关于历代帝王后妃、清官良将、奸臣佞贼的种种传说，尖锐地道出了民众对他们的历史评价，深刻地表现了民众的历史观；

那些烈如火、利如剑的讽刺笑话、讽刺喜剧、时政歌谣等，更是民众对黑暗社会种种腐败现象、丑恶行为的一种历史审判；

而那些各个不同的历史时期留下的难以数计的生活故事、生活歌谣，其本身，便是民众生活的历史记录。

在这里，农民阶级与地主阶级之间对抗的天然性与农民阶级反叛的合理性都被表现得十分充分。这些作品，不仅真实地再现着现实社会的苦难与不平，而且还以其特有的敏锐与深刻，反映出社会历史发展的内在规律性。它是用艺术方式口撰而成的民众生活史，它给后世人们留下了弥足珍贵的、活的生活文化史资料，从而使民间作品的价值不仅不会随着时间的流逝而消失，反而会随着历史的延续，而愈被人们当做反思的对象去加以认识、加以研究。正如高尔基所说："如果不知道人民的口头创作，那就不可能知道劳动人民的真正历史。"①

二、民间文学与民俗风情

民间创作，本身就是民俗生活的一种存在方式。

民俗是社会生活的有机组成部分。当它以一种思维形式出现时，它是一种民俗心理、民俗观念；当它以某种行为方式出现时，就构成某种信仰活动或民俗仪式；而当它表现在人们口头的时候，在很多情况下，就成了口头创作。例如农历七月初七关于牛郎织女相会的传说，从信仰上说，起源于远古人民的原始自然崇拜、天体崇拜；从民间风俗看，有"乞巧"的活动；在口头传说上，又有牛郎织女的爱情故事。几方面水乳交融在一起，它们既是传说，又是一种信仰的遗留，也是一种民俗活动的实录。因此，民俗实际上是民间作品内部结构的细胞。传统的生活方式，传统的行为准则，传统的思维方式，构成了社会生活具体的历史性特点。这些特点反映在民众口头创作中，便成了一幅幅浓墨淡彩的风俗画。

试看小戏《洪月娥做梦》中的一段：

① 高尔基：《苏联的文学》，第 112 页。

"……
叫声女儿'快起来吧，
你梳洗打扮好上车。
今天女儿你出闺去，
妈我有知心话对你说。
公婆面前要行孝，
大伯子面前闲话少说，
小姑子不好你别管，
小叔子不好你要少说。'
……
我大嫂端过一碗面，
'他姑姑你吃点喝点好上车。'
月娥接过这碗面，
不由心里暗斟酌。
我有心吃了这碗面，
穷了妈家富了婆婆。
穷了妈家不要紧，
到后来我哥哥怎么接我。
我有心不吃这碗面，
富了妈家穷了婆婆。
穷了婆家不要紧，
到后来跟我女婿受贫薄。
对啦！我吃半碗留半碗，
我叫他们两家日子一般多。
带上了离娘酒来离娘肉，
我的大哥来抱车。
抱着为奴上了轿，
请新姑爷上了马征驼。
……
不多一时来的快，
婆婆大门正关着。
叔公说：'喜车门外憋憋性，
新进门的媳妇火性多。'

……
大伯嫂子拿着筛子扣轿顶，
二伯嫂拿捆谷草燎喜车。
燎喜车扣筛子为何事？
怕的是新过门媳妇招‘外科’。
……
一碟栗子一碟枣，
头发三钱大葱两棵。
聪明伶俐早立子，
结发的夫妻都有那么个说。
……
我踩着高粱口袋上了炕，
高升高转五子登科。
……
大嫂上前抱住我，
小姑子就把我的绣鞋脱。
把绣鞋扔在流平地，
看看仰着是合着。
要是合着生小子，
要是仰着姑娘多。
两只绣鞋落在地，
一只仰着一只合。
小姑子一旁拍手笑，
‘到后来我嫂子姑娘小子一般多。’
……”

这是一幅十分生动的习俗写真！它集中、细致地描绘了传统婚礼的全部过程，同时，还真实而深刻地揭示了这一传统礼仪背后深藏着的传统的心理依据。妈妈的规劝，是传统的家训；离娘饭的吃法，体现了出嫁女儿们的传统心理；“憋性子”、“拦车马”亦是传统的信仰观念；撒帐、闹房时的祝吉卜占，是民间信仰在婚礼过程中的外化，旨在预祝新媳妇多生贵子，传宗接代——这是旧时婚姻的最高主题，也是我国传统的婚姻观念。以上属于汉族的婚礼习俗。对于各少数民族来说，婚礼婚程几乎是伴着歌舞同时进行的：结交定情有“初会歌”、“自谦歌”、“赞美歌”、“盘歌”、“试探歌”、“结伴歌”；由初恋到热恋又有“相思歌”、“相会歌”、“发誓歌”、“嘱咐歌”、“分别歌”、“送行歌”、“埋怨歌”；结亲时有“哭嫁歌”、“陪伴歌”、“迎亲歌”、“成家歌”；失偶时则有“苦情歌”、“分离歌”、“追念歌”、“怨恨歌”、“重逢歌”、“逃婚歌”等等。在这里，已很难分清哪些是习俗，哪些是创作，习俗中包含着创作，创作本身就是习俗。从这一角度说，民间作品，既是习俗的内容，也是习俗的形式。它不仅作为“风俗画”存在，而且本身就是这画的一部分。

三、民间文学与民众伦理

民间作品对人伦关系的反映也是很广泛、很深刻的。其中，家族、亲族关系是民间作品中经常涉及的内容，这对于认识我国家族结构的民族性特点及民众的伦理观念，有独特的价值。

家族，是社会结构的基本民俗形态，是在人类生活的长期历史实践中逐渐形成、世代相袭的一种最小的社会群体。家族关系，即是人与社会开始发生联系的最早形式。家族的结构形态及其运动规律，对每一个生活于其中的成员都具有强制的规范性和不可选择的历史继承性。这种规范性和历史继承性，不仅制约着个体成员的行为方式、伦理观念，还直接影响着社会关系的结构方式和特点。数千年来，由于以农耕为主的小农经济的制约，我国的家族体制，基本上是一个封闭性的自循环系统。一个家族，既是最小的生活共同体，也是最小的生产、分配和消费单位。它的传统典型形态，是以父系血缘关系为轴心，以血亲家长为主导，按辈分组成的共同体结构：即“祖—父—己—子”式的“四代同堂”或“三代同堂”式家族。家族内部以辈分定尊卑，以血缘别亲疏。血亲家长有至上的权威，外姓姻亲（媳妇）处于从属地位。姻亲关系存在的唯一价值便是生儿育女，接续香火。因此，对血亲长辈的遵从，对嫡系儿孙的厚爱，对媳妇的另眼相待，既是这种家族关系的特点，也成为中国民众传统的观念。

很明显，这种家族结构内部有两对基本矛盾：一是血亲家长与直系晚辈之间的矛盾；一是直系血亲与外姓姻亲之间的矛盾。当这两对矛盾通过家庭内部调节——或是儿子的顺从，或是媳妇的忍让——达到暂时平衡时，封建家族的秩序也能出现上下和睦的相对稳定状态。但是，在多数情况下，这种平衡和稳定却是难以实现的。上述两对矛盾的不断交叉与失衡，便引出了家庭和社会生活中的种种纠葛。旧时，血亲家族对“不肖”子孙的“叛逆”行为的无情镇压以及妇女在家庭生活中的种种悲剧，都是此种矛盾激化的直接后果！民间创作对这些现象都有深刻的多方面的反映。无数的孤儿歌，妇女诉苦歌，冤禽鸟的故事，以及关于婚姻恋爱悲剧的叙事长诗等，都是封建家族内部矛盾的多样化反映。而且，民间作品对家族内部关系的揭示，也是十分精确、十分形象的。

试看下面一组歌：

“在家做女娇又娇，高桌吃饭要娘挑，有朝做了人媳妇，灶头吃饭像只猫。”

“小媳妇，不是人；起了五更摸黄昏，婆婆还说俺是个懒妖精。吃的饭，冷冰冰；穿的衣，破领襟；黑了睡着还没得狗安身。”

“爬山豆，叶叶长，巴心巴肝念我娘；娘又远，路又长，哥哥留我过端阳。嫂嫂嫌我吃饭多，捞起扁担打哥哥；大哥送我朝门口，二哥送我石板坡，‘妹妹几时回家来？’‘石头开花马长角，骡子下儿我才来！’”

“骑马骑马颠颠，颠到外婆跟前；外婆叫我堂前坐，舅母叫我锅底下蹲。盛碗饭，冷冰冰；拿双筷，水淋淋；箝点菜，两三根；打破外婆莲花碗，跌坏外婆洗脸盆，再也不上外婆家的门。”

“炉里火，红通通，公婆打我心不疼；白天打，黑了拧，不是鞭子就是绳。”

这一组歌，简直可以看成是妇女一生命运的三部曲。它们把妇女在家庭中地位的变化，以及由此而引起的行为、心理反应，描绘得相当真实。

待嫁闺女，只要父母在，她的地位一般都要高于嫂嫂。因此，在传统的家族关系中，姑嫂之间的矛盾是难以避免的。女儿出嫁后，成了别人家的媳妇。在婆家，她是“外姓人”，理所当然地会受到婆家的歧视，特别是婆婆的苛责和刁难，故而旧时婆媳关系的难处也是必然的。

媳妇受了苦，要回娘家倾诉，此时，就再不是那个未嫁的小姑了。娘家嫂嫂若已生儿育女，在家族中的地位便得到了承认，嫁出的小姑则成了“泼出去的水”了。于是，理所当然地又会受到嫂嫂的报复和冷遇，姑嫂矛盾亦有了新的发展。而且这种矛盾还会波及外甥，故而外甥与舅父舅母的矛盾，也是民间作品中常常出现的主题。娘舅的威权犹如家长，所有民间作品中的舅爷形象十分复杂，多数情况下，都是以专制、冷酷的面目出现的。

接下来，“三十年媳妇三十年婆，一代一代往下磨”，等媳妇熬到了婆婆份上，她又成了家庭中的家长，她照样会仿照她的婆婆的手段去对待她的媳妇。于是，周而复始，传统的关系继续循环！时至今日，虽然数代同堂的大家族已不多见，然而，由于传统家族观念的稳固，传统家族内部固有的矛盾并未完全消失，婆媳关系的难处，仍然是一大社会问题：妈对儿子过于偏护，媳妇会觉得把她当了“外人”；儿子对媳妇过分关心了，妈又说：“花喜鹊，尾巴长，娶了媳妇忘了娘。”这是当今家庭关系中常见的事实。出现这种局面，从根本上说，还是传统家族内部固有矛盾在新时代的延续和发展。所以民间谚语说：“家家都有一本难念的经”！“清官难断家务事”！这是中国老百姓根据深刻的生活体验提炼出来的箴言。它非常朴素而又形象地道出了我国家族关系的民俗特点。

封建家族的完型形态是古代的“九族制”。即以本人为基准，上推四代至高祖，下推四代至玄孙，连本人和他们的配偶一起构成的父系血亲家族。它把家族血缘关系的能量与威权扩展到最大极限。九族虽不能共居，但血缘观念却牵制着家族的上下左右，形成一个更大的血亲网络系统。在此基础上，又通过联姻的方式，扩展成更大范围的亲族结构。于是，通过“七大姑八大姨”们的关系，又把多个原本没有联系的血亲网络系统纽结到了一处，形成了具有我国民族特点的、错综复杂的民俗关系，这便是封建关系的基底与内核。因此，民间有“一人得道鸡犬升天”、“朝中有人好做官”、“一朝天子一朝臣”等谚语存在。民间创作，在形象地揭示现实的民俗关系方面，往往显示出一般作家所难以达到的尖锐与准确。旧时代，当官的可以按照血缘亲族关系互相提携；而在民间，当亲族成员的力量不足以担负某种职能时，亲族结构就会向外延伸。于是，民间便有拜认干亲、结拜兄弟的习俗出现：“不求同年同月同日生，但愿同年同月同日死”，“有福同享，有难同当”，异姓家族通过“结拜”方式，结成准血缘关系。所以，在我国民间，“哥们义气”是有相当深厚的土壤的，民间创作亦有大量反映。特别是在一些传统评书如《水浒》、《三国演义》、《岳飞传》、《杨家将》等作品中，对这些独特的民俗关系的描写，都极为精彩。

四、民间文学与民众心理

透过民间文学作品，我们可以清晰地寻觅到民众传统心理的某些轨迹。

人的心理活动相当复杂，对于个人而言，影响心理活动的因素多种多样。而就一个民族来说，由于民族生活共同体的影响，其心理结构中，总有某些历史的积层是属于民族共有的。民间信仰，便是这种积层的内容之一。

我国传统的民间信仰，扎根在民族土壤的深厚积层中，是民众创造的精神产品，又是桎梏民众精神的可怕律条。中国虽然是一个具有悠久历史的文明古国，对于人类的科学昌明作过非凡的贡献，但由于从家族到整个社会的封闭式结构，由于几千年封建统治者从来无意于民众智识水平的开启，甚至以“下愚”作为统治对象的条件，因此，虽然社会前进了几千年，生产关系、政治制度、意识形态都发生过巨大的震动和变化，但是，在广大民众的意识领域中，还有不少领地依然沉睡在古老的年代。这些意识既古老，又落后，它们的表现形式多种多样，表现在民间创作中，主要有这么几方面：

一是以“自然崇拜”为核心的“万物有灵”观念。在远古人类的意识中，大自然的一切曾经和人一样，都是有生命、有意志的，或者有某种超人的力量。这种原始观念作为一种信仰遗留，很清晰地复现在神话、史诗及部分传说和幻想故事中，成为这些民间作品得以创作和流传的心理条件。在这些作品中，人与动物可以互相变形，可以互相通婚：农家女可以嫁给蛇郎，青蛙可以娶公主为妻，动物可以口吐人言，甚至剥下的马皮能把食言的少女席卷而去，使之变成马头娘……这是人类文化心理结构的早期积层。

第二是对鬼魂观念的迷信。这是人们对人体自身结构的一种解释。民间相信，人是有灵魂的。当人醒着时，肉体与灵魂合一；睡着后，灵魂可以暂时自由外出活动，这便是梦。梦中能与死去的人谈话、共事，这就是灵魂之间的交通；人死之后，肉体消灭，灵魂却会永存，但不会马上离开。因此，民间有人死后停灵三天方肯出殡的习俗。民间认为，灵魂离开肉体后，常化为此岸世界的别一物体，如鸟、树、蛋等。因而民间故事中有人化鸳鸯、化蝴蝶的情节，有相思树、连理枝的描写，有化青烟、化星星的优美想象……民间创作中之所以会出现那么多相类似的幻想性结局，与这种民间信仰直接相关。

民间信仰在民间创作中的第三种表现形式是对各种“超自然力”的盲目崇拜。人类早期的自然崇拜心理后来逐渐演化为各种崇拜活动，而且崇拜的对象越来越多：二月初二祭土地，二月十九朝观音，上九日敬玉皇，四月八敬佛祖，三月十五敬财神，六月二十四祭雷祖，腊月二十三敬灶神，正月初八敬米神，以至龟、蛇、鸡、猪、犬、马、牛、羊……都各有生日，连老鼠都有个嫁女日，关老爷还有个磨刀日，甚至连厕所都有紫姑神管着……由对这些“超自然力”的神灵的崇拜，民间便出现了各种祝祭仪式。并且，形成了有固定时间、固定内容的周期性纪念活动，进而演化成各种民间传统节日。有关这些神灵的各种传说故事及各种节日风俗传说中，明显地保留着古人的迷信、禁忌、巫术观念及祛邪逐魔、求吉免祸的心理愿望。这些传说，对于我们客观认识和研究民间信仰、民俗心理的历史内涵及现实存在态，有着不可忽视的价值。

由上面的介绍可以看到：我们所说的民间文学的认识价值，并不完全指的是正面效应的价值，同时也包括若干文明进化过程中值得反省、需要鉴别、甚至应该扬弃的成分。这些，在民间作品中同样也是客观存在的。民间文学的真正价值，在于向我们真实地展示了特定历史阶段所出现的特有的生活史现象。这现象中既包含着人类自身进化的积极因素，也包含着阻碍人类自身发展的消极成分。无论是传统的美德，还是陈旧的观念，对认识我们中华民族的历史和现状，都是值得认真加以研究的。

第二节 艺术价值

民间文学，是民众集体智慧和创造力的艺术结晶，是民众审美意识的集中表现。经过历史长河的冲刷、淘洗、积淀和筛选，民间文学，已经成为我们民族文化的瑰宝。它以其刚健清新的风格，丰富深刻的内涵，多姿多彩的形式，旺盛不息的生命力，不断地丰富着民族文化的宝库，同时，对作家的艺术生产也产生着多方面的影响。

一、为作家的艺术创造提供了丰富的素材

原始口头文学，是人类最早的艺术劳作，是后世一切文学的源头。在中外文学史上，作家从民间文学中汲取素材以丰富自己艺术创造的事，是屡见不鲜的。正如马克思所指出的那样："希腊神话不只是希腊艺术的武库，而且是它的土壤。"① 古希腊悲剧之父埃斯库罗斯的著名悲剧《普罗米修斯》直接取材于希腊的神话。意大利文艺复兴的伟大先驱但丁的巨著《神曲》，运用了古希伯来神话和希腊神话、传说中的许多故事。文艺复兴时期最早的小说家乔万尼·薄伽丘的《十日谈》有许多都是记录或加工过的民间故事。各国伟大诗人的优秀作品，也都程度不同地从民间创作的宝藏中汲取过滋养。而且，"自古以来，这宝藏曾提供了一切诗的概括，一切有名的形象和典型。"② "嫉妒成性的奥赛罗，意志薄弱的哈姆雷特，淫佚放荡的唐璜——所有这些典型，人民已经先于莎士比亚和拜伦创造出来；西班牙人民在卡尔德隆以前便已经高歌'人生如梦'了。而伊斯兰教摩尔人也先于西

① 马克思：《〈政治经济学批判〉导言》，《马克思恩格斯选集》第二卷，人民出版社 1972 年版，第 113 页。

② 高尔基：《个性的毁灭》，《苏联民间文学论文集》，作家出版社 1958 年版，第 82 页。

班牙人说过这句话；在塞万提斯之前，民间故事已经嘲笑过骑士制度，而且正像他那样毒辣和深沉。”① “弥尔顿、但丁、密茨凯维支、歌德、席勒等人创作力登峰造极之日，正是当民间集体创作鼓舞着他们之时。他们从无比深刻、无限多彩、有力而聪明的民间歌谣这源泉汲取灵感。”② 高尔基曾经高度评价俄国民族诗歌的奠基人普希金。他说：“普希金是第一个注意民间文艺的俄罗斯作家，他把民间文艺介绍到文学里来，并且摒弃了宫廷诗人为了迎合政府的‘民族性’思想而采取的伪善的、歪曲的倾向；他以自己的才华修饰了民间歌曲和民间故事，却不使它们的含义和力量受到损害。”③ 普希金几乎熟知俄罗斯民间文艺的各种样式——史诗形式的民歌、描写历史的和抒情的歌曲、婚礼曲、丧葬及征人的哀歌、宗教诗歌、民间故事、民间戏剧、谚语和成语等等。保存至今的普希金私人图书馆，这一类的藏书极为丰富。特别是后来，普希金被流放到米哈依洛夫村，这使他有了更多的机会接触民间文艺。他给他的兄弟写信说：“我听民间故事，我想借此来矫正我受的该死的教育的缺陷。”④ 他埋头研究民间传说，把听到的神话记录下来，到修道院听瞎眼的乞丐讲故事，到市镇上、乡场上收集民歌。所以，在普希金那些优美绝伦的童话诗里，在他的韵文与散文如《囚徒》、《强盗兄弟》、《新郎》、《达吉雅娜的梦》、《叶甫盖尼·奥涅金》、《布加乔夫叛乱史》、《上尉的女儿》等著名作品中，随处都充满了民间文艺的主题、题材和诗情。这样，伟大的诗人用民间艺术丰美的乳汁哺育了自己；反过来，又用自己独特的、天才的创造丰富了民间艺术的宝库。

这种民间文学与作家文学的相互影响、相互促进、相互转化，几乎成了文学发展史上一种带规律性的现象。中国文学发展史，同样也能证明这一点。

我国第一个伟大的爱国诗人屈原的作品中，大量地运用了神话传说的材料。他的《九歌》，基本上是楚地民间祭歌的修饰润色之作。在《天问》、《离骚》、《九歌》这些不朽的诗篇中，我们仿佛看到了中国的“奥林匹斯”

---

① 高尔基：《个性的毁灭》，《苏联民间文学论文集》，作家出版社 1958 年版，第 82 页。

② 高尔基：《个性的毁灭》，《苏联民间文学论文集》，作家出版社 1958 年版，第 82 页。

③ H. 布洛茨基：《普希金与民间文艺》，《苏联民间文学论文集》，作家出版社 1958 年版，第 119 页。

④ M. 阿扎多夫斯基：《普希金与民间传说》，《苏联民间文学论文集》，作家出版社 1958 年版，第 129 页。

神山。这里有天神、日神、月神、云神、山神、水神、恋爱之神、司命之神及风师、雨伯；还有神话中的天境：悬圃、崦嵫、咸池、白水、阆风、春宫、穷石、洧盘、天津、西极、流沙、赤水、不周、西海等等。屈原从这些神话传说中汲取丰富的形象，再通过他自己奔放不羁的想象，把它们组织在一起，构成了层出不穷的生动情节和美丽的画面，从而形成了他独特的积极浪漫主义的艺术风格，使这些诗篇产生了不朽的艺术魅力。

建安时期和唐代杰出的诗人，除了直承“国风”、“乐府”的现实主义传统以外，在他们的诗作中，直接采取民间神话、传说、歌谣作题材的例子是非常多的。有的基本上就是民歌的改作。这种民间的素材，到了这些巨匠手里，常常成为神来之笔，获得了更完美的表现。

曹操的《蒿里行》、《却东西门行》同乐府民歌《战城南》、《十五从军征》中所反映出来的生活和感受是一脉相承的；而王粲的《七哀诗》、阮瑀的《驾车出北郭门行》又与乐府民歌《东门行》、《妇病行》、《孤儿行》紧相呼应，写尽了人世的辛酸；至于陈琳的《饮马长城窟行》则更是将长城民谣“生男慎勿举，生女哺用脯，不见长城下，尸骸相支柱”直接入诗，把徭役之苦，写得淋漓尽致。

东晋大诗人陶渊明，素以清淡高远的田园诗风著称于文坛。然而，他的“精卫衔微木，将以填沧海。刑天舞干戚，猛志固常在”却通过咏赞古代神话中的英雄，鲜明地体现了他的人生理想和品格。所以，鲁迅先生说陶潜不只有“悠然见南山”的恬淡之作，还有“金刚怒目式”的诗篇。

唐代是我国诗歌史上的黄金时代。当然，那照耀唐代诗坛的群星，自然是李白、杜甫、白居易、刘禹锡……这些天才的大诗人。然而，在他们天才的创作中，我们却时时能看到民间的清泉激发出来的晶莹浪花。在这里，民间文学有如涓涓细流一样，无声无息地、然而又是从不间断地给作家文学输送着新鲜的水分和养料。李白现存诗歌25卷，其中乐府诗约占了四分之一。这些乐府诗从内容到形式，都深受汉魏六朝乐府民歌的影响，并从神话、民歌中吸收了不少素材。有些诗作，甚至直接从民间创作脱化而来。如著名的《静夜思》，便是脱胎于清商曲辞“子夜四时歌”：“秋风入窗里，罗帐起飘扬，仰头看明月，寄情千里光。”

刘禹锡更是学习民歌的能手。他学习屈原加工《九歌》的方法，写成竹枝词九节，大都是很好的民歌。如“杨柳青青江水平，闻郎岸上踏歌声，东边日出西边雨，道是无晴却有晴。”完全是民歌格调，简直可以乱真。

我国古典戏曲、小说的主要作家如关汉卿、马致远、罗贯中、吴承恩、施耐庵、蒲松龄等几乎都是在民间长期流传的作品的基础上，从事再创作的。

元杂剧中，几乎绝大部分优秀剧目，都是以民间故事和传说为基础的。如“窦娥冤”、“单刀会”、“西厢记”、“汉宫秋”、“赵氏孤儿”、“李逵负荆”、“张生煮海”、“倩女离魂”、“秋胡戏妻”等等，最初都是流传在民间口头的传说故事，后来，逐渐为文人所采取，成了唐代传奇的内容，而这些传奇故事，大多又被后代戏曲所吸收。再经过卓越的戏剧家的努力传播，又变为更丰富、流传得更广泛的民间传说了。

优秀的历史小说《三国演义》中的故事，早自唐末，就已在民间流传。李义山《骄儿诗》中便有“或谑张飞胡，或笑邓艾吃”的记载。到了北宋，又有了说三分的专家（即说话人）。再后，在金人院本、元人杂剧里，亦多有搬演三国的故事。直到元朝至治年间（1321—1323），始有建安虞氏刊刻的《三国志平话》。此书文字虽简略，然已具有《三国演义》的主要情节，较少正统观念，富于民间传说色彩。最后，才由罗贯中将这些在民间流传了几百年的民间传说和故事组织起来，进行再创造，写成了《三国演义》。

《水浒传》的故事，自南宋末年起，就已广泛流行于民间，后又逐步进入话本与戏曲。据《宣和遗事》所记，水浒人物已有36人，文字虽短，事实已具规模。起于杨志押运花石纲，终于征方腊，人物虽有异同，故事的主干，已大体形成了。最后到了明代，才由施耐庵加工创作而成。

《西游记》同《水浒》、《三国》一样，也是宋、元以来便在民间口头流传。在《大唐三藏取经诗话》中，猴行者的形象已经初步构成，故事已充满了浪漫成分与幻想色彩。直到吴承恩，才将这一故事告一总结，由于他的天才创造，写定了现在读到的这本《西游记》。

《聊斋志异》是我国清代杰出的短篇小说集，其中不少精彩的篇章，就直接取材于山东等地口传的民间故事。

古代如此，现代亦然！

伟大的文学家、现代文学的奠基人鲁迅先生，在他战斗的一生中，曾以极大的热忱，接触了大量的神话、传说、故事、寓言、歌谣、谚语等。在探讨文艺大众化和大众语的过程中，他发表了许多关于民间文艺的精辟见解，写有《门外文谈》、《谚语》、《连环画的辩护》、《论旧形式的采用》等重要论文。鲁迅先生高度评价劳动人民的口头创作，一再称赞他们为“不识字的诗人”和“不识字的小说家”①，并且说“从唱本和说书里是可以产生托尔斯泰、弗罗培尔的”②。鲁迅先生认为，认真从民间文艺的宝藏中汲取有

① 《门外文谈》，《鲁迅全集》（六），人民文学出版社1981年版，第95页。

② 《论“第三种人”》，《鲁迅全集》（四）人民文学出版社1981年版，第441页。

益的养料，对于整个文学艺术事业的发展，具有重要的意义。他认真地考察了中外文学发展史，得出了一个十分深刻的结论，说："旧文学衰颓时，因为摄取民间文学或外国文学而起一个新的转变，这例子是常见于文学史上的。不识字的作家虽然不及文人的细腻，但他却刚健、清新。"①

鲁迅先生善于将民间文学刚健、清新的成分"吸收入自己的作品中，作为新的养料"。特别是在他后期的杂文中，许多民间创作，像希腊神话、伊索寓言、印度故事、非洲传说、日本笑话，以及中国古代寓言、民间笑话、歌谣谚语，甚至民间戏剧，几乎都能成为他得心应手的武器，信手拈来，经过他的熔铸，无不放射出夺目的光辉。在这光辉的照耀下，无论是反动派的元凶，还是形形色色的帮闲，以及洋场恶少、西崽文人，通通没有藏身的余地。真是嬉笑怒骂，皆成文章！

例如，在1925年写的《这个与那个》（《华盖集》）中，他随口讲了一则民间笑话：

> "当一个知县的寿辰，因为他是子年生，属鼠的。属员们便集资铸了一个金老鼠去作贺礼。知县收受之后，另寻了机会对大众说道：明年又恰巧是贱内的整寿；她比我小一岁，是属牛的。其实如果大家先不送金老鼠，他决不敢想金牛。一送开手，可就难于收拾了。无论金牛难以致送，即使送了，怕他的姨太太也会属象。象不在十二生肖之内，似乎不尽情理吧，但这是我替他设想的法子罢了，知县当然别有我们所莫测高深的妙法在……有贪图金牛者，不但金老鼠，就是死老鼠也不给。那么，此辈也就连生日都未必做了。单是省却拜寿，已经是一件大快事。"

一则简单的笑话，把民国革命刚过几年后官场的腐败与贪婪，揭露无遗。

又如《准风月谈》里有一篇著名的杂文：《二丑艺术》（1933年）。文中，鲁迅先生随手借用了一个民间戏曲中的角色行当——二花脸，便把30年代思想文化战线那些惯会以反革命两面派手段欺骗群众，为国民党反动派效劳的反动文人的嘴脸，勾画得惟妙惟肖：

> "二丑的本领却不同，他有点上等人的模样，也懂得些琴棋书

① 《门外文谈》，《鲁迅全集》（六），人民文学出版社1981年版，第95页。

画，也来得行令猜谜，但倚靠的是权门，凌蔑的是百姓，有谁被压迫了，他就来冷笑几声，畅快一下，有谁被陷害了，他又去吓唬一下，吆喝几声。不过他的态度又并不常常如此的，大抵一面又回过脸来，向台下的看客指出他们公子的缺点，摇着头装起鬼脸道：你看这家伙，这回可要倒楣呢！

　　这最末一手，是二丑的特色，因为他没有义仆的愚笨，也没有恶仆的简单，他是智识阶级。他明知道自己所靠的是冰山，一定不能长久，他们将来还要到别家帮闲，所以当受着豢养、分着余炎的时候，也得装着和这贵公子并非一伙。……这二花脸，乃是小百姓看透了这一种人，提出精华来，制定了的角色。”“世间只要有权门，一定有恶势力，有恶势力，就一定有二花脸，而且有二花脸艺术。”

这段话说得精辟极了。如果不是看人看得透，不是对生活中形形色色帮闲那种“小骂大帮忙”的丑行深恶痛绝，而且，如果不是深通民间戏文，深深地热爱塑造了这种角色的人民和民间艺术家，这些话，是说不出来的。

　　在谈到中国当时的文艺批评时，鲁迅先生相当俏皮地引用了一则印度的小笑话：

　　“凡中国的批评文字，我总是越看越糊涂。如果当真，就要无路可走。印度人是早知道的，有一个很普通的比喻。他们说：一个老翁和一个孩子用一匹驴子驮着货物出去卖，货卖去了，孩子骑驴回来，老翁跟着走。但路人责备他了，说是不晓事，叫老人徒步。他们便换了一个地位，而旁人又说老人忍心；老人忙将孩子抱到鞍桥上，后来看见的人都说他们残酷；于是都下来，走了不久，可又有人笑他们了，说他们是呆子，空着现成的驴子却不骑。于是老人对孩子叹息道，我们只剩下一个办法了，是我们两人抬着驴子走。无论读，无论做，倘若旁征博访，结果是往往会弄到抬驴子走的。不过我并非要大家不看批评，不过说看了之后，仍要看看本书，自己思索，自己做主。”①

---

① 鲁迅：《读书杂谈》，《鲁迅全集》（三），人民文学出版社 1981 年版，第 443 页。

故事浅显而又诙谐，可是，浅显处透着深刻，诙谐中见出冷峻！鲁迅的杂文中，这样的例子是俯拾即是的。

古今中外这些卓有成就的文学家的艺术实践生动地告诉我们，民间文学对于作家的创作具有不可忽视的意义。它不仅为作家提供了取之不尽的艺术素材，而且，更以民众的感情熏陶着作家的审美个性，使他的创作与人民声息相通，一脉相承，获得最强的艺术生命力。

二、为作家文学创造了许多美的形式

我们现在看到的各种文学体裁，大多是从民间衍生、发展而来的。鲁迅先生曾经说过："歌、诗、词、曲，我以为原是民间物，文人取为己有，越做越难懂，弄得变成僵局，他们又去取一样，又来慢慢地绞死它。例如楚辞吧，《离骚》虽有方言，倒不难懂。到了杨雄，就特地古奥，令人莫名其妙，这就离断气不远矣。"① 这一论断非常中肯。

先说诗歌。几乎所有不同句型和风格的诗，都是从民歌起源的。

四言诗，主要成于《诗经》。可是，在《诗经》以前的《易经·爻辞》中，便有了四言诗的雏形："贲如皤如，白马翰如。匪寇，婚媾。""屯如邅如，乘马班如。匪寇，婚媾。"而且《诗经》中，亦多是无名氏的作品。

现存最早的一首文人五言诗，是东汉班固的《咏史》。而早在西汉，便有了五言的民谣："邪径败良田，谗口害善人。桂树华不实，黄雀巢其颠。古为人所羡，今为人所怜。"甚至在秦代的民歌中，就有了五言四句的《长城民谣》。虽然这些并不能算作严格的五言诗，但仍可看出其发展的轨迹。

同五言诗一样，七言诗亦是来自民间。乐府民歌中已有不少七言诗句："战城南，死郭北，野死不葬乌可食"（《战城南》），"秋风肃肃晨风飔，东方须臾高知之"（《有所思》），"盎中无斗米储，还视桁上无悬衣"（《东门行》）。直到建安时曹丕的《燕歌行》，才出现第一首完整的文人七言诗。

我国文学中别具一格的乐府诗，更是从民间发端的。正当汉赋在形式主义、唯美主义的道路上越来越僵化的时候，民间许多无名氏已在酝酿创作一种新的诗体。汉魏民间兴起的乐府歌词"感于哀乐、缘事而发"，在精神上可谓追步"国风"，而形式上却又更为活泼。它以深厚强烈的感情，朴实自然的语言，为诗歌的发展闯开了一个新的局面，成为那一时代诗坛最活跃的因素。它当时不仅在人民中广为流传，而且，很快就被宫廷采集传习。乐府

① 鲁迅：《1934 年 2 月 20 日给姚克信》，《鲁迅全集》（十二），人民文学出版社 1981 年版，第 492 页。

的内容与风格，启发了那一个时代的文人，造就了历史上赫赫有名的建安文学。曹氏父子以高度的热情倡导乐府诗。曹操的《蒿里行》、《苦寒行》，曹丕的《上留田行》，曹植的《野田黄雀行》，陈琳的《饮马长城窟行》，王粲的《七哀诗》，或写战时离乱的痛苦，或写徭役深重的灾难，或写对自由安乐生活的向往，无不以社会问题为写作的主旨，而乐府诗也就在文人笔下形成了一支独特的流派，并对后代诗歌创作产生过巨大影响。

词，过去一般认为是文人创造的。自敦煌千首曲子词被发现以后，人们才看到：唐代民间，便有了“菩萨蛮”、“长相思”、“鹊踏枝”、“渔歌子”、“望江南”等许多词牌，曲辞大多清新质朴，感情奔放，不但有小令，还有长调，实际上已开了宋代长调慢词的先河。

元杂剧是我国完整的戏剧形式。它的诞生应追溯到宋、金民间产生的说唱形式——诸宫调。诸宫调是一种大型的叙事性讲唱诗，是宋金民间艺人的伟大创造。它在“变文”诗的体制上，把当时流行的民间时曲、小调编成各种套数，然后将若干宫调有机地组合在一起，用以演唱一个完整的故事。最著名的代表作是《董解元西厢记诸宫调》，这是中国文学史上一部最伟大的说唱诗！诸宫调有两个突出的特点：一是它的歌唱性很强；一是讲唱者常常跳出跳进，模拟故事中的各种人物进行写意性的表演。这就为元杂剧的诞生提供了各方面的准备，特别是为元杂剧的结构体制解决了关键性的问题。王实甫的《西厢记》，便是在《董解元西厢记诸宫调》的基础上改编的。而且，即使在“王西厢”诞生以后，“董西厢”也未失其艺术光华，在某些方面，仍然是“王西厢”所不可替代的。诸宫调不仅孕育了元杂剧的产生，而且直接影响着我国戏曲艺术特征的形成。中国戏曲在结构上主张“立主脑”、“减头绪”；表现方法上追求虚拟、写意而不注重环境布景；戏曲角色“自报家门”，自由跨越时间、空间限制，注重叙述交代，以及丑角有时跳进跳出等艺术传统，都带有民间说唱的浓重痕迹。与此前后，又有流行于浙江沿海一带的民间戏曲——温州杂剧，虽然“里巷歌谣，不叶宫调”，① 但它毕竟是我国戏剧史上能够看到的、称得上是戏剧的最早形式了。随后，到了文人手里，便发展为传奇，从而影响了明清两朝几百年的剧坛。

再谈谈小说。白话小说的诞生，与宋元明民间说唱文学的兴盛分不开。唐代变文的讲唱由于大量渗进了民间文学的内容而被佛门禁止之后，民间艺人便别创讲史与平话一途在瓦舍进行表演。这对后来小说的发展有莫大影响。宋人用白话讲唱，对文学乃是一大解放。由于白话更接近自然地表现生

① 徐渭：《南词叙录》。

活，有条件充分地表情达意；在篇幅上，也冲破了文言的束缚，可以自由自在、淋漓尽致地运用活的语言刻画人物、叙述事件、抒发感慨、表现景物、描摹声态。而这种细致的讲唱表演在时间上的延续，导致了章回小说形式的形成。后来小说中套用的“欲知后事如何，且听下回分解”就是从白话讲唱脱胎而来。其次，说书艺人为了能更好地抓住听众，因此，在人物塑造、情节安排、矛盾冲突、气氛调节等多方面下苦功夫琢磨、研究。这也为小说的诞生积累了丰富的艺术经验。而且，一批批围绕“水浒”、“三国”、“杨家将”、“岳家军”的可分可合的独立故事，在说书艺人手中逐步创造出来，这就为鸿篇巨制准备了充分的条件。因此，脱离了民间文学的创造，我国文学史上《水浒传》、《三国演义》一类长篇小说，就不可能那样迅速地在文人笔下形成；而文人自己构思的长篇小说《儒林外史》、《红楼梦》等，也可能由于缺乏技巧的借鉴和创作经验的积累，诞生的时间和成熟的程度就会受到很大的限制，而难以达到水到渠成的效果。

除了上面所说的以外，民间文学创作实践本身，对于文艺学中一些基本理论问题的探讨，也可提供许多有益的资料。在关于文学的起源、文学的本质、文学与生活、文学内容的构成要素、文学形式的继承与创新、文学创作方法、文学语言的提炼、文学的民族性、地域性特点等重大文艺理论问题的研究上，文艺学家可以从民间文学的艺术实践中，开拓出新的、更广阔的研究领域，从而使文艺学体系更加丰富、更加完善。

第五章　神　　话

第一节　神话与神话学

一、神话释义

神话，即是关于神的故事。它是远古初民创造的、反映人与自然、与社会（主要是人与自然）的关系的幻想性故事。神话是人类童年时期的创造，它记载着古代人类对世界起源、自然现象和社会生活的原始理解，因而，神话也是原始人类的百科全书。世界上各个民族都有自己的神话。

但是，过去对于神话的起源及其特质的理解却又是众说纷纭的。这种探讨，延续至今，不仅没有停止，而且还在更大的范围内热烈地进行着。特别是本世纪中叶以来，“神话热”不仅在文学领域内久盛不衰，在哲学、宗教学、伦理学、心理学等人文科学领域内，对神话的兴趣，也是有增无减。以至有人曾说，“20世纪是神话复兴的世纪”。

对神话的起源、本质等一系列理论问题进行研究与探讨，这便是神话学。在长达千余年的历史进程中，神话研究曾有过许多派别。

二、神话学诸派别

1. 古希腊哲学家对神话的论述

欧洲古代的神话研究始自希腊。古希腊哲学家对神话的态度从一开始就很不一致。其中有两种说法较有影响。

一是“隐喻说”。倡导者是公元前500年的哲学家色诺芬尼（Xenophanes 约前 565—约前 473)，他认为，神话不过是“古人的寓言”，是古代智者为了暗示各种自然法则、寄托道德教训而留下的“哑谜”。研究者的任务，就是要寻求隐藏于其中的深奥的真理。

二是“历史化”理论。主要创始人是公元前 400 年的希腊学者攸痕麦拉斯（Euhemerus)。他认为，神话只是历史的“传奇描述”，“从历史上根究起来，所有的神都是历史的人物”，只不过后人对古代的历史事件作了想象、夸张的描述，便成了神话。比如宙斯，本来就是克里特的国王，宙斯与巨人族之战，以及特洛伊战争，都是以真实的史事为背景的。

自攸痕麦拉斯倡导此说以后，许多历史学家都争先仿效。撒哈根（Sahgun）据此解释墨西哥神话；斯诺洛斯忒来深用以解释北欧神话；初期基督教的一些学者，如拉克坦细阿（Lactantuis)、奥古斯丁（Augustine）等人，更是大力鼓吹。可见，神话的历史化，历史的神话化，原是各民族都有的事情，并非是我国独有的现象。

2. 维柯神话哲学

18 世纪的意大利学者维柯（Vico，1668—1744）是西方神话哲学的创始人。他认为，世界上每个民族都要经历三个历史阶段：神的时代、英雄时代、人的时代，就如人的童年、青年、成年一般。神的时代，便是人类的儿童期。此时，人类尚不能构成心智的类概念，只能推己及物，因而原始意识只是一个浑融体。维柯的神话哲学对后世的神话研究有十分深远的影响。

3. 言语学派

言语学派的代表人物是英国语言学家马科斯·缪勒（Max Müller，1823—1900)。他认为，神话是后人把古时遗留下来的名词用混乱了、误解了而造成的。因此，一切神话，都源于“语言的毛病”，就如“珍珠是蚌壳的毛病”一样。缪勒耗尽了毕生的心力，对所有同语源的“亚里安”族神话中言语的演变进行了多方辨析和考证，提出了所谓“亚里安种子说”。认为亚里安语系各族神话中的神名有异，但它们却都同出一源。

4. 人类学派

人类学派是 19 世纪在欧洲出现的一个有影响的神话学派别。主要代表人物有英国民族志学家爱·泰勒（E. Tylor，1832—1917）和英国人类学家安德鲁·兰格（Andrew. Lang，1844—1912)。他们主张用人类学的方法“取今以证古”——即从现代野蛮人的生活、思想和信仰去考察原始人的神话。他们用进化论的观点去解释神话的各种现象，明确指出，神话是未开化的人类的原始信仰的残留物，是早期人类的心理状态的反映。他们认为，原始人的心理特点，一是好奇，二是轻信，三是“精灵崇拜”。因为好奇，遇事就要问个“为什么”；因为轻信，所以随便获得一种解释便得到满足；而“精灵崇拜”、“万物有灵”的宇宙观，则使一切自然之物都被人格化，进而演绎成神话故事。

5. 功能学派

功能学派的创始人是英国的人类学家、社会学家布·马利诺夫斯基（B. Malinowski，1884—1942）。他认为文化是为满足人们需要而存在的，是各种功能的组合。而神话与原始时期的仪式、巫术密不可分，所以它不仅是具有诸如隐喻、象征等意义的故事，更重要的是具有“实用功能”，对于原始人起着行动准则、道德规范的作用。

6. “仪典先于神话”说

这一学说的主要代表人物是英国宗教史家、民族志学家詹姆斯·乔治·弗雷泽（James George Frazer，1854—1941）。他认为，神话产生于仪式，两者相伴而行。在历史演进过程中，仪式渐渐消亡，而神话故事却留了下来。他在其代表作《金枝》中，对为数众多的法术仪礼进行了探考，从中抽绎出了一些严整的体系，并用大量资料，论述了文学创作与各种古老仪式的关系。认为凡是伟大的作品，都包含了这种神话与仪式的“原型”。

7. “无意识心理显现”说

瑞士的心理学家卡尔·古斯塔夫·荣格（Carl Gustav Jung，1875—1961）认为，“神话是前意识心理的最初显现，是对无意识的心理事件的不自觉的陈述”。因此，他认为，神话的全部意象中，包含着人类的集体无意识。这种“集体无意识”潜藏在每个人的心灵深处，作为一种“种族记忆”，它能代代遗传，这就是许多作品中所包含着的“原型”。

荣格不是神话学家，他是研究心理学的。他的“集体无意识”学说，是对弗洛伊德（S. Frend，1856—1939）的“个体无意识”理论的延伸与反拨。弗洛伊德认为个体无意识心理，主要是由于“童年时期创伤性经验的压抑”（性压抑）形成的。荣格并不否认“无意识”的存在，但他认为，这种“无意识”，不只限于个人童年经验，也不止于“性压抑”；还有大量的是“祖先经验思维”的遗传——即“集体无意识”。而对“集体无意识”的研究，就很自然地使他要从个别的病例，转到去研究群体的心态，因此他找到了神话和其他的民间文学现象——因为只有在那里，才能找到“集体无意识”的原初物化形态。荣格因为过分强调“无意识心理”的传承性与先在性，而没有充分阐发这种“潜意识”所由产生的土壤和条件，从而使他的理论带上了许多神秘的色彩。但是，他却无意中道出了神话（也是所有民间创作）的一个根本特点：神话中包含着群体意识的历史积淀。荣格从分析心理学的角度对神话进行的解说，使神话研究又进到了一个更深的层次。

8.“意指性象征行为的产物”说

德国的哲学家卡西尔（Cassirer，1874—1945）认为，人是会运用象征手法的动物。人类通过意指性的象征行为建立起使自己区别于动物的文化实体。人类所有的精神文化，都是象征活动所创造的产品。因此，从认识论的角度出发，他认为，神话既不是虚构的谎话，也不是任意的幻想，而是人类在达到理论思维之前的一种普遍的认识世界、解释世界的思维方式。神话亦可看成是这种思维方式的符号，是一种具有象征意象的“原型”。

9.“神话—原型”理论

弗雷泽、荣格等人的关于神话的人类学、心理学解说，出其不意地在文学批评界激起了巨大的回响，形成了后来的所谓“神话—原型”批评理论，在欧美风靡一时，成为具有“国际性的文学批评”，甚至大大影响了20世纪中期以后的世界文坛，加速了现代艺术神话化倾向的进程，这大约是人类学家们始料不及的。加拿大文艺理论家弗莱（N. H. Frye，1912—）是“神话—原型”批评理论的集大成者。弗莱认为，神话，是一种“具有原型意义的叙述程式”，或者说，“神话就是原型”。作为一种叙述结构原则，神话原型被后世作家不断复制、反复出现在各类文学作品中，形成一种文学传统。

弗莱用一种宏观的、全景式的文化眼光，把文学构成的各种要素放到文化整体中去考察，力求从一种历时性的发展程序中，去认识和了解共时性理论体系中的逻辑联系——从人类文化发展史中去阐释文学自身的运动规律。应该说，这种努力是很可贵的。而且，他特别强调“原型”的遗传性质。他指出，艺术家的创作潜意识中浸透着传统因素的影响，因而艺术家的个人创造，在某种意义上来说，又是“超个人”的。这种“潜意识”沉积得越厚，作者便愈容易找到能激活读者共鸣的乐音——就像歌德的《浮士德》“利用了在德国人心灵中能激起反响”的那种东西一样。这就从创作主体的心理素质上，挑明了一个隐蔽得较深的问题：任何想彻底摆脱传统文化影响的努力，都是徒劳的。因为，作家的心灵深处，他的潜意识中，便有着传统的遗传基因。它随时都可能出其不意地活跃在作家的创作活动中，甚至让你自己都感觉不到。对于作家来说，提倡对传统文化的认知，无疑是有积极作用的。但是，问题也恰恰出在这里。

弗莱把文学放到人类文化整体中研究的观点，是相当有见地的；可是，在阐释这种运动过程时，他却又抛弃了辩证法：把几千年的文学史，纳入了

四、五种循环不变的模式运动之中。同样，在强调文化传统对作家创作意识的影响方面，弗莱是很清醒的；然而他把这种影响又绝对化了，以至于完全否定了作家的独创性，否定了艺术家创作个性的存在。于是，古往今来的作家，包括许多大作家在内的文学创作活动，似乎都是在一种冥冥之中的“集体潜意识”的驱遣之下进行的了。以至于认为“乔叟的许多诗都是从他人诗作翻译或转述过来的；莎士比亚，他的戏剧简直是他所取材的前人剧作的翻版；弥尔顿呢？他所寻求的不过是尽可能多地抄袭《圣经》”，因而很难称赞他们。这样一来，文学成了一种原型模式的翻版；而文学家则是不断从事这种翻印术的工匠。“原型”的延伸态既然这样的毫无光彩，那么，神话“原型”的活力究竟表现在哪里呢？弗莱本想高扬“原型”的魅力，却没想到走到了自己的反面。而且，这些“原型”是从哪里来的？怎么产生的呢？仅仅是巫术活动和祭祀仪式的伴随物吗？对这一切，弗莱的解说就显得缺乏说服力了。

任何时代的文学理论，总是对那一时代文学现象的描述与概括。“神话—原型”批评是对 20 世纪文学创作中普遍存在的“返祖情绪”的一种解说。这种解说，由于有了人类学、现代心理学、现代哲学的理论支撑，具有一种宏观的视野和心理穿透力；然而也正是这些理论基石中的某些先验性元素的存在，使得“神话—原型”理论带上了明显的神秘化色彩，从而影响了解说的科学性。但由弗莱所引发的关于神话与文学关系的研究热潮，却在更大范围内、更深的层次上，推进了神话的本体研究，这却是弗莱的一大功劳。

上述各类学派，记载了不同历史阶段人们对神话本质进行探讨的轨迹，研究的结论或许各有短长，但无论是从哲学的角度、宗教学的角度，还是从历史学、语言学、人类学、心理学、社会学的角度所作的解说，都应该是人类思想发展史的重要组成部分。所有的研究成果，都从不同的层面，丰富着或引发着人们对神话的思考。

第二节 神话的本质

一、神话产生的原动力

谈神话的本质，首先应该谈它的起源。从中外各民族众多的神话资料中，我们可以看到，神话既不是某种与生俱来的“集体潜意识”的显现，也不是某种先在性的、神秘的、让人无法摆脱的“原型”。

神话的各种“原型”，并不是从天上掉下来的。它是在原始社会生活的激发之下产生出来的。当人们看到日月星辰有规则的运行；看到白昼黑夜的变化；看到春夏秋冬、寒来暑往的更替；看到潮涨潮落、阴晴雨雪、花开花落，以及动植物、甚至人类自己的生殖繁衍等现象，可以想见，他们是多么的惊奇！而看到雷电、山火、洪水、猛兽、干旱、瘟疫等自然灾害的肆虐，又会是多么恐怖！面对这一切，原始初民一方面试图用自己的能力（咒语、动作）去对某些自然现象施加影响，这便有了早期的巫术、魔法仪式；同时，也在他们自己所理解的范围内，去寻找一个自以为是的解释，以求在意念中实现某种愿望，这便有了神话：天下大旱，人们以为这是十日并出的结果。想要制止旱情，便产生了能射太阳的神羿。羿不仅射杀了九个太阳，还杀了害人的“猰貐”、“凿齿”、“九婴”、“大风”及野猪、长蛇、巨蟒等凶禽怪兽。洪水滔天，人们便造出了鲧禹治水的神话。突发地震，人们认为这是鳌鱼换肩的结果：古人以为大地本来是鳌鱼抬着的，一抬就是几百年，鳌鱼累了，要换换肩，于是大地就发生震动。至于天上的彩虹、云霞，则被认为是当年女娲用以补天的五色彩石，如此等等。诚如高尔基所言：“在古代的幻想底每一飞翔之下，我们容易发现它的推动力，而这个推动力，总是人们想减轻自己的劳动意愿。十分明显，这个志愿，产生自肉体劳动的人们”。神话的深处，深蕴着人类要求认识自然、征服自然的执著追求：太阳是神（人）造的；月亮也是神（人）造的；天地是神（人）开辟的、化生的；尽管天神惩罚人类，毁灭世界，然而，天破了再补，地陷了再填，夸父要追日，精卫要填海，鲧窃息壤而死，大禹治水而变熊；不死的刑天以乳为目，以脐为口；燧人氏钻木取火；后稷教民稼穑；神农氏日尝百草，肝肠寸断，发明了医药；有巢氏构木为巢，使人摆脱了穴居野处之苦；仓颉造字，使人类文明史揭开了真正的篇章。神话中充满着创世的豪情，献身的慷慨，充满着力量和勇敢。而对于人来说，这种追求与进取精神是最本质的。这也许是神话之能永远撼动人心的本原之一吧。

如果说，神话是“原型”的话，那么，这种“原型”不是与生俱来的，更不是冥冥中来无影去无踪的“前意识”的不自觉显现。神话创作的原动力，来自肉体劳动的原始初民“要求认识自然、征服自然力”的强烈愿望。神话中所述的一切，不过是被原始人不自觉地加工过的“自然和社会形式本身”。所以，被弗莱说得那么神秘的神话“原型”，实际上是原始人的现实生活，作用于原始人思维活动的产物。文学作品中诸如诞生、恋爱、历险、胜利、受难、死亡、复活等内容，并不是先在的神话模式的无限循环和重复；乃是人类自身生活中就存在着生、老、病、死、恋爱、历险、受难等内容。生、老、病、死固然是自然的一般法则，但它不是僵死的模式。这种一般性法则，在一个时代、一个地域、一个民族乃至一个人的历史发展过程中的表现，永远是新鲜的、活泼的、个别的。所以，我们说文学与神话有天然的血缘关系，但文学并不起源于神话“原型”。因为，神话“原型”乃是源于先民的生活的。离开生活的土壤，而单从神话“原型”中去寻找结构自己作品的契机，这无疑是舍本逐末了。

那么，原始初民又是通过什么方式，将他们的生活体验和心理状态转化为神话的呢？

二、神话“艺术构思”的核心

原始人类的生产劳动和社会生活，不断地激发着他们去征服自然力、支配自然力的雄心和勇气；可是他们的蒙昧和低能，又使他们没有可能找到正确的答案。那时，人们最熟悉的，莫过于人类自己和他们的生活。人们会做梦，对梦中的一切无以解释，便以为人的肉体和灵魂是可分可合的，梦中的际遇便是灵魂的活动，因而认定有灵魂的存在。人们又看到有的自然现象给人带来好处，有的带来灾害，便很自然地把这一切看成是有意识的故意行动。于是，他们将各种自然物、自然现象与自己完全等同起来，赋予他们以形体、意识、生命和灵魂，把它们“形象化”、“人格化”，进而将它们神化。这就是原始初民的所谓“自然崇拜”，也叫“万物有灵”论，它是原始人的宇宙观，是神话创作的思想基础。

当人按照自己能够感知到的具体形象去理解自然界中一切异己的对立物的时候，他们即是在一种幻想的天地里，用人格化的方法去同化自然力。所以，神话实际上也是原始思维的一种形象性的物化形态。而想象，便是通向这种转化的桥梁。因此我们说：“借助想象”、“把自然力加以形象化”，这是神话“创作”方法的本质，是其“艺术构思”的核心。

原始的想象，也是在原始生活的实践基础上产生的，这种思维的运动方式，主要靠“联想”。从大量中外各民族神话资料中，可以看到这么几种类型的联想：

1. 原始的相似联想：这是因不同事物的某些相似特点所引起的联想。比如：因日月之光与目光相似，故许多神话都把日、月说成是某巨神或巨人的左眼和右眼；日出东海与婴儿出浴的情景近似，故有“羲和浴日”的联想；雷声与鼓声相似，故神话中有雷神“鼓其腹”的联想等等。

2. 原始的接近联想：这是由时间上、空间上相互接近的事物所引发的联想。如：大树与蓝天在空间上接近，故神话中把大树说成是通往天界的路；高山与天空也很近，故神话中的众神常住在山上——希腊的奥林匹斯山和中国的昆仑山都被认为是诸神的处所；雷电总是相伴而行，时间上很接近，故雷公、电母被想象为一对配偶神；同样，黎明在前，日出在后，时间相近，故希腊神话中有太阳神追逐黎明女神的联想。

3. 原始的对比联想：这是由对立、对比存在的事物所引发的联想。人类在自己的生产生活实践中，很早就对天和地、日和月、白天和黑夜、男和女、生和死、水和火、热和冷等一系列客观对立存在的事物和现象有了感知，于是，神话系统中便出现了天上的神界与地下的冥界；出现了神与魔的较量；有了太阳神为男性，月亮神为女性的联想；及共工祝融水火二神大战的场面。

4. 原始的因果联想：这是把直观的、并无因果联系的共存现象当做因果关系看待的联想，是形成神话系统神秘性的重要联想。如说华胥氏因踏了雷神的足迹而生了伏羲；简狄因吞了燕卵而生了商民族始祖契；姜嫄因踩了天神的足迹而生了周民族的始祖弃等等。

在神话思维中，上述几种原始联想形式互为补充，其中，由相似、相近而引发的原始因果联想最为多见。因此，各类原始神话几乎都毫无例外地带有推源性质。

那么有人要问，既然神话中的诸多故事，是原始人生活的折光和投影，那又怎么理解神的形象呢？有些神并不具备人形。像中国神话中的许多神，几乎都是半人半兽的：女娲伏羲是人首蛇身，炎帝是人身牛首，祝融是兽身人面，海神禺强是人面鸟身，河神冯夷是一条白面长人鱼，甚至像共工这样的大神，干脆就是个九首蛇身、且首尾自环的怪物，鲧死后化龙入羽渊，禹能化为大熊劈山引水……其实，这种“人神异形”的神，正是原始社会最早出现的神。在太初原人看来，人与动物可以互相通婚，可以互相变形，可以互相演化，这种半人半兽的形象正是这种思维运动的结果。

稍后一些时候，人类不再把自己同兽类混为一体了，开始用人的形象来塑造神的形象。像希腊神话中的诸神，都是“人神同形”的。他们像人一样美丽、聪慧、有感情、有性格、有欲望、有嫉妒、有口角、有爱恋，也有厮杀。原始人按照人间生活的样式，去设想着关于天地日月、山川湖海、风雨雷电诸神的活动，去描绘他们的性格，给各种自然现象以人格化的解释。所以，我们从希腊那些优美而又完整的神话中，总可以看出某些“加工过的自然和社会形式本身”。不过，神话对客观世界的反映，并不是一种现实的反映，而是一种幻想的反映”，“是无数复杂的现实矛盾的互相变化对于人们所引起的一种幼稚的、想象的、主观幻想的变化。”神话对于自然和社会所作的种种解释与说明，虽然有时也会透出些许朴素的唯物论的根芽，然而，“从现代科学的意义上说，它又是不正确的”，是错误的。这是原始人的宇宙观决定了的。因此，这种所谓的“艺术构思”，更确切地说，实际上是一种原始的神话思维，它的基础是“万物有灵”论，是原始人用人格化的方法同化自然力的结果。

三、神话是一种“不自觉的艺术加工”

说神话对“自然和社会形式本身”的“加工”是一种“不自觉的艺术加工”，是相对作家创作而言的。众所周知，作家创作时，也离不开想象或幻想。但是，对于作家来说，创作过程中幻想的驰骋是完全自觉的、有意为之的，即使是一些浪漫主义色彩比较浓厚的作品，也莫不如此。而神话的作者却不然。当原始初民把自然力和社会现象人格化时，他们并不以为这是什么“幻想”，或是什么“加工”，他们十分真诚地相信，世界本来就是他们说的这个样子。他们把幻想当做现实，以幻想代替现实，对幻想的一切都信以为真，甚至把二者完全等同起来。在原始人的观念中，神并不是幻想的东西，“而是一种用某种劳动工具武装着的十分现实的人物，神是某种手艺的能手，是人们的教师和同事。”人们凭借着这些神的威权，在幻想中去实现认识自然、征服自然的愿望。这正是童年时期的人类，对于自然和社会关系所持的观点。正是这种观点，构成了神话赖以存在的土壤。所以，随着社会的进步，科学的发展，随着“自然力之实际上被支配”，人们便不会再用这种“不自觉的艺术方式”来反映人与自然、与社会的关系了。因此，马克思曾深刻指出，“在罗伯茨公司面前，武尔坎又在哪里？在避雷针面前，丘比特又在哪里？在动产信用公司面前，海尔梅斯又在哪里？……在印刷所广场旁边，法玛还成什么？”① 这是说，神话这种意识形态，是同原始社会的生产方式以及原始人类的世界观紧紧相连的。一旦产生神话的这一社会历史条件成为过去，一旦科学的文明打破了“万物有灵”的原始观念的时候，神话就再也不可能被创作出来了。马克思从人类思维发展史和社会发展史两个方面，阐述了神话产生的土壤和条件，并不是说有了现代文明，神话就没有价值了。恰恰相反，马克思正是透辟地分析了神话的这一特质，明确指出，神话作为人类童年时期的产物，具有无可替代的宝贵价值。后世的人们可以创作出比神话伟大得多的艺术品，但任何一个伟大的作家，却永远也不

---

① 马克思：《〈政治经济学批判〉导言》，《马克思恩格斯选集》第二卷，人民出版社 1972 年版，第 113 页。

可能再创造出神话中所体现的儿童的天真来。当然，“一个成人不可能再变成儿童，否则就变得稚气了。但是，儿童的天真不使他感到愉快吗”？20 世纪饱尝现代文明之果的人们，之所以要重新高扬神话的旗帜，与其说是因为神话中有什么摆脱不了的“原型”情结，倒不如说神话中保留着现代人极其渴望的真诚和童心！当然，这种“归真返朴”只不过是现代人的一厢情愿，治不了现代病。然而，人类的童年及其艺术，是会显示出永久的魅力的。对于今天的人来说，“仍然能够给我们以艺术享受，而且就某些方面说还是一种规范和高不可及的范本”①。

总而言之，神话是原始社会生活作用于原始思维的产物。神话的深处，蕴藏着人类要求认识自然、征服自然的强烈愿望。这是神话产生的原动力。而这种心理愿望，之所以能转化为神话，乃是原始人用人格化的方法同化自然力、把自然力加以形象化的结果。如果说，我们把这称作神话的“艺术构思”，那么，这种思维运动的方式，主要靠原始的各种联想，它的宇宙观基础，是“万物有灵”论。正因如此，所以神话只是人类童年时期的产物。神话构思不过是一种“不自觉的艺术加工”。随着科学的进步，生产力水平的提高，自然力之实际上被支配，神话产生的土壤也就不复存在，神话也就逐渐消歇了。“全部神话”，也就成为野蛮时代带给文明时代的“主要遗产”。

第三节　神话的分类

世界各国的神话，按其内容加以归纳，主要有以下几种。

一、创世神话

这是解释宇宙万物起源的神话。它包括“天地开辟”、“万物起源”、“人类起源”及“洪水遗民”等方面的内容。创世神话是原始初民宇宙观的生动体现。

1. 天地开辟、万物起源神话

天地从何而来？万物由何而生？太初人类都认为，世界最初只是混沌一片，后来出了一位（或几位）创世的神，用各种办法把天地分开——或用手脚撑开，或用斧子砍开，或用锯子锯开，或用铁叉撬开，或用开水烫

---

① 马克思：《〈政治经济学批判〉导言》，《马克思恩格斯选集》第二卷，人民出版社 1972 年版，第 114 页。

开……在完成了天地开辟的任务之后，这位神或者是杀死了另一神物，或者是自己壮烈地死去，死后，尸体的各部分便化成了天地万物。

汉族古籍中记载的开天辟地的大神首推盘古：

> “天地混沌如鸡子，盘古生其中。万八千岁，天地开辟，阳清为天，阴浊为地。盘古在其中，一日九变，神于天，圣于地。天日高一丈，地日厚一丈，盘古日长一丈。如此万八千岁，天数极高，地数极深，盘古极长，后乃有三皇。”①

盘古开天辟地之后，混沌的世界才变得清朗起来，但是，大地一片荒芜，什么也没有。那么，世上万物是怎么来的呢？三国时吴国徐整的《五运历年纪》中又有这样的记载：

> “首生盘古，垂死化身，气成风云，声为雷霆。左眼为日，右眼为月，四肢五体为四极五岳，血液为江河，筋脉为地理，肌肉为田土，发髭为星辰，皮毛为草木，齿骨为金石，精髓为珠玉，汗流为雨泽，身之诸虫，因风所感，化为黎甿。”②

除汉族以外，我国西南地区，瑶、苗、白、彝等少数民族，也尊盘古为创世大神。广东瑶族的《盘古书》中说：“盘古造地又造天，造了天地造河床，造了河床又造山口，千川万水出河湾。盘古圣王置天地，置天置地置青山，置得青山无限阔，又置江湖育万民”。③ 广西瑶族自治县的《伏羲兄妹歌》中唱道：“大岭原是盘古骨，小岭原是盘古身，两眼变化成日月，牙齿分化作金银。毛发变化为草木，尚有鸟兽出山林，气化为风汗成雨，血成江河万年春。”白族的《创世纪》说洪水过后，一切归于毁灭，后来由盘古、盘生两兄弟出来再造世界。于是，盘古变天，盘生变地，他们的化身木十伟变了万物：左眼变太阳，右眼变月亮；睁眼是白天，闭眼是黑夜；眉毛变竹子，头发变树木，大肠变大河，小肠变小河，肝变湖泊，肺变海洋，肚脐变大理海子。气变成风，脂油变云彩，肌肉变泥土，筋脉变道路，四肢变大山……按《路史》所载：“会昌（今江西会昌县）有盘古山，湘乡（今湖

---

① 据《艺文类聚》卷一引徐整《三五历纪》。

② 引自《绎史》卷一。

③ 见《瑶族歌堂曲》，陈摩人、肖亭搜集整理，花城出版社 1981 年版。

南湘乡县）有盘古堡，雩都（今江西雩都县）有盘古祠；成都（今四川成都）、淮安（今江苏淮安县）、京兆（今陕西长安县），皆有庙祀。”《述异记》中亦载：“南海中有盘古国，今人皆以盘古为姓。”可见，盘古创世的神话在我国流传之广，影响之深。

这种关于世界原为混沌一团，由创世神开天辟地，并化生万物的神话，几乎遍及世界各地。如：北欧神话说，宇宙最初混沌一团，后来大神奥定杀死了冰巨人伊密尔，将他的肉造成土地，放到混沌一团的中心；将他的血造成海围绕土地；将他的骨骼造成山，牙齿造成崖石，头发造成树木花草和一切菜蔬，骷髅造成了天，脑子造成了云，用四个最强的矮人立在地的四角，撑住天。

印度的创世神话说，众神用巨人波罗夏的身体造成万物：用他的口造了婆罗门，臂造了赖姜夏，股造成伐司夏，脚造成苏塔拉；魂为月，眼为日，头为天，身上的一切变成了各种野兽。

巴比伦的神话说，混沌世界中，一片汪洋。后来，天神马杜克斩了深渊的巨龙，将其遗体分为两半：一半造成穹苍，一半造成大地。然后用芦苇掺和着泥土，造出了田野动物、树木森林、平原沼泽、猪马牛羊等等。

上述这些创世神话，无论它们产于何地，内容有两点是共同的：一是说天地原是混沌状的，天地是神开辟的；二是说万物是神或有神性的动物尸身的各部分化生的。中国内地各民族与印度、巴比伦，以至北欧在地理位置上相去甚远，为什么关于天地开辟、万物起源的神话会如此相似呢？拉法格在《思想起源论》一书中对此现象作了很好的说明。他说，之所以会出现这种情况，是“因为各个民族不管它们的种源和地理环境如何，在自己的发展中，总会碰到极端相似的物质的和精神的需要，总得为满足这些物质的和精神的需要而采取同一的生产方式”。开天辟地的壮举，突出地表现了原始初民的创造精神，也是原始时代生产水平的曲折反映；生物或人体垂死化生的种种想象，则鲜明地体现着“万物有灵”和“灵魂不死”的原始观念。当然，世界各民族的神话，虽然多有惊人的相似之处，但神话创作又是随地取材、各依其俗的。同是认为天地未有之前，世界上是混沌一团，但中国人说的混沌像一个鸡蛋，希腊人说的混沌，只是无可名状的地、水、气的混合，而北欧有巨大的冰山、耀眼的极光、火山的喷发，因此，北欧神话中的混沌，是冰与火两种势力的交杂。北欧气候酷寒，长年封冻，所以，地母林达是一个严肃、冷峻、不甚慈惠的形象；而在气候温和、雨水充足的南欧希腊人的体验里，大地母亲赛丽斯是那样慷慨、慈祥而又善良。可见，神话同时也体现出鲜明的民族的、地域的特点。

2. 人类起源、洪水遗民神话

人是从哪里来的？在神话中有许多种解释。

①自然生人

这类神话说人是从自然怀抱里孕育、生养出来的：如布朗族神话说人是“从天上漏下来的”；佤族神话说人是从石洞里生出来的；台湾泰雅族神话说，自己的祖先是从岩石中“迸裂”出来的；满族神话说人类起源于柳叶；独龙族神话说人是从树桠巴中爆出来的；苗族神话说人最早是枫树心孕育出来的；拉祜族神话说人是从葫芦里生出来的；哈尼族神话说“先祖的人种种在大水里”；纳西族神话说“人类是从天孵抱的蛋里生出来的，人类是从地孵抱的蛋里生出来的”；① 连赫赫有名的创世神盘古，也是从混混沌沌的“宇宙卵”（鸡子）里生出来的……显而易见，这些神话是原始人从直观的自然界的繁衍生殖现象所引发而出的一种原始性类比联想：地上长着花草树木，水里生着鱼虾贝蚌，蛋可以孵出小鸡、小鸟，树可以开花结果，那么，人呢？大概也一样吧——这便是神话思维的轨迹。在原始初民心目中，自己和整个大自然是融为一体的，他们还不懂得把自己与动、植物区分开来。特别是在一些氏族起源神话里，干脆就把某种动物，当做氏族的血缘始祖（图腾）加以崇拜：《诗经·商颂》载“天命玄鸟，降而生商”，故商民族尊燕鸟为图腾；古代犬戎族的神话中以犬为其始祖，古代突厥以狼为其始祖，哈萨克则以白天鹅为其始祖。傈僳族神话则说母性始祖与各种动物交配繁衍出了各个氏族：与狼配的生了狼氏族；与鼠配的，后代就是鼠氏族；与鱼配的，后代就是鱼氏族；与羊配的，后代就是羊氏族；与猪配的，后代就是猪氏族；与牛配的，后代就是牛氏族；与马配的，后代就是马氏族；与蛇配的，后代就是蛇氏族……②这些氏族族源神话，很生动地体现了初民图腾崇拜的原始观念。

②大神造人

这类神话说人是神造出来的：在中国，说是女娲抟黄土创造了人类；在古埃及，说是洪水过后，大神喇再用泥土陶轮造人；在古巴比伦，说是天神马杜克用芦苇、泥土和水造人；在希腊，说是大神宙斯指令巨人族后裔普洛米修斯用泥和水捏出了人形，并给他以生命；在古希伯来，说是天神耶和华用泥造了亚当，赋予亚当以智慧，然后用亚当的一根肋骨造了夏娃……很明显，用泥造人神话乃是原始社会新石器时代制陶术在神话艺术中的投影，这

① 参见陶阳、钟秀著：《中国创世神话》，上海人民出版社 1989 年版。

② 谷德明编：《中国少数民族神话选》（初选本）。

类神话几乎在世界各地的许多民族中，都有流传。除了用泥以外，有些神话也讲到了用其他材料做人：如鄂伦春神话说天神用飞禽的骨头和肉造了鄂伦春的男人和女人；瑶族神话说天神用蜂仔造人；土家族神话说依啰娘娘用竹做骨骼，荷叶做肺肝，豇豆做肠子，葫芦做脑壳，通了七个洞，吹一口仙气便成了人；北欧遍地是木柴，所以大神奥定用木片做人。这又一次证明了神话创作就地取材，各依其俗的特点。

③洪水遗民

这类神话不是追溯人类最早的起源，而是讲述洪水毁灭世界后人类的再生。

在我国西南少数民族如苗、彝、壮、瑶、白、傣、哈尼、傈僳、景颇、布依、纳西、基诺、拉祜、仡佬、崩龙、苦聪、普米、布朗、阿昌等族中都有这样的洪水神话：说远古时，天神（或龙王、雷公）降下洪水，淹没了人间，只有两兄妹坐着鼓、箱或葫芦逃出，得以幸存。后来，在神的授意下，兄向妹求婚，妹先不允，后用滚磨、合烟等占卜方式验证兄妹成婚再生人类确系神的旨意。可妹妹还是绕山逃避，哥哥久追不上，又是在神龟或别的神物的暗示下，哥朝相反方向迎上去，妹果然撞到哥哥怀里，于是兄妹成婚，重新繁衍人类。

洪水遗民神话同样带有世界普遍性。古埃及、巴比伦、古希伯来、古希腊、印度、南美印第安人、北冰洋沿岸的爱斯基摩人、澳大利亚人、太平洋诸岛土著居民及东南亚诸民族，都流传着天神降洪水毁灭人类的神话。古希伯来神话说上帝耶和华看到人间充满了罪恶，便用洪水毁灭了人类，只留下了义人挪亚一家在方舟内躲过了这场灭顶之灾。洪水退后，挪亚一家走出方舟，重新建立一个新的世界，再生人类。希腊神话说，人类到了铁器时代，既不敬神，又互相残杀。于是宙斯发怒，命海神波塞冬掀起海潮，淹死了所有的人，只留下丢卡利翁和他的妻子彼拉，由他俩用石头再造人类。巴比伦神话说，洪水过后，西纳比斯一家由于得了神助，在方舟之内幸存下来，再繁衍人类。在这些神话里，洪水过后，留下的是一对夫妻，而不是兄妹。把洪水泛滥与兄妹结婚联在一起，是我国西南一些少数民族洪水神话的特点。它是人类早期的婚姻形态——血缘婚制在神话中的反映。人类从最初的杂处群婚，进到血缘兄妹婚，无疑是一种进步。但人们又终于发现，这种近亲婚配的血缘婚，对人种的繁衍很不利。于是，兄妹婚开始被限制，发展成族外婚，亦称伙婚制。兄妹结婚再生人类这类神话的主要情节是兄向妹求婚，妹不同意；后经多次占卜、追逐，“天意”撮合才成就姻缘。这些描写，一方面很明显地保留着“占卜”、“追逐”等古代巫术观念；另一方面，也恰恰证明，洪水神话产生时期，兄妹婚这种形态才过去不久，而新的两性关系的限制已经出现。耐人寻味的是：这类故事都有一个大体相似的结尾：即兄妹成婚后产下一个怪胎：或是一个肉团、肉块；或是一个冬瓜、皮囊，兄妹俩又气又怕，便用刀将其砍开，结果，从里边蹦出的肉块一个个变成了人，落在桃树上的姓陶，落在李树上的姓李……有了百家姓；撒到山林边远地方的就成了少数民族。这里，惩罚性情节明显地透露了对血缘兄妹婚的否定；同时，从另一个角度我们也可以看到中华大家庭各民族同源共祖的观念。可见，神话确实是保存关于过去的回忆的宝库，是进行人文科学研究的重要资料。正如鲁迅先生所说：对神话所述的一切，“虽信之失当，而嘲之则大惑也。”①

另外，还有各种感生神话。这些神话不一定说的是人类起源问题，但它也是对于人从何而来的一种解释：某一女子看见了什么，或踩到了什么，吞食了什么，因而有所感应而怀孕、产子。如说女节（皇娥）感大星生少昊；有邰氏姜嫄履大人迹生周始祖稷；华胥氏履雷神迹生伏羲；简狄吞燕卵而生商始祖契……这些描述，正是母系社会时人类只知有母，不知其父的原始群婚制的折光。后世的封建君主，常用这些材料说明祖先帝王乃至于自己非同凡人，本是神胎，从而把原始社会的神变成后世人间的偶像。

二、自然神话

自然神话也可称之为解释性神话。它是原始人按照自己的理解，解释各种自然现象成因和来历的神话。这类神话真可说是包罗万象。举凡自然界的一切：日月星辰的运行，春夏秋冬、寒来暑往的更替，风雨雷电、山川河海、云霞雾露、花草树木、鸟兽虫鱼等等的起因和形状，在神话中分别都有解释。

1. 日月星辰神话

日月星辰与人类可以说是朝夕相伴，关系至为密切。它们的存在及其在运行中反复呈现的种种变化，很早就引起了原始先民的关注和想象。

太阳是世界上最大的光源，月亮次之。关于日月的起源，神话中有多种解释。一说太阳是大神的眼睛变的：盘古神话说日月是盘古的双眼变的，彝族神话说日月是老虎的双眼变的，哈尼族神话说是牛的双眼变的，新西兰土著神话说是天神马威的眼睛变的，古日耳曼人的神话说是大神沃旦的眼睛变的……二说日月是神生的：《山海经》中说帝俊之妻羲和生了十个太阳，另

① 鲁迅：《破恶声论》，《鲁迅全集》（八），人民文学出版社 1981 年版，第 30 页。

一妻常羲生了十二个月亮；希腊神话说宙斯与勒托生有一子一女，子为日神阿波罗，女为月神阿尔忒弥斯。三说日月是神造的：我国彝族、瑶族、苗族、阿昌族、畲族、满族等少数民族的神话说日月星都是创世大神用泥沙或金银造好了挂到天上去的。在原始信仰中，太阳、月亮、星星都是有实体、有感情的活物。它们有时因为生气，或失约，太阳会把月亮咬一口或把它撕成两半，这便是月的盈亏或月食。在许多神话里，太阳、月亮是一对夫妻，星星是他们的孩子。太阳喜欢抓吃自己的孩子，所以星星不敢见他。一看到太阳早上出来，月亮妈妈就赶紧带着孩子们溜掉了。这是对日月星辰昼夜交替运行现象所作的一种天真的解释，从中也可窥到原始社会食人之风的某些投影。

2. 雷电地震神话

与一般的自然现象相比，雷电以其巨大的威力，耀眼的亮光，震耳欲聋的响声，以及伴之而行的狂风暴雨，在原始人心目中，具有更大的威慑力和人格意味。神话中的雷电之神常常拥有至高无上的威权：希腊神话中的最高天神宙斯，同时也是司雷电霹雳之神；罗马神话中的众神之父丘比特，也是司雷电风雨之神；中华民族的人文初祖黄帝最初的神职也是雷神。因雷电迅疾异常，故雷神形象多与飞鸟发生联系。世界各地有许多雷鸟的神话传说，认为雷鸟拍动翅膀，便是隆隆雷声。中国早期的雷神是“龙身而人头”，“鼓其腹”为雷;① 后来，雷公的形象渐近人形，但仍是鸟嘴、鸟爪，身有双翅，身穿狮皮衣，悬连环鼓，手持鼓槌和凿子，发万钧之力，专惩人间恶人，俨然成了正义的守护神。

地震神话产生的心理基础，是原始人认为大地是漂浮在水面上的，下面由某几个庞大的神物驮负着。它们或是累了要换肩，或是眨眨眼，大地就会晃动；如果发起怒来，就会翻江倒海、天崩地裂，这便是大地震。中国人认为负地的是神龟或鳌鱼，日本人认为是鲸，印度人认为是大象，蒙古人认为是蛙……所以，地震神话也是世界性的。

3. 春夏秋冬神话

这是自然神话中极具魅力的一种。它是原始先民对春夏秋冬、寒来暑往这种有规则变化的自然现象所作的自以为是的解说。《山海经·海外北经》说大神“烛龙”人面蛇身，长达千里，睁眼是白天，闭眼是黑夜，“吹为冬，呼为夏”，“息为风”——一年四季的变化，竟在天神的一呼一吸之间得以完成，这是一种说法。希腊的四季神话又别具特色：说谷物女神得墨忒

① 《山海经·海内东经》。

尔的女儿科瑞，被冥君哈得斯抢去作了阴府的王后。得墨忒尔伤心至极，四处寻找，不觉抛荒了自己的职守，大地一片萧瑟。后经宙斯调解，哈得斯答应放回科瑞，但在科瑞临行前却诱使她吞吃了四个石榴果。从此以后，科瑞只能在母亲身边呆八个月，帮助农事；其余四个月，则要回到地府，与死国之君同居，以了夙愿。当第一张梧桐叶从树上飘下的时候，哈得斯便驾车来接她回到黑暗的王国；春之神离开了母亲，得墨忒尔又开始伤心，于是，万木凋零，冬季来临了。而当第一片嫩芽从土中探出头来的时候，神国使者海尔墨斯便迎接春之女神返回人间，于是，万物重获生机。一切就这样安排定了，纵使宙斯万能，也无可奈何了！

想象是如此的奇幻美妙，感情又是这样的纯朴真诚！这种不受任何理性约束的幻想，只有在人类心智发展的第一阶段——即笃信人神同形、物我同格的阶段，才能得到最充分的表现。在所有的解释性神话里，整个大自然犹如一个浑然一体的大家族：有家长、有母亲、有儿女，他们各有个性，各有爱好，各有职守，各有才能。他们和人一样，有喜怒哀乐之情，也有悲欢离合之感，并且有时还会互相爱恋、互相嫉妒、互相吵架、甚至互相仇杀，或者参与人事，各袒一方，斗个没完。他们虽然权能伟大、胜过凡人，但也并不是无所不知、无所不能的。这种人神同形的特点，在世界各民族的解释性神话中都是共同的。特别是在古希腊的自然神话中，表现得更加充分和美妙。希腊诸神，几乎都可以给它们写一个传记；而这其中的许多描述，又莫不是千变万化的自然现象本身。

三、社会生活神话

这类神话，以原始人的社会生活为素材，内容包括很广。最主要的，当推文化英雄神话和神战英雄神话：前者追溯某项文化发明的起源；后者讲述神族之间的战争。

1. 文化英雄神话

这是原始初民讲述人类最早的创造发明的神话。在漫长、严酷的生活实践中，人类学会了用火，发明了制陶、栽培植物、驯养家畜、结网捕鱼、造车盖房，进而发明了文字。他们把这一切伟大的发明，都归之于神的创制和教诲。这类神话在各民族神话中分量不等。一般来说，社会越发达，技术发明的神话也越丰富。我国神话说，远古燧人氏由鸟啄树而生火得到启发，教民钻木取火；神农教民播种五谷，且日尝百草，发明了医药；女娲作笙簧，伏羲画八卦、制琴瑟，教民结网；嫘祖教民养蚕、作织；奚仲作车，仓颉作书，后稷作稼，皋陶作刑，昆吾作陶，夏鲧作城，高元作室，虞姁作舟，①《世本·作篇》更把许多日用器物的发明，如衣裳、冕、旃、鼓、镜……以至星象、历算、医药、音乐等，统统归于黄帝和他的臣属：说黄帝使羲和占日，常羲占月，臾区占星气，伶伦造律吕，大桡做甲子，隶首做算术等等。至此，神话的历史化已经十分明显，远古神话中的文化英雄已逐渐演化为人王帝主或圣人良臣了。

2. 神战英雄神话

这类神话记述神族之间的战事。希腊的《伊利亚特》便是神族大战的壮丽史诗。中国神话中神族之间的争战记录，虽不如希腊神话那么系统而完整，但现存的几次神族之战的零星记载，也是够为壮观的了。一是炎帝、黄帝的阪泉之战：黄帝"帅熊、罴、狼、豹、貙、虎为前驱，鵰、鹰、鸢为旗帜"，② 三战而胜。炎帝兵败以后，炎帝之裔蚩尤崛起，要为炎帝复仇，遂又有了黄帝、蚩尤的涿鹿之战。"蚩尤兄弟八十一人，并兽身人语，铜头铁额，食沙石子"，③ 蚩尤施法造起漫天大雾，被黄帝臣风后作的"指南车"破了迷阵，蚩尤又驱遣魑魅魍魉纵横厮杀。黄帝命应龙蓄水行雨攻打蚩尤，蚩尤则请风伯雨师吹得个云收雨散。黄帝命女"魃"助战，又取独足兽夔的皮作一面大鼓，用雷神骨作鼓槌，军鼓一响，山鸣谷应，撼天动地，黄帝大败蚩尤。蚩尤请夸父族巨人参战，黄帝得"玄女"所授秘法，终于擒杀了蚩尤。④ 后又有炎帝臣子刑天继起与黄帝争斗，被黄帝砍头后，仍然以乳为目，以脐为口，舞干戚不止。⑤ 这些神族的争战，从某种角度看，可以说是氏族社会部落之间的分合之战。神话中的形象，虽也是半人半神的，但人性成分明显增多，已渐近英雄传说了。

神话的内容，几乎包罗万象。应该说明，在神话产生的时代，各种社会意识尚未充分显示出自己的本质特征，尚未从互相的联系中分离出来。因此，可以说，神话是原始初民的哲学、科学、道德、宗教、历史、文学等各种社会意识的统一体。神话既是初民的宇宙观，也是他们的科学诗；既是创世者的历史，又是原始艺术思维的宝库。神话的价值和魅力是永远不朽的。

---

① 见《吕氏春秋·审分览》。

② 《列子·黄帝》。

③ 《太平御览》卷七九引《龙鱼河图》。

④ 《山海经·大荒北经》吴任臣注引《广成子传》。

⑤ 《山海经·海内西经》。

第六章　民间传说

第一节　传说及其分类

一、传说释义

民间传说，是广大民众创作的、与一定的历史人物、历史事件和地方古迹、自然风物、社会习俗有关的故事。它们或是记叙某个知名的历史人物的立身行事；或是再现某一重大历史事件发生、发展的过程或断片；或者是解释某地、某一自然物、人工物，或风俗习惯的成因和来历。

传说的最初阶段是与神话相交叉的。一批关于氏族祖先起源的神话故事，如华胥氏履雷神迹生伏羲、简狄吞燕卵生商始祖契、姜嫄履大人迹生周民族始祖稷等，可以说是最早的半神半人的传说。此后，传说几乎与人类生活的各个历史阶段相伴而行，不断向前延伸，直到近、现代，以至当代生活中，仍有许多新的传说，在民众口头不断地被创造出来、传播开去。所以，在传说学里，古老的传说有踪可寻，而现代传说的发展，却是永无尽头的。从某种角度说，传说与人类的历史共存。

在民众所有的叙事性口头创作中，民间传说的数量最多，流传范围最广，影响也最大，口头文学的各种社会价值，在民间传说中，都体现得比较充分。

二、传说的一般特点

民间传说与一般的故事不同。它有如下一些特点：

1. 内容的特指性

传说内容所及的人物、事件、地点、时间，一般是特指的、相对固定的，讲述时不能随意替换或指代。如同是农民起义，陈胜、吴广的传说与黄巢起义传说绝对不同，李自成传说与洪秀全传说也绝不一样。同是伟大的诗人，屈原的传说与李白、杜甫、白居易、苏东坡等人的传说也绝不可能一样。这种内容的特指性，加上讲述人若有其事的讲述方式，使传说具有一种可信性特点。

2. 记忆的具体性

传说的情节不是类型化的。传说因为与特定时间、特定场合下的特定人物所发生的特定事件有关，所以，每个传说的情节都是独有的，讲述的细节，充分体现出记忆的具体性、个别性特点。如王昭君传说中的宝坪村、香溪河、楠木井、桃花鱼、鸽子花、妃台山、珍珠潭、小礼溪、大礼溪、绣鞋洞……故事虽然都与王昭君有关，但各篇具体细节无一相同。故传说的表现从来都是五彩纷呈的。

3. 表述形式的多样性

传说的内容十分广泛：或者是记人；或者是叙事；或者是追溯某地某物的命名或来历。因此，传说的讲述没有固定的模式。它可以是一种口碑式传闻，也可以是简洁的速写，有的就像一首山水诗，有的则似一幅风情画。一切皆因人、因事、因时、因地而异。

三、传说的分类

1. 人物传说

这类传说以人物为中心，记叙他们的事迹或经历，表明人民对他们的评价。人物传说中，又有这么几种类型：

①关于著名历史人物传说

这类传说的主人公，都是历史上曾经产生过重大影响的知名人物。无论是流芳百世者，还是遗臭万年者；无论是为后人歌颂者，还是遭万人唾骂者，在民间都有许多传说。其中包括：

A. 历代帝王的传说：从秦始皇、汉高祖刘邦、东汉光武刘秀，到唐太宗李世民、唐玄宗李隆基、宋太祖赵匡胤、明太祖朱元璋，以及康熙、乾隆、慈禧、光绪等均有许多传说。

B. 清官良将传说：包拯、海瑞、诸葛亮、岳飞、刘伯温等等。与之相对应的，还有一些贪官污吏、奸臣佞贼如秦桧、潘仁美之流的传说。

C. 历代著名作家、艺术家的传说：如屈原、李白、苏东坡、范仲淹、蒲松龄、曹雪芹、郑板桥、唐伯虎、吴道子等等。

D. 历代农民起义英雄及革命领袖传说：如陈胜、吴广、王薄、黄巢、方腊、宋江、杨幺、李自成、李秀成、洪秀全等，以及现代的领袖人物毛泽东、周恩来、朱德、陈毅、贺龙等，乃至于当代的领袖人物，还有不少传说在群众中广泛流传着。

E. 历史上作出过独特贡献的人物传说：如王昭君、文成公主、蔡文姬等。

②关于著名工匠的传说

人物传说中，有许多关于能工巧匠的传说。过去，许多行业的手艺人都兴敬自己的祖师爷：木匠敬鲁班，铁匠敬李老君，造酒的敬杜康，油漆彩画匠敬吴道子等等。此类传说也以人物为主，但它的主人公的历史性内容，要比上一类“著名历史人物传说”宽泛得多。有关创作特点，留待下面详述。

③传统的、虚构的人物传说

这部分传说，是一些古老的、传统的民间传说。故事的主人公并不一定真是历史上确有的人物，但却是有名有姓的，而且，某些古代文献上，还若有其事地记载过。千百年来，他们在民间被当做历史性人物若有其事地讲、若有其事地传，无论有多少种异文，其故事的中心情节和中心主人公的命运始终不变。如：干将莫邪传说、韩凭夫妇传说、牛郎织女传说、孟姜女传说、梁山伯与祝英台传说、白蛇传传说等。

2. 史事传说

此类传说，以叙述重大历史事件为主。主要是关于历代农民起义、农民革命以及民族英雄抗战的故事，如义和团传说、太平天国的传说、捻军的传说等。史事传说一般以事件为中心，而不以某一个人的活动为中心。一组史事传说，常能从不同的侧面、不同的角度，对某一重大历史事件的发生、发展、高潮、结局作比较完整而生动的记叙。

3. 风物传说

这类传说浩如烟海。它是关于某地山川古迹、风俗习惯或乡土特产的由来和命名的解释性传说。它包括：

①地方传说

这是解释某地自然物与人工物的由来和命名的传说。诸如山、石、岩、水、溪、洲、林、垸、湾、塘、井，以及亭、台、楼、阁等的传说。此类传说乡土色彩浓厚，多含有较丰富的地方文化知识。

②风俗传说

这是关于各民族、各地方风尚、习俗来历的传说。诸如衣食住行习俗，婚嫁习俗、丧葬习俗、岁时习俗等，不同的民族或地区的风俗，往往伴有各自的起源性解释。此类传说具有较强的民族性和地方性特色。

③物产传说

这是关于各民族、各地方土特产品或手工制品的产生或由来的传说。包括各地的中草药传说、时鲜果品传说以及各种风味食品、常用器具、特种工艺的传说等。这类传说往往从不同的侧面展示出某地自然资源及人工技艺承传的历史线索。

以上所述，是一种传统的归类法。但归类本身并不是目的，它只是为了介绍和叙述的方便而作的概括与归纳。实际上，认真考察一下活在民众口头的民间传说，我们就可以发现，传说的实际存在态，并不能用任何一种分类法将它们断然划开。纵观一组义和团或捻军的传说，人们可以理出这些义军活动的某些过程，似乎可以算是道地的史事传说。但再仔细审查，这些史事传说实际上又是以某些著名历史人物的活动为中心内容的，也可以算是历史人物传说。而当您再深入一步，接触更多的传说资料时，您就会发现，这些关于历史人物活动的传说，又常常是以某地特有的山川风物作为凭证的。这样，绝大多数民间传说，实际上是以事件为线索，以人物为中心，以风物为标志的一种复合形态。因此，传说中包蕴着历史的、民族的、地方的多种内涵。认识和掌握了这一特点，我们才能在更深的层次上，探讨传说创作、流传的内部规律，理解民间传说在民族文化发展中的实际功能和独特价值。

第二节 传说创作、流传的内部规律

一、传说产生的动因

1. 民众的历史情感需要得到公开的表露和发抒。这是传说得以不断产生的原发性动因。

如上所述，大部分民间传说，都是以人物为中心的：史事是由人的活动构成的；风物遗迹则是人物活动的见证。历史上的各类人物，依照他们自己在历史上的实际表现，或者流芳百世，或者遗臭万年。几千年的封建社会，人民是无权书写历史的。但是，作为历史发展的主人，他们随时都在采取各种各样的方式，对一切重大的社会问题、历史事件发表自己的看法，对各类历史人物作出自己的评价。口头传说，便是经常运用的方式之一。所以，从某种角度来讲，民间传说，实际上就是劳动人民口传的历史。传说中，积淀着一个民族深沉的历史情感。

在我国众多的民间传说中，有许多关于历代帝王的传说，这是一个很耐人寻味的现象。如秦始皇、刘邦、刘秀、赵匡胤、朱元璋，直到康熙、乾隆等，在民间都有很丰富的传说。从传说中我们可以看到：人民对于他们在一定的历史阶段，能顺应历史潮流，注意休养生息、发展生产、安定民心、尊贤爱能、励精图治的种种作为，总是充分加以肯定；而对他们功成之后，嫉贤妒能、刻薄寡恩、涂炭生灵的恶劣行径，则无情地加以揭露和鞭挞。例如，在江淮一带，流传着许多关于朱元璋的传说。讲他小时候家境贫寒，在家乡放过牛，要过饭，当过和尚，有一帮子穷哥们。起事之后，朱元璋与这一帮穷朋友生死与共，患难相扶。他知人善任，求贤若渴。为了寻访将才，他带着军师刘伯温、胡大海，不避猛虎，进入深山访得壮士常遇春。后来，刘伯温、胡大海、常遇春等人都成了明王朝赫赫有名的开国功臣。然而，朱元璋一旦得了天下，便翻脸不认人了。传说家乡的穷兄弟找到南京皇宫里，朱元璋竟然装聋作哑不肯相认。而且，事后朱元璋便整天疑心他的开国老臣们知道他的底细，怕他们在背后耻笑他；又怕武将们不服他管束，便造下了“功臣楼”，假借“赐宴庆功”的名义，火烧功臣楼，以绝心腹之患，真可谓“兔死狗烹，鸟尽弓藏”。这些传说，公正而客观地肯定了朱元璋在建立大明王朝中的历史功业；同时，又极为深刻地暴露了这个“开国皇帝”刻薄寡恩、暴戾残忍的反动面目。

这些传说，鲜明地表现了农民的历史观。在封建社会里，天子至高无上，有谁敢于藐视皇权而把皇帝随便拉来嘲笑呢？唯有无牵无挂，日出而作、日入而息的农民！在山野草民的口头上，皇帝老子并不那么威风，冷嘲热讽、嬉笑怒骂是常有的事。人类社会向前迈进了几千年，农民这种对皇权的本能的反抗，是一直存在着的。谁能说这不是一种巨大的社会推动力呢？农民的历史功绩是永远也不应该抹杀的。但是，这些传说，也深刻地反映了一个以农民为主体的、古老的农业大国的民众的传统意识——希望有一个“好皇帝”。对于农民的这种理想，我们是不能随便以简单的“好”或“不好”的断语来加以评价的。这种理想，曾经激起了一代又一代的子孙奋起抗争；同时，还是因为这一“理想”，又毫无例外地断送了一辈又一辈人血战得来的成果。农民推翻了一个又一个封建王朝，撵走了一个又一个“坏皇帝”，轮到他们了，自己还是要当皇帝——只不过是希望当个“好皇帝”！这种理想在今天看来，实在没有多少可取之处。不过，作为“历史的回响”，这些传说却反映了“广大人民群众数世纪以来的斗争和期待”，是“研究人民心理的非常必要而重要的材料”。

在人物传说中，还有一类很引人注目的传说，恐怕也是中国的“土特产”，那就是关于“清官”的传说。这类传说历朝都有，而且久传不衰，一直延续至今。它形象而生动地代表着中国民众对理想政权的一种历史选择。我国农民是非常喜欢清官的，这也是清官传说能久盛不衰的社会历史基础。在传说中，清官总是与坏皇帝、奸臣佞贼相对立而存在的。也许，在漫长的封建社会里，贪赃枉法、草菅人命、依权仗势、鱼肉百姓的事情太多了，因此，民众对某些清官廉吏特别崇拜，呼之为“青天”！他们把自己对理想政权的向往与追求，执著地寄托在“清官”身上。传说中的那些不畏权势、不徇私情、执法如山、为民做主的清官，总是被赋予了许多良好的素质：他们体察民苦，实事求是，居官清正，廉洁奉公……总之，农民是按照他们心目中的理想尺度，去塑造清官形象的。在现实生活中，清官毕竟是封建官僚机器上的齿轮和螺丝钉；然而在传说中，清官却俨然成了人民的代言人。他们所执行的“法”，在某种程度上，已经突破了封建统治阶级的“法”，而成为农民理想中的平等公正的“法”。几千年封建社会的现实是：“刑不上大夫，礼不下庶民”；然而在清官传说中，王子犯法，果真就能与庶民同罪。什么亲王、什么国舅、什么驸马、什么衙内，作奸犯科是定斩不饶！可见，传说中的清官形象，比现实中的清官人物，无论是社会意义还是社会影响都要大得多。与期待着“好皇帝”一样，求助于清官来解救自己，自然也是农民的一种纯朴的幻想。但是，无论如何，农民总还是认为，清官总比贪官好，比昏官强！农民是很讲实际的。所以，即令时代飞跃了许多个世纪，社会性质已经起了根本的、质的变化，今天，还是有亿万群众乐于讲清官的传说，看清官的戏。而且，甚至还有新时代的“清官”传说——当然只是一种借用的比喻性说法——不时地从民间口头产生出来，流布开去。这是我们民族传统意识中一个突出的现象。透过这些传说，我们可以在深层的历史积淀的基础上，更深切地研究我们民族的历史和人民的心理。

与这些帝王将相传说相对峙的，是古往今来许多农民起义英雄和革命领袖的传说。在这里，人们常常是借助幻想的金线，把一片真挚的怀念追忆之情，织进一幅幅诗情浓郁的画图之中。传说北宋农民起义领袖方腊在邦源洞附近杀了七天七夜，最后才进洞去休息。此时，有萤火虫为他引路，松鼠为他衔来果子，直到方腊死后，每年六月初六，还有成群的喜鹊飞来，把他的骨头衔到高崖顶上去晒太阳。

在近世的革命领袖人物传说中，这种幻想性色彩有所减退，现实性明显增强。湘鄂西边区流传着许多关于贺龙同志的传说，如《老子就是要他认输》、《算命》、《剃头》、《戒鸦片》等等。这些挟带着生活血肉的传说、故事，很有历史的纵深感。从中，你可以探寻英雄本色的某些真实内涵；也可以辨认英雄性格发展的历史轨迹。这一类传说，本身不一定有多么高的文学价值，但却是史传文学创作取之不尽、用之不竭的活的源泉。

民间传说中所包容的人民的历史情感是相当丰富的，民间传说对它的反映也是多侧面的。我国历代有许多著名的文学家、艺术家，他们在各自所处的历史时代，由于和人民有着这样那样的联系，很得人民的喜爱和尊敬。人们称颂他们鄙弃权势、清正廉洁、同情民间疾苦的品格。比如，北京香山一带，到现在还流传着许多关于曹雪芹的故事。说曹雪芹晚年，家道中落，生活十分贫困。但不管多么艰难，他对穷苦的乡邻总是倾囊相助，从不吝啬。传说他曾帮助孤苦无依的关爷爷制作盆景，解决了他一家老小的衣食困难；他曾帮万奶奶祖孙二人设计了捕捉蝗虫的风筝，救了他们的性命；他还给香山一带的民户传授过捕鹰的绝技；帮助过老百姓惩治那些横行乡里、无恶不作的八旗子弟。对于豪门势要，他从不趋炎附势，巴结讨好。作家、艺术家们这种平民意识和立场，深得民众的好评。口碑中，这类传说相当丰富。不仅如此，传说在称道他们扶正祛邪、解危济困精神的同时，还盛赞他们卓世超群的艺术天才，甚至常常把他们的艺术造诣诗化、神化。传说郑板桥画的竹子使家雀误认为是栖身之地而撞死在画壁前；王羲之写的字，木匠在雕刻时发现已入木三分；唐伯虎画的鸟能帮更夫叫更，画的鸳鸯能下来啄米，画的老虎能吓退官兵；曹雪芹画的“夜明图”使人在朔、晦之时也能欣赏到平湖秋月的美景……民众用自己的感情，丰富了历史上这些伟大的艺术家的形象，使我们能从更深广的社会生活背景上去品评他们的为人及其艺术创造的价值。

从上面列举的诸多实例我们可以看到，民间传说中确实蕴含着民众的历史情感。传说的形成和流布，首先是人们的历史情感需要得到公开的表露和发抒。正因为传说总离不了特定的历史人物及人们对他们的历史评价，所以，传说一般都具有较为真切的“历史性”——更严格地说，是一种具体的历史感，也可以称之为传说的历史性结构要素。

2. 民众对自身创造力与创造精神的肯定与自豪，这是大量的工匠及其手工制品传说产生的主要动因。

在传说宝库中，有许多关于著名人工物或手工制品的传说，如江苏的云锦、宜兴的陶瓷、龙泉的七星剑、景德镇的龙凤瓷床、惠山的泥人、南通的刺绣等等。民众在这类传说中所寄寓的历史性情感，更突出地表现为对自身创造力与创造精神的肯定与张扬。传说或是解释某种手工制品的来历，或是描述制作工艺的繁难，或是表现手工工人技艺的神奇，或是叙说某种劳动工具、劳动习俗的特点与成因。这些传说，是历代能工巧匠劳动实践的具象化，而能工巧匠们的生产实践，则是这些传说产生的基础。其中，最有代表性的，是鲁班传说。

鲁班本是春秋时代鲁国一位杰出的能工巧匠公输般。古书记载他曾发明过云梯、战舟、木鸢、机车、硙、磨、碾……十二项生产工具和武器。由于他超人的智慧和非凡的技艺，获得了劳动人民，特别是各种手艺匠人的热爱、承认和崇敬。因此，从春秋战国时代开始，关于鲁班的故事，便在民间开始流传。而且，在流传过程中，后世的能工巧匠，又不断地将自己的劳动经验、劳动成果附会到鲁班的名下。这样，鲁班活着的年代离开我们越久，关于他的故事传说也就越多。因此，传说中的鲁班，已经不再是历史上那个公输般，而成了超越特定历史时代的艺术典型。他出现在各个不同的时代，中国许多著名的建筑物，几乎都和他的名字多少有些联系。例如，北京紫禁城内的四个角楼，九梁十八柱七十二条脊，十分壮观玲巧，本来是明永乐年间修建的，人们却传说，是鲁班化成了一个卖“蝈蝈儿”笼子的老头，给工匠们留下了式样才造成的；赵州桥也说是鲁班修的；北京祈年殿最后顺利完工，传说也是得了鲁班的点化与帮助；桂林花桥，传说是鲁班帮工匠们设计的；河北兆孟大佛寺的四根透花滚龙柱，传说也是鲁班雕的；甚至湖北玉泉寺的大铜佛像铜头浇铸，也说是鲁班用筷子插在饭里的办法暗示给工匠的……传说中的鲁班还有许多超凡的神技：他做的木头人能帮他干活，木马能驮家什，木鸟能驮着他从甘肃工地飞回山东老家；他的墨线可以弹开木头和石块；他可以挥着鞭子赶起石头走路；他一夜之间可以修起赵州桥，而且那桥非常结实：张果老的毛驴驮着日月，柴王爷的小车推着四大名山从桥上过都没有被压塌……这些传说，由于和一些著名建筑工程、劳动工具以及工匠的某些劳动习惯、行业规矩联系在一起，因而获得了令人可信的形态。它们虽然并不是鲁班曾有过的实事，但却是广大工匠在自己的劳动中可能会有的实情，是他们千百年来实践经验的总结和升华。传说中鲁班所具有的各种劳动技能以及在设计、调度、应变、排难等各方面的智巧，实际上是现实生活中每一个优秀工匠所必须具备的才干；传说中鲁班那种刻苦实践、虚心求教、敏于观察、精益求精的务实态度，以及关心人民疾苦、救人急难的善良性格，又是优秀工匠的良好品德的集中反映；而传说中鲁班所具有的那些超人的神技，又鲜明地体现了历代工匠对自己劳动成绩的赞美，寄寓着他们无限提高生产力，提高劳动效率的强烈愿望。所以，故事流传的时间越久，鲁班形象的内涵就越大，其艺术表现也越丰富。开始，鲁班还只是木匠的祖师爷，到明清以后，“金银铜铁锡、石木雕画皮、弹轧机篾瓦、垒鼓椅伞漆”等“九佬十八匠”都尊鲁班为自己行业的祖师爷。可见，这些巧匠传说，实际上是历代能工巧匠对自己创造力与创造精神的一种肯定性的审美观照。

二、传说创作的一般原则

钟山川之灵秀，赋造物以神韵，依物取形，随类赋彩，这是传说创作的一般规律。

绝大多数传说，都是融人物、事件、风物于一体的复合形态。历史人物的活动，历史事件的搬演，总离不开特定的空间舞台。特别是经历了一场不平凡的事变之后，这事变的主人公，总会留下多少可以令人引起追忆、联想的遗物、遗迹。当然，随身携带之物一般难以久存，而可以长留天地的，便是那青山秀水、古井楼台。也许，这些大自然的千姿百态，原本只是造化的鬼斧神工。但是，“山不在高，有仙则名；水不在深，有龙则灵”。一经名人涉足染指之后，山水洞石在人们的观念里，便从自在之物转化为有为之物了，这便是人化了的自然，是传说存在的一种物质基础。风物一旦被赋予了特指的生活内涵之后，当时的或后世的人们都会按照历史情感的指向，依物取形，随类赋彩：或者是把风物的外形特征和生长习性人格化；或者是根据某些特定的地理、气候条件所提供的形象素材，按照生活的千姿百态，巧妙地把历史人物的活动与现实空间的大舞台紧密地串联起来。这样一来，有关联的，无关联的，而且大部分本来可能就是无关联的人、事和风物便有机地胶着在一处了。山川草木均以遗迹、遗物的形态成了人物活动的历史见证者，甚至就是人物性格、气质、精神的对象物，这便是传说艺术构思的主要特点。这种对象化过程的实现，常常要凭借着一些古老的观念架设桥梁，所以，自然的人化本身便使传说带上了许多传奇性色彩。

湖北兴山县宝坪村是王昭君的故乡。以宝坪为中心，沿香溪河的秭归、兴山一带，盛传着关于王昭君的许多传说。宝坪的青山绿水、五谷杂粮，甚至花树游鱼……一切美好的山川风物、自然景色几乎都与王嫱的名字有着这样那样的联系。掬一捧香溪河水，人们会争相告诉你：自打昭君姑娘在这里洗过香帕以后，这水就是这么清、这么美！登上望月楼（实际上仅有一台基而已），人们会自然地追忆起昭君当年对月祈祷，为在山上摸黑开荒的乡亲们求得神灯的故事；饮一杯楠木井的清泉，有人会指着井下清晰可见的楠木向你叙说昭君如何设法用楠木锁住青龙，使水常青，为后人造福的佳话；瞧着纱帽山下一年三熟的好庄稼，宝坪人会乐呵呵地讲起神灯变宝地、一年收三季的动人传说。宝坪渡口的渡船形似琵琶，传说是昭君的琵琶变的，可镇妖邪。香溪河里有一种柔软透明的珍奇小鱼，每到桃汛季节，便一簇簇的飘满河中，浮游跳跃，与岸上的桃花相映，桃花谢尽，它也就不见了，此鱼名为“桃花鱼”。有人说，这桃花鱼是昭君的眼泪变的，有的说是岸上的桃花变的。万朝山上有一种珍贵的珙桐树，又名“鸽子树”，花开时，如满树白鸽振翅欲飞，传说这是昭君姑娘的信使“知音”白鸽变的：“知音”白鸽代替昭君回乡看望父老乡亲，并把她在漠北受人爱戴，被封为“宁胡阏支”的消息告诉了家乡亲人。随后，便歇在珙桐树上变成了满树的“鸽子花”。

秭归县的三闾乡，是屈原的故乡，那儿的山川风物，几乎都与屈原的名字紧紧相连。“玉米三丘”，相传是屈大夫躬耕力作的地方，那儿的牛耕田，不用拴鼻绳；崖前的“照面井”，人说是屈原的照面镜化的，能分辨忠奸善恶，至今还有“照面井寒奸佞胆”的佳话；后山溪边的“读书洞”，相传是屈原少年时读书的地方，有人说，每逢月明星稀的晚上，读书洞还不时传出琅琅的读书声；端午节的龙舟竞渡，是秭归人民祭奠屈原的最隆重的节日；秭归人死后兴睡红棺材，人们也说，这是当年人们为保留屈原的遗体，布下疑阵，以防县官扒坟而留下的习俗；就连归州一带的一种小鸟，因它的叫声酷似“我哥——回哟”，而传说是屈原的堂妹屈幺姑变的。此所谓“情思何所寄？山川一缕魂”！

可以看出，在传说里，人们常将自己的历史情感，巧妙地附在了山川草木、花鸟虫鱼的风骨灵气之上，委婉而曲折地把它表现出来。这样一些人化了的物质凭证物的存在，使传说具有了一种独特诱人的“可信性”。因此，从某种角度来看，山川风物，实际上是传说存在的物质基础，是传说艺术构思的一种物质中介，一种触发联想的契机，亦可称之为民间传说的物质性结构要素。

这种物质性结构要素，不仅使传说获得了“可信性”的物质外壳，而且，还直接制约着传说内部运动的规律。传说虽然常常是依物取形，随类赋彩，但这种创作方式，并不是可以随心所欲地乱编的。只要认真考察，总可以找到若干内在的合理内核。例如有关香溪河命名，传说是因为王昭君在溪中洗过香帕后留香而得名。“洗帕遗香”的传说为什么能得以产生并久传不衰呢？从地质学上考察：香溪水是从岩石中渗出来的，而这一带地层全是石灰岩结构，对水有过滤作用，因此水能常清。又据兴山县志载，香溪原名乡溪，《明史·地理志》云：“归州东有夔子城。《汉书》注：秭归，归乡，是知乡溪属秭归，当以归乡得名，宋以后，始名香溪。”可见，香溪河命名的由来，一则与香溪河水本身所具有的丰姿秀质有关；二则与地名的谐音相连；第三，则是因为人民对香溪河畔长大的昭君姑娘怀有特殊的感情。没有河水的明净秀美，香溪河的传说便失去了物质的凭借；没有地名的谐音，也就不一定有“洗帕遗香”的联想，此传说也不一定独在兴山、秭归一带历经数百年而不衰；当然，如果没有昭君，没有人民对王昭君深厚的爱，香溪河水恐怕也绝难产生出如此美妙动听的解释。可见，传说的创作和流传是离不开这种物质性结构要素的。

传说的这种特性最为迷人。人们在传讲这些动人的故事时，实际上，也常常是在抒发一种爱乡恋土之情。我们中国人的故土观念是最强的，俗谓“穷家难舍，热土难离”。炎黄子孙即使在天涯海角，也总盼着“叶落归根”！因为，土地山川，在我们中国老百姓几千年的生活中太重要了！我们的民族，对生于斯、长于斯的故土，从来都是怀着一种眷恋情和亲切感的。武汉的黄鹤楼，四川的峨眉山，巫峡的神女峰……曾牵动过多少人的乡情乡思！所以，民间传说，实际上也是最优秀而又让人最易接受的乡土教材。从这个角度看，对家乡山川草木的热爱，也可以说是这类传说产生的动因之一。

三、传说创作、流传的心理基础

民间传说中的民俗传承，是民间传说得以创作与流传的共同心理基础。一个民间传说能够产生，并在一个民族，一个特定的地域内流播开去，必须有两个先决条件：一是肯信；二是肯传。没有这两条，就不可能造成民间传说。而肯信与肯传，又都是建立在有共同的民俗信仰、民俗心理的基础上的。所以，民间传说的深层结构中，常常有特定的民俗传承贯穿其间，此亦可称之为传说的心理性结构要素。

例如，宝坪村香溪河畔有一个“绣鞋洞”。传说昭君出塞前曾回乡省亲。临辞之际，山留水留人也留，花船在水中流连不肯离去，溪水溅湿了昭君的绣鞋。于是，昭君上岸将湿鞋换下置一石洞之中，此洞得名绣鞋洞。昭君再次拜辞乡亲，重新登船上路。俗传，这绣鞋洞从此便有了灵气，有求子的人家，取香溪河中的五彩卵石，立于远处，投向绣鞋洞，投入洞中者，想男得男，想女得女，且都像昭君一样美丽而有出息。此传说与民间求子习俗的奇妙组合，明显地基于两种共同的民俗心理：第一，在民众心目中，卵石与石洞，分别是男女性器的象征，以卵石投入洞中，实际上是一种在生殖崇拜心理支配下的交感巫术行为；第二，在湖北方言中，“鞋”字读“hái”，与“孩”同音。民间俗信，求子者只要能偷得神人（如观音老母）的鞋子，自己便能得到一个孩子。因此，寺庙之中常备办许多“小鞋”（小孩）让求子人家去“偷”。石洞既曾放过昭君的鞋子，也就获得了赐子的灵力。那么，以卵石投入洞中，便自然地被认为可以获得求子得子的效果。如果没有这两种民俗心理作基础，绣鞋洞的传说便不可能产生，更不可能衍成一种独具地方特点的求子习俗。

又如，在我们华夏诸族繁衍生息的地方，有许多关于龙的传说，归纳一下，不外有这么几种：一是关于某地的自然物、人工物以龙命名，与龙有关；二是关于岁时节令方面的习俗及祭祀活动与龙相关的传说；三是关于某历史人物与龙的关系的传说。关于各种“龙”的传说的形成与流布，因素是很复杂的，但其中最根本的一条是对龙的信仰。

“龙”并不是自然界实有的动物，它只不过是远古初民曾经信奉过的一种图腾。闻一多先生曾从文字学、考古学和人类学的角度，从大量的古史典籍中，对龙与蛇的关系、龙图腾的产生和演变以及华夏诸族的龙图腾崇拜，进行过详细的考据和辨析。图腾的龙，是一种兼具自然崇拜和祖先崇拜的至高神。这种由对超自然力的崇拜而引起的原始信仰，在人类进化的漫长途程中，逐步形成为一种具有稳定性的民俗心理，世代相传。所以在我国，凡是有山有水的地方，都或多或少有与龙相关的传说。特别是在长江三峡中，以“龙”冠名的山、水、洞、石，几乎随处可见，而且有一定的系统性。如登龙峰、龙脊石、九龙井、龙骨梁、龙抬头、老龙洞、龙过峡、槽龙洞等等，简直难以数计。这些大量活着的龙的口碑性传说，虽然不能说就是图腾时代的实录，但是，从中我们还是可以依稀辨析出一些属于古老的思维与记忆的遗痕。正是由于这种相对稳定的民俗心理的存在，所以，一些古老的山川传说才能流传至今。

随着生产范围不断扩大，生产水平不断提高，人的思维意识有了很大的进步，原始图腾的地位也慢慢在起变化。作为一种民俗信仰，图腾的形象依然被部族的成员所敬畏。但是，这种超自然力与人的距离越来越大，以至完全割断了与人的“血缘关系”，而以一种与人同等、与人抗衡的——当然也还是有意志的——自然力出现了。于是图腾的龙渐渐变成了自然的龙，龙从至高神转化成了专管兴云布雨的自然神了。人们对龙的祭祀已经不再包括祭祖的成分，关于龙的传说，也多在于反映其兴云布雨、翻江倒海等自然现象的描述了。

进入阶级社会以后，图腾式的氏族社会早已被国家所代替。支配人们生活、主宰人们命运的，已经不是虚幻的图腾生物，而是威赫赫的人间帝王了。虽然，由于民俗传承的稳定性，求龙赐雨保平安的信仰依然还在继续，但与此同时，各种复杂的、带着鲜明感情色彩和强烈功利目的的社会政治因素，也以极快的速度注入龙体内了。龙的“神性”被人为地移植到人的身上。龙被人化，人，亦被龙化了。于是，自然的龙又进而演进成人化的龙，关于龙的传说，也就随之产生了深刻的变化。最能标志这种深刻变化的，是人间所谓“真龙天子”的出现。三峡中关于白帝城的传说，就是一个很好的例子。传说西汉末年，公孙述入蜀称王，建都成都，后迁鱼腹县。他殿前有一口井，井中常有白雾盘旋而上，形似白龙升腾。公孙述惊喜过望，认为井中现此帝王之兆，实乃天意，遂自称“白帝”，并改鱼腹县城名为“白帝城”。当然，华夏诸族历代君王以龙自命，并非始于公孙述，但这一传说，却是意外地泄露了所谓“真龙天子”们的机关。公孙述看到的明明是雾，可他偏要把它想象为龙。龙既是神物，受天命差遣而来，那他自然也属龙种了。于是，雾便是龙，龙便是他公孙述；龙属天臣，他公孙述亦是天之骄子还能有什么疑问么？人世间最大的骗局就是这样铸成的！历代封建帝王，为巩固他们世袭的统治，需要找到一种合法的、并为全体臣民都能接受的解释，证明他们本来就不是凡胎，而是应天承命以统治万民的。终于，他们找到了龙。这种远古的图腾，不仅象征着至高无上的权力，更重要的是，它享受着全体族民无条件的拥戴，支配着全体民众的信仰。人间帝王正是利用了民俗信仰这种强大的威慑力和惰性，偷天换日，把本来是属于全体族员的“共同始祖”，说成是他一姓单传的祖先。他们开始以龙为标志，在老百姓面前，更是时时、处处都显耀自己是代天行命的龙子龙孙。久之，图腾的龙便渐渐被人淡忘了、生疏了；人间的“真龙天子”却被人虔诚地、狂热地信奉着、服从着，还编出了各种故事、传说加以渲染。几乎所有的帝王传说，都有“真龙转世”、“龙种投胎”、“逢凶化吉”、“遇难呈祥”等情节的描述。“真龙天子”借助人们的民俗心理，被人们一直顶礼膜拜了好几千年，就连历代一些农民起义的领袖，也难以挣脱这一精神桎梏。可见民俗因袭的重担，该有多么沉重，多么可怕！这类关于所谓真龙转世、龙种脱胎的美化封建帝王的传说，实际上是一种精神鸦片。它不是我们民族精神的精华的体现，而恰恰是我们民族精神中那一部分消极因素的反映。

但是，也必须看到，在阶级社会里，统治阶级的思想虽然是统治的思想，而人民的态度却并不总是与统治者同步的。古往今来众多的龙传说中，也有不少把历史的和现实的美好事物及民族的英雄形象与威力巨大、代表祥瑞的龙联系在一起的佳作。就在三峡中，既有自命为龙的帝王公孙述的传说，也有人民为纪念爱国诗人屈原的龙舟竞渡的传说，而且后者流传很广，影响遍及全国。龙舟竞渡的习俗虽然早在屈原自沉之前即已存在，但自从与屈原的故事相联系以后，便再也没有分开过。千百年来，五月初五的龙舟竞渡成了我们民族传统节日的重要内容。虽然随着历史的发展，增添了不少新的时代色彩，但有两个特点却是始终不变的：一是以龙形饰舟，一是说为纪念屈原。这充分说明了用龙舟竞渡，实在是一种民族的、人民的感情的寄托，是人民继承和利用民俗表达自己深沉情感的实例。人们愿意用龙这民族至高无上的象征，来纪念自己心目中的英雄，愿意把屈原的名字和自己最熟悉、最崇敬的龙联系在一起，看到龙舟，就想起屈原。这恐怕是千百年来人们一定要以龙舟竞渡来纪念屈原的更本质、更深刻的原因。

从上面这些传说中我们可以看到，共同的民俗信仰，乃是民间传说得以产生、流传的心理基础。这种相对稳定的、民族的共同信仰，具有一种向心性的内趋力。这种向心力在民间传说中的表现，则使传说也带上了一种明显的向心性结构。这些传说在共同的民族心理的基础上形成；同时，又反过来在它的传播过程中，有力地强化着民族内部的凝聚力。对龙的信仰，是我们民族古老信仰的传承，龙在中华民族子孙的心目中，始终享有至高无上的地位。当人间帝王窃居并独霸此位的时候，老百姓便向人间的“真龙天子”膜拜顶礼。而如今，封建统治者被推翻了，龙便真正成了中华民族的象征，成了中华民族优秀精神的象征！海内赤子，无不以“龙的传人”自命，炎黄子孙，个个都是平等的“龙”的子孙。阶级的压迫被推翻了，封建等级制从法律上被废除了，只有在今日，龙的神性才有可能被取消，而龙的人性才有可能得以真正的复归！

第三节　传说与历史

一、传说与历史有千丝万缕的联系

如前所述，传说产生的主要动因，是民众的历史情感需要得到公开的表露和发抒。传说中，寄寓着人民群众对各类历史人物或历史事件的历史评价，鲜明地体现着民众的历史感情。传说所及的对象，绝大多数都是历史上实有的人物，即使如古代四大著名传说中的牛郎织女、孟姜女、梁山伯与祝英台、白素贞等，他们的“历史身份”，也是为历代民众所认可的。另外，传说的讲述，多采取溯源和说明等狭义的历史表述形式，有时，讲述者为了使人深信不疑，尽量做到有所凭借，甚至带你到有关“现场”指认某种遗迹。因此，传说一般都具有某种确定的历史性因素，更准确地说，是一种具体的历史性情感，因而被称作是“民众口传的历史”。

但是，传说的这种历史性，与真正的历史事实本身又是完全不同的。

二、传说与历史的本质区别

历史是科学。它要求实录直书，强调真实性、准确性、可考性。历史对所记的一切，包括人物、事件、时间、地点、前因后果、来龙去脉等，都必须细致地加以甄别和认定，做到实事求是，言必有据，绝不允许想象和虚构。

传说则不同。传说是口头艺术，绝对离不开想象和虚构。而且，因为有人化的自然贯注其间，故绝大多数传说都带有传奇色彩，甚至有许多“超人间”的场面和情节。人们在讲述中，并不一定深究历史事实的原貌，更主要的，是把自己对历史的认识、评价、爱憎及期望编织进传说中，有时甚至把具有广泛意义的历史生活内容，附会在某个历史事件和人物身上。众多的帝王传说、清官传说、文人传说、工匠传说等等皆是如此。因此，传说的历史真实性，不在于历史记载的准确无误，而在于真实地记录和反映了民众的历史感情，是一种基于生活真实基础之上的艺术的真实性。传说可以作为人们认识历史的参考和佐证，但一般不具备可考性。

例如《杨家将》的传说，是我国人民十分熟悉而且喜爱的口头文学作品。杨老令公杨业是历史上实有的人物，杨家一门忠烈、为国捐躯的悲壮业绩，在北宋史书上亦有一些记载。《杨家将》便是在这一历史事实基础上形成的英雄传说。《杨家将》传说中的一些重要人物，在史实中并不存在。杨宗保、穆桂英，可说是杨家将中最富艺术魅力的重要角色了。但是杨宗保却史出无名。《宋史》载，杨业的儿子是杨延昭，杨延昭的儿子即杨文广。而传说中却说，杨延昭的儿子是杨宗保，杨宗保的儿子才是杨文广。杨宗保与穆桂英作为传说中抵御外侮、忠心报国的民族英雄，他们的忠烈行为维护了人民的利益，表达了人民的愿望。因此，他们的名字能世世代代流传在人民口头，活在人们心中。这种历史性情感甚至达到了这种程度：设若你对人讲杨延昭的儿子是杨文广，便会马上遭到众人的嘲笑和纠正。当然，历史不会因此而重写，但从中我们不是能够看到，历史本质的真实，常常比一般的历史事实本身更有征服力么？这些传说，虽然不是真人真事的实录，但却真实地反映了北宋时期民族矛盾和阶级矛盾尖锐激烈的历史生活图景，鲜明而强烈地体现了人民的感情和愿望。试想：《杨家将》中如果没有“穆柯寨宗保招亲”，没有“辕门斩子”，没有“大破天门阵”，没有“大破洪州”，没有“穆桂英挂帅”、“百岁挂帅”、“十二寡妇征西”，还成其为《杨家将》么？宋史上记载的杨家，还能产生那么深广的历史影响么？佘老太君百岁之人挂帅出征，按现实生活的情理，似不可能。但是，这个传说为什么还是一代一代地流传呢？因为人民对这些作品的感受，不在历史细节的真实，而是从作品的总体精神上去把握、去接受的。人们只会为杨家满门的忠肝义胆所感动，绝不会指责百岁挂帅不合情理。

综上所述，我们可以看到：传说与历史既有千丝万缕的联系，又有根本的区别。传说是艺术品，不是历史文献。在论及传说的历史真实性时，既不要把历史真实与艺术真实对立起来，也不要把历史真实与艺术真实等同起来。

讲清这一点很有必要。过去，有的地方搜集民间传说，由于没弄清两者的联系和区别，把民间传说的搜集整理，当成文史资料对待，要求“无一字无来历”，年、月、日、时都要求绝对准确，虚构的情节一概不要。殊不知，那些与正史有联系，却又不尽相同的、民间流传的、虚构的、传奇性的情节内容，常常是传说的精华所在。舍此，传说也就不存在了。“情思何所寄？山川一缕魂”！民间传说的艺术魅力正在于此，这是我们搜集、整理民间传说时应该认识和把握的一个重要特点。

第七章 民间故事

第一节 故事及其分类

一、故事释义

民间故事这一概念，有广义和狭义之分。

从广义上讲，民间故事是口头创作中所有叙事散文作品的总称：包括神话、传说、幻想故事、生活故事、民间寓言和民间笑话——这是在与其他韵文类或韵散兼有类作品并列提及时，通常采用的一种广义的说法。

狭义的民间故事，则专指幻想故事、生活故事、民间寓言、民间笑话四种——这是故事学意义上的概念。本章所述的、即是这四类故事作品。

就总体表达方式而言，民间故事与神话、传说都属叙事散文体式作品；然而，在具体的创作、流传方式与特点上，民间故事与神话、传说又是有区别的：神话以原始观念为基础，故事则是以人与人的关系为基础；传说与特定的人物、事件或风物密切相关，而故事却不受这些限制。

民间故事，是以通称的人物、广泛的背景、虚拟的内容，表达民众的情感或愿望的散文形式的口头文学作品。主人公大多没有确定的名姓，冠以老大、老二、老三；大姐、二姐、三姐；张三、李四、王五；老头子、老婆子；其他如德国的汉斯、英国的约翰、日本的太郎等等。故事也不讲明具体的时间和地点，一般只说："很早很早以前……大海的边上……住着一个老渔夫和他的妻子……"。

二、国际分类法

民间故事，是一种具有世界性的口头文学体裁。这一点，与神话很有些相似。据有的国家的统计资料说，一个民族所流传的故事，至少有三分之一以上属于国际性或世界性的。人们发现，有许多故事，在全世界几乎所有的民族中间，都能找到它们的踪迹。

国际上，对民间故事进行科学的搜集、整理、研究，是以 1812—1814 年德国的格林兄弟发表《儿童和家庭故事集》（即《格林童话集》）为标志的。自此以后的一百年时间，可以称得上是世界范围内民间故事搜集工作的“黄金时代”。在这段时间里，整个欧洲印行了难以数计的故事资料。格林兄弟除了应用科学的方法搜集、出版民间故事之外，还著书立说，使民间文艺学（首先是故事学）逐步成为一门独立的学科。

由于民间故事本身呈现出了世界性特征，因此，一些学者便从方法论的角度，提出了比较研究的问题。但是，世界各国民间故事的资料浩如烟海，有什么办法才能使这种民族间、国际间的双边或多边的比较研究能顺利进行，得以真正地实现呢？国际民间文艺学界一些学者便开始摸索着按相对有限的情节类型、主人公或其他特征进行分类、编目，试图把千差万别的故事划归成有概括性的、有一定限量的类型。

20 世纪初，斯堪的纳维亚各国的民间文学理论家致力于民间故事研究，形成了“芬兰学派”。1907 年，芬兰学者卡尔·科隆（K·Krohn）同瑞典学者卡尔·西多夫（K·Sydow）、丹麦学者阿克赛尔·奥利克（A·Olrik）在赫尔辛基组织国际民间文学工作者协会（Folklore Fellows，简称“FF”），并于 1909 年创办不定期的机关刊物《民俗学会通讯》（Folklore Fellows Communications，简称“FFC”）。

芬兰学派的研究方法，是“地理历史比较研究”法，这一研究方法深受达尔文进化论和斯宾塞实证主义的影响。他们将散见于世界各地的某一情节的各种异文搜在一起进行比较，以期探寻它的所谓“最初形式”和所谓“最初国家”，同时，还力图指明它产生的时间和流传的先后时序和路线，并绘成地图加以说明。

芬兰学派的研究，因为只着眼于情节的类型，难免失之简单或片面。但是，芬兰学派在民间故事的情节划分、统计分类、编纂索引方面，在世界范围内产生了很大的影响。

1910 年，芬兰学派的主要代表者之一的安蒂·阿马图斯·阿尔奈（Aarne，Anitti A.）在《民俗学会通讯》上发表了《故事类型索引》一书。

阿尔奈分析比较了芬兰和北欧其他国家以及欧洲一些国家所出版或保存的民间故事记录，把同一情节的不同异文加以综合，写出简洁的提要，并依一定原则将这些故事情节进行了分类编排。他将欧洲的故事分为三大类，统一编号：1—299 号为动物故事；300—1199 号为普通民间故事；1200—1999 号为笑话。总编号有 2000，但实际仅收有 540 个类型，许多空码留待以后发现新资料时再补充填入。阿尔奈的索引问世以后，在欧洲各国引起了很大反响，他的分类体系也成为民间故事情节类型编目的一个国际性模式。各国学者纷纷按他的统一编码，刊行了自己国家的故事情节索引，为学术研究的国际对话带来了极大的便利。

但是，由于阿尔奈索引主要以芬兰及北欧的一般民间故事为基础，有很大的局限性。针对这一情况，美国著名的民间文艺学家、印第安纳州立大学教授汤普森（Thompson，Smith）在 1926—1927 年之间，对阿尔奈的索引作了重要的补充和修订。1928 年，他出版了英文版的《民间故事类型索引》，1961 年，又印行了第二版。汤普森在编制索引方面所付出的辛劳和所作出的贡献，使他在学术界与阿尔奈双名并列。国际上把他们的分类法称作“阿尔奈—汤普森体系”，简称“AT 分类法”——即按相对有限的情节类型，将世界各地的民间故事进行分类编目的一种国际分类法。

“AT 分类索引”补充了大量新的类型，共分五个部分：

Ⅰ. 动物故事（1—299 号）

Ⅱ. 普通民间故事（300—1199 号）

- A. 神奇故事（300—749 号）
- B. 宗教故事（750—849 号）
- C. 生活故事（850—999 号）
- D. 愚蠢的魔鬼的故事（1000—1199 号）

Ⅲ. 笑话（1200—1999 号）

- A. 傻子的故事（1200—1349 号）
- B. 夫妻故事（1350—1439 号）
- C. 女人故事（1440—1524 号）
- D. 男人故事（1525—1874 号）
- E. 说谎的故事（1875—1999 号）

Ⅳ. 程式故事（2000—2399 号）

- A. 连环故事（2000—2199 号）
- B. 圈套故事（2200—2299 号）
- C. 其他程式故事（2300—2399 号）

Ⅴ. 未分类的故事（2400—2499号）

《民间故事类型索引》所选资料范围，从芬兰、北欧，扩展到整个欧洲、亚洲、南美、澳洲等广阔地区，并修正了故事情节提要，增加了各国资料出处，对一些流传较广、情节较复杂的故事类型进行了进一步的分解，是一部具有很大概括性的国际通用的检索工具书。“AT”分类法诞生后，半个世纪的时间里，世界各国都先后以“AT”索引的体例为依据，编纂了本民族自己国家的分类索引。

中国民间故事类型索引编纂工作发端应追溯到20世纪20年代末。1928年，钟敬文先生、杨成志先生合译了《印欧民间故事型式表》，1931年，钟敬文先生又撰写了《中国民谭型式》，归纳出中国民间故事类型计45类，译成日文后，在日本学术界产生了很大影响。遗憾的是，这项工作因为种种原因而被迫中断了。1937年，美籍德国学者沃·爱博哈德（W·Eberhard）在曹松叶的协助下编纂了《中国民间故事类型》一书，这是关于中国民间故事的第一部大型索引。该索引引用的书、刊总数为300余种，从中归纳出了故事类型215种，笑话类型31种，共246种。在它刊行后的40年间，几乎成了欧洲民间文艺学界认识和研究中国民间故事的唯一的类型检索工具书。1978年，《民俗学会通讯》（FFC）刊印了丁乃通先生所编的《中国民间故事类型索引》。这部索引所引用的书刊资料达500余种，资料较全、较新。该索引基本以“AT”索引为基础，采用了国际通用编码，这为把我国民间故事的研究纳入国际研究的范围，为国际间的比较研究提供了极大的便利。

应该指出的是：“AT”分类法虽然为国际间的学术对话提供了一条通道，但我们必须看到，这并不是研究目的本身，而只是研究工作的手段。民间故事的研究，是不能仅以情节单元的划分、归类就算完工的。

民间故事无论在形式上还是在内容上，都有自己所由构成的内部规律在。它本身既蕴含着集体的因素，也有个人的因素；既有传统的因素，也有即兴的因素；既有古代的因素，也有现实的因素；既有民族的因素，也有世界的因素等等。真正的民间故事研究，应该对民间故事的实质、民间故事想象的特点、语言的结构艺术及社会价值和功能等进行深入的探索和研究。这种研究并不是简单地将情节作个归类就能完事的。

三、故事分类

1. 幻想故事

顾名思义，这类故事，幻想色彩十分浓厚。它是运用幻想的手段，把人间的生活，通过“超人间”的形式表现出来的故事。

幻想故事又可分为两种：

①神奇故事（亦称为“魔法故事”）。这类故事主要借助神魔仙妖、魔法宝物等“超自然”的形象展开情节，结构故事，塑造人物。如：老虎外婆、画中人、蛇郎、青蛙骑手、田螺姑娘、狗耕田、灰姑娘、渔夫和妻子、龙女公主、张羽煮海等等。这些故事都是具有国际性的。

②动物故事：这是以人格化的动植物或其他自然物为主人公的故事。如：狐狸、狼、羊、虎、狮、熊、猴、兔、乌鸦、喜鹊、凤凰、天鹅、蜜蜂、蜻蜓、鱼、蛇、鳄鱼、蜗牛、龟、牛、马、狗、猫、鼠、驴、青蛙、甲虫、夜莺、茶叶、酒、蘑菇、稻草……像狐狸偷篮子、捆绑成交、猴子捞月、龟兔赛跑、狼和小羊、兔子豁嘴、猫鼠结仇、狐假虎威、乌鸦借羽毛等等都是脍炙人口的动物故事。

幻想故事，是人类精神产品中的希望之光，对于研究人类早期文化心理结构有不可忽视的意义（下面将详细论述）。

有人把幻想故事称作“童话”，这有一定道理：因为幻想故事中绝大多数作品就是讲给儿童听的。但必须说明：并不是所有幻想性强的故事，都适合讲给儿童听——梁祝、相思树、白蛇传等就不能算“童话”；而有些适宜讲给儿童听的故事，又不一定都具幻想色彩。

2. 生活故事

这是以描写民众的各种生活为主要内容的故事。这类故事现实性较强，反映生活的面十分广阔。最多的有：“长工、地主故事”、“巧女、巧媳妇的故事”、“呆女婿、傻儿子的故事”、“家庭生活故事”、“学生与老师的故事”、“两亲家故事”、“媒人的故事”……其他社会生活故事。

生活故事是民间意识、底层生活的一种形象记录。它对于研究我国民众的道德伦理、价值观念等能提供很丰富的形象素材（详见后述）。

3. 民间寓言

寓言是一种带有明显教训寓意的、短小精悍的动物故事或人物故事。讲故事的目的，是为了直接说明某种生活经验和教训。优秀的寓言，故事简单精粹，寓意鲜明深刻。最早的寓言，本身就是古代人民社会生活经验的形象记录，它们具有最实际的功利目的。

我国的寓言故事，与古希腊伊索寓言有很大不同。伊索寓言中，大多是动物故事。385篇故事中，动物故事占了三分之二。我国的寓言却是人物故事占多数，而且具有强烈的论辩色彩，单纯的动物故事比较少。这是因为我国的寓言从一诞生起，就有诸子参与创造的缘故。

春秋战国时期，列国纷争，群雄并立。社会的大变动向各个阶级、阶层的人们提出了关于国家、社会向何处去的一系列问题，要求在实践中予以回答。各国诸侯卿相从政治斗争的需要出发，争相养士，并给士以优厚的待遇，让他们出谋划策。同时，也由于奴隶制的废除，使人们的思想获得了新的解放，于是，在士阶层中著书立说、聚徒讲学、各抒己见、互相论难成了一代之风。他们从各自代表的不同的统治集团的需要出发，设计了各种社会蓝图，提出了种种政治学说。为了博得人主的信任与采纳，这些人除了要具备渊博的学识、思辨的头脑外，还要有高超的语言技巧：既要能以理驳倒论敌，又要能做到言词生动晓畅，使人易于理解，乐于采纳。这就产生了一个"辞欲巧"的要求。当时，这些士游说于诸侯，朝秦而暮楚。随着社会生活领域的扩大，他们对各地的民情风俗、各种民间故事传说多有接触，有的甚至十分熟悉。加上在那种大变动的时代里，由于旧的等级观念的破除，也使过去不登大雅之堂的民间传说、寓言故事之类，得以进入上层社会。有些君主还专门养了一批说故事、讲笑话的"倡优侏儒"。这样，便使得游说之士得以投其所好，敢于采集和运用民间传说、寓言进行说理，从中汲取智慧，提高自己的语言技巧和论辩力。

我国的民间寓言并无专书，大多保存在先秦诸子的哲理散文与历史散文中。《左传》、《国语》、《战国策》、《庄子》、《孟子》、《韩非子》中，就记载了许多民间寓言，如：揠苗助长、鹬蚌相争、郑人买履、守株待兔、刻舟求剑、望洋兴叹、坎井之蛙、狐假虎威、攘鸡者、攫金者、丑妇效颦、邯郸学步、南辕北辙、买椟还珠、杞人忧天等等。在诸子的言谈与论辩中，或是借寓言阐明事理，或是引述教训：时而巧设比喻，时而旁敲侧击，有时引而不发，有时又一语破的，寓抽象的哲理于生动的形象之中，千方百计地把道理说得委婉而透彻，使听者或恍然大悟，或欣然从命，或在不知不觉中接受了他的主张。正因为有诸子的参与和创造，才使许多民间寓言的意义得到了深化和升华。例如"守株待兔"原意只是讽刺那些把偶然当必然，坐等时机，不愿从事艰苦劳动的懒汉，《韩非子》书中则用它来批判泥古守旧的观点，深化了寓言的意义；《吕氏春秋》中用"刻舟求剑"这种近乎笑话的寓言来说明治国从政必须因时而异的道理；庄子用"望洋兴叹"、"坎井之蛙"说明大、小关系的辩证法；"自相矛盾"则把"矛盾"这个概念第一次用到了哲学上；"画鬼最易"则说明了唯心论最省力气，可以任人瞎说一气。这些寓言，言浅意深，极富哲理性，闪烁着先秦时期朴素唯物论和辩证法的思想光辉。

4. 民间笑话

民间笑话是民间故事中的讽刺小品，是民众用口头语言创造的口头漫画。它通过辛辣的讽刺和机趣的调侃，一针见血地揭示生活中存在着的各种矛盾现象，画龙点睛地突现出民众的智慧和才干。

我国民间笑话，有悠久的历史传统。

先秦时期的某些寓言（如守株待兔、郑人买履等），实际是最早的笑话。

到了汉代，司马迁为前代滑稽家作传，在《滑稽列传》中，司马迁赞扬了淳于髡、优孟、优旃等人的讽谏行为，说“天道恢恢，岂不大哉！谈言微中，亦可以解纷”。可见，古代的作家、思想家是十分看重笑话的讽诫功能的。

曹魏时代，有了第一部笑话专集：魏邯郸淳的《笑林》，保存了部分先秦的民间笑话。

隋唐时代，出过一些文人编的笑话集，如侯白的《启颜录》、朱揆的《谐噱录》等。这些集中的笑话，虽多有文人的书面创作，但其中还是保留了不少口头笑话。

宋元时代，出现了更多的笑话专集：如《艾子杂说》、《善谑集》、《绝倒录》、《拊掌录》、《籍川笑林》等等。集中多为文人趣事、风月笑谈，但《艾子杂说》等集中亦保存了部分民间笑话。

400多年的明清社会，是中国封建社会的末期，阶级压迫和民族压迫都十分残酷。明代中央集权制发展成为极端君主集权制，皇帝总揽军政大权，废除丞相制，提高六部地位，加强中央对地方的直接控制。清代统治者承袭和发展了明代的极端君主集权制，继续推行明代的特务统治，政治黑暗，官场腐败，民怨沸腾。日益加剧的愤激、反抗情绪，通过各种渠道喷发而出，因而明清之际的讽刺笑话出现了空前繁荣的局面。仅文人编辑的笑话专集，现存的就有五十多种：如《笑林》（明浮白主人辑）、《笑府》、《广笑府》（明冯梦龙辑）、《笑赞》（明赵南星撰）、《雪涛谐史》（明江盈科撰）、《笑林广记》（清游戏主人辑）、《笑倒》（清陈皋谟辑）、《笑得好》（清石成金撰）……当然，集中笑话，有许多系文人所作，但相当一部分是民间笑话，或是依民间笑话加工而成的作品。

民间笑话，以其一针见血的讽刺力量，成为民间文学中最锐利的武器之一。千百年来，它不仅为小说、杂文创作不断地提供思想艺术上的借鉴；而且，对其他民间文学样式也产生过积极的影响，如相声，最早便是从民间笑话发端的。直到现在，民间笑话依然是民众中创作最活跃、流传最广泛的口头故事。

第二节　民间故事的艺术构思

一、幻想是民间故事的生命

民间故事不同于写实的叙事性散文体书面作品（如小说），它具有极大的幻想性。

幻想，在民间故事中占着很重要的地位。神话、传说、童话中有很浓厚的幻想自不必说，就是在寓言、笑话以及生活故事中，也同样存在着幻想的成分。可以说，没有幻想，也就没有民间故事，幻想，是民间故事的生命。

1. 什么是幻想

幻想，是人的一种特殊的心理活动，是与现实生活愿望相结合，并不断指向未来的一种创造性想象。幻想产生于对现实的不满足，产生于对美好事物的追求，它是人类在不断追求自身精神解放的长途中，逐步形成、渐次深化的一种积极的思维活动，是人类精神生产中的希望之光。

2. 幻想在民间故事中的表现

幻想在民间故事中的表现是多种多样的、有层次的。

①古老的、初级形态的幻想

这是指建立在一些比较原始的观念基础上的幻想，它们构成了人类文化心理的早期积层。故事常常以各种“超人间”的形式出现：

有时，是借助魔法或宝物的神奇力量，帮助主人公实现自己的愿望。如说龙王三太子的宝珠能使他的恩人米缸内总是装满米；会吐金子的石人给善良的弟弟带来财富，却使贪心的哥哥受到惩罚；奇异的种子长成一棵大树，给受兄嫂虐待的小弟弟下金子；能自动出水的魔鞭能帮助受气的媳妇减轻劳动；另外还有能自动盛满食物的魔桶、能使鸡鸭自动下蛋的篮子、能自动报仇的如意棒槌、能舀干海水的瓢、藏着魔鬼心脏的蛋……

有时，又通过拟人化的方法，叙述某些有灵性的动物感恩报德：如说被救的金鱼、小蛇、田螺、梅花鹿、百灵鸟等能变成美丽的姑娘，与勤劳、善良的小伙子结成夫妇，帮他过上好日子；聪明的小黄狗能帮助受欺负的幼弟耕田种地；忠诚的小白马，死后变作马头琴，永远陪伴着他的主人，替他倾诉心中的苦痛与仇恨，弹奏他心中的向往与不平。连最小的蚂蚁、蜜蜂、蝴蝶，甚至螃蟹、板栗、绣花针……都可以在主人公遇到难题或需要帮助的时候，助上一臂之力，使主人公能顺利地渡过难关，或是得到理想的幸福。

民间故事中的幻想，有时，还直接表现为一种神力的夸张。主人公或者被夸大得无限大：如《水推长城》中的十兄弟分别是顺风耳、千里眼、有气力、钢脑袋、铁骨尸、六长腿、大脑袋、八大脚、九大嘴、十大眼。另外还有些主人公干脆叫赛半仙、钥匙通、砍不绝、烫不怕、淹不死、压不扁、推山奴、吞水奴……有时，主人公又被形容得无穷小：拇指大的孩子、枣核大的儿子能钻到魔鬼肚里去扯住他的肠子打秋千，这种怪孩子干大事业的故事各国都有：法国的拇指粗、波兰的小拇指、日本的桃太郎、一寸法师及一些童话中的青蛙骑手、蛤蟆王子等。

②立足在现实生活基础上的幻想

立足在现实生活基础上的幻想，更多地体现为一种对超阶段的理想的憧憬和追求。这主要表现在生活故事、笑话中。在这些故事中，对人物、事件、生活场景的描绘是人间的、写实性的；而情节却是虚拟的、变形的。故事的细节并不一定符合常情，但结局却是意外地合规律性和合目的性。故事中，阿凡提可以肆无忌惮地挖苦讽刺国王，骂他是愚蠢的毛驴；阿古登巴可以略施小计便让王爷自找了一顿痛打；巧媳妇能随机应变，把酸腐秀才奚落得无地自容；杜老幺甚至能出奇制胜，一官司把县太爷的乌纱帽打掉了……

总之，民间故事的作者们，真可以说是思接千载，视通万里。他们开拓了从人间到龙宫、从地府到天庭的无比广阔的题材领域。幻想的自由，被尽情地、放手地利用着和发挥着，故事情节不是依照生活本身固有的样式展开，而是循着理想的、幻想的线索发展。正如人们所说的那样：民间故事书的作者们有本事把自己简陋的住所、做工的作坊，变成诗的世界和黄金的宫殿；可以把自己壮健的情人形容为美丽的公主；可以让花草树木、鸟兽虫鱼都成为人的忠实助手；甚至可以凭借法力，或依靠妻子非凡的聪明，闯进王宫，惩罚国王，以至取而代之。

那么，应该怎样认识和理解民间故事中的“幻想”成分呢？

3. 幻想的实质及作用

民间故事中的幻想，绝不是阿 Q 式的“精神胜利法”。阿 Q 的“儿子打老子”是在隐忍一切生活的折磨与屈辱的前提下，所作的自欺欺人的自我解嘲，是那种被侮辱与被损害得变了形的灵魂所发出的可悲而又可恶的自我安慰。而民间故事中的幻想，却表现了民众不满现状、要求变革现实的强烈愿望，它实质上是人类自强不息的进取精神的一种艺术性表现。民间故事所反映的生活内容虽然是有阶段性的，但它的总体精神却是指向未来的。幻想，便是这种精神的显在形态之一。这正是人类本体精神中一种最可宝贵的基因。人类在实践中，创造了自身的物质本体和精神世界，在人类先后形成的所有意识中，对创造的渴求是最本质的。人最初能从动物界分离出来，就是因为人学会了有目的地创造，而动物不会。会创造，具有创造能力，这是人的一种“本质力量”。人从具有了独立意识的时候开始，便从来没有满足过自己的创造成果。哪怕是划时代的巨大进步，也从未阻滞过人们对更理想世界的探索与追求。特别是在人的精神遭到严重压抑甚至粗暴扼杀的时候，人就会奋起反抗。这种现象在民间故事中表现得格外鲜明。

现实生活是严峻的。特别是在阶级压迫的社会里，劳动者的利益和权利常常得不到应有的保护；但是，人民追求自由、幸福的理想却又是永远遏制不了的。这种现实与理想的矛盾，反映到民间故事中，就出现了这种格局：即人们总是按照心中的理想，来修改生活的本来面貌。现实生活中，被狠毒的大姐害死的小妹妹，是绝不可能复活的；可在民间故事中，屈死的三姑娘会变成小鸟、化成果树、变成篮子或水井，最后惩罚了凶手，仍能恢复原形和自己的丈夫团聚。现实生活中，砍柴的樵夫终年劳累，不得温饱；然而，在民间故事中，这勤劳的小伙子，可以得到一个能飞的蒲团，于是，劳动也就神奇般地减轻了。现实中，许多相爱的青年男女，因为封建礼教的压迫而难成眷属，有的甚至酿成悲剧；可是，在民间故事中，有情人死后可以变成相思树、连理枝，即使化作青烟，也能合为一股。现实中，奴隶、长工以及广大妇女，是没有任何社会地位的，他们只是任人宰割的、会说话的牲口；可是，在民间故事中，他们都是极聪明、极有智慧、极有办法的人物。人们借助各种奇妙的、“超人间”的，或是虚拟的一些幻想性情节，“热烈地主张着所是”，也“热烈地攻击着所非”，“像热烈地拥抱着所爱一样，更热烈地拥抱着所憎——恰如赫尔库来斯的紧抱了巨人安泰乌斯一样，因为要折断他的肋骨”。人们在自己理想的、幻想的世界里，想说，就尽情地说；想笑，就放声地笑；想骂，就痛痛快快地骂。舍此，便不足以抒发那日积月累的情怀。因此，我们说，民间故事中的幻想，是人类精神生产中的希望之光，同时，也是一切浪漫主义文学创作方法产生的土壤。我们在评论民间故事时，一定要处理好现实与幻想的辩证关系：既不要割裂二者的联系，把幻想说成是反现实主义的；更不要把现实与幻想混为一谈，完全按现实生活的逻辑去分析、对待幻想性情节。

诚如上述，民间故事中的幻想表现是有阶段性的、有层次的，当然也是随着时代的发展而变化的。

当物质生产文明还远未能充分开启人们心智的时候，各种接近原始的、古老的观念在民众意识中还占着主导地位。人们的这种理想，主要靠“超人间”的方式、超自然力的辅助而得以实现。它说明人对自身力量的意识尚还薄弱。故事中涉及的各种变形、禁忌、魔术、感应、咒语、灵魂不死等情节，都是各种原始古老观念的传承形式。

当人类社会关系渐趋复杂，阶级分化、阶级对立急剧加大时，人们的理想则更多地寄寓在虚拟的、变形的矛盾冲突的表现之中，更鲜明地显示着人类的智慧与才能，以及改造不平等现实的企望。

社会发展到今天，物质文明愈趋现代化，但民众的这种幻想才能并未泯灭，而是带上了新的时代特点。当代不断产生的民间口头故事，特别是民间笑话，明显地带上了许多哲理性思考和含蕴深沉的幽默感。这是一个古老民族内省意识不断强化、民众智识水平普遍提高的生动表现，它标志着人类向更高的精神境界攀登的气概与决心。

二、民间故事的结构艺术

由于幻想的飞腾，民间故事的情节一般都具有引人入胜的吸引力；另一方面，由于口头创作和口头传播的特点，民间故事的结构又是相对定型的。这种结构的相对定型与情节的引人入胜相结合，是民间故事结构艺术的重要特点。

1. 结构相对定型

民间故事大都具有相对稳定的结构形式：

①线索单一的是“单纯式”故事。寓言、笑话及一般生活小故事常取这种结构方式。

②由几个故事组合而成的是“复合式”故事。“复合式”故事又分“三段式”复合式与“连缀式”复合式两种。

“三段式”又称为“三迭式”、“三复式”、“三回合”，这是民间故事中最常见的一种结构方式。通常是一件事情经过三次反复：主人公遇到三道难题、三次考验、三次较量、三次历险等等。这类故事结构大都比较完整，情节的开端、发展、变化、结局多有比较完整的叙述，国际上一般称这类故事为“完型故事”，如“蛇郎型”故事、“灰姑娘型”故事、“问活佛型”故事等等。

“连缀式”复合式结构，则是一个故事接着一个故事，前一个故事的结尾包容并引出后一个故事的开头，首尾相接，环环相扣，大故事里边套着小故事，小故事中孕育着大故事，而各篇小故事亦可独立成篇。阿拉伯民间故事《一千零一夜》便是这类结构的典型代表。

这种特点是适应口头讲述的需要而形成的。

对于少年儿童来说，简短的口头故事，易懂易记；“复合式”故事则可在一而再、再而三地重复讲述中提高兴味，加深印象，强化记忆，并可在娱乐中训练孩子口头叙事的能力。

对于成人来说，讲故事常常是他们在田边地头小憩，或劳作之余闲暇时光自娱自乐的一种生活方式，故事本身是人们释放某种情绪或外化某种意识的载体。相对稳定的结构形式易于掌握，给创作和流传都会带来极大的方便。

2. 情节引人入胜

民间故事的结构虽然相对定型，但每一个故事的情节发展，却又常常出人意料。这是因为，情节是以生活为基础的，它包括现实的物质生活和精神生活的各个层面。生活是那样丰富多彩，千变万化，广大民众对人生的经验与体悟也存在千差万别。同样是三次考验，各篇主人公遇到的难题并不相同，解决的办法也各不一样；同样是吟诗作对，不同的对象，其智巧、风格和口才又各有特色；同样是隐语斗智，但各篇的设计与解疑却很少重复，你很难听了开头，便知道情节的发展和结局。

这种艺术效果的取得，得力于民间作者们创造出来的一系列相对稳定的语体结构。这种语言体式，既有大体上的框架，又随讲述者各自的生活经历与才智而各呈异彩。

例如，众多的巧女型故事，其情节背景差异很大，对手亦各不相同，但这类故事的结构大体一致。一般是设问与解难。出题者常常提出一些无法实现的要求，或无法回答的问题发难，巧女若正面迎战，将会毫无结果。有效的办法，便是以子之矛，攻子之盾，反守为攻，发起反诘，“把球踢还给对方”。譬如说，人家要她丈夫赔“话把”，她便说丈夫在挖“风根”；人家要她丈夫交出公鸡蛋，她便说丈夫在生孩子；人家要写天大的字，她便要地大的纸；人家要石头做的靴，她便要沙子纺的线；人家要她煮鸳鸯饭，她便要鸳鸯竹做的箍；人家要织路一样长的布，她便要人先量出路有多长；人家要她将海里灌满油，她便要人先把海水抽干；人家问她一上午挖了几千几百几十锄？她便反问人一上午走了几千几百几十步？别人出上联：“稻草捆秧父系子”，她对下联“竹篮装笋母抱儿”；人说“驴过木桥蹄打鼓”，她对“鸡啄铜盆嘴敲锣”；人说“砍粗竹，划细篾，打圆箍，箍扁缸，装东装西”，她对“弹粗棉，纺细纱，裁大布，做小衣，遮前遮后”……出口成章、对答如流。

除这种“反诘”语式外，还有“请君入瓮”式、“标点错讹”式、“命题联对”式、“谐音误会”式、“圆谎吹牛”式、“拆字破谜”式、“学话失败”式、“机械模仿”式、“随方就圆”式、“抹桌还席”式……真是难以数计。这种相对稳定的语体结构，既易于掌握，又长于变化，只要有丰富的生活积累，便能从有限的语言形式中创造出无限丰富的形式美来。民间故事家编织故事的才能是相当惊人的。即令是一则小笑话，谈不上什么曲折和变化，但那出其不意的智慧的闪光所引爆出来的开怀大笑，也同样富有引人入胜、耐人寻味的魅力。试看下面这则小笑话。

> 早年，一个人做了大官。他的朋友去看他，他装着认不得的样子问：“你是哪里人，到这儿来干啥啊？”朋友笑了笑说：“认不出我来了？我是你的朋友，听说你眼睛瞎了，来看你啊！”

一针见血！这种不假思索的快速反击，仿佛只是信手拈来、随口应对，但却像鞭子一样有力！广大民众这种即兴创作的才能确实是令人惊叹的。

三、民间故事的人物画廊

与相对稳定的结构形式相适应，民间故事的人物塑造，也不同于书面文学创作。书面创作强调形象丰满、个性突出；而民间故事在对人物形象的塑造上，则表现为个体形象的鲜明性、单一性与整体形象的类型性、丰富性相统一的特点。

1. 个体形象的鲜明性、单一性

民间故事的篇幅都比较短小，容量有限。就每一个单篇来看，人物性格既是鲜明的，也是很单一的。有些笑话和寓言，甚至只要三言两语，就能勾勒出生活中的一个镜头，鲜明地反映出人物性格的某一个侧面。例如：

> 说有这么一个人，刻薄吝啬至极。病危之时，哀求他的妻子说：“我一生苦心经营、断绝六亲，才得今日如此之富足。我死之后，你可把我的皮剥了卖与皮匠，肉卖给屠户，骨头卖与漆店。”妻一一答应，他方肯断气。谁知，死了半日他又活转过来，再嘱其妻：“当今世情浅薄，要现钱，切不可赊与他人。”

真可谓淋漓尽致、穷形极相。世上还有比这更吝啬的人么?! 故事虽短，但人物形象十分鲜明，性格表现也很集中和单一。

但是，从民间故事的总体上来考察，个体形象的鲜明性、单一性，又都是寓于整体形象的类型性、丰富性之中的。

2. 整体形象的类型性、丰富性

步入民间故事的人物画廊，你会发现，在民间故事中储存着各种不同类型的典型形象：

像阿凡提、巴拉根仓、阿古登巴、杜老幺……这是各民族、各地区机智人物的代表。阿凡提对于维吾尔族，巴拉根仓对于蒙古族，阿古登巴对于藏族，几乎成了所有机智人物的通称，他们简直无时不在，无处不在。

而“巧女”、“巧媳妇”一类故事中的女主人公，则又是智巧的化身。她们的聪明、才情虽然各有特色、各有表现，但故事着力表现的，始终是一个“巧”字。

其他像“顺风耳”、“千里眼”、“钢脑袋”、“铁骨尸”、“淹不死”、“压不扁”、“推山奴”、“吞水奴”等形象，实际上是一种力量的象征。

而“拇指粗”、“枣核儿子”、“蛤蟆王子”则是斗争灵活性的生动表现。

至于像“财迷精”、“懒婆娘”、“一嘴油”、“吹破天”等角色，那就是贪、懒、馋、吹等各种丑类本相的高度概括了。

这些经过民众反复提炼加工而成的各种类型的人物，从不同的角度展示着民间故事形象体系的丰富性。

3. 形象塑造的美学原则

如上所述，民间故事的人物形象具有类型化的特点，而不同类型的性格，只有在鲜明的对立、对比中才能得到充分的展现。所以，在民间故事里，美和丑、善和恶、机智和愚蠢、勤劳和懒惰、勇敢和怯懦、憨厚和狡诈、谦虚和骄傲、诚实和虚伪，都是作为性格类型互相对立地存在着的。而且，在民间故事中，一切勤劳、勇敢、机智、善良、诚实的人，他一定是美的，美得无与伦比；即使披上了青蛙皮、蛇皮、椰子壳，那也只是暂时的，终究会变成一个绝顶的美男子。而一切懒惰、怯懦、愚蠢、自私、虚伪的人，就一定是奇丑无比，甚至根本就是个不具人形的妖怪；无论他们怎么乔装打扮，故事的作者们也绝不让他们长得比正直善良的人更漂亮一些。在民间故事中，正义永远会战胜邪恶，所有的好人必有好报，即使经磨历劫，最终都会化险为夷，战胜对手，甚至死而复生；而一切坏蛋，却绝不会有好下场。这在民间故事中，几乎成了一个公式。这是口头文学独特的构思方式和表现方法，不能把它与一般书面小说中所忌讳的人物脸谱化混为一谈。民间故事是广大民众精心制作的悲喜剧，它虽然也饱和着生活的血肉，但毕竟不同于写实的文学，它绝对需要幻想和夸张，甚至变形。人们正是通过这种极度夸张的类的对比，表明自己对生活的美学评价，对是非善恶的鲜明态度，对真、善、美的执著追求。

四、民间故事的传承人

就创作的“匿名性”和作品的“无定本”性而言，民间故事虽然是广大民众集体创作的结晶，但这并不等于说，每一个人都在创作或会创作民间故事。民间故事能从古至今流传不绝，主要靠民众中一些见多识广、极富生活经验积累和口头表达才能的故事讲述能手。其中特别出色的讲手被民众昵称为“故事篓子”、“故事坛子”，戏称为“曰白佬”，学术界称之为“民间故事讲述家”。

1. 故事传承人的角色认定及价值评判

故事讲手，并不是职业的“故事讲述家”，更不是专门的“故事创作员”。和一般民众一样，他们都是极平凡、极普通的人物。只是因了各种不同的主、客观原因，使他们有机会大量接触民间故事，培养了听故事、讲故事的兴趣和习惯，以至习久渐精，熟悉并掌握了各种民间故事的一般结构体式及叙事方法，在传讲过程中，又融进了自身的许多生活体验和个人的语言风格，不自觉地对原故事进行了富有个性色彩的加工、提炼或新的创编，使之更为精彩，成为当地公认的、受欢迎的说故事能手。如湖北省五峰县白鹿庄的刘德培老人，便是这样一位优秀的故事讲手。他传讲的故事，经记录、整理出来的，就有 500 余篇，收在上海文艺出版社 1989 年出版的《新笑府》集中。为了表彰他的口头艺术才能和在民众生活中所起的作用，湖北地方文化部门授予他“民间故事家”的称号。

刘德培的故事中涉及的形象，上至天界神仙，下至历朝皇帝、文臣武将、七品县令、酸腐秀才、算命先生、江湖郎中、和尚道士、戏子媒人，以及长工、木匠、瓦匠、篾匠、皮匠、裁缝、背脚佬、店老板、巧姑娘、苕女婿，甚至流氓、地痞、拆白佬应有尽有。鄂西山区的世俗风情，各种错杂的社会关系、家庭关系，人民传统的道德观念，邻里相处的规范原则等等，在故事中都有不同程度的折射和投影。从这五百多个故事中，人们可以清楚地看到民间鬼神信仰与反鬼神观念同时存在；可以看到农民以农为本、以民为天的醒觉意识；可以看到农民如何通过舆论调节，来实现社会的道德规范；还可以看到社会交往中的种种不正常关系及农民对它采取的态度；同时，也可以看到农民审美意识中的积极精神与消极成分……对于广大民众来说，讲故事既是一种娱乐方式，也是自我教育的课堂，有时，它甚至能起着民间道德法庭的作用，实现着社会关系内部的自我调节。

这些故事，虽然出自刘德培之口，却并不是刘德培一人的独创。刘德培一生阅历丰富：他做过长工，打过短工，当过背脚（力伕），还跑过几年邮差；进斋铺当过学徒，帮人捡过屋瓦；农忙时务农，冬闲时拉班串乡唱皮影戏；学过算命，也学过看病；乡里之中，红白喜事、大小会头，常请他去当支客使或都管。他足迹所到，遍及五峰、松滋、宜都、长阳、枝江、石门、秭归、鹤峰等鄂西诸县。对社会底层的各类人物，诸如种田的、背脚的、手工匠人、民间艺人，乃至乡约保证、三教九流，他多有广泛接触。这些故事几乎全是从这些人中产生出来的。甚至刘德培至今还能清楚地记得，哪些故事出自哪些人之口。用他自己的话说，他是“听了一辈子的‘经’，也讲了一辈子的‘经’”。

像刘德培这样优秀的故事讲手，在民众中到底有多少，恐怕很难统计出个确切的数字。早在50年代初期，民间文学工作者便在采风过程中发现了一些优秀的讲述者，如内蒙古的秦地女、藏族的黑尔甲等。在80年代中期开始的、全国性的“民间故事集成”采录、编撰过程中，又有更多的故事讲手所讲的故事被各地采录者记录、整理、公开发表，如朝鲜族的金德顺、满族的李成明、山东的胡怀梅等，湖北郧阳地区武当山北侧的伍家沟村，甚至还有一批这样喜欢讲、也会讲故事的人。他们所讲的故事，也多是经由各种渠道，口耳相传得来的。

可见，所谓“民间故事家”，并不是“民间故事作家”。准确地说，应该是民间故事讲述者，他们是民间故事的集中保存者和主要传承人。在故事家的创作个性里，深蕴着群体意识的历史积淀；在他们独具的讲述风格中，活现着民众的审美习惯、审美兴趣的传统特点。也正因为这样，民间故事家才会被集体公认为民众文化的传承人。因此，通过故事家们集中保留下来的故事，我们有可能客观地、实事求是地去辨析民众文化的精华与糟粕，去认识民族生活历史的变迁，认识民众伦理观念的继承与发展，认识民众传统心态的因袭与变化。同时，也能为我们对民间创作进行科学的、全方位的定性分析或定量检测，提供准确而充分的现实依据。

2. 故事传承人的个性风采

民间故事虽然总是在集体中流传，故事也有相对稳定的结构，但是，同一个故事，在不同的讲手那里，讲述的方式和引起的效果，可能会有很大的差别。不同的讲手，他们所处的时代、地域、成长环境、家庭际遇、个人经历……都不同，由此而形成的天资禀赋、性格爱好、方言习惯、表达方式也会各有特色。还是以刘德培为例：

刘德培所讲的故事，绝大多数属于民间广泛流传的笑话类生活故事。传统的幻想性故事（如童话）极少。这当然是由他个人的生活经历所决定的。

他讲故事，常常像架上的葡萄一样，一串一串的。讽刺道士，他一气讲了《道士的堂客道士腔》、《道士过年》、《白字道士》、《乱做法事》、《无书乱唱》、《死母猪》、《法水》、《通起来》等等；讲到苕女婿，则有《关老爷坐荆州》、《拜旋》、《幺姨佬学书》、《估重》、《请酒请菜》、《苕婿应对》、《龙凤饼》、《金甲鱼鳞》等等；挖苦卖酒的、喝酒的，又有《酒铺盖》、《唯有读书水》、《喝酒打嘴》、《打孬酒》、《神仙酒》、《不喝酒的吊死了》、《皮鞋酒》、《你也是吃了酒来的》等等；讲到亲家的故事，也是一大串，诸如《死也不走》、《不是人》、《生死为的这砣肉》、《亲家母吃肉》等等。其他如杜老幺的故事、张士发的故事、巧女子的故事，土地爷、算命先生的故事，县官、秀才、教书先生的故事，夫妻、婆媳、翁婿、翁媳之间的故事，瓦匠、赶匠、篾匠、裁缝、背脚佬的故事……一类人物便有一串故事。表面看，这种葡萄串式的讲述方式，主要是为了便于记忆；实质上，这正是口头文学在塑造形象方面所独具的特点。这种葡萄串式的系列故事，能在相对集中的时空里，从各个不同的侧面，对同一类型的人物进行多角度的、充分的刻画和表现，从而形成各不相同的形象体系。这既是刘德培的讲述习惯，也是民间创作内在规律的自然显示。

刘德培很善于讲笑话。他的故事一般都有一个很响的压轴“包袱”。若是遇上讲故事的对手，其讲说才能发挥得愈加充分。他很擅长借助谐音借代、语义双关、含混打岔、以毒攻毒、指桑骂槐……各种语言手段结构情节、讲述故事。这是在民间传统创作经验长期熏陶下，训练出来的刘德培式的语言风格。他一生听的故事多，耳濡目染，积久渐精，虽然不一定自觉地意识到有什么“类型”，然而，对民间习用的各类语言体式，几乎都能烂熟于心。加上他又有极其丰富的生活积累，因此，常常即席应对，亦能迅捷地从传统的语体结构中化出新意，再创新篇，收到意想不到的艺术效果。

第三节　民间故事的价值

一、儿童的良师益友

民间故事是孩子们的良师益友。

在人类历史发展的各个阶段，民间故事曾经是人民道德的教科书；是人的各种美德，诸如互助友爱、勤劳勇敢、诚实正直、善良无私、不畏邪恶、扶助弱小、感恩图报等的形象化的模本。作为促进人类社会健康发展的必具条件，这些永远是值得继承和发扬的传统美德。我们不要因为它的早期形式存在着某些异化表现，便以为这些美德也是微不足道的。包含在故事中的这些品德，都是人类自身的创造成果，是人之为人的起码要求。人类因社会生活的需要产生了对群体动作进行协调的规范，从而实现社会发展的有序化；而规范一旦形成，又必然会对人的行为产生强制性。我们不能因为批判封建礼教、封建道德，就错误地以为，一切道德都是文明的桎梏，从而鼓吹非道德化、非理性化。没有道德的社会将不再是人的文明社会，那将是不堪设想的事情。孩子的心智正处在由蒙昧期向开化期转变的阶段，也是人生社会角色培养的起点。民间故事中，小黄狗会帮助受欺侮的小主人耕田；蚂蚁、蜜蜂会帮助灰姑娘完成杂务，穿上漂亮的新衣，参加王子的盛大舞会；铁钉、板凳、栗子、绣花针……可以联合起来治服大灰狼；当正义战胜邪恶之后，被魔法控制的白天鹅会恢复人形……故事中这诸多幻想情节，在孩子们幼小的心田里，都会被认为是极自然、极亲切、极合理的。利用孩子们最容易接受的形式，对社会的新成员进行启蒙的道德教育，符合人类思维发展的规律，也最能收到预期的良好效果。

除了道德的教化而外，那些上天入地、千变万化的故事，能极大地满足孩子们的好奇心和求知欲，催发他们的想象才能。从一定意义上说，无论是科学家还是文学家，他们成就的大小，与这种创造想象才能的高下直接有关——当然，这已经不止于儿时的幻想了，但这毕竟是他幻想翅膀的试飞阶段。科学史上无数的事实说明：幻想的翅膀所翱翔的地方，每每成了科学创造发明的先声。神话和科学，好像是两个极端，但奇怪的是，有些神话中的幻想，后来竟被科学实现了，从某种意义上来说，神话竟成了科学的预言：能在空中飞行的“飞毯”、“木鸟”不是被今天的飞机代替了吗？能日行八百、夜走一千的“快靴”，不是被火车实现了吗？“千里眼”的幻想不是被天文望远镜、雷达实现了吗？“钢脑袋”、“铁骨尸”的幻想，不是被今天的机器人实现了吗？美丽的嫦娥吃不死药飞升月球的幻想，不是被载人宇宙飞船登上月球而实现了吗……所以，有些幻想，未尝不可以把它看成是一种古代人们的科学假说。当然，有些假说，可能永远也不会通过科学研究而获得证实。不过，无论是幻想，还是科学，体现于其中的追求、探索精神却是共通的。不要担心这些幻想故事会使儿童产生迷信或投机取巧和一味希求宝物帮助的消极影响。孩子总是要长大的。当他获得了更丰富的知识以后，他就会站在高一级的层次上，与儿时的荒谬告别，就如我们自己今天一样。然而，从儿时就开始培养起来的善于幻想的才能，却会在他今后的工作中释放出难以预测的能量。

二、特殊的生活文化史录

民间故事，作为民众生活的组成部分，它向我们真实地再现着特定历史年代所出现的特有的生活史现象。这现象中，既包含着人类自身进化的积极因素，同时，也存在着障碍人自身发展的消极成分。就以劳动阶级的道德观念而言，情况也是很复杂的：

劳动阶级的道德观念，相对于剥削阶级的观念来说，无疑具有不可否定的进步性。民间作品中凝聚的许多道德规范，应该作为我们民族的优秀传统加以继承和发扬。可是，我们又必须看到，劳动阶级道德观念的形成和发展，也有自己的历史过程。在无产阶级出现之前的所有劳动阶级，诸如奴隶、自由民、农民、小手工业者等等，他们的道德观念都有自己的发展层次。基于各阶级赖以生存的经济基础不同，他们的道德观念亦表现出各自的局限性或阶段性。奴隶以争取做人的权利为道德准则，但绝不可能提出废除封建等级制度，实现平等的道德理想；农民阶级虽然能提出“等贵贱，均贫富”的口号，但却找不到真正实现这种道德理想的道路。他们对生产资料私人占有制的原则并不彻底否定，而只是希望在分配上稍微合理一些。这种局限在民间作品中也是很清楚的。农民一方面反对封建等级观念，另一方面又期待着平等爱民的皇权。一方面在嘲笑封建文人的迂腐，另一方面，却并不排斥“五子登科”、“光宗耀祖”的幻想。不能把这种意识简单地归结为剥削阶级的思想影响，在一定程度上，它也是农民的绝对平均主义思想的真实反映。

更何况，由于统治者的思想总是那一时代的统治思想，也由于道德具有相当稳固的继承性，劳动者的观念也并非纯而又纯。反映在民间作品中的道德意识也相当复杂。例如忠孝节义观念，本是封建地主阶级奉行的主要道德规范。民间作品中虽然不把“三纲五常”奉为“天理”，但是，由于宗法式家长制社会结构的存在，忠孝节义的观念在民众中是有深远影响的。生活在宗法制家族中的农民，不可能对忠孝节义提出异议。不过，对忠孝节义的解释与实践，他们却也有与封建统治者不相一致的地方。农民的“忠君”观念，常常与“保国”的行为密切相关；农民的“孝悌”观念，又往往与尊敬老人、友爱兄弟的要求紧紧相连。其间也包括不少类似“割股变鱼侍亲”的愚孝行为。因此，反映在民间作品中的农民的忠孝观念既有主观上的盲目性，又有客观效果上的合理性。忠孝观念在劳动阶级中表现出来的某些精神有一定的积极意义，不能完全加以否定。所以，把忠孝观念完全当做传统美德来歌颂，或者绝对化地把它看成是剥削阶级的道德准则对农民的毒害，都难以正确解释民间作品中复杂的道德现象。当然，把封建社会的“忠孝”观念仅仅看成是“敬老”、“爱幼”，从而把它说成是超阶级的共同道德，也是错误的。

民间作品，作为民众文化心理结构的一种物化形态，它的意义，不在于为我们今天的人类留下了多少不可移易的精神坟典；而在于向我们真实地展示了特定历史阶段民众的生活风貌及心路历程。它像一面镜子，让我们从中认识自己的强大和软弱，了解自己的威力和局限性。立足现实，面向未来，无论是传统的美德，还是陈旧的观念，都值得我们去认真加以研究。这也正是民间故事作为民众生活文化史载体之一的价值所在。

第八章 民间歌谣

第一节 歌谣及其发展

一、歌谣释义

民间歌谣，是民间文学中的韵文作品。它是广大民众集体创作的口头诗歌，是他们的现实生活、思想情感和心理愿望在有节奏的、音乐性的口头语言中的真实反映。歌谣一经创作，便会像“风”一样，迅速地在民众口头流传开去，并不断地被人加工、修改、补充和完善。

关于“歌”和“谣”，历来有多种解释：

《诗经·魏风·园有桃》中，有“心之忧矣，我歌且谣”的说法，似乎说歌和谣是分家的。

《毛诗故训传》解释说：曲合乐曰歌，徒歌曰谣。”

《韩诗章句》上则以为“有章曲曰歌，无章曲曰谣”。

其实，“合乐与否”和“有无章曲”并不重要。古人对歌和谣也并没有作很严格的区别。清人杜文澜在他编辑的《古谣谚》中就曾说过：“谣与歌相对，则有徒歌合乐之分，而歌字究系总名；凡单言之，则徒歌亦为歌，故谣可联歌以言之，亦可借歌以称之。”就是说，谣，也可以称之为歌，谣歌，也即是歌谣。

歌谣的产生，标志着人类艺术禀赋的启动。人类艺术天才的萌动与生成，正是从歌谣这里开始起步的。

二、歌谣发展述略

歌谣起源于原始人群的劳动呼声。鲁迅先生对这一问题，发表过很精彩的论述。他说："人类在未有文字之前，就有了创作的。可惜没有人记下，也没有法子记下。我们的祖先的原始人，原是连话也不会说的，为了共同劳作，必须发表意见，才渐渐地练出复杂的声音来。假如那时大家抬木头，都觉得吃力了，却想不到发表。其中有一个叫道'杭育杭育'，那么这就是创作……倘若用什么记号留存了下来，这就是文学；他当然就是作家，也就是文学家，是'杭育杭育'派。"

的确，人在劳动中，特别是负重时，会自然而然地发出喊声。在一般情况下，这只是一种机能性的生理反射。可是，当原始人群集合在一起，同时发力，把一段大木或者别的什么重物抬起来，迈着整齐的步伐，"杭育、杭育"地把它搬到远处去，这情形就不一样了。这场面至少包含了两重创造性因素：一是群体对协同动作、整齐步伐节奏的认知；二是运用前呼后应的声音节奏"劝力"的发明。人类艺术天才的萌动，正是从对节奏的体认开始的。所以，无论是对动作节奏的感知，还是对声音节奏的应用，从艺术发生学的角度看，"杭育、杭育"的节奏应和，实在是人类最早的艺术劳作。虽然它是那样原始、那样粗糙，可毕竟还是一种始发性的创造。这便是人类最早的劳动之歌。

随着社会生产实践范围的扩大，人类思维和语言的能力日渐发达。除了这种有节奏的劳动呼声以外，开始出现了记叙劳动情景的歌谣。如相传为黄帝时代的歌谣《弹歌》：

"断竹，续竹，
飞土，逐肉。"①

这首歌很形象地记载了古人削竹为弓，以泥丸作弹，追射动物的情景。又如古代"蜡祭"中的歌词：

"土反其宅，
水归其壑，
昆虫勿作，

① 见《吴越春秋》。

草木归其泽。”①

这是祭百神的咒语。意思是命令，或者祈望土、水、昆虫、草木诸神各归其位，各司其职，不要危害人类。显然，这已是农业社会的歌谣了。由于年代悠远，原始时代歌谣的全貌，已很难考定了。商周以后，特别是到了周代，我国的民间歌谣，才算真正开始载入史册。

《诗经》是我国最早的诗歌写定本。收录了周初到春秋中叶500年间的作品。《诗经》305篇中，《国风》计有106篇，绝大部分是民间歌谣。其中，数量最多的是情歌。朱熹说，风诗“多出于里巷歌谣之作，所谓男女相与咏歌，多言其情者也”。如《邶风·静女》、《陈风·东门之池》、《鄘风·柏舟》、《周南·关雎》等，都是相当精美的情歌。内容丰富，形式多变，有的互相期约，有的飞歌唱和，有的信誓旦旦，有的切切思念。诗体以四言为主，杂以二言、五言、八言，大量采用比兴，讲究章句复沓，注重双声叠韵的音乐效果，抒情色彩十分浓烈，开创了我国诗歌艺术的传统。

周代的农业经济已经相当发达。《周南·芣苢》就是一首农业劳动的赞歌。而如《魏风·伐檀》、《硕鼠》、《豳风·七月》等歌谣，则反映了老百姓对统治者的不满情绪。此外，周朝社会外有戎狄对峙，内有诸侯争胜，战乱繁多，兵役甚苦。因此，风诗中也有一部分是厌恶征战、思乡盼归的作品，如《唐风·鸨羽》、《豳风·东山》、《卫风·伯兮》、《王风·君子于役》等。可以毫不夸张地说，风诗不仅反映了周代奴隶社会兴衰的若干真实图景，而且，以它深刻的现实主义精神和高度的艺术成就，成为我国民歌史上的第一块里程碑。

从春秋末叶，到西汉中叶，这么一段漫长的历史时期，都没有多少歌谣流传下来。南方屈、宋“楚辞”中，虽多有民歌的痕迹留存，不少人还认为，屈原的《九歌》，亦是由民间祭歌改造而来。这种分析虽有道理，然而，真正见于史册的楚歌，却并不多。这其中的原因是多方面的。

远古之世，民间歌谣是不可能由歌者自己收集、保存下来的。它像“风”一样，刮一阵，也就飘然而去。只有在两种情况下，才可能被搜集和采录：一是在所谓清明盛世，王者为了考察政绩，需要采列国之诗“以观民风”；二是为了寻欢作乐，要采民间歌谣制作新声。

周初有采诗与献诗的古制，故有《诗》三百篇传于后世。春秋之后，周室名存实亡，诸侯兼并犹恐不及，哪有余暇采风？秦始皇乃无道暴君，自

---

① 见《礼记·郊特牲》。

然容不得民间之音了；二世虽好郑、卫之声，然亡国之君，何能创建新声？汉初江山一统，可“拨乱反正，日不暇给”（《汉书·礼乐志》），当务之急，是把皇帝位置坐稳了再说。所以，这300余年间，既非清明太平之世，亦非新乐诞生之时。一直到汉武帝时，经过汉初70多年休养生息，国泰民安，方显出一派升平气象，因而才又具备了采诗的条件。于是，我国民歌历史发展方才进入第二个划时代阶段——汉魏乐府民歌时期。

汉武帝时，设置了庞大的采诗制乐机构——乐府。据《汉书·艺文志》所载，自汉武帝设立乐府以后所采录的歌谣计有13种共138篇。宋人郭茂倩所编的《乐府诗集》，辑录了汉魏至唐五代的乐府名作，兼及先秦至唐末歌谣。其中，民歌大约有五六百首之多。虽只九牛一毛，然而，在庙堂文学的威势和压迫之下，“街陌谣讴”能受到垂青，得以幸存，已是很不易的了。

汉魏乐府，“感于哀乐，缘事而发”，题材非常广泛：《战城南》、《十五从军征》、《巫山高》、《艳歌行》、《悲歌》、《古歌》等歌，从各个侧面暴露了战争的残酷，倾诉了征人的离愁，也反映了百姓对好大喜功、穷兵黩武的汉武帝的强烈不满。而《孔雀东南飞》、《陌上桑》，及《相和歌辞》中的《塘上行》、《怨歌行》等歌，则控诉了封建礼教和封建婚姻制度的罪恶。《汉铙歌》中的《上邪》、《有所思》等歌，表达了对爱情的执著追求。《东门行》、《妇病行》、《孤儿行》等，反映的是贫病交加的生活悲剧。东汉建安时期，又有一群无名氏留下的《古诗十九首》。清人沈德潜《说诗晬语》说：“古诗十九首，不必一人之辞，一时之作。大率逐臣弃妇，朋友阔绝，游子他乡，死生新故之感。或寓言，或显言，或反复言，初无奇辟之思，惊险之句，而西京古诗，皆在其下。”此言极是。古诗十九首，平浅质朴，看去无一奇字，然无字无句不奇。

汉魏乐府把周代民歌的现实主义创作方法开拓得更加深广，出现了能更深入地反映社会生活的叙事诗作；而且，诗的形式，也比“国风”时代又向前跃进了一步：“国风”中基本上是四言诗，而汉魏乐府则多为杂言诗，既有四言，也有逐渐成熟的五言和还在萌芽阶段的七言诗。

到了南北朝，乐府民歌开始依南北两路分道扬镳。

南朝乐府民歌，被收录在郭茂倩《乐府诗集》清商曲辞的“吴声歌曲”和“西曲歌”中。吴歌本来是流行在江南一带的民间歌谣，后来，从东晋到梁陈的各代王朝，都在建业（南京）建都，上层统治者为了制新声作乐，才把它采来被之管弦的。西曲歌是长江中、上游一带的民间歌谣，“出于荆、郢、樊、邓之间，而其声节送和，与吴歌亦异，故因其方俗而谓之西曲云”。

南朝乐府，以“子夜歌”为最：“歌谣数百种，子夜最可怜，慷慨吐清音，明转出天然”。其内容大部分是描述男女相悦相恋，以及离愁别恨之情的。南朝偏安，出现一度虚假的繁荣，统治者恣情酒色，军旅商贾往来各大都市之间。不少城市贫民中的良家妇女，被这些朝三暮四之徒哄骗、玩弄之后又遭遗弃，因此，吴歌中多有哀怨缠绵、摧肝裂胆之词：“别后涕流涟，相思情悲满，忆子腹糜烂，肝肠尺寸断”。这些歌虽然产生于城市，然毕竟出自下层贫民妇女之口，感情真挚，并无市井庸俗之气。乐府中那些歌咏坚贞爱情的歌，是它的精华。如“春蚕不应老，昼夜常怀丝，何惜微躯尽，缠绵自有时”，“绩蚕初成茧，相思条女密，投身汤水中，贵得共成匹”等。这些歌，措词造语，清新俊逸，情调健康，感染力强。

北朝乐府，收在《乐府诗集》的“梁鼓角横吹曲”中，大多是北方民族的歌，共21种，计67首。主要曲调有“企喻歌辞”、“瑯琊王辞”、“紫骝马歌辞”、“陇头流水歌辞”、“折杨柳歌辞”等等。北朝民歌题材广泛，风格奔放，情感热烈、坦露，一泄无遗，绝没有南朝民歌那种纤细和婉约。如：“门前一株枣，岁岁不知老，阿婆不嫁女，哪得孙儿抱！”——北国女儿这种爽朗、坦直的气度光彩照人。

唐代，是我国诗歌发展史上的黄金时代。那照耀唐代诗坛的明星，自然是李白、杜甫、白居易、刘禹锡这些伟大的诗人。但是，唐代的民歌也是不少的。《敦煌曲子词》中载道：“行人南北尽歌谣”，“人来人去唱歌行”。刘禹锡在《插田歌》中，记叙了农民边插秧、边唱歌的情景：“……农妇白纻裙，农夫绿蓑衣，齐唱田中歌，嘤咛如竹枝……”。诗人顾况的《闻山鹧鸪》也记有：“夜宿桃花村，踏歌接天晓”。可见，唐代的民歌仍是很兴盛的。民间流传有竹枝、杨柳枝、浪淘沙、采桑子、渔歌子等多种曲调。

明、清时代，是我国古代歌谣历史上重要的转折时期。在此以前，民歌的搜集与采录，都是因了统治者的需要，由官方整理、删编的。自明以后，封建制度渐趋瓦解，新的资本主义经济因素开始萌芽。封建的生产关系和新经济因素的矛盾，在政治、经济、思想各个领域普遍存在，文化领域也不例外。一方面，统治阶级坚持用八股取士的封建科举制度，束缚人们的思想，使人不敢对当世之务大胆立言，上层社会越来越腐朽，文坛奄奄无生气。另一方面，由于新经济因素的影响，人文主义和民主主义思想抬头，在新兴的市民阶层和广大的劳动大众之中，产生了波澜壮阔的新兴文学。明人陈宏绪在《寒夜录》中，引他的友人卓珂月的话说：“我明诗让唐，词让宋，曲又让元，庶几吴歌，挂枝儿、罗江怨、打枣竿、银绞丝之类，为我明一绝耳。”而且，自两淮以至江南，“则不问南北，不问男女，不问老幼，人人习之，亦人人喜听之，以至刊布成帙，举世传诵，沁人心腑”（沈德符《顾曲杂言·时尚小令》）。于是，自明代以后，有不少文人采录民歌俗曲，汇聚成集，而且自己还仿制民歌。

明代的民歌，以吴歌为代表。有冯梦龙编的《山歌》、《挂枝儿》，醉月子辑的《吴歌》，还有不少散收在明人的戏曲和笔记之中。吴歌数量虽多，内容却比较单一，大多表现男女恋情。与南朝民歌相比，风格更形坦率、泼辣，在一定程度上，反映了新兴阶级要求冲破封建藩篱，追求人性解放的意识和要求——尽管这种要求还并不是完全自觉的。

清代，资本主义经济因素得到进一步发展，对民歌的采集，也更加普遍和广泛。刘复和李家瑞等编的《中国俗曲总目稿》中，收集了六千几百种之多。其中，有以粤歌为中心的东南地区的民歌；有以四川山歌为中心的西南地区民歌；还有北方各省的秧歌等。

粤歌是清代民歌的代表，《粤风》便是粤歌的专集。《粤风》共分四卷：一卷为“粤歌”；二卷为“傜歌”；三卷为“苗歌”；四卷为“僮歌”。全书由李调元辑解，收录民歌100余首，其中粤歌53首，约占半数，几乎全都是情歌。“粤风”格调清新健康，如“嫩鸭行游塘栅上，娇娥尚细不曾知，天雨蜘蛛结夜网，想晴只在暗中丝”，“妹相思，妹有真心哥也知，蜘蛛结网三江口，水推不断是真丝”等等皆是集中精品。此外，还有华广生的《白雪遗音》、郑旭旦的《天籁集》，都很有影响。

辛亥革命推翻了清朝封建统治，但接踵而来的是军阀割据，连年混战。反动的剥削制度没有动摇，人民依然受着残酷的压榨与欺凌。大量的“长工歌”，是这一时期民间歌谣的代表作品；它们的姊妹篇便是关于妇女痛苦生活的“控诉歌”。

“五·四”以后，北大成立了歌谣征集处，具有现代规模的民歌搜集工作才算正式揭幕。

新中国成立以后，民众的口头创作受到高度重视。50年代，政府文化部门就经常号召并组织专业作家到民间采风。除传统歌谣之外，还有许多反映新的时代生活的新民歌不断地产生出来。第七个五年计划期间，在全国范围内开展了民间故事、民间歌谣、民间谚语等民间文学三套集成的采录辑集工作，各地出版了难以数计的民间歌谣集。这是我国、同时也是世界民族民间文学宝库中的重要财富，也是我国歌谣发展史上的新的里程碑。

第二节　歌谣的分类及其作用

我国的民间歌谣，内容丰富、种类繁多。人唱“一把芝麻撒上天，我有山歌万万千，南京唱到北京转，回来还唱两三年”。特别是各少数民族地区，那更是歌乡诗海，美不胜收。所以，要想把歌谣的分类说清楚，并不是件很容易的事情。朱自清先生在《中国歌谣》一书中，曾列举了15种分类标准：即按音乐、内容、形式、风格、作法、母题、语言、韵脚、歌者、地域、时代、职业、民族、人数、效用等15种标准，分别将歌谣进行不同的分类。这些标准，已经够复杂了，但无论用哪一种标准，都难免有一定的局限，故而不好单独采用某一种标准来给歌谣归类。在全国性的歌谣集成编辑过程中，各地依据当地歌谣流传及采录的实际情况，对歌谣一般都作了比较细致的归纳和分类。但就总体而言，从内容出发，结合某些特殊的功能和服务对象，对歌谣进行分类，却是基本相同的。

一、劳动歌

劳动歌是以劳动生活为内容，并伴随着劳动过程所唱的歌谣。其中，最有代表性的，是应和着劳动节奏，呼喊出的各种“举重劝力”的劳动号子：如搬运号子、装卸号子、打夯号子、采石号子、伐木号子、打榨号子……它们的作用，在于协调动作、鼓舞情绪、减轻疲劳。

不同的工种，其号子的节奏、音调、气氛各有不同：

搬运号子、装卸号子、伐木号子、打榨号子等，因其要协调指挥统一发力，故歌词简短，重在节奏的应和。

打夯号子虽然也强调步调一致，也是一领众和，但这种劳动动作具有较长的周期重复性，只要能保持动作一致，领唱的内容则比较灵活，既可即兴而歌，亦可唱古道今。

同是行船号子，却会因航道、水势的变化而运用不同的号子：船离岸时，唱“撑船号子”；接近险滩时，唱“见滩号子”；进入险滩时，唱“招架号子”、“上滩号子”；在紧要关头，唱“拼命号子”；过了险滩后唱“下滩号子”、“平水号子”；逆水行舟，则又有“拉纤号子”。

可见，劳动号子，是劳动的指挥者。这些歌，歌词虽然简短，但从那种整齐有力的节奏应和中所焕发出来的改天换地的雄健气魄却是撼动人心的。

有些劳动，如车水、插秧、除草、放牧、采桑、采茶、打鱼等，虽然也伴之以群歌唱和，有些田歌还专请锣鼓师傅在一旁击节领唱，但这些劳动并不特别强调动作整齐一致。击节引歌，一为催工，二为解乏。重要的，是为营造一种你追我赶的劳动气氛，以消减因单调的重复性动作所引起的疲劳和困乏。故此类劳动歌曲调比较悠扬，内容亦很宽泛，有时是“早上唱古人，中午唱花名，下午唱交情（即情歌）”。可见，伴随劳动过程所唱的歌，从其内容来看，不一定都是唱劳动的歌，有时也可能是古歌、情歌、生活歌等等。

劳动歌中除了“劳动号子”是其代表作之外，还有一部分很有价值的，就是传授劳动知识、生产经验的歌。如：

“要做种田汉，多把肥料办，田要深耕耙要乱，庄稼要好看”——说的是精耕细作、肥多粮多的道理。

“四月八，种棉花，棉花长起两片夹，薅头道，像跑马，薅二道，像绣花，三道四道连不住地锄，薅哒五道薅六道，每个丫里结棉桃”——这是棉田管理经验的精要总结。

“菱角藤，鲜又嫩，灯笼泡，干干净，鹅脚板，治猪病，最养猪的是浮萍”——没有丰富的养猪经验，绝不可能熟知各类猪草的性能。

“青石硪儿四方方，打硪技巧记心上，穿耳系绳要扣牢，绳子脱落把人伤。两手捏紧脚站稳，前弓后倾力出匀，猛提猛打齐出力，高抬平落低打平。打硪要打鱼鳞甲，树根杂草捡干净，万丈高楼平地起，脚基不紧枉费心”——硪工号子在指挥节奏、协调动作的同时，把打夯的技巧一一道出，易唱易记。

“青莲抓顶，闪腰而过，前头之字拐，后头慢慢摆，前头走石板，后头慢慢蹭”——这是轿夫们的行话，也是他们的经验之谈。

其他各种手工艺匠人，都有本行当技艺绝活的歌谣传诸后世。这些都是劳动大众智慧的结晶。

二、时政歌

时政歌是民歌中的投枪匕首，是广大民众有感于某些时事政治状况而创作的歌谣。劳动大众对于重大的历史事变、风云人物及政治形势的基本认识、基本态度，在时政歌谣中，多有及时的、尖锐的、强烈的反映。此类歌谣，紧贴时代脉搏，能敏感地反映时势的兴衰，刻画出历史的足迹，因而别具研究价值。

夏桀之时，民众诅咒昏君，唱出了“时日曷丧，予及汝皆亡”的民谣。

当秦之世，人们深受徭役之苦，一首“生男慎无举，生女哺用脯，不见长城下，尸骸相支柱”，提出了对暴秦统治的血泪控诉；而“楚虽三户，亡秦必楚”的民谣，则预告了无道秦君的垮台。

西汉，人民看到刘邦枉杀韩信、彭越等为他效尽犬马之劳的功臣，便用“狡兔死，走狗烹；飞鸟尽，良弓藏”的民谣来揭露这刻薄寡恩的皇帝。

东汉宦党专权，人们用“直如弦，死道边；曲如钩，反封侯”的歌谣，抨击当时的朝政。

唐玄宗时，因杨贵妃得宠，朝廷上下裙带之风盛行，天下又有“从此天下父母心，不重生男重生女”的讽刺民谣流传。

而到南宋末年，朝野内外，昏聩腐朽至极，民众一语道破了国势的衰颓：“若要官，杀人放火受招安；若要富，跟着皇帝卖酒醋”。

元朝末年，浙东一带农民喊出了“天高皇帝远，民少相公多，一日三遍打，不反待如何”的呼声，纷纷树起了起义的大旗。

明末民谣“吃他娘，穿他娘，吃着不够有闯王，不当差，不纳粮，大家快活过一场”——这是百姓对李自成起义军的评价。

鸦片战争以后，京中流行的童谣：“前门开，后门张，前门引进虎，后门引进狼，不管虎与狼，终朝每日铛铛铛”，深刻地揭露了清朝统治者引狼入室，卖国求荣的可耻行径。而太平天国歌谣，义和团歌谣，捻军歌谣等，则鲜明地体现了广大民众反帝、反封建的强烈要求。

辛亥革命以后，特别是在整个新民主主义革命时期产生的时政歌谣，都曾作为那个时代的投枪匕首或冲锋号角，汇入了历史的大潮。

新中国成立以后，直至现在，在社会主义建设各个历史时期，特别是重大的历史转折关头，时政歌谣常常最先、最强烈地呼喊出民众的心声：这其中，有对野心家的无情揭露；有对官僚习气的深刻讽刺；有对各种不正之风的鞭笞；有对各级干部功过的褒贬；以至对各种时事、政策的态度等等。民众的是非观念、选择标准及情感倾向，在这些歌谣中都有充分的表现。这类歌谣，无形中形成了一种社会舆论监督机制，对各级领导及时校正工作偏差、减少失误，有一定的积极作用。

三、历史、传说歌

历史传说歌是以某些历史、传说为主要内容的歌谣。它是劳动大众对某些历史事件、历史人物发表看法、作出评价所经常采用的重要方式之一。

历史传说歌的内容相当广泛：上自三皇五帝、八洞神仙，下到三国、隋唐、西游、水浒，历代开明帝王、无道暴君、忠臣良将、叛臣贼子、义夫节妇、烈女孝子乃至传统虚构的孟姜女、牛郎织女、白蛇传、梁祝故事人物……“或讲今，或讲古；或讲文，或讲武；或讲秦，或讲楚；或讲甜，或讲苦”，试听：

“……
讲古要讲那盘古
……
讲经要讲西天佛祖经
……
讲文要讲包拯相
……
讲武要讲杨家将
……
讲秦要讲秦始皇
……
讲楚要讲楚霸王
……
讲苦要讲李三娘
……
讲田要讲田七郎
……”①

上下古今，开阖自如。可以“唱百花”、“唱十月”，“十杯酒”、“十字歌”、“十绣”、“十叹”、“十把扇子”为引子，纵述各朝故事；亦可以小调、田歌、秧歌调、灯调、莲花落、莲湘调、竹马调等形式，就某一历史事件、历史现象、某个历史人物发抒感叹。如“唱女将”中，集中唱了陈杏元、赵五娘、孟姜女、王宝钏、穆桂英、王昭君、祝英台等杰出女性；“唱男将”中，则集中唱了韩信、薛仁贵、包拯、苏秦、孔明、罗成、关羽、张飞等忠臣良将。一曲“哭贤臣”，则唱出了民众对封建君臣关系某些悲剧性结局的慨叹：“太平天子斩英雄，国难当头泪血红。马渴思饮长江水，人到难中想宾朋。纣王哭的是闻仲，武王哭的姜太公；桓公哭的是管仲，夫子哭的子路终；齐王哭的晏平仲，刘备哭的是关公；孔明哭的赵子龙，严惠哭的是黄忠。哭的是为江山重，保住江山又居功。”

这些歌词，许多是从民间戏文或说书艺人口头上转借而来，或是由民间

① 湖北省《枝江县民间歌谣集》第303页。

传说改造而来的。会唱历史传说歌的歌手，在民间很受尊重和欢迎。每逢栽秧、薅草、打夯等集体劳作场合，或邻里有许愿还香、跳丧伴亡等祝、祭活动时，他们常被人请去当歌师傅，一唱半天或是几个通宵。这是他们大展歌才，显示自己知识渊博、口才出众的大好时机。这些歌手有本事把各种历史传说故事，随兴编进栽秧号子、薅草号子、硪歌号子或丧鼓歌，滔滔不绝地一领众和。在热热闹闹的娱乐气氛中，不知不觉地传播了历史知识。故称其为劳动者口耳相传的通俗历史读本是不为过的。

四、生活歌

生活歌主要是指反映广大民众日常劳动生活和家庭生活状况，以及他们的人生态度、人生经验的歌谣。

在生产资料私有制占统治地位的旧时代，封建统治者不劳而获，坐享其成；劳动大众的境遇是很悲惨的。各种“苦情歌”便是他们发自内心的控诉和呐喊。

在劳动大众的行列里，受压迫最深的是农民：“小暑南洋十八天，① 吹断百草起红烟，栽田农夫实在苦，脸朝黄土背朝天”——一曲“农夫苦”，说尽了世代农民的劳作苦况。可即使终年辛苦，又能怎样呢？“家里穷得叮当响，肉补衣裳天补房，日里未有鸡啄米，夜晚没有鼠耗粮”；青黄不接无以度日，还得举债：“春上放下驴打滚，秋天随人一口吞”；要是再碰上疫病、灾荒，那情景就更是惨不忍睹了：“除了芦苇就是水，除了抢犯就是鬼，除了青桩就是碑，② 除了钉螺就是匪，除了大肚子就是坟堰堆。”③ 真是“穷人头上两把刀，租子重，利钱高，夹在中间吃不消；穷人面前三条路，逃荒、上吊、坐监牢”。

农夫苦，长工更苦。他们无田无地，仅靠出卖劳力、帮工打杂度日：“青天是我的屋，衣裳无半幅，枕的是拳头，盖的肋巴骨。”一年四季，栽秧割麦，犁田耙地，开沟车水，割谷打场，外加挑水劈柴、打扫庭院等家务杂活，没有片刻喘息时间，出的是牛马力，吃的是猪狗食，好不容易熬到年终，却依然是两袖清风：“冬腊两月无柴米，难过新年难过冬”。过去民间大量传唱的“十月长工苦”、“十二月长工歌”，内容大同小异，都是从正月唱到十月或十二月，历数长工生活的辛酸与悲苦，是长工们对黑暗社会的血

---

① 小暑前后，从南边吹来的热带季风。

② 青桩：一种水鸟，民间视为不吉祥之鸟。

③ 指晚期血吸虫病人。

泪控诉。

在封建时代，男人谋生不易，女人活命就更难。在封建礼教和宗法制度的压迫下，劳动妇女被神权、政权、族权、夫权“四条绳索”紧紧地束缚着，她们没有做人的资格，被视为会说话的牲口和传宗接代的工具：“娶来的媳妇买来的马，随人骑来随人打”；十七八岁的大姑娘，即使嫁个尚在吃奶的小女婿，那也得“嫁鸡随鸡，嫁狗随狗，嫁个萝卜抱着走”。有些女孩子，因家境贫困，尚未成年，便不得不去婆家做童养媳。童养媳的命运是很悲惨的：“天上星，排不匀，地下小媳妇难做人。六月三伏割草皮，十冬腊月绞车心，公公拿着棍子打，婆婆拿着秤砣钉。”如果丈夫早逝，就得终身守寡：“守寡守得我成了鬼，站在人前张不开嘴，上刀山来下油锅，比起守寡强得多”。妇女苦情歌，强烈地控诉了吃人的封建礼教的罪恶。这些歌谣，都是劳动大众蓄之既深的一种感情凝结物，是他们心声的自然流露，因而也是我们认识过去时代社会生活的一面镜子。

除了叹诉苦情之外，生活歌对各种社会关系、伦理原则、人生态度、行为方式等世事民情，都有广泛的反映：“一寸光阴一寸金，寸金难买寸光阴，失落寸金有处找，失去光阴无处寻”——这是劝人珍惜时日，不要虚度年华；“君有黄金堆满斗，我凭手艺度春秋，黄金也有用尽日，手艺随身到白头”——这是以劳动为立身之本的人生态度；“酒是穿肠毒药，色是刮骨钢刀，财是下山猛虎，气是惹祸根苗。无酒不成礼义，无色路断人稀，无财不分富贵，无气不分高低。看来四字莫乱用，劝君量体来裁衣”——这首歌把酒、色、财、气四字作了比较客观的评判与解说，分寸感很强。又如“劝戒赌”、“劝戒酒”、“劝戒烟”、“娘教女”等等，也是生活歌中经常出现的内容。上述这些歌，多教人勤劳节俭，珍惜春光，做事磊落，宽厚待人，是民众口传的生活教科书，许多做人的道理至今仍有积极意义。

新社会，也有不少反映民众生活变化的新民歌产生出来，其中有许多与各个时期的时政歌谣相融合，从不同的侧面，反映出社会历史变迁在民众生活、心理上留下的痕迹。

五、情歌

情歌是歌唱男女之间爱情生活的民间歌谣。它是民间传统歌谣中一枝最艳丽的花朵。在各类歌谣中，情歌数量最多，民歌艺术传统的精华，在情歌中表现得最为充分。如果说，艺术是人类心灵的历史，那么，情歌便是青春和爱情的乐章！情歌是源远流长的，而且将会永存下去。因为，人间存在着最美好的情感——爱！正如恩格斯所说：“人与人之间的，特别是两性之间的感情关系是自从有人类以来就存在的。性爱特别是在最近八百年就获得了这样的意义和地位，竟成了这个时期中一切诗歌必须环绕着旋转的轴心了。现存的实在的宗教只限于使国家对性爱的管理即婚姻管理高度神圣化，这种宗教也许明天就会完全消失，但是，爱情和友谊的实践并不会发生丝毫的变化。”①

情歌是爱情、婚姻的媒介：“郎唱山歌姐要听，莫学装聋卖哑人，唱歌如同在说话，说话如同在交心，山歌原是做媒人。”尤其是各少数民族，在传统的岁时节日或传统的歌节、歌会中，情歌对唱，是青年男女寻找、选择意中人的好方式，是他们特别醉心投入的活动：初次见面，有“初识歌”、“试探歌”；接着是“赞美歌”、“初交歌”、“求爱歌”；为考察对方的人品才学，对歌中又有“盘歌”、“猜歌”；两情相悦、海誓山盟，则唱“热恋歌”、“定情歌”；别后又有“分离歌”、“相思歌”；再度相逢，则有“重逢歌”、“怨情歌”——爱情生活的全过程，在情歌中都有真切动人的记录。

然而，情歌的价值并不仅止于此。情歌虽然是少男少女交际的媒介，但作为人类一种美好、圣洁感情的体现，情歌并不只是青年人的专利。在日常的生产、生活中，情歌同样是广大民众喜听喜唱的歌谣。有时是在集体劳动的场合群歌唱和；有时则在独处一隅时倾心吟唱。即使人到中年、老年，情歌中洋溢着的青春气息，依然能让人心动神往，身心愉悦，从而为劳动者营造出一片属于自己的、美好的精神乐园。

六、仪式歌

仪式歌是在民众各种礼俗活动或祀典仪式上吟诵、念唱的民间歌谣。

古老的仪式歌，是伴随着人们的原始生产、生活一道产生的。远古时代，由于生产力水平低下，人在大自然面前显得十分软弱。对大自然的依赖，使他们对各种难以控制的自然力、自然现象产生了一种敬畏、崇拜情绪。为了生存，人们往往通过一些祝祷性的巫术仪式，歌舞娱神，以期沟通人与天地万物的联系，达到预期的目的。在这种仪式上念诵的祷词，便是最早的仪式歌。如前面提到过的《蜡辞》，便是古代年终蜡祭仪式上诵唱的祷词。不过，随着历史的发展，岁月的流逝，有些古老的仪式也许已不复存在，或变得不再那么正规、完整，有些甚至已成为一种带有娱乐性质的活动，但作为仪式歌的内容与形式，还是基本保留着的。

仪式歌一般有下列几种：

---

① 恩格斯：《路德维希·费尔巴哈和德国古典哲学的终结》。

1. 节令歌

节令歌专指在民间岁时节日活动中所唱的歌谣。农业生产，直接受季节变化的制约，寒来暑往、阴晴雨雪对农作物生长的影响，常常超出人的主观意愿和控制能力。为求风调雨顺、五谷丰登或预卜年岁丰欠，人们在一些重要节气的转折关头，常有一些祝祷性仪式或占卜活动。

如正月十五，民间有请七姐（即紫姑神）的习俗。是夜，焚香悬灯，扶箕求符，歌师边念边唱："正月正，麦苗青，请七姐，看花灯……扫帚马，一双鞋，送得七姐下凡来。要来早些来，不等黄花夜露开……门神门神，莫管闲事，请个七姐，问个年成，大麦收几多，蚕豆收几升?"仪式毕，看沙盘所示符纹以卜年岁丰欠。又如逢年遇节舞龙灯前，多有"开光"仪式。开光词大同小异："锣鼓打得闹沉沉，弟子特来祝龙神，洗手焚香燃彩烛，心诚迎接太平灯……一点左眼观天地，二点右目正乾坤。悬在天空四下看，口含珍珠放光明。"其他如二月二龙抬头日、二月十五花朝日、三月三、端午、七夕、腊月二十三祭灶等重要的岁时节日，大都有类似的祝占祀典活动，亦伴之有不同的节令歌。

2. 礼俗歌

礼俗歌是在民间各种礼俗仪式上伴唱的民间歌谣。在各种礼俗歌中，最丰富、最有特色的，是人生礼俗歌谣。

人的一生，要经过许多阶段：出生、周岁、成年、婚嫁、寿庆，一直到死丧。因这几大阶段都具有里程碑的性质，故格外被人看重，也就有了一系列的人生"通过性"仪式和仪式上唱颂的仪式歌。特别是在婚嫁、丧葬这两大红、白喜事中，仪式歌尤显重要。

男婚女嫁，乃人伦之大事。自古以来，人们都把最美好的祝愿，倾注于婚嫁仪程：订婚、过礼、求喜、报期、娶亲、陪十兄弟、陪十姊妹、开脸、哭嫁、辞堂、发亲、拦车马、治煞、铺床、撒帐、拜堂、传茶、喝交杯酒、谢媒、开箱、穿鞋、回门等，每道仪程都有相应的歌。各地歌词虽有不同，然中心主题却都是祝新婚夫妇白头偕老，早生贵子，百事顺遂，和睦安康。

丧葬仪式歌按丧葬仪程，也大体分为两部分：停灵期间，打丧鼓伴亡，唱丧鼓调、阴锣鼓词，痛悼死者，安慰丧家。出殡仪式中，则有斩草歌、点穴歌、画卦歌、扫堂歌、赞卦歌、撒禄米歌、掩土歌、赞歌等，至丧礼毕。殡葬仪式歌旨在安顿亡灵，以求后世子孙发旺。

除婚嫁、丧葬礼俗外，民间生活中，贺生、加冠、寿庆、新屋上梁等礼俗活动，亦多有祝颂性仪式和仪式歌。大型的祭祖活动，还伴有庄严肃穆的祀典歌。

3. 诀术歌

诀术歌是一种被认为具有法术力量的民间歌诀或咒语。它虽然不一定在什么特别隆重、完整的仪式上演唱，但也是在一种特定的生产或生活场景中念诵的。如“天苍苍，地茫茫，落下雨来见龙王。大雨落在秧田里，小雨落在菜园里”——这是求雨谣。而若是久雨求晴，则将一和尚像倒立着念：“唐和尚，晒脚跟，明天太阳晒死人。”旧时，民间为防小儿晚上尿床，母亲常引小孩拜鸡笼，在鸡笼前边作揖边唱：“鸡子鸡大哥，你替伢儿夜里屙，小伢替你日里屙。”给小儿洗澡，也要边拍水边念：“拍拍水，不怕鬼。拍拍胸，不怕风。”以为这样做了，小孩不会因畏水而受到惊吓。

仪式歌的产生，基于人们对语言神秘力量的信仰。无论是祝颂式吉语，还是驱除性诀咒，都根据不同仪式的不同功能，形成大体稳定的套式，一般少有即兴式创作。民间俗信，只有在既定的议程中，颂唱这些相应的祈愿性歌谣，才能取得预期的效果。

仪式歌是民俗生活的艺术性记录。民众的生死观念、伦理原则，以及表达感情的独特方式，在仪式歌中均有生动而细致的表现。所以，它是研究民族民众文化心理结构的重要资料。

七、儿歌

儿歌，也被称为“童谣”。它是在儿童中间长期流传、广泛传唱的一种韵语体式的口头短歌。有些儿歌是儿童自作自唱的；多数，是成人观察儿童生活、模拟儿童心理作了教给儿童唱的，其中一部分与时政有关的童谣，则更是大人的有为之作。

儿歌内容丰富，数量很多。主要的，有练语儿歌、游戏儿歌和教诲儿歌三种。

1. 练语儿歌

练语儿歌是幼儿开始学习说话阶段所唱的歌谣。两岁左右，孩子学说话的积极性最高。这时，幼儿的发音运动与语言听觉还没有建立起完善的联系。孩子主要是通过模仿成人口型动作，再注意听成人发音，使自己的声带、唇、舌等器官的活动，逐步协调起来。学唱歌谣，是孩子练习说话的最好途径。一是词的内容，使幼儿对所感知的事物愈来愈明确、细致、完整，感知过程的有意性不断提高，词汇量迅速增加。二是歌唱的旋律，使孩子的音乐听觉得到发展，这对口语的声调、节奏训练有直接的促进作用。特别是一些手势歌谣，母亲边唱边牵着孩子的手比划，在口语训练的同时，又加上被动的动作强化，效果更加显著。如拉锯谣、拍手谣、打掌掌、背驮驮、手指谣、猜中指、点窝窝、捏麻雀、盘盘坐、点点脚、数数歌、击掌谣、摆手谣……通过各种歌谣的反复吟唱，能有效地将幼儿的言语听觉、言语视觉和言语动觉协调起来，把生理的一般发音反射，发展成社会性的语言反射，使儿童言语系统的机能，能按照社会上既定的语言系统的标准来活动，从而迅速提高他们的口语能力。

2. 游戏儿歌

孩子们喜好合群，他们有自己的游乐天地。当他们离开母亲的怀抱，能独立活动时，最惬意的事，是能和小朋友们追逐嬉闹，玩各种游戏。而且，每做游戏，必唱歌谣，这便是各种各样的游戏儿歌。如捉迷藏、点大脚、打豆腐、捉羊子、撞麻城、踢毽子、丢手巾、拍皮球、打陀螺、放风筝、跳皮筋、骑竹马、荡秋千……一边玩，一边唱。有时，不一定是做哪一样游戏，只要有一人领头唱，其他小孩就会大声拍手唱和。这时，歌的内容就是五花八门，想到什么唱什么，想怎么唱就怎么唱，有时，甚至故意唱些颠颠倒倒的古怪歌："唱倒歌，倒唱歌，鸽子进了燕子窝，鸡蛋碰破石头角，老鼠咬了猫子脚，板凳爬上墙，石磙飞过河……"什么词，什么意思，什么道理，什么逻辑，全不管。唱，就是快乐，就是目的，就是一种生命的需要！唱高兴了，如果一个小孩带头"旋磨磨"转圈儿玩，其他的小孩也会马上跟着疯起来转。边转还边唱："旋磨磨，莫跌倒，把个石头我压倒，把根筷子我插倒。"转得晕头转向，看谁能站住。常常是东倒西歪，嘻嘻哈哈，你压住我，我压住你，歇一会儿，站起来，再旋，再唱！这些儿时游戏，能培养儿童的勇敢精神、自制能力、灵巧敏捷，以及团结协作、互助友爱的品质。孩子在玩耍中，感知自然，丰富知识，刺激想象，训练思维，诸多的游戏歌谣，正是儿童创造性潜能的一种显现，是他们想象的翅膀试飞的一种成果。游戏儿歌是孩子的专利！以正确的态度和极大的爱心来对待孩子的游戏活动，保护他们参与游戏的积极性，实际上是引导和开发儿童早期智能的一种明智之举。

3. 教诲儿歌

教诲儿歌，是学龄前儿童的口头启蒙教材。它包括对儿童思想品质、行为规范的教诲和知识传授两大方面。前者，几乎在各类儿歌中都有反映；后者，主要表现在各种知识性儿歌中。

儿童的求知欲相当旺盛，但他们的思维能力有限，许多知识只能通过无意识记的方式来获得。猜谜活动，在不自觉中承担了这种教诲职能。谜语歌谣简直是一个知识的大宝库。它既能满足孩子的好奇心和求知欲，也能刺激他们的联想能力，在一种恍然大悟的意外之趣中，自然地接受了许多新的知识。试看下列谜语歌谣：

"出门冷，进门热，胡子长满身，来去八个月"（大麦）。
"红杆子，绿叶子，开白花，结黑子"（荞麦）。
"青竹竿，顶簸箕，下面躲窝麻母鸡"（芋头）。
"红门楼，白院墙，里面有个'蒋'大娘"（舌头）。
……

这些谜语歌谣，易懂、易学、易唱、易记。它们都是用儿童已经熟悉的具体形象，去解释、说明他们未知的事物，达到认知的目的。既有趣味性，又有很强的韵律感，在玩玩唱唱、有意无意之间，丰富了知识，巩固了记忆，也娱乐了身心。这种积累，随着岁月的推移，会迅速增长，进而，学会把一些相关的、复杂的事项联系起来观察、思考。

儿歌的世界，是童心徜徉的世界！孩提时节，幼儿的大脑发育尚未完全。他们还没有独立的自我意识，不能把自己作为一个主体同周围的客体区分开来。在他们幼小的心田里，萤火虫、小蝴蝶、小蜻蜓、小青蛙、小麻雀、小鸡、小鸭、小狗、小猫、小老鼠、小板凳……都是他们亲密的小伙伴。他们对着月亮唱："月亮公，跟我走，你杀鸡，我打酒，我们俩人交朋友"；对着大雁唱："雁、雁、踩扁担，踩个人字我看看"；对着小蝴蝶唱："小蝴蝶，穿花衣，飞到西，鸡吃你，飞到东，猫抓你，飞到我的手心里，说说话，放了你"；对着蚱蜢唱："蚱蜢官，草里钻，生个蛋，两斤半"……幼儿可以一直饶有兴趣地在那儿自言自语似地唱着各种喜欢唱的歌，还会借助各种表情，模拟各种动物或人的动作，手舞足蹈地边唱边演。在孩子们的指挥下，麻雀挑水，小猪拿草，小狗烧火，小猫煮饭……幻想的天地，向孩子们自由敞开，让他们任意驰骋，没有一丝杂念，没有一点做作，一切都非常真诚。这是在一种和谐的混沌中，人与自然达成的一种默契，这也是只有在人心智发展的初始阶段才有可能出现的情景。儿歌中真实跃动着的这颗童心，也正是儿歌最值得珍视的价值所在。

第三节 歌谣的艺术传统

中华民族悠久的历史和古老的文化，世世代代陶冶着我们民族的性灵。在上下几千年的劳动生活和艺术实践中，我们形成了自己民族特有的诗歌艺术传统。

一、真朴的内在情感

民歌是诗歌艺术。诗歌，特别是抒情诗，是诗人一种强烈感情的自然流露。诗中的形象，即是诗人的自我形象，即素常说的“诗言志，歌永言”。诗人把自己曾经体验过的情感，借助某种外在标志传达出来，以期引起共鸣。因此，这种感情必须是发自肺腑的由衷之言，稍有虚情矫饰，诗歌也就黯然失色了。所以，诗歌创作的第一位尺度是真实。诗人最宝贵的东西，莫过于真挚的情感。自古都道：好诗贵在情真。近人况周颐也说：“真字是词骨，情真意切，所作必佳”（《蕙风词话》）。而民歌，正是民众内在情感的自然流露。情真意切，是民歌最可宝贵的传统。

明代文学家、戏曲家李开先在考察了当时广泛流行于市井里巷之间的民歌时曲《山坡羊》、《锁南枝》之后，认为它们最大的一个优点是“语意则直出肺肝，不加雕刻”，所以他慨叹：“故风出谣口，真诗只在民间”（《李开先集·闲居集》之六）。冯梦龙在他编的《山歌》一书的“叙”中也说：“但有假诗文，无假山歌。”这话一点儿也不错。民歌的确是字字皆从心出，所谓“事必真，意必切，情为动，心为感”。正如一首民歌唱的：“先生教书还有本，民歌无本句句真。”

民歌之所以真，主要是因为，它是广大民众抒发情怀的一种最直接、最实用的方式。民歌产生的动力，不在什么创作的愿望，而是一种发抒的欲求：“我口唱我心”，“心之忧矣，我歌且谣”，“饥者歌其食，劳者歌其事”。它不求登堂入室，也无需取媚于人，因此，它无须乎假。民歌作者，对于社会的不平，他敢怒敢怨：“泥瓦匠，住草房；纺织娘，没衣裳；卖盐的，喝淡汤；种田的，吃米糠；磨面的，吃瓜秧；炒菜的，光闻香；编凉席的睡光床；抬棺材的死路旁”；对于反动统治者，他敢嘲敢骂：“举秀才，不知书，察孝廉，父别居，寒素清白浊如泥，高第良将怯如鸡”；对于理想的爱情，他敢爱敢追：“生爱郎来死爱郎，哪怕家中八大王，砍了头颅还有颈，挖了心肝还有肠。”正像东乡族一首“花儿”唱的：“花儿本是心上话，不唱是由不得自家，刀刀拿来头割下，不死了还这个唱法。”传统的优秀民歌，之所以历传千百年而葆有不衰的艺术生命力，首先，就在于它唱的是真情，讲的是真话，不伪饰，不造作，不为文造情，不“违心而出”，这是民间诗歌创作最宝贵的传统，也是一切诗歌创作的生命线：诗为心声！作诗，第一是要具有真情实感，说真话，不说假话，不说大话，不说空话，不虚情矫饰，不无病呻吟。唯其如此，诗歌艺术才能获得长久的生命力。

二、情感表现的比、兴原则

民歌是一种内在情感的喷薄。但是，情感毕竟是一种内在的东西，而内在的东西不经过外化，就无法让人感知。那么，要把这种无形的内在情感，外化为可以感知的审美对象，就必定要通过一种媒介，这就是特定的、可辨可识的形象。那么，民间歌谣是按照什么原则把内在情感和形象联在一起从而实现这种转化的呢？是按照比兴原则。

古人对于比兴，众说纷纭，有的甚至解说得十分玄妙。其实，比兴二法，并不是哪位权威诗人或诗论家确定的什么高深莫测的"诗歌作法"。比兴，乃是我国民歌传统的表现手法之一。早在两千多年前的"国风"中，它就十分活跃了："桃之夭夭，灼灼其华，之子于归，宜其室家"——以桃树、桃花的蓬勃、繁盛起兴，赞喻妙龄少女婀娜的风姿，并祝愿她能给婆家带去幸福、带去好运。"桑之未落，其叶沃若；桑之落矣，其黄而陨"——以桑叶的鲜嫩润泽，比喻婚前少女娇好的容貌；而以桑叶的枯萎凋零，隐喻爱情的破灭和被遗弃的痛苦。所以，比兴二法，实际上是民歌作者的天才创造。它的作用在于化无形为有形，将难以言状的内在情感，诉之于具体生动的形象，形成许多清新美好的意境，从而调动听者各自的生活体验，产生无穷的联想，引起强烈的共鸣。

先说用比。

比喻即是打比方。汉郑众说："比者，比方于物"，宋朱熹说：比者，"以彼物比此物也"。说的都是这个意思。用比，即是把两种（或数种）不同的事物放在一起，取其某一共同点加以比较，构成形象，表达情感。

比喻又分"明喻"、"隐喻"、"借喻"等多种形式。

明喻又叫"显比"。它以一物比一物，以数物比一事，或以数物、数事比一人；喻体和本体之间用"好比"、"好像"、"好似"、"是"等关联词连接。如"阿哥阿妹情意深，好像芭蕉一条根，阿哥就像那芭蕉叶，阿妹就是那芭蕉心；弩弓没弦难射箭，阿哥就是那弩上的弦，世上最甜的要数蜜，阿哥情意比蜜甜"——以芭蕉叶与芭蕉心的形态，比喻俩人关系的亲密；以弓不离弦比喻永不分离的决心；以蜂糖比喻爱情的甜蜜。

另一种是"隐喻"，喻体和本体不用比喻词连接："风吹云动天不动，水推船流岸不流，刀切莲藕丝不断，我俩生死永不丢"——对爱情的坚贞是抽象的；而"风吹云动天不动，水推船流岸不流，刀切莲藕丝不断"却是具体的、形象的，这一比，就化无形为有形了。

"借喻"则更加含蓄蕴藉，本体不出现，直接以喻体当本体："入山看见藤缠树，出山看见树缠藤，树死藤生缠到死，藤死树生死也缠”——借藤树“缠到死”、“死也缠”的形象，比喻生死不渝的爱情，景真情浓，含不尽之意于言外。既准确，又含蓄；既明朗，又耐人寻味。

再看：“亏了亏，不见画眉岭上飞，你今落在哪棵树，你今落在哪蔸梅?”这是《刘三姐》中阿牛寻找三妹的歌。以画眉比妹，用画眉夜不归巢比三妹的失踪。问树、问梅，既隐喻着阿牛此刻的焦急心情，又巧妙地、不露痕迹地在探寻着三妹的下落。无心者，只当是一首普通的情歌；知音人却能心领神会，听出弦外之音。三妹答话了：“画眉关在八角笼，八角笼门锁重重，八角笼门重重锁，眼望青山难飞回”——三妹说明了自己的处境。阿牛即唱：“笼中画眉莫乱飞，草动只有等风吹，半夜三更风才起，风吹草动再飞回”——更巧妙地告知了营救三妹出逃的时间。真是歌中有画，画中有情，弦外有音，韵味无穷。这是民间歌手特有的天才！

自然界的万事万物，原本是自生、自在的。自从加入了人类社会，便成为属人的自然。随着人的社会生活实践范围的扩大，自然不仅作为人的物质生产资料而存在，也作为人的精神生产的对象物，步入了人类的精神生活领域。民间歌手，生长在大地的怀抱里，他们具有丰富的感性知识和生产经验，熟悉自然界和社会中的种种事象。而且，由于生活的积累，这种观察常常特别细致，体验也格外深刻。这就使他们的艺术联想力具有深厚、坚实的基础。所以，民歌用比都相当准确。因为他“见得多”，故而“道得出”；“见得真”，也就能“比得切”。而比喻贴切，方能化无形为有形，状难写之景如在目前，含不尽之意见于言外。即使是在表现一般人都不易体味的、比较陌生的感受或情绪时，也能因比喻的形象和通俗，而让人心领神会。

应该说明的是，从表面看，用比，似乎是本体和喻体的关系，是此物与彼物之间的关系。其实，这只是比喻的外部特征。比喻的实质，乃是情感与形象的关系：形象是喻体，情感是本体。比喻的成立，是以情感为轴心的。如果不是热恋中的情人，就不一定会产生“哥是芭蕉叶、妹是芭蕉心”的比喻联想，更难以产生藤树之间“缠到死”、“死也缠”这种奇妙的借喻。

再说起兴。

起兴，是歌手们以所见之景、所触之物、所历之事为触媒，引发思绪、抒发情怀的一种方法。所谓“兴者，起也”（唐孔颖达《毛诗正义传》卷一）、“先言他物以引起所咏之词”（宋朱熹《诗集传》卷一）等说法，就是这个意思。如果说，“用比”是民歌的传统，那么，“起兴”则更是民歌的擅长。过去，不少大诗人很能汲取民歌用比的经验，但却很少有人能像民歌那样把兴的手法运用得那么得心应手，挥洒自如。六朝的刘勰就曾指出当时文人辞赋“日用乎比，月忘乎兴”。

起兴句，是情感表现的前奏，它常常是歌者“触景生情”唱出的歌头，其作用在于“寓情于景”，“借景抒怀”。兴句开头所唱的事物，并不一定是歌咏的主要对象，它可以和下文的主体没有什么必然的联系，只起限制韵律的作用。这种兴句，常常是从传统现成的歌词中借来一句，开个头，定个调，而下文内容可以随编随唱。最常见的如“四季调”、“五更调”、“十二月调”：“正月里来是新年，老板家里去拜年，伤心痛心送大礼，穷人为的要租田”——这是佃户唱的；“正月里来是新年，单身汉子好可怜，在家无人说句话，出外无人筛细茶”——这是单身汉唱的；“正月里来是新年，黄花媳妇有谁怜？半碗稀饭吃不饱，一片芥菜吃三天”——这是童养媳唱的；“正月里来是新年，陕北出了个刘志丹，刘志丹来真勇敢，领导穷人上横山，一心要共产”——这又是陕北革命根据地的民歌。这类兴句俗称“歌头”，或“韵首”。

但是，民歌中大多数的起兴句，都是与正文内容有联系的，而且常常和用比结合起来。民歌手们“触景生情”、“借景抒怀”、“托物寓意”的本领是惊人的。所以，民歌起兴的方式几乎无法分类。

有时，是随着季节的转换、时序的推移或天气的变化起兴：“正月里，正月正”、“六月里，二十三”、“九月里，秋风凉”、“十一月，三九天”、“十二月，整一年”；“太阳落坡渐渐梭”、“眼望日头要落山”、“天上起云云起排”等等。

有时，是就眼前的景物起兴：山、水、桥、路、花、树、鸟、鱼……自然界的一切，均可引发民间歌手的绵绵思绪。试看：

山：“送郎送在柑子山，摘一个柑子十二瓣，郎六瓣来有些苦，姐六瓣来有些酸，好似快刀割心肝”——甜酸苦涩，俱在其中。山是有情的山，柑是有情的柑，语浅意深，含而不露，兴中有比，景真情浓。

水：“送你一岭又一滩，眼前就到分水湾，送哥一双红丝鞋，分水容易分情难”——依依惜别，难舍难分。

桥：“送哥送到大桥头，桥头一树好石榴，剖开石榴几多子，几多情意在里头”——浓情蜜意，无限缠绵。

岗：“送郎送到五里岗，送郎一把小炮仗，你走一里放一个，你走两里放一双，看不见亲人听炮仗”——这构思又是何等巧妙，若无真切感受，哪里想象得出。

花：“桐子开花像口钟，两人相交莫漏风，燕子衔泥紧闭嘴，蚕子有丝在肚中”——这是初恋的情人相约对外保密，两个比喻用得何等贴切！

月："红豆栽在峨眉月，相思哪年得团圆？扛锹上天铲月亮，不得团圆要半边"——若非苦恋中人，何来这般奇想?!

船："新打的船儿江中划，蜜蜂不采半路花，船儿不划半江水，小郎不喝姐残茶"——这首歌中蕴含的情绪比较复杂，也很含蓄，很难用一两句话说清楚。这里，仅用了两个比喻："船儿不划半江水"、"蜜蜂不采半路花"，便十分委婉地告诉了姑娘：希望她忠于感情，矢志不二，即使最后一句"小郎不喝姐残茶"也是隐喻，并未直说。

有时，甚至是日常生活中的习见之物，如磨子、刀子、剪子、米筛、蜡烛、乃至鸡子、鸭子均可起兴：如"米筛筛米壳在心，嘱妹连郎要真心，莫学米筛千只眼，要学蜡烛一条心"；又如"一把剪刀二面光，半边阴来半边阳，哥你莫学剪刀样，剪刀有口没心肠"；再如"鸭嘴没有鸡嘴尖，郎嘴没有姐嘴甜，何时娶得甜嘴妹，煮菜不用放油盐，生米当饭味也甜"。

……

以上这些兴句，全是"身之所历、目之所见"的"眼前景"、"口头语"。它们或是"借景以引其情"，或是"托物以喻其意"，"或喻于声，或方于貌，或拟于心，或譬于事"，兴中有比，比兴互陈。这些"眼前景"、"口头语"，无论是歌者，还是听者，都非常熟悉，非常亲切。因此，优秀的民歌虽是即兴唱来，不多事雕琢，而由于是"天机自动，触物发声"，也能很自然地融情入景，创造出一种自然浑成的清新意境，于平直处见出奇巧，于浅显中含着深意。听起来让人大有"情来、兴来、神来"之感。

历代不少诗话、词话家，曾从诗歌创作和诗歌欣赏等不同角度，阐述过"比兴"二法的内涵和效能，但真正得其要者，却并不容易。所以，连明代有名的复古派文学家李梦阳也不得不承认王叔武的意见言之有理，说："诗有六义，比兴要焉。夫文人学子，比兴寡而直率多。何也？出于情寡而工于词多也。夫途巷蠢蠢之夫，固无文也。乃其讴也、咢也、呻也、吟也，行呫而坐歌，食咄而寤嗟，此唱而彼和，无不有比焉兴焉，无非其情焉，斯足以观义矣"（《李空同全集》卷五十《诗集自序》）。他明确指出：文人学士，多工于辞令，而不注意真情实感的熔炼；不像一般民众，虽不通文墨，然而他们不论行也好，坐也好，吃也好，睡也好，或歌或吟，或呻或叹，无不是用比以展其意，起兴以骋其情。因而比也、兴也，实则都是歌者感情形象的寄托。李梦阳素以复古自命，主张"文必秦汉，诗必盛唐"。可是，宋元以来，包括民间歌谣在内的民间文学蓬勃兴盛的事实，促使他不得不把眼光转向民间。当他把民间歌谣和文人诗作认真地加以比较以后，他不得不承认：民歌得风诗比兴之遗意，而当时的文人则徒然以韵言为诗，并未能真正继承雅、颂传统。到了晚年，他终于承认自己的诗“情寡词工”，不是真诗，因此，他发出无限感慨：“今真诗乃在民间。”作为复古派领袖人物之一的李梦阳，在当时能有这样深刻的反省和见识，是很值得我们深思的。

应该指出的是，民歌中的比兴，虽有其天机自动的妙处，然而，大多数还毕竟是一种初级阶段的、较为简单的形象思维。民歌中的朴素浑成，并不能代替诗歌创作中的熔情炼意，也不是说作诗不需要呕心沥血，惨淡经营。人说“诗宜朴不宜巧，然必须是大巧之朴；诗宜淡不宜浓，然必须是浓后之淡”（袁枚：《随园诗话》）。

三、极有意味的美学形式

民歌是一种极为普通的审美形式。人们似乎可以不必经过什么专门的艺术训练便可以直观到它，但要想真正把握它，熟练自如地运用它，那却是非经过生活的熏陶不可。这种熏陶，是一种集体的、传统的、民众文化和民众情感的熏陶。民歌也和其他的民间艺术一样，经过千锤百炼，不仅能真切地传达出民众的心声，而且，它自身的结构、语言和韵律，就足以构成审美对象。因为，它凝聚着创作者的真情和智慧，是一种积淀了深厚的历史生活内容和审美情感的、极有意味的美学形式。

1. 意境美

民歌一般都很短，四句、五句，或八句、十句，“十二月调”也就12段。但是，由于比兴手法的运用，语短而情长。四五句就是一个画面，一种意境，情感密度相当大。试看：

> “打破花碗砌条街，
> 砌条花路等哥来，
> 十年不来十年等，
> 再不移花别处栽。”

忠贞不贰，一片痴情！再看：

> “扎颈鹭鸶排头站，
> 十二月天身不干，
> 雪里打鱼霜里卖，
> 为钱（情）受尽几多寒”（方言：钱、情谐音）。

这又是一幅素朴的寒天捕鱼图。鹭鸶捕鱼，乃平常之事，水鸟亦无所谓有情无情。然而，对于备受追求之苦煎熬的情人来说，“雪里打鱼霜里卖”的苦况，却是感同身受的。

这些歌，没有格外的形容和点染，画面简洁，意境清新，乍看仿佛是随意所见之景语，实则是经过作者情感过滤后的情语。

2. 色彩美

民歌语言具有迷人的色彩美。自然界的万紫千红，社会生活的千姿百态，装点着民歌语言的色彩。

这色彩是清新的，透着田园的秀色：“日头出来一点晴，清水塘里栽红菱，姐栽红菱郎栽藕，红菱牵到藕丝根”；“高山岭上栽辣椒，辣椒打花半中腰，哪只辣椒不辣口，哪个财主不如刀”；“蚕豆开花开半边，菜子开花朵朵圆，有心连郎连到老，不学阳雀叫半年”；“茄子开花像灯笼，你们发财我们穷，铜盆烂了分量在，我们人穷志不穷”；“哥是苦楝树，妹是苦楝花，人笑我俩苦配楝，苦楝树配苦楝花。”……

有的色彩是奇幻的：“莫道鸳鸯不久长，哥变鲤鱼游大江，等到情妹来挑水，鲤鱼摆尾慢商量”；“同你谈到五更头，点完灯草点完油，哥摘眉毛做灯草，妹滴眼泪做灯油”；“天旱进庙去求神，人家求雨我求晴（情），求不得晴吞药死，见妹人影又回生。”……

有的色彩还是多层次的、复杂的：“讲起苦情实在多，我仔死在这条河，年年来到河边看，江水流少泪流多”；“妹的心思有点差，葫芦哄哥是冬瓜，柚子无心哄哥破，干塘无藕哄哥挖”；“送郎送到竹子山，寻到竹子哭一餐，别人问我哭什么，我哭竹子无心肝”；“铜罐滚茶滚边边，瓦罐滚茶滚中间，你是一个贪财鬼，哪边有钱滚哪边”……

生活是五彩缤纷的，它给民歌艺术提供的彩笔也将永远是多姿多彩、变幻无穷的。

3. 音乐美

民歌是要唱的。所以，它特别注意音韵和节奏，具有一种悦耳动听的音乐美。构成这种音乐美的方法很多：谐音、双关、复语、重字、叠韵……都能构成音律的和谐。

“想妹深，日夜想妹在哥心，下雨拿筛当帽戴，两眼望穿不见晴。”这是非常巧妙的谐音双关。“穿”，既实指“筛子孔”，又虚指“眼望穿”；“晴”，既指“天晴”，又关“情意”，虚实相生，韵美情浓。

“哑子拿着单只筷，心想成双口难开。”这是语义双关。它把难以言喻的苦衷，表白得如此动情。

“石榴青，石榴多子又多心，石榴多子人吃了，妹你心多连别人。”这是巧比，亦是双关，也有叠字的妙用。犹如曲中的“重音”，“石榴”、“多子”、“多心”等词反复叩击着不专意的姑娘。

“郎与姐儿隔条河，郎放鸭子姐放鹅，郎放鸭子呱呱叫，姐放鹅儿叫哥哥。”这里既有言此及彼的双关语，又有重字叠韵，鸭、鹅的和鸣欢歌，不正是情侣谐美的心曲么？

再看：“当初远见妹招手，如今近见妹低头，妹越低头哥越看，看妹拿脸往哪收。”这里既无谐音，也无双关，纯系白描。它构成了一种复沓回环的旋律，大大增强了音韵的美感和力度，十分贴切地再现出了小伙子那倔强的神态和姑娘的负疚心理。

很显然，无论是谐音双关也好，重叠回环也罢，都离不了特指的内容。但民间语言形式本身也具有相对的独立性，民歌的韵律、节奏亦可直接构成审美对象：有些谐趣性民歌如“扯谎歌”、“吹牛歌”、“颠倒歌”，内容有时是滑稽可笑，甚至是混乱错杂的，但是，它的抑扬顿挫、合辙押韵，依然能创造出一种悦耳的音乐美。另有许多民歌，也不一定用谐音双关、重字叠韵，但由于采自“耳根听惯之语，舌尖掉惯之词”，唱起来也能声通气顺，“情与声合”，“慷慨吐清音，明转出天然”。这样的例子是俯拾即是的。

4. 再生美

民歌结构虽然短小，但它却是活泼多变、常唱常新的。这种属性，来自民歌语言形式本身的再生功能。

语言，作为思维的表达形式，它是随着思维内容的变化而变化的。可是，作为思维的一种物质外壳，它又表现出一种相对的独立性。民间歌手在抒发自己感情的时候，创造了多种语言表达形式。而当一种语言形式被人们经常地、广泛地采用以后，这一形式便取得了相对的独立性，成为似乎是抽象的形式；而语言形式一旦成为一种抽象的结构，它便获得了更广泛的表现能力。

民歌中的起兴，是一种特殊的语言形式，在千百年的传唱中，许多兴句，已经形成了一种相对固定的格式。请看：

“千年金竹不变节，万载银杉不弯腰”
“风吹云动天不动，水推船流岸不流”
“万里江山几多滩，一个螺丝几多弯”
“我俩变鸟共一山，我俩变鱼共一滩”
“一双红豆吞落肚，两个相思在心中”

"千年竹笋不出土，几多暗想你不知"
"蜘蛛结网拦江过，水推不断是真丝"
"树尾摇摇必有风，水纹动动必有龙"
"浮萍不是生根草，长江不是养鱼塘"
"大青山来乌拉山，海海漫漫土默川"
"歪嘴嘴葫芦秋嘴嘴瓜，千层层毛眼眼左右右花"
"阳坡里糜子阴坡里谷"
"千里的雷声万里的闪"
"山丹丹开花红艳艳"
……

除了比兴而外，各地民歌中还有许多相对固定的歌式。例如，壮家有种"三字头"歌式。人说"学会三字起头歌，开口一唱歌成河，你会开头我接尾，好比织锦线跟梭"。试看：

"老的好，八角还是老的香……"
"老的强，甘蔗越老越多糖……"
"老的坚，杉木越老越值钱……"
"亏了亏，金竹围园亏妹围……"
"亏了亏，不见画眉岭上飞……"
"亏了亏，画眉飞去不飞回……"

其他如"夜了天"、"真难舍"、"可惜了"、"难了难"、"慢慢耐"、"苦莲莲"、"好了好"、"唱歌好"、"妹莫狂"、"闷忧忧"、"错了错"、"妹莫问"、"真是真"、"惊动惊"、"好出奇"、"冷冰冰"、"不敢唱"、"不怕它"、"不服气"、"妹莫忧"、"说哥知"、"念了念"、"轻问妹"、"赌你来"、"偏要来"、"取笑多"、"好笑多"、"哥老了"、"未曾老"、"忘记了"、"老了忧"、"连就连"、"断了断"……一个歌头后面，可以引出一串歌；而串串新歌之中，又会再生出无数新的歌头。

各民族、各地区的民歌中，都有许多相应的传统歌式。如陕北的"信天游"，内蒙古的"爬山调"，青海、甘肃、宁夏的"花儿"，江南的"子夜歌"、"采茶调"，以及流传各地的"五更调"、"四季调"、"绣荷包"、"放风筝"、"小放牛"、"茉莉花"等等，都有不少各具特色的传统歌式。这些歌式，经过长久的筛选与提炼，成为一种精美的原料。这种原料，既是物态化的，又是情感化的。唯其有具象性，情感才有依托；唯其具人情味，形式才能获得普遍性。优秀的歌手，多能将各种歌式烂熟于心。因其基底丰厚，所以，触景生情，也能迅捷地从传统现成的歌式中化出新意，再组新词，灵活多变，常唱常新。正像歌中唱的那样："长江后浪赶前浪，江水几长歌几长！"

正因为民歌用语尖新，音韵谐美，所以，历代诗人、诗论家都很注意从民歌中汲取营养，说："诗家不妨间用俗语，尤见功夫"（《诗人玉屑》）；"口头言语，俱可入诗，用得合拍，便成佳句"（清钱泳《履园谈诗》）。李白将民歌中大量生动的语汇和传统的书面语言相融合，形成了自然流畅、生动明丽的语言风格，正所谓"清水出芙蓉，天然去雕饰"。杜甫讲究修辞炼意，语言精警缜密，但也喜欢博采口语："车辚辚，马萧萧，行人弓箭各在腰，爷娘妻子走相送，尘埃不见咸阳桥。"白居易更注意语言的口语化、通俗化。传说他写诗要求老太太也能听懂，似乎有几分夸大，但王安石说"世间俗言语，已被乐天道尽"，却是道出了白诗的语言特色的。

民歌是诗歌创作的源头，也是诗人采之不尽的艺术生命的活水。它永远是那么慷慨，从民歌中，我们既能汲取勇于直面人生的真精神，也能得到艺术表现力的诸多借鉴或启示。

第九章　史　诗

第一节　史诗及其特点

一、史诗释义

史诗，是继神话之后出现的一种古老的民间叙事体长诗。史诗一般采用韵文或韵散相间的“说唱体”式，它篇幅巨大，内容丰富：有的记叙某一个民族在其发展的原始阶段，对天地万物及人类起源所作的种种解说；有的则唱叙某个民族在其形成发展的重要阶段出现过的部族迁徙、争战融合等重大事件，颂赞部族英雄创下的光辉业绩。

史诗并不是哪一个时代的某一个天才诗人的作品。它是创造它的那个民族的远古祖先集体智慧的结晶，后又经过多少世代的传唱、补充、加工才逐渐形成的。所以，史诗是伴随着民族的历史一起生长的。从某种意义上来说，一部民族的史诗，往往就是该民族在特定时期的一部形象化的创业史、生活史。

二、史诗的一般特点

1. 史诗产生在人类社会的早期阶段

一般认为，史诗的产生，不会超越原始社会时期。史诗的这一特点，首先是史诗所反映的生活内容本身昭示给我们的：史诗中记载着早期人类对宇宙万物的理解和解释；同时也记载着氏族社会末期，即“军事民主制”时代才有的社会生活图景。从中，可以很清楚地看到早期人类的思维特点和原始生活方式。

其次，就史诗这一体裁本身来看，它也是一种原始集体思维的产物。那时，文学本身还不具备后来那种美学意义上的含义，而只是人们集体思维的一种特殊的表现形式而已。正如马克思在谈到史诗存在的历史条件时所指出的："就某些艺术形式，例如史诗来说，甚至谁都承认：当艺术生产一旦作为艺术生产出现，它们就再不能以那种在世界史上划时代的、古典的形式创造出来；因此，在艺术本身的领域内，某些有重大意义的艺术形式只有在艺术发展的不发达阶段上才是可能的。"① 马克思所说的"艺术生产一旦作为艺术生产出现"之后的时期，指的是在艺术创作领域中个人从集体中分离出来而单独地从事创作的那个时代，也就是野蛮阶段行将过去之时。这时，人类的思维不再是采取完全的、集体的思维形式了，个人已经独立于"群"之上或之外而从事单独的创作。只要有了独立的个人创作，史诗也就不能再被创作出来。如果有人还想按照传统的史诗样式，去创造新内容的"史诗"，那么，这种艺术作品，就不再是马克思所说的"在世界史上划时代的、古典的形式"的史诗了。也正如恩格斯所说的那样："……荷马的史诗以及全部神话——这就是希腊人由野蛮时代带入文明时代的主要遗产。"② 谁"要是认为古代史诗在我们现代是可能产生的，那荒谬的程度就跟认为我们现代人类能由成年再变为儿童一样"。③ 当然，史诗的流传，是一个漫长的过程，由于世代传唱，往往溶进许多后世的东西，呈现出比较复杂的情形，但是它的产生，却只能在人类的早期阶段。所以，它和后来的一般的民间叙事诗是有区别的。近代产生的一些歌颂民族英雄的叙事长诗，如蒙古族的《嘎达梅林》，苗族的《张秀眉之歌》等，虽然也具有某些"史诗"般的规模和气魄，却不能算作是严格意义上的史诗。这样说，并不是否定这些叙事诗的意义和价值，而只是要说明：史诗和原始神话一样，是一个历史范畴的文学现象。作为一个特定的艺术样式，它只能产生在人类社会历史的早期阶段。

2. 史诗与神话有密切的关系

史诗是在神话世界观的基础上产生的。史诗中对自然和人本身所作的种

---

① 马克思：《〈政治经济学批判〉导言》，《马克思恩格斯选集》第二卷，第113页。

② 恩格斯：《家庭、私有制和国家的起源》，《马克思恩格斯选集》第四卷，第22页。

③ 别列金娜选辑：《别林斯基论文学》，新文艺出版社1985年版，第195页。

种解释，是由当时十分低下的生产水平，以及人们的“万物有灵”的思想观念决定的，因此，史诗中有浓重的神话色彩，甚至有些早期的史诗，简直就可以看成是韵文形式的神话和传说。在史诗里，人和神的行为常常是交相混杂的：人可以通晓神道法术，可以变幻身形，甚至可以死而复生；而神又常常被赋予了人的各种行为和品性，连战马、弓箭、钢刀、以至鸟、兽、虫、鱼都可以具有人的感情、意志、好恶和欲望等等。这一切，都与神话极为相似。但尽管如此，史诗和神话的思想倾向又是不完全相同的。早期史诗所描写的，多是人与自然的斗争。在开始，自然界在人的心目中被神话了，人和自然融为一体。随着生产力的日益发展，随着大自然实际上的被征服，人类越来越清楚地意识到了自己的存在和力量：他们不再把自己看成是和自然融为一体的、神的附属物；而是独立于自然界之外，可以与神对抗的人了。神话描写的是关于“神”们的故事，以“神”为中心；而史诗记叙的，不再只是神的故事，而是人与神的较量，以人为中心。自然界以及社会上的恶势力，在史诗中化成了恶魔与凶神；而一切善神、美神、智慧之神、公正之神，总是站在好人一方，成为人得力的助手。于是，在史诗的发展中，神的地位逐渐被人所取代，虽然反神者常常仍然不免也是神，然而实际上已是披着神的外衣，在演出人间的悲喜剧了。因此，越到后来，史诗的现实性就越强，而神话色彩则逐渐消退了。史诗在神话世界观基础上产生，而它的发展，最终又是对神话思想的一种否定——这，就是史诗与神话的辩证关系。

3. 史诗是一个民族的特殊的知识总汇

史诗是一个民族集体思维长期积累所结出的硕果。它不是一时一刻，一个时代或某某个人能创作出来的。一部民族的史诗，有时要历经好几个世纪的传唱，不断加工与复合，才逐渐形成。史诗所反映的，是古代人民的生活和斗争、理想和愿望。它既保留着这个民族与自然界、与邻近部落斗争的历史，同时，也汇聚着该民族人民千百年积累下来的智慧和经验。其丰美的艺术形象，壮阔宏伟的艺术结构，显示了古代人民的巨大气魄和创造才能；其诗体语言的哲理性与形象性的结合，也表现出人类早期艺术思维的光华，在民族文化传统的形成上具有重要的作用。更重要的，是史诗中有大量的民族社会生活的真实图景，诸如议事、选举、征战、赛马、比箭、摔跤、选妃、抢婚以及服饰、饮食、丧葬、祭典等的描写，从中我们可以找到远古历史、地理、军事、医学、天文、早期手工业、萌芽状态的农业，以及早期的体育、音乐等极有科学价值的珍贵资料。所以，史诗是文学，也是历史；既是珍贵的文化遗产，也是各族人民早期生活的百科全书。

4. 史诗叙述的庄严性

史诗是规模宏伟的艺术品，也是古代人民的经典。史诗最初产生的时候，都是为本族的祭祀大典用的。它所记叙的民族历史事件，常常被认为是宗族的历史和祖先的遗教。因此，它不仅多在重大活动或隆重仪式及祭典时演唱，而且本身也带有庄严性。它的叙述格调与演唱风格都十分庄重，布局规模、起落开阖，也都严严正正，演唱时更给人以肃然起敬之感。这种庄严性，既有对祖先的信仰，也有原始神话、宗教观念的因素。特别是那些英雄史诗，作品不仅赋予主人公以神圣的民族精神，表现出对本族的土地、政治和历史的敬重，而且也借某些神话、宗教的观念，加强了它的威严。

演唱史诗的歌手，最初多由宗教祭祀者巫师兼任。受原始宗教的影响，人们认为只有能沟通神人关系的巫师，才有资格演唱史诗。直到现在，在我国西南许多少数民族中，这种习惯依然有保留。如佤族的创世史诗《司岗里》，是佤族原始信仰的经典，只有在举行祭祀仪式时才能由巫师向族人诵念。外族人不得随意要求佤族巫师讲《司岗里》，否则，将被视为不受欢迎的人。而在西北各少数民族中，能演唱史诗的歌手，亦是很受百姓拥戴尊敬的人物。他们虽然不一定是职业巫师，但他们都被认为是奉了天神旨意向凡间传授史诗的不平凡的人。所谓史诗皆由“梦中神授”的传说，更是给这些歌手们增添了许多庄严、神秘的色彩。当然，在后世的传唱中，这种庄严性显然是越来越弱，人们在观念上，已经不再把它看得那么神圣了，但是作品的本身，格调依然还是庄严的。

世界上不少民族都有自己的史诗：如古希腊的《伊利亚特》、《奥德赛》，古代印度的《摩诃婆罗多》、《罗摩衍那》，德国的《尼伯龙根之歌》，法国的《罗兰之歌》，英国的《贝尔武夫》，古巴比伦的《吉尔伽美什》，芬兰的《凯莱维拉》，以及亚美尼亚的《沙逊的大卫》等等，都是世界文库中的珍宝。我国50多个民族中，现在还有不少仍然活在口头上的史诗，这是我们多民族国家的骄傲。

第二节　史诗的分类及价值

一、创世史诗

创世史诗，也有人称之为“原始性”史诗或神话史诗。这是一个民族最早集体创作的长篇作品。它不但永远留下了这个民族在他的幼年时期对宇宙万物、人类社会的种种解释和看法；而且也往往以它提供的美妙的神话，丰富的想象，富有特色而引人入胜的故事，和生动朴实的诗歌语言，显示着这个民族在艺术创作上的智慧和才能。在我国纳西族、瑶族、白族流传的各种不同的《创世纪》、彝族的《梅葛》、《阿细人的歌》、壮族的《布伯》、拉祜族的《牡帕密帕》、阿昌族的《遮帕麻和遮米麻》、苗族的《苗族古歌》等，都属于这一类型的史诗。其中，如彝族的《梅葛》、《阿细人的歌》，纳西族的《创世纪》，苗族的《苗族古歌》等，算是最有代表性的作品。

彝族的《梅葛》，广泛流传在云南楚雄自治州一带彝族聚居区。“梅葛”原是彝族歌舞中的一种调子，因其常被用来唱“古歌”，所以这部史诗也叫《梅葛》。这部长篇史诗共分四部分：“创世”、“造物”、“婚事和恋歌”、“丧葬”。彝族人民非常珍爱这部民族的史诗，称其为彝族的“根谱”，逢年过节都要唱，并把会唱《梅葛》的“朵觋”尊为最有学问的人。《梅葛》千百年来，一直靠口耳相传，正式的搜集整理工作始于1957年，到1959年、1960年分别由云南人民出版社、人民文学出版社正式出版。

《阿细人的歌》是彝族支系阿细人的史诗，流传在云南弥勒县西山一带的阿细人口头上。史诗内容丰富，结构庞大，总体上可分为“最古的时候”（包括天地万物的来源、各种自然现象的成因等等）和“男女说合成一家”两大部分，另加“引子”和“尾声”。早在1944年，光未然就曾搜集整理过，书名为《阿细的先鸡》，后改为《阿细的先基》，“先基”是阿细语的音译，意译为“歌”，故最后定名为《阿细人的歌》。1960年人民文学出版社出版，1978年10月，云南人民出版社再版。

纳西族的《创世纪》，是一部完整的、关于天地万物和人类起源的优美的神话诗。共分“开天辟地”、“洪水翻天”、“天上烽火”、“迁徙人间”四章。长期以来，它不仅在纳西人口头上广泛流传，还被正式记载在纳西族东巴教的经书上。1958年云南民族民间文学丽江调查队从东巴经中译出了《创世纪》六种不同的书面资料，又搜集记录到各种口述资料约20件，后整理定稿于1960年发表出版。

《苗族古歌》广泛流传在黔东南苗族聚居区。苗族人民把它看成历史，所以也称为“古史歌”。古歌共分四组：（1）《开天辟地歌》（包括“开天辟地”、“运金运银”、“打柱撑天”、“铸日造月”）、（2）《枫木歌》（包括“枫香树种”、“犁东耙西”、“栽枫香树”、“妹榜妹留”、“十二个蛋”），（3）《洪水滔天歌》（包括“洪水滔天”、“兄妹结婚”），（4）《爬山涉水歌》。四组共有13首古歌，约8 000行，全部能上口吟唱。1979年由贵州人民出版社正式出版。

这些作品主要叙述了古代人民所设想的天地日月的形成，人类的产生，家畜和各种农作物的来源以及早期社会人们的生活。虽然因为民族生活的差异性存在，各族先民对某些具体物象的解说不尽相同，但从创世史诗的总体精神来考察，有两点却是共同的。

1. 真切地记载了早期人类的宇宙观

早期人类生活在大自然的怀抱里。大自然的一切随时都在吸引着、激发着人们的注意力和好奇心。创世史诗中充满了早期人类对大自然的一切所作的奇特美妙然而又是幼稚天真的解释。一方面，原始思维使当时的人们还无法把人和自然真正分开；另一方面，人类又毕竟在切切实实的原始生产生活的实践中，在不断地扩大着自己的视野，发展着自己的观察能力和思维能力。于是，在此基础上，种种联想和推测，便都以他们力所能及的方式，找到了一种自以为是的“说法”。

纳西族祖先依据盖房子必须用支柱的生活经验，推测出最早的天地是混沌未分的，是神的九兄弟和神的七姊妹在“东边竖起海螺柱，南边竖起松石柱，西边竖起宝石柱，北边竖起黄金柱，中央竖起一根撑天大铁柱”，天地才被撑开。《苗族古歌》中则说：云和雾相交，生出了两个大鸟科啼和乐啼，这两个巨鸟相交才生了天和地，然后再用斧子劈开，用锅煮圆，用篙枝撑住，天地才分开。但篙枝不牢，“撑天天摇晃，支地地不稳，天是常常垮，地是时时崩”。于是又运金运银打造金银柱，才把天地撑开成现在的样子。说到人的起源，解释也是多种多样的：苗族祖先认为枫木是万物之种，所以人也是它生的。纳西人则从小鸟是由蛋里孵化出来的自然现象里，想象出第一代人恨依恨仁是从海蛋里孵化出来的。至于对山川日月、飞禽走兽的形成和产生的解释，就更是丰富多彩了。《梅葛》中说：古时候天与地都是空空的，什么也没有，于是人们打死了一只老虎，用虎骨撑天，剩下的，老虎的左眼作太阳，右眼作月亮，虎须作阳光，虎牙作星星，虎肚作大海，虎血作海水，大肠变大江，小肠变成河……虎皮作地皮，硬毛变树林，软毛变成草，细毛作秧苗，心肝五脏变矿物，尾巴上的虱子变成猪马牛羊。显然，这一切解释，都是原始社会生活作用于原始思维的产物。因其想象生发于原始生活的实践，故这些幻想性的解说中，不时也能闪烁出某些早期朴素唯物论的光彩；然而，它毕竟又是“无数复杂的现实矛盾的互相变化对于人们所引起的一种幼稚的、想象的、主观幻想的变化”，① 因此，它又是稚拙的、主观的、不科学的。

2. 充满了对人类创造精神的赞美

创世史诗不仅真切地记载了早期人类的宇宙观，更表现了对人类征服自

① 毛泽东：《矛盾论》，《毛泽东选集》第一卷，第305页。

然、创世立业的丰功伟绩和大无畏精神的热情赞美。无论是纳西族的《创世纪》，还是彝族的《梅葛》，或者是苗族的“古歌”，都是人类创造精神的伟大颂歌。《苗族古歌》中《铸日造月》歌确实是撼人心魄的。为了使万物获得生命，苗族的祖先历尽千辛万苦，翻山越岭运来了金银，然后，把“九岭当炉子，九冲当风箱，岩包当打锤，山头当砧磴，石头当木炭，栀子当硼砂，山梁当拉条，山坳当手把”，开始铸日造月：“锤子轻轻打，半空起风暴；锤子狠狠打，山山岭岭跳；惊得雷公吼，震得龙王叫。”日月铸成了，又选人把它们挑到蓝天上去：第一次里工上去，结果失足从山坡上滚了下来；第二次雄天上去，也没成功；最后，“冷王是好汉，头上顶太阳，肩上扛月亮，腰干拴银河，星星袖里装，嗨嗨喊一声，像箭飞天上”。终于扫荡了乌云，劈开了天门，说服了雷公，放好了日月——这是何等奇伟的气魄！劳动大众不朽的创造精神，就如日月行天，永世长存！

为了追求美好的生活，人类的祖先跋山涉水，上天入地，任何艰难险阻也动摇不了人征服自然的勇气和创世立业的决心。这种热烈的追求，不再以神入天堂为归宿，而是化为了脚踏实地的劳动和斗争。纳西族《创世纪》中说：当洪水过后，世界上所有的人都死光了，只剩下从忍利恩一个。他在黑白分界的地方，与仙女衬红褒白相遇，两人相亲相爱。他们一同去到天上，向天神子劳阿普索取万物的种子。子劳阿普为了阻止从忍利恩他们重建人间的幸福生活，设下了种种陷阱。可是从忍利恩百折不挠，闯过了道道难关，当他最后把三滴虎乳取到天神面前时，阿普目瞪口呆地问他：“你是什么种族呀？你是谁的子孙？”从忍利恩骄傲地回答：“我是开九重天的九兄弟的后代，我是辟七层地的七姊妹的后代，我是白海螺狮子的后代，我是黄金大象的后代……是所有会杀的人来杀也杀不死的种族，是所有会敲的人来敲也敲不碎的种族！”结果，天神只得被迫交出种子、牲畜和家禽，从忍利恩夫妇双双转回人间，重建家园，繁衍后代，创造了幸福美好的生活。劳动人民用双手创造了世界，又把征服自然的丰功伟绩如此巧妙地载进了史诗。这些史诗，不仅以它动人的神话、传说给人以艺术的、美感的享受，而且以其罕见的热情和朴素的语言，真实、生动地再现了“氏族社会人民生活最本质的面貌”，曲折地反映出各族祖先从游牧生活到定居进入农耕社会这一历史进程。这是后世任何一个伟大的文学家的个人创作所无法成就的历史殊勋。

二、英雄史诗

这是一种以人类早期的英雄斗争故事为主要题材的史诗。世界上许多民族都有这样的史诗。如古希腊的《伊利亚特》、《奥德赛》，亚美尼亚的《沙逊的大卫》等，可算作是这方面的代表作。在我国西、北方的少数民族中，有关斩妖降魔、除暴安良的英雄史诗也不少。例如藏族的《格萨尔》，蒙古族的《格斯尔传》、《江格尔》及柯尔克孜族的《玛纳斯》等，都属世界文库中的珍品。

英雄史诗产生的时代比创世史诗要晚一些，恩格斯曾把它称作“军事民主制”时代，或“英雄时代”。① 那个时候，氏族制度已濒临瓦解，国家已经在不知不觉地形成着。然而，古代的氏族组织还很有活力，阶级分化虽然有，也还不太明显。由于畜牧和耕作这样一些重要的生产活动方式的产生，使人类集体的力量增大了好几倍。氏族、部落已经逐渐发展成了一个足以与自然、与异族敌人对抗的大集体，这一个大集体，就是英雄史诗真正的主人公。正像高尔基所说的那样：“征服大自然的初步胜利，唤起了他们的安全感、自豪心和对新胜利的希望，并且激发他们去创作英雄史诗。”② 其目的，是把这些斗争的知识或劳动的经验固定下来，传给后代。因此，“英雄史诗是人民的自我认识和要求的宝藏”③。

当然，任何一种文学样式的出现和发展，都不是陡起陡落的。在它正式诞生之前，会有一段漫长的酝酿过程；而在它基本衰落以后，也仍会有一段不短的冲击的余波。所以，史诗虽然起源于社会发展的野蛮阶段，然而在民族形成期，甚至国家建立以后的一段相当长的时间里，史诗仍然还在被人们继续地创造着，这是完全可能的。欧洲一些发达较晚的民族的史诗，如芬兰的《凯莱维拉》，还有我国北方的某些英雄史诗如《玛纳斯》等，大致就属于这种情况。

英雄史诗的主要内容，是反映民族形成过程中各氏族、部落之间频繁的战争，还有与之相联系的部族大迁徙。因此，英雄史诗所反映的并不是个别人的思想和行为，而是全部族的命运，是当时全部族人民的思想和意志，这就决定了英雄史诗的性质和特点。

1. *史诗英雄一般都是民族精神的化身*

《格萨尔》中的格萨尔王是天帝最心爱的儿子，因看到恶魔横行人间、涂炭生灵，格萨尔自愿下凡降伏妖魔，救民于水火。格萨尔到凡间后，历经

---

① 恩格斯：《家庭、私有制和国家的起源》，《马克思恩格斯选集》第四卷，第104页。

② 高尔基：《个性的毁灭》，《论文学》，第54页。

③ 高尔基：《个性的毁灭》，《论文学》，第54页。

了种种生活的磨难，终于在赛马会上夺到了王位，获得了“世界雄狮格萨尔王”的称号，成了岭国元首，做了黑头人的君长，同时娶了岭国最美丽最聪明的姑娘珠牡做了妻子。

从此以后，格萨尔为了保卫岭国的利益，开始了一生的征战，他首先远征北地，降伏妖魔；接着又打败了乘虚而入的霍尔国，惩罚了叛徒，救回了珠牡；随之，为了保卫盐海，他打杀了江国的入侵者萨当王，又打败了前来侵犯的闷国、大食财国、雪山水晶国及朱孤、阿窄等国，最后闯入地狱，救出母亲及十八层地狱中的18亿亡魂。在完成了拯救人民的大业之后，安顿三界，格萨尔重返天国。人们称他为“世界太阳”、“无敌大王”，格萨尔成了促进统一的象征，成了藏族人民的骄傲。

《格斯尔传》是与《格萨尔》同源分流的一部蒙古族英雄史诗。史诗的基本情节线索与《格萨尔》大体一致，英雄格斯尔可汗是蒙古族人民理想的结晶。格斯尔为了铲除人间的十大祸根和弱肉强食的不合理现象而降临凡间。他一出世，就捕杀了专门啄食婴儿眼珠的魔鸦，捉拿了咬断婴儿舌头的喇嘛，消灭了遮天蔽日的恶魔以及生吞活人的黑色斑斓猛虎等残害众生的妖魔；并和他的叔父楚通——一个叛变投敌的残暴首领进行了不妥协的斗争。最后，也是闯入阴曹地府，痛打阎王。格斯尔在同大自然和形形色色的敌人的长期斗争中，表现了惊人的毅力和勇敢，一切恶势力在他面前，都显得无能为力。毫无疑问，格斯尔是人民力量的集中代表者。

《江格尔》是在新疆卫拉特蒙古民众中广泛流传的一部英雄史诗。英雄江格尔具有超凡的能力：他不到四岁就能骑马上阵对敌，七岁即已开始建功立业，他具有超群的智慧，高尚的品德，惊人的体力，高强的武艺，先后兼并了邻近的42个部落，被宝木巴地方的全体臣民一致推举为可汗。为了抗击侵略，保卫家乡，江格尔亲自率领他的12个大英雄，35个伯东（将领），八千雄狮，同凶猛的夏尔·古尔古和哈拉·克尼斯等异教妖逆和蟒古斯（魔鬼）进行了英勇不屈的斗争，把家乡建成了一个和平幸福的乐园。孤儿出身的江格尔，不仅是古代卫拉特蒙古的群英之首，也是他们永在的精神领袖。

《玛纳斯》这部史诗以柯尔克孜族人民传说中的英雄玛纳斯的名字命名。已经记录、整理的共有八部：即第一部《玛纳斯》，第二部《赛麦台依》，第三部《赛依台克》，第四部《凯耐尼木》，第五部《赛依特》，第六部《阿斯勒巴恰·别克巴恰》，第七部《索木碧莱克》，第八部《奇格台依》，长约220000行。史诗唱叙了玛纳斯家族八代英雄前赴后继、抵抗强暴，维护和平与幸福的斗争。

上述史诗主人公，都是各民族古代传说中的英雄人物。这些英雄，为了本族人民的利益，终生征战，除暴安良。他们所进行的战争，既有反抗暴虐的自卫性还击，也有为统一各分散部落所进行的主动征伐。他们所建树的功勋，往往是该族人民在几百年，甚至几千年间所取得的。人民塑造了史诗英雄，也就把集体思维的一切能力全都赋予给他，使他能“与神对抗”，甚或“与神并列”。因而，史诗英雄一般都具有全民性质。同时，从史诗英雄身上，我们也进一步看到了人对神的胜利。当然，英雄史诗也并未完全脱离神话的影响。例如，史诗常常用出身于神这种理由去解释英雄的强大。格萨尔、格斯尔都是天帝的儿子，他们下界以后所做的一切虽然是凡人的活动，但却因为出身于神，就获得了许多神的帮助。这里，我们可以明显地看到“人类从野蛮阶段带来的痕迹”。史诗英雄这种全民性的特质，以及他们身上闪耀着的神话光辉，清楚地说明了：英雄史诗，有别于近世产生的英雄长歌，它是早期人类的一种艺术形式。

2. 英雄史诗常以某些历史事件作基础

这是英雄史诗有别于创世史诗的一个显著特点，它使英雄史诗都具有一定的历史性。古希腊英雄史诗《伊利亚特》中所描写的希腊人与特洛亚人之间的战争，历史上是发生过的；《格萨尔》所描写的频繁战事，也基本上概括了公元七世纪——九世纪间青藏高原上各部落由分散到统一的过程；而从玛纳斯家族几代人的征战和际遇里，我们也同样可以窥到柯尔克孜族历史发展的某些轨迹，甚至还可以大致找到柯族人民迁移到天山一带的路线以及他们在历史上活动的地区。应该说明的是，由于经过了集体思维的综合和概括，英雄史诗所记叙、描绘的人和事，不一定就是某些历史人物或历史事件的原貌。但这种集体的艺术概括，仍然真实地反映了主要的历史进程，特别是其中所包括的许多有关社会关系史、家庭史、文化史等方面的资料，是尤为宝贵的。

3. 英雄史诗是早期人类艺术的范本

英雄史诗是一个民族在它形成的初始阶段全体民众集体智慧的结晶。这种集体思维的完整性，使英雄史诗“具有至今仍然不可超越的、思想与形式完全和谐的高度的美”。①

因为记叙的皆是关于部族存亡兴衰的大事，英雄史诗在结构上都有宏伟、壮阔的气势：忽而天上，忽而人间，忽而地狱，忽而天堂。用墨如泼的叙事和浓烈淳厚的抒情交织在一起：既有奇特的幻想、瑰丽的场面、神力的

① 高尔基：《个性的毁灭》，《论文学》续集，第55页。

夸张，也有真实的人世生活的准确描写。既有狂烈的战争场面，也有缠绵的爱情插曲。既有对民族地区自然风光的自然描绘，也有对古代社会风俗的直接展示。情节曲折变化，引人入胜。

这种幻想与现实自然交融的叙事方法，体现在人物形象上，一方面，是人神相混，半人半神，英雄行为和神话传说常常扭结在一起；另一方面，对英雄形象的塑造，却又是通过诸如盟誓出征、浴血苦斗、依依惜别、壮烈殉难等各种现实生活的具体场景加以表现的。所以，史诗英雄不仅只是人民的意志和理想的化身，作为艺术形象，其性格特点也是很鲜明的：同是格萨尔的老臣，倔强而暴烈的贾察霞鲁和剽悍机智的丹玛香察就不一样；同是少年英雄，勇敢而自信的昂琼玉达，心胸更显开阔，而雄心勃勃的年察阿旦，却时而带点个人意气；同是纯洁美丽的姑娘，莱琼处处表现出她的忠诚，而祁尊希夷则更侧重于她的大胆。

为了从各个方面表现英雄豪迈的气度、显赫的战功，史诗中常常有众多的“赞词”，如“马赞”、“刀剑赞”、“弓箭赞”、“头盔赞”、“宝甲赞”、“套索赞”、“帽赞”、“衣赞”、“帐篷赞”、“宫殿赞”、“城堡赞”以及对英雄诞生地的热情赞美。这些描写使史诗的风格更加豪放宏伟，浑厚迷人，显示出民族生活的特异魅力。

史诗基本上都是说唱体形式，语言韵散相间，有说有唱。诗中多有发人深省的格言和谚语，因此有人把英雄史诗称作民间语言的宝藏，那是并不过分的。

由于各个民族的历史地理、生产方式、生活条件、语言习惯都不同，因此各民族的史诗都带有本民族独具的民族特色，同时也成为该民族艺术创作采之不尽的丰富宝藏。藏族丰富多彩的民间歌舞，有些就直接取材于《格萨尔王传》；流传于西藏拉萨、昌都地区，以及甘南藏区、青海藏区、四川藏区的许多风物名胜传说，也与《格萨尔》有关；而取材于格萨尔故事的连环图画、壁画、雕塑，在民间及寺庙中更是屡见不鲜。《格萨尔》以其不可替代和不可复制的艺术成就，成为藏族文学发展史上的珠穆朗玛峰！

诚如前述，一部史诗并不是一时一刻、一个时代或少数人就能完成的。它们最初可能是分散地流传在民间的一些叙事歌谣，经过人民世世代代有的甚至是好几个世纪的传唱，不断加工补充与复合，才逐渐形成的。在它们的流传过程中，每个地区的人民都可能依据自己的经历、斗争和感受添加上新的材料，涂染上新的色彩。例如德国的《尼伯龙根之歌》中的许多英雄人物虽然来自公元第四、五世纪民族大迁徙时代，但他们的生活和思想感情却是 12 世纪的；而到了《尼伯龙根之歌》正式编纂、定稿的时候，则又披上了12世纪封建社会和骑士文化的外衣了。我国的《格萨尔》、《江格尔》、《玛纳斯》也存在相类似的情况。因此，在挖掘、搜集、整理这些史诗的时候，一定要认真地研究比较，注意流传过程中的复杂因素，不能轻率地下结论，更不能按照现代的观点想当然地去进行增删。在分析、探讨史诗的思想艺术价值的时候，也必须考虑到创造了它的民族在历史发展中的全部特点，给予历史主义的科学评价，而不能用我们今天的政治标准去衡量史诗中所反映的生活现象。例如，史诗中有许多对天神的呼唤祈祷，对游牧民族的强盗式的侵袭，从异族手中掠取妻子或是由于王位的争夺引起的近亲仇杀，还有一些古老的禁忌观念等等。这一切在今天看来也许是荒谬的、不合法的、不科学的，然而，在当时的社会条件下却是司空见惯的、合乎风尚的正常现象。

史诗之所以宝贵，不是因为它给今天的人类留下了什么永远可以仿效的楷模，而在于它真实地再现着早期人类社会的某些本质的面貌。产生史诗的“那些未成熟的社会条件”是永远不能复返了，然而人类幼年时代的稚气和天真却永远纯真地复活在史诗之中。也许，正是从这样一个角度出发，马克思才说史诗至今“仍然能够给我们以艺术享受，而且就某方面说还是一种规范和高不可及的范本”。①

① 马克思：《〈政治经济学批判〉导言》，《马克思恩格斯选集》第二卷，第114页。

第十章　民间叙事诗

第一节　民间叙事诗及其内容

一、民间叙事诗释义

民间叙事诗是民间诗歌中的叙事体长歌。它是广大民众集体创作、口头流传的韵文故事。因此，也被称之为“故事诗”或“故事歌”。

民间叙事诗和一般的民间抒情短歌不一样：一般歌谣，多以开口即兴见长，虽也托物寓意，主要还在情感的直接抒发。而民间叙事诗，则是运用富有表现力的诗体语言，在一个完整的故事情节中，通过对具体人物形象的塑造，委婉曲折地表达歌唱者的内心情感。

就体裁的特点而言，民间叙事诗和上一章所述的史诗，都属于民间叙事体长诗。它们的共同特点是都有故事，有情节，有人物，都必须采用韵文（或韵散相间）的语言形式，通过丰富的情节和生动的形象去抒发情怀，寄寓褒贬。故而它们也都有比较长的篇幅，且多为一些杰出的民间歌手或职业、半职业的民间艺人所保存、整理和传唱。

但是，这两类叙事体长诗又是有根本区别的。如前述，史诗，是继神话之后产生的大型口头创作，是人类早期阶段的精神产品。而一般的民间叙事诗则是阶级社会出现之后的产物。它们是分属于两个不同历史阶段的口头文学现象。它们各自形成的时间、社会历史条件，以及所反映的内容都不相同。这一点是不能混淆的。

二、民间叙事诗发展述略

我国是个多民族的国家，民间叙事诗在各个民族民间文学中发展的情况都不一样。

汉族的民间叙事诗产生较早。远在商周时代，就已出现了叙事诗的萌芽。《诗经》中的《谷风》和《氓》这两篇著名的弃妇诗，可以算作是民间叙事诗的雏形。《谷风》叙述了一个善良温顺的妇女无辜被丈夫遗弃的故事；而《氓》则描写了一个痴情女子对不幸的婚姻的悲愤控诉。题材虽然相同，人物性格却开始有了差异。但因为还只是雏形，情节毕竟简单，叙事较少，格调主要还是抒情的。

到了汉乐府时代，民间叙事诗有了较大发展。乐府民歌常常“感于哀乐，缘事而发”，所以有不少是带有深刻的社会性的叙事歌。如《东门行》、《十五从军征》、《妇病行》、《孤儿行》、《上山采靡芜》及《陌上桑》等等。这些诗篇，已初具叙事诗的规模，在抒情的同时，明显地增加了叙事的成分。虽然它们对所表现的生活事件并不作全面的、有头有尾的叙述，而只是选择足以充分暴露生活中矛盾冲突的一两个侧面来集中加以描绘，但已经开始注意对人们之间复杂关系和心理状态进行一些具体的描摹了。如《妇病行》就抓住病妇临终时对丈夫声泪俱下的叮咛，和妇人死后丈夫奔波于市求亲告友买饵，以及回家后“孤儿啼索其母”等凄惨的生活场面，来具体表现下层民众在死亡线上挣扎的苦况。

东汉末年，汉族民间叙事诗渐趋成熟。产生于汉末建安时期的《孔雀东南飞》是其中最优秀的代表作。这首诗淳厚细腻，哀婉动人，“淋淋漓漓，反反复复，杂述十数人口中语而各肖其声音面目”。① 全诗结构严密，情节起伏有致，是我国古代民间文学中不可多得的珍品。

到南北朝时期，又产生了一首不朽的诗篇——《木兰辞》。全诗词调雄劲，音节铿锵，饱含爱国激情。在流传过程中，它虽然可能经过文人或民间艺人的加工或删节，但仍然保持着我国北方民众那种刚健豪放的风格。

隋唐以后，汉族的民间叙事诗继续发展，并促进了文人叙事诗的繁荣。它一方面成为流传民间，被经常运用的一种形式，用以歌咏历史传说和人物故事（各地流传的孟姜女故事歌，便是叙事长歌在民间的运用）；另一方面，随着经济的发展和城市的繁荣，民间叙事诗逐渐向讲唱的道路发展。有的以韵文歌唱为主，散文讲说为辅；有的则相反，以说为主，唱诗辅之。

---

① 见（清）沈德潜《古诗源》卷四评语。

民间叙事诗其所以会向讲唱道路发展，大致有这样几个原因：第一，民间叙事诗原来就有吟唱的因素，特别是乐府诗，本来就是要入乐的，这是内因。第二，隋唐时代，特别是经过由贞观到开元将近百年的休养生息，国内的社会经济空前繁荣，国际间贸易往来日益昌盛。随着佛教的东来，不仅形成了思想界的活跃与自由，而且也大大促进了我国与外族文化的交流与融合。由佛教的演讲和说法递变而生的一种新兴文体——“变文”应运而生。变文是一种韵散相间、说唱兼有的形式。这种体裁，很适于叙事，且便于记忆和吟唱，很能吸引听众，因此很快为民间文学所吸收。变文即由开始只演述法事而逐步增进了民间故事、民间传说的内容，这便是民间叙事诗逐渐带上讲唱色彩的开端。如《敦煌变文汇录》中的一些篇章，不仅内容采自民间传说和故事，而且都有完整的故事情节，较生动的艺术形象，运用的是接近口语的文字，且合辙押韵，朗朗上口，确实很具民间叙事诗的特点，其中如《董永变文》、《燕子赋》等篇，就是具有浓厚民间风味的叙事诗。第三，随着工商业的日益发达，市民文学逐渐昌盛，特别是宋元以后，一些原来在民间辗转传唱的民间歌手、艺人，不断流入城市，逐步转化为职业或半职业的说唱艺人。民间叙事诗的一部分内容，到了这些艺人手中，就慢慢变为说唱文学鼓词、弹词的材料了。所以有人认为，一部分鼓词、弹词，甚至有些诸宫调，可以看成是汉族民间叙事诗在后来的新发展，就像有的少数民族伴着马头琴、冬不拉、三弦琴且说且唱的叙事诗一样。这种看法不无道理。

清末，湖北崇阳一带出现了反映当时农民斗争的山歌体长诗《钟九闹漕》和描写郑秀英、胡三保爱情悲剧的山歌体长诗《崇阳双合莲》。

近年来，在江浙沪一带，又有不少叙事性长歌被陆续记录、整理出来，如《五姑娘》、《白杨村山歌》、《林氏女望郎》、《严家私情》、《贩桃郎》、《白六姐》等，① 湖北地区也有不少叙事性说唱歌本被辑录。②

在我国民间文学的宝库中，少数民族的民间叙事诗占有特别重要的地位。过去，少数民族长期处在封建专制、种族压迫以及帝国主义的蹂躏之下。有不少地区、民族甚至在新中国成立前夕还处在原始落后的状态。许多民族没有自己的文字，没有历史典籍，更没有专业作者。但是，有关各民族发展的历史，以及历代各族人民为反抗阶级压迫、保卫民族的生存和发展所进行的无数英勇卓绝的斗争，却世世代代地流传在各族人民的口头文学、特

---

① 参见王仿、郑硕人：《汉族民间叙事诗初探》，《民间文艺集刊》第五集，第26页。

② 湖北民研会编：《湖北民间叙事长诗唱本总目提要》（内部资料本）。

别是长篇诗作中。这是一宗极为丰富而又宝贵的文学遗产。它不仅是各族人民在创造中华民族优秀文化中所作出的特殊贡献，也为研究各个民族的历史和生活提供了珍贵的资料。新中国成立后，陆续挖掘、整理出来的民间叙事诗有好几百部。其中如蒙古族的《嘎达梅林》、苗族的《张秀眉之歌》，以及彝族支系撒尼人的《阿诗玛》、傣族的《娥并与桑洛》、《葫芦信》、《线秀》、《召树屯》、《朗鲸布》、《松帕敏与嘎西娜》和回族的《马五哥与尕豆妹》、哈萨克族的《萨里哈与萨曼》等等，都是为各族广大民众所熟悉和珍爱的优秀叙事长诗。它们的数量之多，艺术成就之高，在世界民间文学史上也是值得夸耀的。

新中国成立以后，不少民间诗人和歌手，还创作了一些新的长篇叙事歌：如蒙古族的说唱诗人毛依罕创作并演唱的《铁牤牛》，傣族著名歌手康朗甩、康朗英和波玉温分别创作演唱了《傣家人之歌》、《流沙河之歌》、《彩虹》等，这些长诗，集中代表了人民的心声，唱出了对美好幸福的新生活的赞美，又因为长诗都吸收了本民族民间诗歌的优良传统，因而都具有鲜明的民族色彩和浓郁的生活气息，基本上是新时代的民间文学作品。

三、民间叙事诗的内容

民间叙事诗的题材多集中在两个方面：

1. 反映民族斗争、阶级斗争的叙事诗

中华民族，具有悠久的革命传统。历代人民的光辉业绩，总是及时地被广大民众用各种口头文学的形式载入了史册，其中，有不少也被反映在叙事诗里。北朝的《木兰辞》可以说是最早的英雄叙事歌。

蒙古族现代英雄长诗《嘎达梅林》，是蒙古族人民斗争的一幕壮烈悲剧。这是一个真实的历史故事：达尔汗旗的王爷娶了军阀张作霖的妹妹作福晋，① 而把达尔汗旗的土地作了她的彩礼。从此，蒙古族的上层贵族与汉族封建军阀内外勾结，狼狈为奸，牧场被卖光了，牛羊被抢光、杀光了，牧民们被逼得走投无路。嘎达原来是王爷部下的一员小官（梅林），他同情百姓，挺身而出劝说王爷，结果反被革去了职务。嘎达又去奉天府面告张作霖，谁知是自投罗网，被定成死罪，押回了达尔汗旗，关进了死牢。嘎达的妻子牡丹闻讯，为了救丈夫，忍痛亲手枪杀了唯一的女儿天吉良，烧了房子，聚众劫狱，抢了王府，树起了造反大旗。起义军奋战了四五年，转战辽河，结果终因寡不敌众，弹尽粮绝，全部壮烈牺牲。长诗热情地颂扬了蒙古

① 福晋：对王爷之妻的称呼。

族人民反对民族压迫、阶级压迫的不屈不挠的斗争精神。诗中主要人物都保持了原来事件中的真人姓名。但人民群众为了表达自己的意志和愿望，在人物塑造和情节安排上，都进行过艺术加工和处理。至今，纪念嘎达梅林起义的歌声仍在东蒙草原上广泛传扬。

《张秀眉之歌》，是苗族人民近百年来广为传颂的一首英雄长诗。1855年张秀眉领导的苗族农民起义，是在太平天国革命的直接影响下爆发的，历时18年，遍及黔东南各县和湘西广大地区，给统治者以沉重的打击，显示了苗族人民顽强不屈的斗争精神。长诗以这一史实为题材，用夸张的手法，盛赞热爱人民，杀敌如虎的苗族英雄张秀眉，歌颂他领导人民所取得的无数次辉煌胜利。与《嘎达梅林》一样，这首长歌，同样不愧是这类叙事长诗的优秀代表作之一。

《钟九闹漕》(又名《抗粮传》)叙述了湖北崇阳县农民在钟人杰等人的率领下，反抗粮房，聚众起义的故事，真实地、历史地再现了这一次农民运动由抗粮到武装起义的全部发展过程，深刻地揭露了清王朝的黑暗和官吏的残暴，以及官逼民反的现实。在汉族民间叙事诗的史页上，它算是一个重要发现，但整理比较粗糙，艺术性不强。

这类叙事诗，都是以重大历史事件为题材，而且，长诗主人公，常常都是在历史上产生过重大影响的英雄或领袖。正因如此，所以这类长诗的结构、气势都不同凡响，甚至有点英雄史诗的规模和气魄，因此有人也把它们称作“史诗”或“近代史诗”。如果只是一种称赞性的比喻，称《嘎达梅林》是蒙古族人民近代史上反对民族压迫的“壮丽史诗”也未尝不可。但必须清楚：这类长诗毕竟不是科学含义上的“史诗”。就像成人永远不会再变成儿童一样，史诗也是随着产生它的那个时代的一去不复返而再不可能被创作出来。即使模仿得很像，那也只是“像”史诗，而不能算作是史诗。

2. *以爱情婚姻悲剧为题材的叙事诗*

大量的民间叙事诗，都是以爱情婚姻生活为内容的，它们几乎成了民间叙事诗内容与风格的集中代表。

民间叙事诗多取材于爱情悲剧故事，是有其深刻的社会历史根源的。本来，“男女之间的关系，是人与人之间最自然的关系。因此，这种关系可以表现出人的自然的行为在何种程度上成了人的行为”①，“根据这种关系的性质就可以看出，人在何种程度上对自己说来成为类的存在物，对自己说来

① 马克思：《1844年经济—哲学手稿》，人民出版社1979年版，第72页。

成为人并且把自己理解为人”。① 文化人类学的研究成果告诉我们：爱情、婚姻，并不是伴着人的最初生活一道开始的。它是发展到一定阶段的人类对自身存在的一种醒觉意识的表现——“人对自己说来成为人并且把自己理解为人”，而不再混同于动物。在原始群婚制时代，人类杂居野处，与动物几乎没有两样。男女之间，是没有什么爱情可言的，“人们一出世就已经结了婚——同整个一群异性结了婚”。直到对偶婚制出现之后，男女之间，才谈得上有产生爱情的可能。因为，性关系开始有了限制。有了选择的必要，也才谈得上感情的选择，才谈得上性爱。

但是，悲剧也自此而始：随着人类对配偶进行选择的醒觉意识的出现，选择的标准就不会单一。这里面，既有情感上的选择——有了性爱，也同时会有其他方面的意识应运而生。

首先，便是血亲家族、氏族集团的经济利益起作用。各氏族组织从一开始，就把联姻看成是“扩大自己势力的机会”。② 各血缘集团中的所有青年男女，实际上都被当成了缔结社会联盟的人质。婚姻，一开始便被套上了可悲的枷锁，成为氏族集团之间进行利益交换的一种手段或媒介，成了一种交易。及至父权制和一夫一妻制产生之后，“婚姻的缔结便完全依经济上的考虑为转移了。买卖婚姻的形式正在消失，但它的实质却在愈来愈大的范围内实现，以至不仅对妇女，而且对男子都规定了价格，而且不是根据他们的个人品质，而是根据他们的财富来规定价格的”。③ 这便种下了爱情婚姻悲剧的种子。特别在我国，数千年的封建统治形成了一套完整的封建礼法和包办、买卖婚姻制度。所谓“父母之命，媒妁之言”、“门当户对”、“三从四德”等等，就像一把把无形的屠刀，无数追求自由幸福的男女青年，都成了这把屠刀下的牺牲品。因此，旧时代，逃婚、抗婚、殉情之类的事极为普遍。这些生活的悲剧，便是那些含血带泪的叙事长诗的苦泉。各少数民族中，这类作品非常多。

试看下列叙事长诗：

《娥并与桑洛》是流传在德宏傣族自治州一带的一首凄婉动人的叙事诗。娥并与桑洛相爱，可是因为门第不配，桑洛的母亲看不起娥并，逼着桑

---

① 马克思：《1844 年经济—哲学手稿》，人民出版社 1979 年版，第 72 页。

② 恩格斯：《家庭、私有制和国家的起源》，《马克思恩格斯选集》第四卷，人民出版社 1972 年版，第 74 页。

③ 恩格斯：《家庭、私有制和国家的起源》，《马克思恩格斯选集》第四卷，人民出版社 1972 年版，第 75 页。

洛娶有钱而粗俗的阿扁。当娥并千里迢迢来寻桑洛时，桑洛母借故支开儿子，恶言侮辱娥并，并使用毒计把她刺得鲜血淋漓。娥并忍痛回家，含恨死去。桑洛赶到，自杀于娥并身前。桑洛母“为了让两个情人永难相见”，把两座坟墓隔断，后来两个坟头上又长出了根根相连的芦苇，桑洛母又放火烧毁。于是娥并与桑洛从火光中升腾而起，变成了两颗星星，永不熄灭。

哈萨克族叙事诗《萨里哈与萨曼》，说的是贵族出身的萨里哈，爱上了奴隶萨曼。爱情给这一对青年人插上了远走高飞的翅膀，然而，最终他们还是没能逃出可汗的魔掌，这一对忠实的情侣只得先后自杀殉情。

苗族叙事诗《哈梅》，略带神话色彩，但却是一桩十分现实的生活悲剧：漂亮的苗家姑娘哈梅爱上了勤劳的小伙子营响。可是，按照苗家传统的旧习，哈梅必须到舅爹家去“还娘头”，与比她大得多的表哥成亲。哈梅上天入地，死去活来，办法想遍了，道理说尽了，结果是家破人亡，情人也死了，自己最后上吊身亡。

回族叙事诗《马五哥与尕豆妹》，据说是清光绪七年间发生在河州莫泥沟多木寺的一个真实的故事。年轻的回族姑娘尕豆，爱上了邻村的青年长工马五，但却被逼嫁给了一个小女婿。尕豆妹不甘忍受非人的待遇，勇敢追求理想的爱情，不顾封建礼法的淫威，与马五相爱。二人忠贞不渝，誓死相随，结果双双被绑上法场，以身殉情。

《崇阳双合莲》中的郑秀英、胡三保真心相爱，可是郑家族人硬逼秀英嫁给高门大户的刘家。结果秀英被逼死，胡三保含冤坐狱，死在牢中。

撒尼族叙事诗《阿诗玛》中的悲剧，更带社会压迫的色彩：热布巴拉家凭着自己有钱有势，公然上门抢亲，强逼阿诗玛与阿支成婚。面对皮鞭和黑牢，阿诗玛始终咬定牙关：“不嫁就是不嫁，九十九个不嫁。”直到被恶势力害死之后，还变成了“日灭我不灭，云散我不歇，我的灵魂永不散，我的声音永不灭”的回声。

一幕悲剧，便是一对无辜的、年轻的生命被绞杀。一曲长歌，便是一篇讨伐封建礼教的檄文！无论家世等级、封建礼法、传统习俗何等肆虐，终究还是挡不住人们对爱情的追求，对自由的渴望：“砍了头颅还有颈，挖了心肝还有肠”，为了捍卫人性的尊严，他们从容赴死，以身殉情。爱情叙事长诗，便是真心相爱的人们留在人间的壮美诗篇。这些如泣如诉的断肠哀歌，既是对封建礼教的抗议与反叛，更是对恢复人格尊严，恢复人性的纯美的一种呼唤与礼赞。

在爱情长诗中，还有一部分是描写国王与王后、王子与公主的爱情故事的。其中有悲剧题材，如傣族的《葫芦信》；大部分有团圆的结局：如《召树屯》、《松帕敏与嘎西娜》等。它们或是歌颂爱情的坚贞与美好，或是借爱情的线索，发抒人民反抗暴政、向往贤君、抑强扶弱、扬善惩恶等理想追求。

另外，还有些长诗，间或有一些事件片段的叙述，但尚不构成完整的故事，重点以抒情为主，一般称为抒情长诗。抒情长诗也多以爱情生活为题材：如纳西族的《相会调》、《游悲》、《玉龙第三国》；彝族的《妈妈的女儿》、《我的幺表妹》、《逃到甜蜜的地方》；傈僳族的《重逢调》、《逃婚调》；土家族的《哭嫁歌》等，都是很有代表性的作品。

第二节 民间叙事诗的艺术特点

我国民间叙事诗作品涉及面很广：有汉族的，有少数民族的；有古代的，也有近代的。就是少数民族作品，不同民族也很不一样：北方民族的叙事诗粗犷豪放，充满了草原生活气息；西南各少数民族的作品则秀丽多姿、委婉含蓄，充满南国的情趣。即使都是西南少数民族，大凉山彝族人民和西双版纳的傣族人民的叙事诗也不尽相同。但是，无论是古代汉族的《陌上桑》、《孔雀东南飞》，还是撒尼人的《阿诗玛》或傣族的《娥并与桑洛》，我们都称其为民间叙事诗。作为同一类别的作品，必定都有它们共同的内在艺术规律，民间叙事诗也不例外。

一、线索单纯、首尾完整

适应口头传唱的特点，民间叙事诗的情节一般都以主人公的命运、遭遇为主要线索，单线顺序向前发展，几乎不用大段追忆往事的倒叙或插叙。如《孔雀东南飞》，从兰芝被休写起，接着写到仲卿受斥、夫妇话别、县令遣媒、阿兄逼嫁、夫妇盟誓、双双赴难……一步紧一步，一环扣一环。使人从主人公不幸的遭遇和涕泪交流的生人作死别的场面中，看到封建礼法的暴虐和青年人那种只能以死相拼的悲剧性反抗。《阿诗玛》也是从阿诗玛诞生、成长，唱到热布巴拉家说媒、抢亲，再唱到阿黑营救妹妹，直到阿诗玛死后变作回声，线索清晰，好记好唱。

民间叙事诗的叙事方式一般都用第三人称，少数民族的叙事诗，多是由歌手演唱的。诗的开头常有“序歌”，它的作用，有时是开门见山，点出长诗主题：如《召树屯》开头就唱这诗要“献给真心相爱的人”；《葫芦信》说这是“老人传下来的悲歌”；《朗鲸布》则告诉听众，这首长歌是要人们“看清穷人的辛酸，揭穿坏人的狠心”。另外也有些开头只是描绘一下讲故事的环境，以吸引人的注意：故事有时开始在“太阳疲倦地闭上了眼睛，雀鸟阵阵飞向森林，月亮带着星星爬上屋顶”的夜晚；有时动听的故事竟吸引得“太阳从森林里伸出头”，“公鸡也朝我扇开翅膀”。除“序歌”之外，还有一些穿插在故事之中的歌，它们有时是为了转换情节，如说：“一枝花谢了，另一枝花又接着开”，“故事永远讲不完，像月亮落下去，第二天又升起来”。更多的时候，是抒发歌者的情怀，和听众交流感情。如《松帕敏与嘎西娜》中，叙述到松帕敏和嘎西娜为躲避战乱，一家人中途离散的时候，气氛十分悲凉。这时，歌手便插进来唱道：“慈爱的母亲揩干眼泪吧，你的儿子还在你身边；焦急的小伙子请你放心，今晚你一定会遇到心爱的姑娘；伤心的姑娘你别失望，嘎西娜还会重见她的君王。”这样，诗中的主人公、歌者、听者三者的感情融为一体，从而增强长诗的艺术效果。这些手法都是民间叙事诗所特有的，书面文学一般不用。

二、着意铺陈、一唱三叹

铺陈，也叫“敷陈”，极力铺叙、尽意渲染的意思。它是民间唱诵性歌体常用的表现手法。

在抒情短歌里，这种铺陈主要表现为字、句的重叠复沓。如《诗经·芣苢》中所唱：“采采芣苢，薄言采之。采采芣苢，薄言有之。采采芣苢，薄言掇之。采采芣苢，薄言捋之……”这是妇女们采摘车前子的欢快场面。又如汉代民歌：“江南可采莲，莲叶何田田。鱼戏莲叶间。鱼戏莲叶东，鱼戏莲叶西，鱼戏莲叶南，鱼戏莲叶北。”鱼戏莲叶，忽东忽西，采莲的小儿女那种嬉游自得、天真烂漫的欢悦心境，在这种回环跳跃的节奏中，表现得十分生动传情。

铺陈手法在民间抒情长歌中，就不只是字、句的回环往复，还有成段的重叠和复沓。如：“送郎送到大门外，手搬门蔸舍不得开，舍不得走来只说走，舍不得开来只说开，口问哥哥何时来？送郎送到阶沿下……送郎送到稻场边……送郎送到大堰堤……送郎送到十里坡，眼不流泪嘴唱歌，望郎革命革到底，等你十年也不多”。这种重叠和往复，一唱三叹，荡气回肠，能把歌者浓烈的感情抒发得淋漓尽致，产生强烈的艺术感染力。

在民间叙事诗中，铺陈手法的应用更加广泛。它是叙事长诗刻画人物、表现性格、抒发感情的一种常用的、有效的艺术手段。无论是古代的叙事长歌，还是近世的叙事长歌；无论是汉族的，还是少数民族的，莫不如此。因为，民间叙事诗都要告诉人们一个完整的故事。但是，讲故事并不是唯一的目的，叙事是为了抒情；而叙事诗又都有较长的篇幅，抒情主人公可以很从容地从各个侧面把自己的感情辐射到故事中的人物身上去。因此，民间歌手们常常会抓住那些最能展现主人公性格、情感和命运的场面和细节，采用句式、节奏大体相近，内容稍有不同的句或段，从各个侧面反复吟咏、一唱三叹，造成大段铺张的、徐缓的抒情节奏。

有时，这种铺陈用来勾勒主人公的生活历程，使人获得对形象的总体印象。如《阿诗玛》中写到阿诗玛的成长：

小姑娘日长夜大了，
长到三个月，就会笑了，
笑声就像知了叫一样。
爹爹喜欢了一场，
妈妈喜欢了一场。

小姑娘日长夜大了，
长到五个月，就会爬了，
爬得就像耙齿耙地一样。
爹爹喜欢了一场，
妈妈喜欢了一场。

……
小姑娘日长夜大了，
不知不觉长到十岁了，
……
爹爹喜欢了一场，
妈妈喜欢了一场。
……

就这样，一直唱到 17 岁。随着每一次的复沓，听众的印象就加深一层：从阿诗玛绕线、割草、挑水、放羊，到绣花、绩麻、播种、唱歌等，历历在目，如见其人，如闻其声。到此时，听觉形象已经完全幻化成视觉形象，一个美丽、勤劳、活泼可爱的撒尼姑娘便活脱脱地站在人们面前。又如《孔雀东南飞》写刘兰芝“十三能织素，十四学裁衣，十五弹箜篌，十六诵诗书，十七为君妇……”实际上也是一种序数形式的重叠和复沓。

这种艺术手段不仅可以用来勾勒人物的生活历程，使人获得对形象的总体印象，有时，也被用来廓大生活细节的某些场面，使人物的心灵得以披露。试看《嘎达梅林》中嘎达的妻子牡丹下决心劫狱之前，忍痛枪杀女儿天吉良的一段：

……牡丹走进自己房中，心中非常难过，这时，三岁的天吉良迎着妈妈跑来，牡丹一见孩子，心里像刀绞一样疼痛。她解开纽扣，一边奶着孩子，一边淌着泪说：

“前辈子要是无缘哪，孩子，
为什么给这无恩德的父母做儿女？
前辈子要是有缘哪，孩子，
为什么一家团聚得这样短促？

前辈子要是无缘哪，孩子，
为什么给这无福分的父母做儿女？
前辈子要是有缘哪，孩子，
为什么一家大小这样命苦？”
……
“心想把你带去哟，孩子，
怎能从虎口里救你爸爸？
看你死在仇人的手中，孩子，
还不如死在妈妈的手下。

心想把你带去哟，孩子，
怎能在战场上和敌人厮杀？
看你落在敌人手中，孩子，
还不如死在亲娘的手下。”
……

这一大段共有 14 节，计 56 行诗句，最后才写道：

“杀人的主意冲上了心头，
盒子枪对准了天吉良，
随着震耳的枪声，
牡丹跌倒在地上。

杀儿的主意冲上了胸口，
九音枪对准了天吉良，
随着孩子的叫声，
牡丹昏倒在地上。

这是撕裂人心的生离死别的场面。从这一放大了的细节中，人们清楚地听到了一个被逼上绝路的母亲痛不欲生的呼号。这是歌者感情的绵密的火力点！这种回肠荡气的咏叹，如泣如诉的倾吐，造成了一种格外悲壮的气氛，强烈地撞击着人们的心。

除上面所述的情况以外，这种多次强调、反复咏唱的铺陈手法，在叙事诗中还有更为丰富的表现。有时，它是地理、方位上的对称复沓，如“东市买骏马，西市买鞍鞯，南市买辔头，北市买长鞭”；有时是不同对象的交相叠印，如“行者观罗敷，下担捋髭须，少年见罗敷，脱帽着帩头，耕者忘其犁，锄者忘其锄”；有时又是时间上的反复咏唱，如召树屯思念喃诺娜，希望自己能变为一朵白云，飘到她的屋顶，“早上我看她梳妆，白天我听她歌唱，晚上啊，我会感觉到她对我的怀想”；有时则是行为动作的一层深似一层的再现，如写到召树屯寻找喃诺娜一路上连着用了三个“走了三百三十天”，“又走了三百三十天”，终于越过了巨蟒，射开了石山，飞过了沸腾滚卷的沙石海，到达了勐董板。

民间叙事诗这种表现手法的形成，体现了我国民歌的抒情传统。这种重叠复沓、一唱三叹所形成的铺张扬厉的抒情节奏，强化了歌者心理曲线的弹力，加强了情感表现的力度：一方面，使听觉形象在听众眼前逐渐幻化成了视觉形象；同时，还能使听众受到一种强烈的情绪感染，从内心深处产生强烈的共鸣，真是歌者唱之动情，听者闻之下泪。这也正是民间叙事诗有别于作家叙事诗而独具魅力的重要原因之一。

三、引类譬喻、发乎自然

民间叙事诗的语言，是劳动大众通过细致观察，深入体验，多方感受，反复锤炼，从生活的源泉中提炼出来的、最富有艺术感染力的诗的语言。它朴实而不失之简陋，明朗而不陷于单调，丰富多彩却不流于俗艳。

民间歌手们最善于用简洁生动、自然朴素的语言，三言两语勾画出一幅优美的图画：

哥哥犁地朝前走，
妹妹撒粪播种紧跟上，
泥土翻两旁，
好像野鸭拍翅膀。

这是《阿诗玛》中的一个小镜头，歌手就只轻轻地一拍，小阿诗玛兄妹俩愉快劳动的场面，便十分清晰地出现在我们面前。再如《娥并与桑洛》中写景多昂：

景多昂四面都是高山，
泉水在山间流淌，
竹楼成排成行，
楼角指着星星和月亮。

这儿没有一点雕琢的痕迹，仿佛是信口唱出，不多事推敲，但却描绘了这地方的全貌：有山，有楼，星光，月色，流水潺潺，高处不胜寒。描写准确，表达朴素，吟唱之间，一股清新甜美的气息扑面而来。

民间歌手还特别善于从生活海洋里，选取人们最熟悉的事物"引类譬喻"，"借物发端"。民间抒情短歌中常用的比兴、夸张、排比、拟人化等手法，在民间叙事诗中，更充分地发挥了它们的作用。生活中的一切，像太阳、朝霞、星星、月亮、鲜花、蜜蜂、大树、喜鹊、芭蕉、竹笋，还有农家常有的豌豆、箩箩、瓜藤、菌子，甚至鸡蛋、萝卜、白菜等等，都能被民间诗人信手拈来，托物寓意，借景传情。如"你好比山上一棵大树，我是只喜鹊在树上叫喳喳，你是一只人人喜欢的水井，我是块大石头垫在井底下"，这是表示爱情的坚贞；"亮晶晶的宝石啊，开口回答吧，不讲满一箩箩，也要讲豌豆粒那么大，我就好把它包好带回家"，这是憨厚的线秀对心爱的线玲姑娘的执著追求；"脸洗得像月亮白，身子洗得像鸡蛋白，手洗得像萝卜白，脚洗得像白菜白"，这是可爱的小阿诗玛；"大山上的雾，没有大妃子的脸色苍白，雄鸡的冠子，没有二妃子的脸红，三妃子的眼睛没有了光，四妃子的汗水啊，像河水在淌"，这是一群歹徒在阴谋败露后的丑态。从这些再朴素不过的比喻里，我们一下子窥到了她们的内心：脸白的是由于畏罪；脸红的出自羞愧；眼无光的已吓得半死；汗水直淌的可能在紧张地思谋后路……简洁明快，犀利传神，寄寓着歌者鲜明的褒贬。

民间叙事诗中类似的例子可以说是俯拾即是，美不胜收，这是民间歌手的天才，是一般的文学家的语言艺术所难取代的。高尔基说得很对："接近民间语言吧，寻求朴素、简洁、健康的力量，这力量用两三个字就造成一个形象”，“你们在这里可以看见惊人的丰富的形象，比拟的确切，有迷人力量的朴素和形容的动人的美。”①

① 皮克萨洛夫：《高尔基与民间文学》，见钟敬文编《民间文艺新论集》，中外出版社 1950 年版，第 102 页。

第十一章 民间谚语和谜语

第一节 民间谚语

一、谚语释义

谚语，是民间创作并在口头上广为流传、言简意赅且较为定型的艺术语句，是民众智慧与经验的结晶。

谚语的产生和形成是有一定条件的。它必须是在人的生产劳动和社会生活经验积累到一定程度，而且抽象思维能力和语言表达能力发达到一定程度时，才有可能产生。只有在这样的基础上，人们才可能将自己对自然和社会长期观察、体验所得的心得和认识，加以不断地总结，并把那些经过反复实践一再证明过的经验或教训，一次又一次地加以提炼，浓缩为言简意赅且易讲易记的短言句式，口耳相传。久而久之，这种短言句式所包含的经验内容，被越来越多的人认同，于是，句式便逐渐定型化，并继续在更大的范围内流传，这就是所谓谚语。

二、我国谚语的记录情况

我国幅员辽阔，历史悠久，谚语资源浩如烟海。先秦典籍中，不仅有“夏谚”、“周谚”的引用，更有大量古谚的记载。如《国语》的“从善如登，从恶如崩”，《战国策》的“宁为鸡口，毋为牛后”，《韩非子》的“远水难救近火，远亲不如近邻”，《道德经》23 章的“飘风不及朝，骤雨不终日”，58 章的“祸兮福之所倚，福兮祸之所伏”，64 章的“合抱之木，生于毫末；九层之台，起于累土；千里之行，始于足下”等古谚，历传数千年，至今仍活在民众口头。《史记》、《汉书》中亦记有不少名谚。东汉时期，崔寔的《四民月令》第一次采集了众多农事谚语。尔后，三国吴陆玑的《毛诗草木鸟兽虫鱼疏》，北魏贾思勰的《齐民要术》，宋陈旉的《农书》，元娄元礼的《田家五行》，明徐光启的《农政全书》等，均集有农、牧、副、渔等多种生产性谚语。宋以后，有了专门辑录谚语的专书问世：如宋龚颐正的《释常谈》，周守忠的《古今谚》，明杨慎的《古今谚》，清杜文澜的《古谣谚》，曾廷枚的《古谚谭》等，皆是谚语专集。此外，历代各种传奇、平话、杂剧、小说中的谚语，就更是无法计数了。

20世纪初，受“五四”新文化运动的影响，包括民间谚语在内的各种民间文化，备受学界关注。十数年间，全国各地出版的谚语专著不下三四十种。如李鉴堂的《俗语考原》，史襄哉的《中华谚海》，朱雨尊的《民间谚语全集》等，皆是很有影响的谚语专书。

新中国成立以后，民间文学事业得到了党和政府的高度重视和扶持，谚语的发掘与研究进入了一个全新的时期。无论是对成书的选编、诠释、寻源、集锦，还是对谚语的理论研究，都取得了丰硕成果。特别是80年代民间文学三套集成工作开展以来，对民间谚语的普查、采录及编纂工作在全国范围内取得了空前的进展。自1990年开始，全国各地各民族的“谚语集成”陆续编定出版问世。这是中国谚语的集大成，是中华谚语发展史上最辉煌的时期。

三、谚语的内容及价值

谚语几乎存在于人类生活的一切领域。根据不同的标准，可以将谚语作不同的归类：从时间上划分，有“古谚”、“夏谚”、“周谚”、“今谚”之说；从地域来分，又有“沪谚”、“越谚”、“吴谚”之别；从创作者或运用者的职业来分，有“农人谚”、“舟人谚”、“匠人谚”等；从谚语的作用来看，又有“讽喻性谚语”、“训诫性谚语”、“经验性谚语”、“哲理性谚语”的说法。但是，如果对谚语所涵纳的内容作总体把握，所有的谚语可以分为“生产谚”和“社会谚”两大类。

1. 生产谚及其价值

生产谚是劳动人民在长期的生产实践中，逐渐积累丰富起来的、反映各种生产活动的客观规律的谚语。是劳动大众对自然规律、生产经验的认识和总结。在所有的谚语中，生产谚是产生得最早的；而生产谚中，农谚又是最多的。其他还有林业谚、畜牧谚、副业谚、渔业谚以及工匠谚、商贸谚等。

①农谚 指直接关系农业的耕种、收获及其他农事的谚语。它的内容十分丰富，包括大田作物和园田蔬菜生产的各个方面，诸如气象、节令、水利、肥料、土壤、种子、种植、耕耘、田间管理及收获贮藏等等。

我国是世界上最早进入农耕生活的国家之一。在距今约六七千年的仰韶文化时期，原始农业已经出现。因此，有关农业生产经验的积累相当完备。

首先，是关于天文、气象、时令、物候方面知识的谚语。这类谚语是应农业生产的实践需要而产生，也主要是为农业生产服务的。因为，农业生产要求掌握准确的农事季节。而上古时代，"山中无历日，寒暑不知年"，当时的人们，没有完善的历法与计时工具，只能依靠对天象（日月星辰的位置变化）、物象（动植物随季节而起的变化）和气象（气候的变化）的观察来决定农时、指导生产、安排生活，即所谓"观象授时"。故我国天文知识发达甚早。诚如明末清初大学者顾炎武所说："三代以上，人人皆知天文。'七月流火'，农夫之辞也。'三星在户'，妇人之语也。'月离于毕'，戍卒之作也。'龙尾伏辰'，儿童之谣也。后世文人学士，有问之而茫然不知者矣。"① 可见，气象节令类谚语是产生得很早的。这其中，有的讲天象变化与季节寒暑的关系：如"天河朝南北，热得睡不得，天河朝东西，赶忙做寒衣"；有的讲气候变化的规律及其对农作物的影响：如"一场春雪一场雨，一场冬雪一担粮"、"夏干谷满仓，秋干鼠绝粮"；有的总结物候变化与阴晴雨雪的关系：如"猪衔草，寒潮到"、"蚂蚁过路水飘飘，蚯蚓过路水断桥"、"时未到，蝉子叫，干死棉，淹死稻"等。人们在实践中，经过长期观察或多次体验，发现了气象变化可以引起物候方面的某种先期反应，因而将某种物候的变化，作为气象变化的一种"前兆"，用来预测未来的天气。这些谚语，虽然看似占卜，但在一定程度上，确实反映了物候变化与气象变化二者之间的某些内在联系，在实际生活中有一定的指导作用。在时令气象谚语中，最引人注目的是关于24节气的谚语。24节气，是我国传统历法的重要组成部分，是农民用以指导生产、安排生活的重要依据。谚云："不懂二十四节气，白把种子撒下地"，故有关24节气的谚语不但丰富，而且很有系统："春打六九头，种田不用愁"、"雨水有雨庄稼好，大麦小麦粒粒饱"、"惊蛰犁头动，春分地气通"、"清明怕雨，谷雨怕风"、"立夏到小满，种啥都不晚"、"芒种无雨，山头无望；夏至无雨，碓头无糠"、"小暑不热，五谷不结；大暑无汗，收成减半"、"立秋三日镰刀响，处暑拿镰不问青"、"九月白露又秋分，秋收秋种闹纷纷"、"寒露九月九，杂七杂八收

① 顾炎武：《日知录》卷30。

到手”、“霜降见霜，谷米满仓”、“立冬晴，好收成”、“小雪不耕地，大雪不上山”、“冬至日头升，每天长一针”、“小寒大寒，杀猪过年”……每一个节气，都有许多条谚语，它们从各个侧面，把每个节气在气温、降雨、物候方面的变化以及和农作物生长的关系都说得非常明了。

关于农业生产的各个环节，以及各种不同作物的生长季节、种植技术、管理经验等方面的知识，在谚语中都有详尽的记载：“要得农家好，地、牛、肥三宝”、“大米好吃田难办，一耕二种七分管”，这是农家的基本常识；“七道芝麻八道棉，豆薅三道颗颗圆”，这是田间管理的诀窍；“小暑前后雨淋淋，当心稻中卷叶螟”，这是防治病虫害的经验之谈；“谷宜稀，麦宜稠，高粱地里卧小牛”，这是对种植密度的要求；“坡地背岭不要丢，芝麻瓜菜都能收”，讲的是地尽其利；“春接海棠夏接桂，秋接茶花冬接梅”，说的是四季花期；“九成黄，十成收；十成黄，两成丢”，讲的是收获的最佳时机……难以数计的农事谚语，汇聚着百代屡世农民的智慧和辛劳，它们是中华民族贡献给人类农业文明的一笔巨大财富。

②林业谚　是关于森林的种植、护育和林业的经营、管理等方面知识的谚语。这类谚语涉及林业生产的方方面面：如“多树多林，风调雨顺；少树少林，旱涝欺人”、“十年栽树，万年歇凉”、“青山常在，清泉长流”、“砍树是吃祖宗饭，栽树是造子孙福”，这是讲植树造林的好处；“养猪先抓母，植树先抓圃”，说的是选种育苗的重要；“栽树莫等春晓得，先栽杨柳后栽柏”，是讲植树时间最好趁树苗冬眠之时，“立春”、“雨水”之后就很难成活；“窝大底平，苗正根深，紧捶栽深”，这是植树的要诀；“造林不封山，篾箩把水担”、“春不伐竹，夏不伐木”，这是护林的经验；“清明爆半笋，谷雨成半林”、“清明发芽，谷雨摘茶”，这是竹林、茶树的生长季节；“桐树三年还本，漆树五年得利”、“家有榆柳桑，缺吃不用慌”，说的是林木的经济价值。

③畜牧谚　是关于家畜、家禽的生长规律、饲养方法、疫病防治、优劣鉴别及经济价值等方面知识的谚语。“农家第一宝，六畜挤满槽”、“家有三圈，胜当知县；家有三母，胜当知府”，[①] 是讲畜牧业对农家的重要作用；“夜草能肥马，湿草能肥牛”、“渴不急饮，饿不急喂”、“饱不加鞭，饥不上套”，这是饲养、使用须知；“狗认主，猫记家”、“狗爱窄处，猫爱热处”、“马怕鞭子牛怕火，狗见捡砖就要躲”，说的是各种家畜的生活习性；“赶仗

① “三母”指母猪、母牛、母羊。

的狗子前胛低，逼鼠的猫子腰身短”、“四脚踏雪，老鼠咬绝”，这是鉴别猫、犬优劣的经验；“猪三狗四兔十月”、“兔子是个怪，一年怀七代”，这讲的是家畜繁殖的知识。

④副业谚　是关于蚕桑、养蜂、狩猎等各种副业生产知识方面的谚语。有的强调副业生产的意义：“种上一亩桑，可免一家荒；养好一季蚕，可抵半年粮”；有的讲打猎的技巧：“飞打野鸡跑打兔，獐子麂子打后腿。”

⑤渔业谚　是关于渔业生产知识的谚语。有的记述各种鱼类的生活习性：“春过三天鱼北上，秋过三天鱼南下”；有的传授喂养方法：“要想新鱼产得好，秋前喂食不偷巧”；有的讲述捕捞经验：“天热捕流水，天冷打深潭；刮风打风脚，下雪打流水。”

⑥工商谚　是关于各种工匠行业及商业贸易方面知识的谚语。包括五行八作的技艺、行规，以及商务、商德等多种内容。“工匠无下品，行行出能人”，这是工匠们的价值标准；“诚招天下客，誉从信中来”，这是经商的道德规范……

总而言之，生产谚是对劳动大众生产实践活动的全方位的经验性总结。经过数千年的积累、提炼、修正、完善，它已成为民众口传的科普教材，在现实的生产实践中，发挥着传授知识、交流经验、指导生产等多方面的实用功能。

2. 社会谚及其价值

社会谚是关于社会生活的行为规范、伦理原则、人生经验、生活知识等方面谚语的总和。它广泛涉及人类社会生活的各个领域，举凡事理德行、时政社交、生活经验、风土人情等等，几乎无所不包。

①事理德行类谚语　此类谚语关乎人的行为规范、价值标准、品行修养等方面的内容：

“七十二行，种田为王”；“没有乡下泥腿，饿死城里油嘴”；“荒年饿不死手艺人”——这是劳动人民的价值观。

“人心齐，泰山移”；“单丝不成线，独木不成林”；“人多捧柴火焰高”；“三个臭皮匠，合成个诸葛亮”；“土帮土成墙，人帮人成王”——这是对集体力量的肯定。

“千金难买少年时”；“一寸光阴一寸金”；“少小不努力，老大徒伤悲”；“只要工夫深，铁杵磨成针”——这是劝学的箴言。

“学高为人师，身正为人范”；“生平不做皱眉事，世上应无切齿人”；“真人面前不说假话”；“穷不倒志，富不癫狂”；“宁愿站着死，不愿跪着生”；“受人之托，忠人之事”；“宁穿朋友衣，不挨朋友妻”；“人敬我一尺，我敬人一丈”；“千里送鹅毛，礼轻仁义重”——这是做人、交友的原则规范。

②时政类谚语　此类谚语鲜明地体现着人民群众对时事政务的关注与品评：其中既有对国事兴衰的看法，更有对世事时务的深刻见解。

如“一寸河山一寸金”、“国兴民荣，国乱民耻”、“树倒猢狲散，国破家难撑”、“足食足兵，举国之本”、“民为邦本”——这是民众对家国关系、君民关系的理解。

“武官死战，文官死谏”、“文不经商，武不理财”、“自古空谈多误国，历来实干可兴邦”——这是人民群众对文武官员的理想要求。

“一朝天子一朝臣”、“一人得道，鸡犬升天”、“一任清知府，十万雪花银”、“只许州官放火，不许百姓点灯”、“有钱能使鬼推磨”、“为仁不富，为富不仁”——这是对黑暗社会各种罪恶的深刻揭露。

“钱大不如权大”、“有权有人求，无权苦中求”、“研究研究，全靠烟酒”、“章子不如面子，面子不如票子”——这是对时弊的针砭。

③生活经验类谚语　此类谚语是民众各种生活经验的总结与积累。诸如衣食住行、婚丧嫁娶、生老病死、人际关系、家政家教，以及医药保健等各个生活领域，皆有精到而丰富的谚语：“勤能生财，俭能聚宝”，这是持家的经验；“秧要薅得早，人要教得小”，这是教子的方法；“亲兄弟，明算账”，这样才能长处久安；“病从口入，祸从口出”，这是劝人慎于言词；“明知山有虎，偏向虎山行”，这是激人向上；“留得青山在，不怕没柴烧”，这是受挫时的自勉；“有志不在年高，有理不在言高”，这是多么有涵养；“人怕伤心，树怕剥皮”、“强说不如好商量”，这又是多么注意处事的方法！

④风土人情类谚语　此类谚语汇聚了各地山川形胜、风俗民情以及乡土特产等诸多内容，具有较强的地域性、民族性特点。如“应城有三宝，石膏、汤池、灵芝草”；“来客不吃八宝饭，枉到荆州跑一转”；“山珍海味都不爱，只想黄鮎煮荧菜”；“簰州一条堤，家家打芦席”；“黄州豆腐巴河藕，樊口鳊鱼鄂城酒”；“蕲春有四宝：蕲蛇、蕲龟、蕲竹、蕲艾草”；“金随州，银枣阳，大旱三年不逃荒”……一地有一地的乡风，一地有一地的出产。这类谚语堪称最简捷易传的乡土教材。

在民众生活领域里，谚语几乎是无处不在的。社会生活类谚语，包含着民众对人生的认识和理解。它是民众的济世格言，是他们代代相传的社会生活教科书。谚语对民众的教化作用是直接的、规范性的。特别是那些含有深刻哲理意义的谚语，更是语言库藏中的瑰宝。

四、谚语的特点

1. 精炼概括，极富哲理性

谚语首先是经验的产物。它是经过民众集体思维的概括过程，且在民众口头反复锤炼加工、浓缩之后所得的语言艺术精品。谚语记载了民众在生产斗争及社会生活中观察和实践的成果。它所说明的问题和表达的观点，有的源于直接感知，有的兼含间接推理，还有的，是从大量事实中升华、抽象出来的某种哲理，具有一定程度的普遍性和规律性，其表达也格外精练。谚语通常只用一两句话，甚至几个字，就能准确地概括一条规律，阐明一个道理：

如："打蛇打七寸，牵牛牵鼻绳"、"撒网提纲，拿衣提领"，是讲做事必须把握关键，抓住要领；

"雨后送伞晚，贼去关门迟"、"马前不磕头，马后乱作揖"、"知冬不知夏，腊月卖镰把"，说的是把握时机的重要；

"片云遮日，一叶障目"、"四两拨千斤"、"少吃多有味，多吃无滋味"，说的是大、小、多、少的辩证关系；

"软藤能捆硬柴"、"柔能克刚，弱能胜强"、"软藤缠死硬树，软索子能套猛虎"，说的是刚、柔、强、弱的相互转化；

"百闻不如一见"、"饮过千江水，方能浪里行"、"舍不得羊，打不着狼"、"省了油，伤了轴"，说的是知与行、得与失的关系；

"有树不愁鸟作窝"、"有马不愁鞭"、"有土能长庄稼，有水能养鱼虾"，说的是有无之间相反相成的道理；

至于像"千锤打锣、一锤定音"、"宁撞金钟一下，不擂破鼓千锤"、"宁为鸡口，不为牛后"、"月满亏，水满溢"、"热极生风，乐极生悲"……这些谚语可引申的意义更为宽泛，所蕴含的哲理性更具普遍意义，更容易引起举一反三、触类旁通的联想。所以，谚语才被人誉为民间知识的总汇和民众生活的大百科全书。

2. 形象活泼，饱含化育力

谚语的内容虽然极富经验性、哲理性，但它并不是经验、哲理的抽象概括，而是经验、哲理的形象化表现。再简单的谚语，也会因借助形象而得以生动地表达。如"打四两，叫半斤"只六个字，却形象地说明了两条家禽饲养的规律：即小鸡长到四两（十六两制）重开始打架；半斤重开始打鸣。

谚语形象性特点的形成，与民众认识事物的方式有关。任何一种生产经验的取得，任何一个人生哲理的感悟，都是民众从他们身体力行的生产生活实践中提炼出来的，因而许多谚语本身就是具象性的。另外，谚语形象性特点的形成，也与民众的情感表达方式有关：托物寓意，借景传情，依事言理，是民众口头表达最常用的方式。谚语虽然是经验的总结，但这许多经验本身，就凝聚着民众深厚而丰富的情感："谚语几乎不可能在平静中产生，人们创作它们的时候，往往是：或怒火炽燃，或悲怆凄绝，或畅怀欢笑，或尖刻嘲弄，或纵情喜乐，或号啕大哭，或长声喟叹，或低唤轻吟，或高声疾呼，或诙谐戏谑，或俏皮逗趣，或惊恐万状，或预诫告警，或谆谆训诲，或愤懑感慨——总之，人民中间所有的感情都在谚语的创作中表现出来了"。①如"人一走，茶就凉"、"有的敬奉有的，狗子专咬丑的"、"久旱逢甘雨，他乡遇故知"、"人换人，心换心"、"痴家家，引外孙，引来引去是别家的人"、"铁公鸡一毛不拔"……这些谚语中所蕴含的感情都不是三言两语能说得清的。借助某些生动的生活事象，说明或引申出某些与之相通的带规律性的道理，这是民众认识事理、表达感情的很自然的一种方式。这种认知方式和表达习惯，表现在民间口头创作中，就形成了民众喜用的、驾驭语言的各种技巧与手段。这些手段，在歌谣及其他熟语中也被广泛地运用着，谚语当然也不例外。

谚语的艺术表达千变万化：有时巧用对称："上怕初三雨，下怕十六阴"；有时排列比较："一青一黄是一年，一黑一白是一天"；有时引类譬喻："行如风、坐如钟、立如松、卧如弓"；有时展开联想："芭茅山里藏猛虎，贫家寒舍出能人"；有时顺情推理："奶足娃娃胖，水足禾苗壮"；有时托物寄兴："栽葫芦靠墙，养女像娘"；有时夸饰其辞："三人同心，黄土变金"；有时拟人述事："雷公先唱歌，有雨也不多"；有时递进复迭："嫁鸡随鸡，嫁狗随狗，嫁个门板背着走"；有时又借题发挥："拆东墙，补西墙"、"捡了芝麻，丢了西瓜"……即使是直陈其事的白描，也会因为句式、节奏的迟疾顿挫，或语义上的前后呼应而产生相应的艺术效果。正因为谚语广用辞格，巧织句式，所以它形象生动，亲切活泼，朗朗上口，富于情趣：谈生产经验——历历在目，可感可触，可操作性强；谈人生经验——言此及彼，由表及里，娓娓道来，让人口服心服。谚语是民众生活的良师益友，也是陶冶性情的艺术珍品。

---

① 引自徐荣强：《〈谚语集成〉三题》，《中南民族学院学报·哲学版》1988年3期。

五、谚语与其近邻的关系

谚语是一种常用的、定型化的艺术语句。但是，汉语中类似的定型词组或句子，除了谚语之外，还有俗语、格言、成语、歇后语等，统称为“民间熟语”。所以，俗语、格言、成语、歇后语实际上是谚语的近邻。作为“熟语”，它们的共同特点一个是“常用”，一个是“相对定型”，因而在使用过程中彼此常有交叉。但是细论起来，谚语与其近邻还是有区别的。

1. 谚语与俗语　俗语又叫“俗话”、“常言”、“俗言”，广义的俗语常与谚语混用。狭义的俗语即指对于某种思想和生活事象进行形象描述的定型语句。它与谚语的区别在于：谚语以阐明事理、经验为旨；而俗语多只描述某种情状与性质：如“打肿脸充胖子”、“换汤不换药”、“做一天和尚撞一天钟”等。谚语一般是很完整的句子；俗语却允许有“残句”，如“趁热打铁”、“喝西北风”等。

2. 谚语与格言　格言，是指那种可以问题作为人们立身处世的行动准则、道德规范的、具有“座右铭”性质的言论。① 谚语与格言比较好区别：谚语是集体口头创作，作者无可考，且允许字句异动；格言却出自名人之口或有典籍载录，有明确的作者可查，使用时，也应原文引用，不得擅改，而且不一定都是短句，可有自由的长短句。如孟子所说：“天将降大任于斯人也，必先苦其心志，劳其筋骨，饿其体肤，空乏其身，行拂乱其所为，所以动心忍性，增益其所不能”（《孟子·告子下》）。

3. 谚语与成语　成语也是人们常用的、简洁而精辟的定型词组或短句。但成语常寓典故，以书面语言为主，而且结构比谚语更定型，多四字一组，不能随意改动：如“叶公好龙”、“守株待兔”、“哀兵必胜”等；谚语则比较通俗，富口语特色，使用时稍有灵活性。

4. 谚语与歇后语　歇后语又叫“俏皮话”、“解后语”、“引注语”，一般由“喻体”和“解体”连缀而成为较定型的形象化隐语。“喻体”为假托语，“解体”为目的语，起说明、注解作用，使其意义明朗化：如“外甥打灯笼——照舅（旧）”、“小葱拌豆腐——一清二白”、“猫哭老鼠——假慈悲”等。它与谚语比较好区分：谚语重在言事说理，形象中蕴含着庄重，结构上主、谓部分浑然一体，一气呵成，可独立成句；歇后语多状物取形，风格谐趣俏皮，喻体、解体若即若离，讲时中间略有停顿，使用时，一般都在特定的语言环境中作句子成分：如“耗子爬称钩——自称自”、“狗撵鸭

① 参见武占坤、马国凡著：《谚语》，内蒙古人民出版社 1980 年版，第 19 页。

子——呱呱叫”、“屎壳郎戴花——臭美”、“懒婆娘的裹脚——又臭又长”、“十五个吊桶打水——七上八下”等等。

应该指出的是，谚语与其近邻虽然可以大致作上述的划分，但毕竟都统属于“熟语”这一总范畴，彼此本来就有亲缘关系。所以，使用起来也存在许多交叉现象：如“恶人先告状”、“纸包不住火”、“此地无银三百两”既是俗语，也是谚语；“成也萧何，败也萧何”、“烈火见真金”、“欲加之罪，何患无辞”既是成语，也是谚语；“老鼠过街，人人喊打”、“八仙过海，各显神通”、“水中捞月一场空”既是谚语，也可拆成歇后语；有些格言可以查出始作者，有些就不一定，如“虚心使人进步，骄傲使人落后”有人说是毛泽东同志说的；“把方便让给别人，把困难留给自己”，有人说是雷锋同志说的，这恐怕都难考定。所以格言集子收它，谚语集也收它。而且，有些格言即使能找到出典，但在人民口头已广为流传，如“满招损，谦受益”出自《尚书·大禹谟》，是格言，但同时也可归为谚语。这种情况并不是个别的。所以，研究时要考虑两方面的情况，不可偏执一端。

第二节　民间谜语

一、谜语释义

谜语是民间文学中一种具有特殊形式的韵文作品。它是以某一事物、行为或文字为底，用隐喻、暗示等方法作面，供人猜射的一种隐语。谜语融知识性、趣味性于一体，是民众智慧的艺术结晶；猜谜是民间测试智慧、愉悦身心的一种游戏活动。

谜语由谜面、谜底两部分组成。

谜面是谜语中的喻体，多由巧妙地隐喻着谜底内容的短谣、小诗或字、句构成。其作用主要是给出问题，供人去猜。

谜底是谜语中的主体。它是谜面所设定的问题的答案。谜底和谜面之间的共同点或相似点，是谜语成立的基础。

谜语的产生，当是社会生产力水平和人的智力水平发达到一定阶段时的产物。由于缺乏明确的史料记载，民间谜语究竟起于何时，已很难考究。一般认为，荀子的《蚕赋》已具有谜语的性质。因为赋的前半部描写了蚕的形状、功用，类似谜面；最后点明了所说是蚕，恰似谜底。显而易见，《蚕赋》只有在养蚕业相当发达时才可能被创作出来。

据刘勰在《文心雕龙·谐隐第十五》篇中解释，谜语的前身乃是隐语。

"隐者，隐也"——即用隐蔽的言辞或贴切的比喻，将想要说的真正意义暗示出来。隐语的功能有二：其一，隐语多用于讽谏。其产生的原因在于人主有失，臣心有怨却又不敢或不便直言，因而假托他事，迂回曲折地加以劝诫。这类讽谏性隐语，在先秦诸子著述中多有记载。此时的隐语并不是谜语，但其"遁辞以隐意，谲譬以指事"的表达方式却与谜语是一脉相通的。其二，是人君喜好隐语，常与近臣射覆为戏。"射覆"虽不是猜谜，但它"隐物于覆器之下"，目的也是供人猜射的。且射中之后所念"射覆词"亦是隐语，与谜语极相近似。《汉书·东方朔传》中载："上尝使诸数家射覆"。东方朔与"帝之幸倡"郭舍人经常赛射，结果，"舍人所问，朔应声辄对，变诈锋出，莫能穷者，左右大惊。上以朔为常侍郎，遂得爱幸"。其中有一次，郭舍人又与东方朔赌射。郭舍人问："客来东方，歌讴且行，逾我垣墙，上入殿堂，击之拍拍，死日攘攘，格斗而死，主人被创。是何物也?"朔答："长喙细身，昼匿夜行，嗜肉恶烟，常所拍扪。臣朔愚戆，名之曰蚊。"结果舍人再次告输，当即脱裤受罚。此虽笑言，但其射覆之词已与谜语相去无几了。当时，这种隐语常与谐谑笑言相为表里，它能在宫廷中成为人主的嗜好，必然有其长期、深厚的积累过程。《汉书·东方朔传》最后说道："朔之诙谐，逢占覆射，其文浮浅，行于众庶，童儿牧竖莫不炫耀。"可见，在汉代，从宫廷到民间，这种猜射之风已是很盛行的了。魏以后，文人作谜、猜谜已相当流行，隐语、廋词不再专事讽谏，亦有比才斗智、游戏娱乐的成分。《世说新语·捷悟第十一》中就记有曹操与杨修隐语斗智的佚闻。唐宋以后，猜谜活动已被列入百戏之中。孟元老《东京梦华录》中专门记有说谜艺人和猜谜场所，年节还有灯谜猜射活动，足见猜谜活动在民间已相当活跃。明冯梦龙所编《黄山谜》中就记录了不少民间谜语。

在民间，猜谜活动是一项有益身心的大众娱乐。它既可提高智力，训练思维，亦可在趣味津津之中开阔视野，增益知识，寓教于乐，所以深得民众、特别是儿童的喜爱。

二、谜语的种类

谜语所涉内容几乎无所不包。根据谜底事物所属的性质，大体可分为三大类：

1. 物谜　是以具体事物为谜底的谜语。这类谜语数量最多，涉及面最广：

自然界的事物诸如：日、月、星、云、风、雷、雨、雪、虹、霞、霜、露、雾、闪电及各种动物、植物、水生物、矿物等等；

社会生活领域内的事物，包括各种生产工具、交通工具、各种食品、各样衣饰、居住建筑、常用器物、文体用品，以至人体器官及各类职业等等。

如：“湖南到湖北，陕西到外国，四方都有，云梦没得”（太阳。“云梦”，县名，与“云蒙”谐音）；

“土里生，土里长，麻布袋子装和尚”（花生）；

“高高山头种韭菜，不稀不密刚两排”（眉毛）；

“姊妹两个一般大，收拾打扮随姑嫁，擦了多少油和粉，听了多少私房话”（枕头）；

“一个坛子两个口，大口吃，小口吐”（茶壶）

……。

物谜主要是抓住各类物品的形状、性能或功用等某一方面的特征，巧织谜面，引人猜射。

2. 事谜　主要是以人的活动事象为谜底的谜语。包括人的生产活动、日常行为动作以及娱乐游戏等。

如：“白雪纷纷，伯牙操琴，问是何调，人人知音”（弹棉花）；

“远望一阵雀，近望没得脚，喝的在喝水，上的在上坡”（车水）；

“看不见，摸得见，一时不见喊青天”（号脉）；

“无砖无瓦修高楼，先出宰相后出侯，亲生儿子不养命，恩爱夫妻不到头”（搭台唱戏）；

“头上搁的刀，身上戴的孝，进去时乌龙盘顶，出来时白面书生”（剃头）；

“四四方方一座城，里扎兵马外扎人，只听里头刀剑响，不见杀死半个人”（演皮影戏）；

“一对白狗，跑到河沟，喊一声，往回走。”（小孩流鼻涕）；

……

事谜中也有以动物活动为谜底的。

如：“妈妈有眼，爸爸有眼，养下儿子没有眼，吓得妈妈乱叫喊”（鸡下蛋）；

“八只脚，两个头，一个笑煞一个愁”（猫捕鼠）；

……

3. 字谜　是以汉字为谜底的谜语。主要根据汉字的形、音、义的特点，运用笔画、字形的增减离合或谐音借代等手法制作而成。

一般认为，字谜始于文人制作，而后传于民间。此说有一定道理。因为字谜的产生，取决于汉字结构的特殊性。字有六书：指事、象形、形声、会意、转注、假借。汉字一个字可以拆成几个字，几个字也可以合成一个字，拆、合之间，形、声、义都会发生相应的变化，就可以构成谜。而对文字的熟练掌握，当然是文人的所长。

字谜开初，不外乎拆字：如把“劉”字拆成“卯、金、刀”；把“董”字拆成“千、里、草”。尔后，文人利用他们的文化学识优势，在谜面制作上刻意求新。据《齐东野语》所记，宋代字谜创作已有很大发展，谜面已有离合体、会意体、象形体、双关体、假借体、类比体等多种体式。到北宋末年，从字谜又发展到灯谜。灯谜多着眼于文字意义，如一个字，一句话或一种名称。灯谜主要在年节期间粘贴于各色彩灯之上，夜间悬挂于市，供人猜射。一部分字谜经此渠道传入民间当是情理中事。但文人制作春灯谜，却一味求雅求难。经过清代300多年的发展演变，不独谜面有多种体式，谜底的猜射方式也愈加繁难，创造了许多“谜格”：如秋千格、卷帘格、落帽格、脱靴格、加冠格、梨花格、白头格、系铃格、乌纱格、青领格、曹娥格、碎锦格、徐妃格、摩顶格、比目格、并蒂格、连环格、连壁格、求凰格……多达数十种。由猜字到猜诗、词、歌、赋，以及书名、人名、物名等等，曲尽汉字形、音、义变化之妙，以至越做越难，越做越“雅”，也就越做越无生气，有些，纯然只是文人小圈内的戏谑文字了。

民间字谜，谜底多为常见、常用汉字；谜面多取民众熟悉之事作譬，语言明白如话，浅显生动，充满民间智慧及生活情趣。

如：

“一点一横，叉子抵门”（文）

“一只船儿小又小，三斤黄豆装不了”（心）

“一个字，有四笔，无横无直无勾迹，臣子见了要下跪，皇帝见了要作揖”（父）

“王子生得恶，头上长了角，拦腰一杠子，打得左脚靠右脚”（姜）

“木在口中栽，并非杏和呆，若是猜成困，不算傲秀才”（束）

“当中一条河，六个猪娃拱田坡”（非）

……

这些字谜，形象生动，清新明朗，比喻贴切，饶有兴味，在民间广为流传。

三、谜语的制作艺术

1. 谜语制作的原则要求

谜语是供人猜射的。要想引发人们的猜射兴味，并使人在猜谜活动中获得意外之趣，谜语制作必须强调：构思新颖，底面扣合巧妙，这是谜语制作的基本原则。正如刘勰在《文心雕龙·谐隐》篇中所说，作谜语，必须“遯辞以隐意，谲譬以指事”，即用隐蔽的言辞来暗藏着真正的意义，用出人意料的譬喻去暗指某种事物。制作者必须想尽一切办法把谜面写好。谜面的表达一定要曲折婉转，但内藏的意义又必须紧贴谜底；文辞可以尽量写得隐蔽，让人颇费思索，但表达却又必须浅近通俗，不至让人百思而不得其解。即如《谐隐》篇中所说的：“义欲婉而正，辞欲隐而显。”“婉而正”、“隐而显”，是对谜面制作的理想要求。婉而不正，则底、面扣合不紧；正而不婉，谜面会索然无味。隐而不显，可能流于晦涩；显而不隐，则又一览无余，都会影响猜射兴味。这是谜语制作必须首先明确的问题。

2. 谜语制作的方法

谜语制作方法见仁见智，千变万化，难以尽述。最根本的方法是：抓住谜底与谜面表面上相同、相近或相类似的某一特点，替换交错，制造与谜底所指完全不同的另一种假象，使人迷惑，诱人去猜。用刘勰的话说，就是“回互其辞，使昏迷也”（《谐隐篇》）。即调动一切修辞手段，诸如白描、拟人、夸张、排比、谐音、连缀、诡词……使谜面文辞迂回曲折，替换交错，制造迷惑人的假象，让人思索良久，方能冲破“迷”雾，找出答案。

试看以下各例：

例①“矮矮树，结白果，我去摘，它骗我”（露水）——形似白描，却也用“白果”比露珠；

例②“一妻生得弟兄多，各自老了各垒窝，活着不把老婆娶，死后换魂接老婆”（蚕）——又是“兄弟”，又是“垒窝”，又是“接老婆”，把蚕当做人来写，内里却暗贴蚕由生到死的生长过程。而“死后换魂接老婆”更是一种令人费解的反常现象，近于诡词法。

例③“吃不用嘴，蹦不用腿，抹不用袱子，洗不用水”（抹牌）——这是抓住吃必须用嘴，蹦离不开腿，抹桌需用抹布，洗东西要水这些常情，反其道而用之，编织出一种完全相反的矛盾画面，引人疑惑。再细一想，原来“吃、蹦、抹、洗”乃是抹牌术语，同音假借，辞面既诡谲，底、面扣合也紧。

例④“一人八十年不迈，丁老出州挑柴卖，石匠挨着皮匠坐，胖子掉了裤腰带”（伞打破了）——这个字谜，利用拆字、换形、拼合、减笔等法，四句话暗指了四个字。但乍一听，却好像是作古正经地在给人讲一连串眼见的趣事。

例⑤“又甜又辣，吃不得它，又少不得它”（布底鞋）——这儿巧用了谐音：布鞋底是需要先填后纳的，“填”与“甜”、“纳”与“辣”谐音，这一替换，把本来是穿的东西写成了吃的东西，给人造成错觉，增加猜射难度。

例⑥“请客先请我，客来我就躲，鱼肉我不尝，汤水留给我”（抹布）——首先，抹布被拟人化了，接着，又出现了被请的人见客就躲，且不食鱼肉，只吃残汤剩水的反常现象，令人迷惑不解。既用了拟人法，也用了诡词法。

例⑦“你望我，我望你，再望我，扭死你”（洗脸拧手帕）——手帕本无生命，此处却把它与人相提并论，并造出一种两人相向，矛盾一触即发的气氛，既有趣味，又紧扣谜底。

例⑧“大姑田里叫，二姑用灯照，三姑齐整无人要，四姑花前把舞跳”（青蛙、萤火虫、刺毛虫、蝴蝶）——这里一气用了四个排比句，描述了四位“姐妹”的形貌、遭遇，实际上列举了四种昆虫。

例⑨“上搭桥，下搭桥，一对鲤鱼两头跑（梭子）；你说梭，就是梭，不走大路走河坡（船）；你说船，就是船，两头落地中间团（鼓）；你说鼓，就是鼓，两头挑的花老虎（枕头）”。——这是民间常见的连环谜，这种谜可以一直编下去，猜下去：前一个谜的底，是后一个谜的谜面；第二个谜语的底，又是第三个谜语的谜面……如此首尾相衔，环环相套，极富生活情趣。

……

广览各类谜语就会发现，多数谜语并不确切地专用某一种修辞手法，拟人、夸张、排比、谐音、诡词等法经常交叉使用或同时并用一两种。这就看各制谜者的功力了。深厚的生活知识积累，对各种事象的细致观察，丰富的想象力和驾驭口头语言的能力，都是创作谜语精品的重要条件。

谜语除了它的知识性、趣味性以外，谜语本身还具有音乐性特点。民间谜语，多是韵文形式的短谣体，如谣似谚，朗朗上口，通俗明快，音韵和谐。制作谜语时，也必须注意这一语言特点。

第十二章　民间说唱

第一节　民间说唱概说

一、民间说唱释义

民间说唱俗称“曲艺”，是一切说唱曲种的总称。它以说说唱唱的形式，给人说故事，唱故事，说笑话，说情唱情，反映社会生活。

据不完全统计，全国的曲种约近300种之多，基本上可分为“说类”、“唱类”和“说唱兼有”三大类。

说类曲种又有两种情况：一种是散文体式的，如评词、评话、评书等属说故事类曲种；相声则为说笑话类曲种。另一种是韵诵体式的，说词有一定的节奏和韵辙要求，但主要还是“说”，并无音乐伴奏，如快板、快板书、山东快书等。

唱类曲种也分两大类：一种是板腔体式，以伴奏乐器鼓板为标志，文学脚本一般是“上、下”句，七字句为主，间有五字句或十字句，两句为一组，单数句可以不押韵，用仄声字；双数句一定要押韵，用平声字，一上一下，反复使用。如湖北大鼓、京韵大鼓、梨花大鼓、奉调大鼓、梅花大鼓、乐亭大鼓、道情、渔鼓等均属板腔体式唱类曲种。另一种是联曲体式，以使用固定曲牌为特点，文学脚本是“长短句”，使用的曲牌都有固定的句数、字数以及韵辙要求。如湖北小曲、长阳南曲、恩施扬琴、山东琴书、常德丝弦、四川清音、大调鼓子曲等皆属联曲体式唱类曲种。

说唱兼有类曲种既有全无伴奏的大段说白，也有音乐伴奏的成套唱词，如苏州弹词就是有说有唱，以唱为主。另有一些运用板腔体式说唱长篇大书，近些年亦有用联曲体说唱大书的尝试。

二、说唱艺术发展述略

民间说唱，是我们民族特有的传统艺术，曾经在我们中国文学发展史上起过很了不起的作用。说唱艺术的历史十分悠久。有些同志甚至以为可以上溯到古代的“俳优”，因为《史记·滑稽列传》中就专门记载了优孟、优旃、淳于髡三位“俳优”的活动。他们“滑稽多辩”、“善为言笑”的特点，与后世的曲艺有惊人的相似之处。也有人根据四川成都天回镇出土的东汉墓穴中有一个“说书俑”，认为这也可以算得是探索曲艺源流的一个“物证”。

从文学史上看，说唱文学的萌发与兴盛，始于唐代的“变文”。“变文”开初是寺庙里和尚用来宣讲佛法经文的。和尚讲经，亦很注意宣传效果。为了吸引善男信女，这种“变文”讲经说法是有说有唱、图文并茂的。由于这种形式生动活泼，很能吸引听众，因此很快为民间口头创作所吸收。一些民间传说、历史故事、民间趣闻，不断被编进“变文”，从庙堂到“瓦子”，到处传唱。当时有记载说，一文溆和尚，经常聚众讲说“变文”，假托经谕，“所言无非淫秽鄙亵之事”，而一些乡里百姓，男男女女，还都喜欢听他说讲，甚至到了“填咽寺舍，瞻礼崇拜，呼为和尚，教坊效其声调以为歌曲”的地步。① 这一下触犯了佛门清规，“变文”也就被禁止在庙堂讲唱了。但民间艺人却又别开生路，庙堂不能唱，“瓦子”、“教坊”照样唱。《敦煌变文》中，就保存着不少讲唱篇章：如“伍子胥变文”、“孟姜女变文”、“王昭君变文”、“秋胡变文”、“舜子变文”、“韩朋赋”、“燕子赋”等等。可以说，“变文”揭开了讲唱文学的序幕。

到了宋代，曲艺艺术经过长期的孕育，已经相当发展并逐渐成熟了。因为宋代经过晚唐和五代乱离之后，重归一统，商业经济得到了飞速发展。商业的发展，促进了大都市的繁荣，当日的汴京“举目则青楼画阁、绣户珠帘，雕车兢驻于天街，宝马争驰于御路。金翠耀目，罗绮飘香。新声巧笑于柳陌花衢，按管调弦于茶坊酒肆”。② 秦楼楚馆、歌女伶工，一派升平景象。正是在这样的条件下，讲唱文学得到了蓬勃的发展。当时，不仅有许多作艺的场所，如“瓦舍”、“勾栏”等，说唱艺术的门类也十分繁多，而且还涌

① （唐）赵璘：《因话录》。
② 孟元老：《东京梦华录》。

现了不少著名的专业艺人。宋元以后，讲唱文学历经数朝，一直不衰，各式曲种，争奇斗妍。

宋代“说话”艺术，在唐代“俗讲”的基础上，更趋兴盛。北宋开国之初，京都汴梁街上已有艺人“缚栏为戏”的说书场子。① 至宋徽宗时，京都瓦肆里已有讲史、小说、说三分、五代史等“说话”门类。南宋偏安，说书艺术继续得到发展：既有演述前代书史文传、兴废争战的讲史书；也有讲士马金鼓的铁骑儿；还有说扑刀杆棒、发迹变泰的公案书及叙烟粉、灵怪、传奇的银字儿②，弦管并发，名家辈出。南宋诗人陆游诗《小舟游近村三首》之三云：“斜阳古柳赵家庄，负鼓盲翁正作场，身后是非谁管得，满村听说蔡中郎。”可见大书流布之广。南宋以后，又有书会才人参与编撰话本，各种讲史、小说话本大量刊刻印行，文人与民间艺人结合，一说一写，既提高了说话艺术的品位，又保持了民间说话浓厚的生活气息。经过宋元两代的孕育、发展，说话艺术在谋篇布局、结构故事、刻画人物、运用语言等各方面都积累了丰富的艺术经验，技艺日渐精湛，为白话小说的诞生打下了坚实的基础。终于，在明代出现了一个文人大规模地对民间说话进行加工、整编、再创作的高潮，先后有罗贯中的《三国演义》、施耐庵的《水浒传》、吴承恩的《西游记》，以及许仲琳的《封神传》等长篇小说推拥而出。接着，文人自己用白话创作的小说《红楼梦》、《儒林外史》等皇皇巨著亦相继问世。从而奠定了白话小说在文学殿堂中的实际地位。

除“说话”而外，唱类和说唱兼有类曲种更形丰富：

由俗曲、小调连缀而成的“联曲体”式曲种，宋代有“叙事鼓子词”、“覆赚”、“诸宫调”；元代有“驭说”、“唱货郎儿”；明代有“叙事乐曲道情”、“叙事莲花落”等等。

“板腔体”式曲种，宋代有“涯词”和“陶真”；元代以来有“词话”、“弹词”、“鼓词”；清代还有“子弟书”等。

唱类曲种中，“诸宫调”对我国戏曲的形成及特点有直接的影响。据王灼《碧鸡漫志》卷二载，“诸宫调”始创于北宋神宗、哲宗的熙宁、元丰、元祐年间（公元1068—1093年）。它集诸种讲唱曲种之长，既承袭了“变文”诗的体制，又引入了宋金流行的民间俗曲小调，组成套数，用若干宫调讲唱一个故事。它的散文讲说部分极少，且一反“变文”某些骈偶堆砌

① （宋）江少虞：《皇朝事实类苑》。

② 参见（宋）耐得翁《都城纪胜》“瓦舍众伎”条。

的遗风，崇尚清新、活泼的口语；韵文部分，则摆脱了“变文”三、七言的束缚，别从民间采用活泼的长短句和悦耳的新声，从而使“诸宫调”在宋、金、元数百年中，成为最有势力、最受群众欢迎的一种叙事性讲唱文学。不仅在京都瓦肆之中，能与各种“说话”、杂剧、影子戏、傀儡戏等百伎争雄斗长，还令杭城女流、“及后辈女童皆效此，说唱亦精”，① 且“士大夫皆能诵之”。② 可见，它当时在民众中是一种雅俗共赏的珍品。其中的佼佼者，当推《董解元西厢记诸宫调》。这是我国文学史上继《孔雀东南飞》之后，最为宏丽的一篇民间说唱诗！它把不到两千字的《会真记》及稍加韵文的《元微之崔莺莺商调蝶恋花》鼓子词，扩展成一部长达八卷的鸿篇巨制，把一个为封建礼法张目的“始乱终弃”的故事，改造成一个“有生命的人性战胜无生命的礼教的凯歌”。由于年代久远，朝代更迭，战乱频仍，“诸宫调”的唱本现多已湮灭无闻了。除了《董解元西厢记诸宫调》之外，还有《刘智远诸宫调》、《天宝遗事诸宫调》的残本。另从《董西厢》开场白中可以知道，当时可能还有这样一些诸宫调：即“崔韬逢雌虎诸宫调”、“郑子遇妖狐诸宫调”、“井底引银瓶诸宫调”、“双女夺夫诸宫调”、“倩女离魂诸宫调”、“崔护谒浆诸宫调”、“双渐赶苏卿诸宫调”等。从元人石君宝的《诸宫调风月紫云亭》剧中女主人公韩楚兰口中，还可找到下列名目：“三国志诸宫调”、“五代史诸宫调”、“七国志诸宫调”等。由此可以想见“诸宫调”当时在民间流传的盛况。“诸宫调”不仅为以后元杂剧的诞生提供了各方面准备，还直接影响着我国戏剧“剧诗”的特点，即使在今天，我国戏曲艺术依然保留着浓重的叙事、抒情的讲唱文学的色彩。

除“诸宫调”之外，元代以来产生、流行的弹词和鼓词，也是影响甚大的曲种。它们是地地道道的民间说唱文学。除了极少部分是由文人加工润饰或拟作的以外，其他几乎全部出自无名氏之手。多少年来，它们在包括民间艺人在内的广大民众中流传、演唱，并不断地被再加工、再创造。所以，同一个题材的故事，在不同的时代，不同的地方，甚至不同的演唱对象中，演唱的风格和色彩各有不同。

弹词，又分“国音弹词”和“土音弹词”。国音弹词多衍历史故事，如叙述赵匡胤离乱兴衰故事的《安邦志》、《定国志》、《凤凰山》三部曲，计674回，历数唐末五代之兴衰，全以七字句组成，讲文极少，在当时颇负盛

① 吴自牧：《梦粱录》卷二十“妓乐”条。

② 王灼：《碧鸡漫志》。

名，以至“高贤睹之喷饭，闺媛阅之而解颐”（学海主人序）。土音弹词多用吴音，采取民间传说或花前月下、儿女情深的故事。

鼓词，更是别具声色。单明清以来流传下来的鼓词作品，其数量就浩如烟海，令人惊叹。从最早的《大唐秦王词话》到《大明兴隆传》、《平妖传》、《三国志》、《忠义水浒传》、《西唐传》、《反五关》等等，每部都在50册以上，内容全是金戈铁马、国家兴亡的故事。其气势之宏伟壮阔，其内容之丰富多彩，其人物之鲜明生动，其语言之流畅活泼都达到了前所未有的水平。

传统鼓词继承了乐府诗的现实主义传统，所反映的生活面十分广阔：大至国家兴亡、文治武功；小至家庭纠纷、人情冷暖；从帝王将相、公卿贵族，到绿林英雄、平民百姓，以至和尚道士、尼姑妓女，真可谓无所不包。

鼓词在艺术品位上博采诸说唱曲种之长：情节曲折紧凑，富有悬念，扣人心弦。无论是刀光剑影、龙争虎斗的战争场面，还是以性格冲突取胜的“文斗”，都写得极有声色。鼓词的语言准确鲜明，生动形象而又通俗易懂。唱词全系合辙押韵、朗朗上口的民间诗体语言；散文讲说也同样铺陈对仗，铿锵起伏，富有音乐美；句型基本上承袭着“变文”的体制，多以七字句、十字句为主，兼有活泼多变的衬字或叠句，形成了独特的、具有中国作风和中国气派、为群众所喜闻乐见的艺术风格。

清中叶以后，由于社会经济及生活方式的变化，大型的鼓词讲唱逐渐为“摘唱”所代替。民间艺人出于生计考虑，常将大部鼓词中的精华部分摘出单唱，以应观众之需。因篇幅渐短，散文讲说部分遂逐渐萎缩，而演变成纯粹的唱类曲种，“子弟书”便是由鼓词蜕变而来的形式之一。“子弟书”主要是八旗子弟所作，分西调、东调两种：西调以罗松窗为代表，多写风花雪月、儿女情长；东调以韩小窗为代表，多慷慨激昂的歌声和“大江东去”之风格。近、现代艺人继续传唱的各类大鼓，多有“摘唱”和“子弟书”的篇目。

民间说唱艺术在其发展过程中，不仅对我国作家文学产生过很大影响，更重要的是，由于它在民众中的广泛传播，对我国民众的欣赏习惯以及审美心理的趋向性，都有着不容忽视的影响。重视、研究接受主体的这一特点，不论对作家还是评论家而言，无疑都是很必要的。

当然，在旧时代，由于民间说唱的主要观众是市民阶层的群众，有些艺人为生计所迫，常不免以一些庸俗低级的东西去迎合小市民的趣味，致使说唱中夹有许多不健康的因素，这是应该加以批判和摒弃的。

新中国的成立，给民间说唱艺术带来了全新的发展天地。曲艺以其短小灵活、战斗性强的特色，发挥着“文艺尖兵”、“文艺轻骑队”的特殊作用。曲艺队伍不断发展，传统作品得到整理，曲艺音乐不断改进，南、北曲种互相交流、借鉴，曲艺理论研究也不断加强。在现代文化冲涌激荡的潮流中，民间说唱艺术也在不断汲取姊妹艺术的精华，努力在新的层面上谋求新的发展。

三、说唱艺术的基本特点

民间说唱是在我国独特的文化土壤上生长起来的、为广大民众所喜闻乐见的一种民族的艺术。这种艺术形式的基本特点是：以叙述为主，表演为辅，一人多角，虚中求实。

所谓“叙述为主”，指的是民间说唱属第三人称“叙述体”。“叙述”，也叫“说表”，“表叙表唱”，即由演员以第三人称的身份给观众说故事，唱故事，说笑话。因为民间说唱是从民间故事、民间笑话、民间叙事诗发展演化而来的，因而保存了这些体裁叙述故事的特点。作品中交代背景、发展情节、刻画人物、评点议论都离不开叙述。可以说，叙述是说唱艺术表演的基础。

但是，民间说唱又不同于一般的讲故事、说笑话，它要求在叙述故事的同时，还要佐以适度的、模拟性的表演，此即所谓“表演为辅”。

说唱艺术中的“表演”，与戏曲中的表演也有区别。戏曲表演分角色，归行当，一人一角，属“代言体”。而说唱艺术表演则是“众生万相，皆备于我”——生旦净末丑，老虎狮子狗——全由艺人一张口说出。演员时而要跳进故事中去，模拟故事中的某一角色（这叫“起角色”）；时而又退出来，继续以说书人的身份往下叙述。就在这种“时进时出”、“进退转换”之中，完成刻画人物、叙述故事、表达主题、抒发情怀的任务。

这种“一人多角”的表演，实际上只是一种“写意性”的“模拟”，它的“角色化”是虚拟的、片断的、瞬间的。装男扮女、装老扮少，可由一个演员完成，不受年龄、性别限制，虽然也要求“装龙像龙、装虎像虎”，但主要追求“神似”，“点到而已”，不作动作上的过分追求。人物一转相，演员即退出角色，继续叙述。有人把戏曲表演称作是“现身中的说法”，那么，说唱艺术则应该是“说法中之现身”了。它表明，民间说唱是一种“表叙表唱为主、进退转换为辅”的说唱性的语言艺术。

这种“写意性”的模拟表演，配合着说表唱词，能催发听众各自的联想，在各人心中形成再造的艺术意境，达到“虚中求实”的目的——所谓“实”，即生活与情感的“真”；而“虚”，则指模拟性的表演及由此而在听众心目中形成的一种艺术意境。听众从这新造的意境中，可以领略人物的神韵，从而获得一种情与理的认同与共鸣！

说唱艺术的这种特点，使它具有独特的灵活性。首先，它能突破时间、空间的限制，“指天说天，指地说地；言险而惊，言寒而凛”，演员时进时出，叙述、描摹、评点、议论十分自由；二则，便于直接与观众交流感情。因是第三人称叙述式，演员与观众站在同一视点上，演员可以替观众发问或说话，因而能取得观众的充分合作，更有效地调动观众的丰富联想，达到良好的艺术效果。

然而，与这种灵活性相伴而生的，便是说唱艺术难以避免的一些局限性：说唱表演，主要诉诸听觉，只能采取单线叙述方式进行，艺人“一张嘴难说两家话”，更不可能同时展开全方位的铺叙；而且，一个人演一台戏，除了短暂的、辅助性的拟声、拟态以外，大部分还是靠演员的间接描述，当然也就不可能像直观的形象那么容易激发人的欣赏兴味。这也是说唱艺术在各种现代文化冲击下所面临的一个新的挑战。

第二节　评书艺术

评书，是曲艺中比较古老的艺术形式，属“说故事”类的长篇叙事性曲种。因流传地区及方言不同，其名称和特点亦各有差异：北方叫“评书”，江浙一带称“评话”，湖北、四川仍叫“评书”。

评书艺术，自宋代说书产生以来，一直久传不衰。传统评书中，有以金戈铁马、朝代更替、忠奸争斗、安邦定国等为内容的“大件袍带书”，如《三国》、《列国志》、《隋唐》、《杨家将》、《精忠说岳传》、《大明英烈传》等。也有以绿林侠义、除暴安良、比武打擂、拜山破寨等为内容的“小件短打书”，如《水浒》、《三侠五义》等即是。还有一些是以烟粉灵怪为内容的，像《聊斋》、《西游记》等。近些年，又涌现了一批重新整理的传统评书、新编历史评书和以近、现代史斗争及现实生活为题材的新评书。评书艺术不仅凝聚着广大民众特别是说书艺人的创造才能，而且，也以其深厚的艺术传统，熏陶着、铸造着我国民众的审美心理结构，影响着作家文学民族风格的形成，其中，有许多可资借鉴的艺术经验。

一、评书创作的情与理

评书创作，特别讲究书情、书理的通达、透彻，即艺人所说的“说透人情，论透书理”。

评书创作与小说创作不一样。小说主要是供阅读的，评书主要是说书人在场上说的。旧时，说书艺人所说的大书，一般都无文字定本，主要靠口传心授，是活在口头的文学。现在，说书的与写书的时有分家，但真正优秀的评书演员也是自己创作、自己改编的。而且，即使是同一回书，这个人和那个人，这一次和上一次的说法也不尽相同。另外，小说虽也多用第三人称，但它主要靠艺术描写，让读者从人物自己的活动中去认识其典型意义，作家的倾向性，要渗透到情节场面中去，而且愈隐蔽愈好。

评书不一样。它采用第三人称叙述式，是以听觉为主的视听艺术。评书演员身兼数任，“装文扮武我自己，一人就是一台戏”。他边说、边演，还要边评。借助模拟性的表演叙说故事；同时，在故事发展过程中，还要不断地对人物进行画龙点睛的评点，对是非善恶表明自己的态度。最重要的，是要时时向听众剖析此时此地、此情此景，此人何以只能这样说、这样做的道理，这便是艺人常说的“书情”、“书理”。

中、长篇大书，所包容的生活内涵十分丰富。它可以展示无限广阔的生活背景，也可以铺叙纵横交错的社会矛盾；既可以绘声绘色地描画出时代风云变幻，也能入木三分地摹写那万般千种的世态人情。而一切事物的发展，各人性格的形成，乃至喜怒哀乐等七情六欲的生发，都受着各方面复杂因素的影响，此便是理。情、理之间，理是情的依据，情为一定的理所制约。书理，即故事情节本身应该具有的逻辑力量。说透人情，实质上就是说书人在说故事的同时，还必须以旁观者的身份，深刻地揭示出事物内在的理，揭示其内在运动的规律性。这是评书创作的审美原则。这一原则的形成，与评书艺术的审美特点直接相关。

从创作主体来说，旧时的说书，一方面是艺人谋生的手段，另一方面，也是他们精神生活的重要组成部分。说书艺人的社会地位十分低下，几“与倡优为伍”。他们对社会上的三教九流、各行各业有极为精细的观察，对人情冷暖、世态炎凉的体验殊为深刻。这种丰富的生活经验，培养了他们洞达世情、评价生活的能力，训练了他们细致入微的想象力。在几百年的前传后教之中，历代说书艺人苦心创造，惨淡经营，不断地将自己对人生的见解溶入书中，因而，使评书艺术显示出特有的丰富和细腻，特别的近情近理。

另外，从接受主体来看，听说书，不是一种静观的审美过程，而是由创作主体与接受主体合作默契，共同对对象客体进行审美评价的过程。听众一边在听说书人讲故事，听他在那里评点世态人情；一边也在根据自己的生活体验，琢磨事情的原委，品评着其中的分量，从而作出自己的判断。这种判断，只有在不断地得到确证的时候，听众才能兴味盎然地继续听下去，审美活动才能继续进行。此时，评书艺人的剖白评点便是听众进行分析判断的一个具象性的参照物。当听众觉得演员的剖白评点入情入理，恰中下怀的时候，创作主体、接受主体的心理结构与对象客体的外在物质结构恰相吻合，听众心里就会产生强烈的共鸣，这节关目即被认可，他就能坐下来继续听你往下说。而设若书再高一筹，说书人能做到：人所未能见者，彼独见之；人还未及悟者，彼先悟之；人所未能道者，彼先道之；人所未能解者，彼能解之，那么，此时听众所获得的，就不仅是一种得遇知音的满足，更是一种性往情随的陶醉了。

优秀的传统大书，都非常注意书情书理的通达、透彻。任何一节关目的提起，任何一段情节的生发，乃至人物的启眼动眉，一颦一笑，都不是说书人任意使为，而是规定情境中的必然产物。例如王少堂先生说的扬州评话《武松》中有一节《康文辩罪》。这回书，《水浒》原著中是没有的。但是，插入此节，不但不觉牵强，反而使原有情节更加合理，更加深刻。《康文辩罪》之所以脍炙人口，根本的原因，不在于康文的能言善辩，而在于贯穿辩罪始末的不可移易的至情至理，令人叹服。首先，辩罪的缘起，便是各方力量互相较量的结果：张都监受了蒋忠贿赂，一心要以“涂面挂须、持刀劫杀”的罪名置武松于死地；而管驿衙内施恩则是拼着倾家荡产，也要告张都监“栽赃冤盗”，为盟兄武松报仇。他许了康文两千两纹银，一千两谢仪，求康文周全。康文已知武松有冤，若再按“盗首”办，于理不通，施恩不会罢休，且得罪了财神；若按“栽赃冤盗”办，在张都监那里又会吃罪不起：三品大员的饭碗不是好砸的，弄不好狗急跳墙，康文落不到好处，还得担上大风险。万全之策只能是：既要让武松活命，还得让张都监有梯子下台。只有这样，才能既保住三千两银子，又无碍自家前程。“辩罪”一举，便是特定的人物在这种特定的情势之下所作的特定的选择，说得在情在理，让人折服。再看康文辩罪，也并非强词夺理，专靠口舌之功。辩罪的依据乃是案情本身“层层节节的破绽”，要害有三条：武松乃朝廷罪民，张都监何至于还要请他进府，待为上宾，岂非“目无皇上”？此其一。张都监到任方才两年，居然有20万两银子的积蓄让贼偷去，若非剋扣军粮，钱从何来？此其二。第三，武职衙门报盗案，这三品武官还能再干下去吗？事事不离规定之情，句句不越既在之理。康文始终抓住案情中的“假”，猛攻张都监心中的“虚”，步步紧逼，驳得他哑口无言，最后于无可奈何之中反转来求康文设法。康文终于卡住了张都监，迫使他自己同意更改移文。辩罪至此成功。在辩罪之中，说书人层层剥皮，剔肉见骨，官场的黑幕，人情的势利，金钱的淫威，谋划中的私欲，胆识上的狠毒，一路说来，循情顺势，让人心服口服。你听到的是紧扣心弦的故事，看到的却是社会深层万般千种的世态人情以及形形色色的社会相。“纸上得来终觉浅，说尽人情方是书”，这是评书艺人宝贵的经验总结，也是大书审美价值的根本所在。

二、情节铺叙的曲与巧

评书艺术很注意故事情节的传奇性、曲折性与叙事的连贯性的统一。

传统大书，多有曲折惊险的故事，情节一般都具有传奇性。这也是评书艺术富有吸引力的原因之一。这种艺术传统的形成，同样与讲听艺术的活动天地有关。

人对未知事物都具有一种探求心理，对于过去尚未熟悉的现象总会产生新奇感。这种探求心理和新奇感，正是调动审美兴趣的心理基础。大书情节的传奇性、曲折性，与人的这种心理机制的趋向性基本一致。它吸引着人的注意力，把人的思维活动一步步地推向高潮，使之进入最佳运动状态。

大书的曲折性，首先在于情节中包含着丰富的悬念。悬念在书中的表现是“扣子”，江南艺人叫“关子”，湖北艺人叫“球子”，北方艺人叫“馈头”或“挽馈”。“扣子”实际上是性格冲突、矛盾纠葛的焦点，常与人物的命运紧密相关。它的作用是在回目之间穿针引线，制造悬念，增加情节引人入胜的魅力。所以，它也是评书结构的手段之一。说书艺人善于根据书情书理的变化发展，安排不同类型的扣子。诸如连环扣、鸳鸯扣、阴阳扣、风火扣、子母扣、人情扣等，变化无穷而各显其妙。大扣子可以贯穿全书，小扣子俯拾即是。金戈铁马的史书也好，烟粉灵怪的记书也罢，发迹变泰、侠义公案，各类大书，莫不如此。故而民间有“看戏看轴，听书听扣”的说法，艺人亦有“吃不吃饭，就看会不会做下回分解”的经验之谈。传统大书，一说经年累月，听众始终不散，其奥妙也在这里。扬州评话《武松》洋洋 80 万言，说书人以武松的活动、行踪为线索，在这条主干上层层设扣，逢枝开花，遇路转弯，演出了无数惊险曲折的故事：武松为寻胞兄，别了柴进、宋江，赶奔阳谷县，倒也寻常，偏途经景阳冈，酒醉遇虎，险遭不测。在阳谷县武松访着了哥哥，手足团聚本是幸事，不料嫂嫂不贤，又引出无限风波，始有“杀嫂祭兄”、“斗杀西门庆”等复仇之举。中经陈洪周旋，免了死罪。判配孟州途中，又生出个“十字坡打店”一节，就中交代了鲁智深、杨志双夺二龙山的隐线。到得孟州，结拜了施恩，于是又有“大闹快活林”、“醉打蒋门神”的好戏。蒋忠为寻报复，买嘱张都监设计栽陷武松。州衙堂上大刑满贯，险些要了武松性命。亏得施恩重金买得了康文辩罪，才又化险为夷，二次起解。武松堂堂英雄，岂肯善罢甘休？此已伏下火种；偏是蒋忠手毒，继续追杀武松，犹如火上浇油。这才又引出了“大闹飞云浦”、“血溅鸳鸯楼”、“亡命十字坡”以及斗杀飞蜈蚣、吊打白虎山、入宝珠寺、取二龙山、七雄聚义等无穷关目，波澜起伏、动人心魄。听众在陈陈相因的艺术悬念之中，急切地关注着武松命运的变化。随着一个悬念的解除，听众的注意力又被系向另一个悬念，直至究出个水落石出方得罢休。足见艺术悬念在大书创作中举足轻重的作用。

但是，强调大书情节的曲折性、传奇性，并不是说情节愈奇愈好，愈险愈吸引人。艺术悬念的魅力，不在于悬念本身险怪奇绝到何种程度，而在于悬念中蕴含着生活本身的内在逻辑。因为，悬念本身不一定能构成审美意象，新奇感也并不就是美感。只有当悬念成为显现客观事物内在规律的链环时，悬念才可能真正调动起人们的审美兴趣。而任何新奇的事物，也只有在逐步地显露了它合乎规律性的内涵以后，新奇感才会变成美感。评话《武松》满书尽是扣，果中有因，因中有果，事出意外，而又情在理中。它扣在情上，扣在理上，是实扣而不是虚扣，所以，才能产生那么强的艺术效果。

大书的情节铺叙是曲折的，而大书的叙述主线却一定要是连贯的。因为，听觉艺术要求“一次过”。过多的回叙、倒叙，都会给听众的思维造成阻滞、混乱和模糊。即使是并行的情节，也只能是“花开两朵，各表一枝”，决不能交叉叙述，弄得书路不清。那么，曲折性与连贯性又如何统一呢？这就涉及大书情节结构上的又一特点：巧合。巧合，是说书艺人结构情节时常用的手法。它将无数交缠不清的线索加以梳理，择其关系最密者加以剪辑排列，从而，使情节既具尖锐性、丰富性，又具整一性、连贯性。

巧合，并不是无中生有，更不是牵强附会。它是必然中之偶然，是共性中的个性。宋朝话本《错斩崔宁》（十五贯）的情节，几乎全部是用巧合方式构成的：刘贵得了岳父的十五贯铜钱，准备回家去做生意，这是必然的事；走到中途被朋友拉去喝酒，则属偶然。陈二姐听信丈夫“卖她换钱”的戏言，出门逃走是必然的；贩丝少年崔宁讨了账回家也是必然的；但二人不期而遇，同路同行，且崔宁也带有十五贯钱，却是巧合。刘贵被偷儿杀了，崔宁与陈二姐蒙冤被处死。刘贵的大娘子王氏随家仆回娘家，是必然的事；而半路遇静山大王掳去山寨成亲，乃是巧合。静山大王又正是杀害王氏前夫刘贵的元凶，就更是巧合。最后，王氏出首告发了真凶，冤案大白。巧合的情节有时比一般的自然性情节更具吸引力，因为它排除了散漫与芜杂，大大加快了情节进展的自然节奏，从而使现象的各部分格外明晰，矛盾冲突愈形尖锐。而且，巧合所带来的“意外”之趣，更能增添书情的曲折，强化听众的兴味。就像不能没有扣子一样，大书也不能没有“巧合”。俗话说“无巧不成书”，就是这个道理。

三、人物性格的奇与真

评书艺术在塑造艺术形象时，注重人物性格奇与真的统一。

中、长大书，亦称为“传奇”。传奇，不仅指情节故事的险奇不凡，更是指人物性格的超群出众。大书中的人物，或是大奸大恶，或是至慈至善，或是智勇绝伦，或是忠义无双。秋风五丈原，诸葛丞相禳星求寿，带病巡营，鞠躬尽瘁，死而后已，这忠被写到了极处；关羽秉烛达旦，过五关，斩六将，千里寻兄，这义亦写到了极处；武松精拳毙虎，醉打蒋忠，夜奔都监府，一气斩杀19条人命，这勇，这狠都写到了极处；江州城劫法场，李逵赤条条从酒楼上跳下，抡起板斧排头砍去，直把晁盖等人引到了江边绝路上，这蛮憨莽撞亦写到了极处。大书塑造人物的这种方法，深刻地表现了说唱文学的特点。

说唱艺术，因不作角色化妆，对形象的塑造，不以形似见长，而以神似取胜。说书艺人要想使书中的人物给听众留下鲜明深刻的印象，必然要深入地挖掘出人物的至情至性，抓住最能显示其个性本质、精神特征的言与行，加以集中、强调，甚至夸饰，使人物之间的对比、反差十分突出。这样，听众虽然不能见其形，却能思其神。形象与性格的联系愈紧密，愈带传奇色彩，形象给听众的印象便会愈生动，愈久远。再者，大书多取材于民间口头传说，若非奇人异事，便不会众口流传，因此，形象的基因中便已先有了传奇的种子；同时加上历代艺人的加工提炼，甚至有的是经由作家再创造之后又回到民间的，故而愈传愈奇。

但是，这种奇，不是古怪荒唐之奇，而是形象个性表现的集中与升华。因而，它不但奇，而且真。真是奇的生命，奇是真的典型性表现。尽管说书艺人对书中的人物各有褒贬，情感寄托也自有侧重，但是，他们却并不随意摆弄书中角色。而且，正因为他们看人看得透，爱之既深，恨之既切，所以，他们能把人物外在的活动表现与内在的心理流程，毕露无遗地陈于书中，使听众能从各个不同的侧面去把握人物。还是以评话《武松》为例：

康文在都监府舌辩滔滔，全场紧逼，彻底戳穿了“栽赃冤盗”的骗局，使张都监由原告变成了被告。堂堂三品大员竟被小小站堂书办摆布得动弹不得，康文的辩才确实是奇！而这奇雄的辩才从何而来？天生的会说话么？哪有那么容易！王少堂先生没有满足于对人物肤浅的赞誉，也不把康文的辩才作为响堂包袱暂收起来以吊听众的胃口。他循着书路线索，细细地向听众介绍着康文的辛劳与苦衷：康文得了两千两银子，说服了州官陈君谋，准备第二天同去都监府辩罪。晚上，康文躺在床上就想开了章程：如何开口？如何答对？如何应变？如何稳住对方，如何反守为攻，什么时候亮底……先想了个荒坯。然后，又对每一个细节加以仔细推敲斟酌，反复修削整理，直到所有的材料都烂熟于心。最后，再翻过来掉过去硬是把全过程整整想了七遍，琢磨得一点疤痕瑕疵都没有了才放心。此时，太阳已经老高了。康文整整地想了一夜！无怪乎康文自己都叹息不已："足见银钱到手非容易，用尽方知来处难啊！旁人不晓得，见我康文嘴动动，三千两就到腰了；我这个钱，可真不容易到手啊，就这么一个章程，我是搜索枯肠，在被窝肚里想了一夜。自己想想这么大年纪，自己也有点舍不得自己了。"这是一段相当精彩的内心独白，又是一段十分巧妙的评点。经这一铺垫，那辩罪的激战场面才真正令人可信。所以，在大书人物塑造中，性格的"奇"与"真"是不可分离的。离开了"奇"，"真"会变得毫无生气而失去其真；离开了"真"，"奇"则会变得空洞无物而失去其美。

不过，大书中人物性格的"奇"与"真"，并不是指个性在某一侧面的集中和强调。人物性格尽管有多种表现，但它总归统一在一个形象实体中。评书艺术，从来不简单化地图解人物，而是按照现实生活的丰富性和真实性，赋予人物个性以多侧面的表现。康文出头为英雄武松辩罪，似属正义之举，但若不是三千两纹银到手，他也不会用才；而且为保万无一失，他居然偷拆公文，提前请赏，看来，他亦是重钱之辈。不过，康文之重钱同康武之贪财又不一样。康文懂得适可而止，还守着场面上的规矩，所以，他总有进财之路；康武贪得无厌，不顾悖理，一瓶米汤也要讹人五两银子，故而弄不到大财。康文做事老到、深谋远虑，为保起解安全，他亲自上下打点，熬更守夜，连夜行文，甚至连长解的公文包裹、川资、饭食和水火棍都一一点过，可谓精细之至。可他到底没防着蒋忠的暗算，更没料到武松会杀回孟州报仇。直至看到武松留言未累及自己，才长吁一口气。康文到底是公门中人，不是英雄。更有趣的是，康文可以玩张都监于股掌之上，可回到家里，看到老婆连动都不敢动一下，奇极！也真极！这就是一个完整的康文，一个奇而又真的康文！评书在人物塑造方面的这种功力，确实是不能等闲视之的。

四、艺术风格的庄与谐

评书艺术善于寓庄于谐。

中、长大书一说就得十天半月，听一回书，常常一坐也是两小时。而评书演员只是一人，生、旦、净、末、丑，老虎、狮子、狗，就靠一张嘴来表现，要想稳住听众是很不容易的。当然，书情书理的通达，情节的曲折多变，人物的鲜明活跃，是大书吸引听众的主要前提与基础。但是，如果老是剑拔弩张，即令情节再曲折惊险，听众也是难得久坐的。所以，大书笔法一般都诙谐俏皮，妙趣横生，此即书中"务头"。"务头"是说唱、戏曲中的通用术语，这儿指的是书中精警动人之处，有点类似相声中的"包袱"。古人曾说，"曲中'务头'，犹棋中有眼，有此则活，无此则死。进不可战，退不可守者，无眼之棋，死棋也；看不动情，唱不发调者，无'务头'之曲，死曲也。一曲有一曲之'务头'，一句有一句之'务头'，字不聱牙，音不泛调，一曲中得此一句，即使全曲皆灵。一句中得此一二字即使全句皆健者，'务头'也。由此推之，则不特曲有'务头'，诗、词、歌、赋以及举子业，无一不有'务头'矣！"（李渔《闲情偶寄》）书中"务头"，不只是富有谐趣的笑料，而是含蕴深刻的警语。它给大书创作提供了最佳的表现环境，给听众带来了最惬意的审美气氛。大书没有"务头"，就如龙之无睛，活不起来。所以，艺人常说"噱是书中宝"。

有经验的评书艺人非常善于利用谐趣点染的笔法，调节文势的起伏，使听众的心理节奏张弛有致。他们有时借人物之口发噱：如施恩探监，因一时情急乱了方寸，忘记塞钱便开始擂牢门，说是"要会朋友讲话"。小卒子本是认得施衙内的，可此时连门都不开，只在墙洞里回话："你老人家不要闹吧！……你一定要进去，你去找我们的老爷升堂，标个监牌，把你守监，陪朋友谈了玩玩"——果真是认钱不认人了。淡淡一句玩话，把人情冷暖说到底了。有时，又在人物行动中找哏："施蒋斗手"本是一场你死我活的血战，但说书人连讲带比，风风火火，把你来我往、拳脚相加的打斗场面，说得有滋有味，笑料迭起。有时，说书人又忙里偷闲，借评点之机，以笑醒人：说到四百两银子使康文、康武两兄弟解了冤仇，和好如初的时候，话头一转，评道："你看贪财的人丑不丑？老弟兄失和二年不谈心，对面撞个跟头不说话，今日就因为施恩这件事得了四百两银子回手，不但老弟兄联合，两个孩子都送过来了。"冷嘲热讽，寓庄于谐。在轻松幽默的谈笑中，寄寓着深刻的褒贬。

评书艺术，最忌散漫与油滑。本来，大书创作是允许演员临场发挥的，训练有素的艺人，常记一个书梁子，再记一批现成的"书串"（亦称"条子"），当堂运用"雨夹雪"开书。这种做法，也不是都不成功，但很难避免一些弊端。特别是旧时行艺，时有衣食之累，为了多卖座，演员甚至可以不顾全书的整体结构，逮住了噱头就横生枝节，漫无边际地“海聊”，以至采用“荤口”。所以，未经整理的口头大书，一般都难以避免这种散漫油滑之气。即令是现在，亦有台风不正的演员，不问情节是否需要，一个劲“卖条子”，“玩口技”，这都是大书创作中应该废止的弊端。

评书艺术，是扎根在民族文化土壤中的传统艺术。广大民众根据自己的实际需要创造了这一艺术形式，而它的繁荣、传播又进一步影响着民众欣赏习惯的形成。中国民众习惯于通过“写意”与“模拟”的表现方式，达到“神似”的意境，并认为它更能利用有限的形式去表现丰富的内容。广大民众习惯于从人物的对话、行动中去体味人物的心理性格，而不惯于听长篇的静态描写。而且，他们对传奇的爱好也似乎更甚于写实的作品，因为它能高强度地激活人们的审美快感。中国的民众也特别喜欢把严肃的内容通过谐趣的喜剧形式表现出来。几百年的大书传统，积累了民族艺术的许多宝贵经验，连同民族的审美趣味，都是值得我们认真探索的。

第三节　相声艺术

一、相声及相声艺术“四要素”

1. 相声发展述略

相声，是一种具有喜剧风格的语言艺术，属曲艺中“说笑话”类曲种。

相声的可证之史较短，然可溯之源却很长。1908 年出版的英敛之《也是集续篇》里有这么一段记载：

> “北京供人消遣之杂技，如昆、弋两腔，西皮二簧，说评书，唱时调种种之外，更有一种名曰相声者，实滑稽传中特别人才也。其登场献技并无长篇大论之正文，不过随意将社会中之情态摭拾一二，或形相，或音声，模拟仿效，加以讥评，以供笑乐，此所谓相声也。”

一般认为，这是现今所说的“相声”的最早记录。据侯宝林等相声艺术家考证，相声的名称，经历了“像生——像声——相声”的发展过程。①今天的“相声”形成于清末，因清代的“像声”而得名。“像声”是一种

① 参见侯宝林等著：《曲艺概论》，北京大学出版社 1980 年 7 月版。

口技，“能学鸟音，并能作南腔北调，嬉笑怒骂，以一人而兼之，听之历历也”。① 表演时，常“以青绫围，隐身其中”，故也称“隔壁戏”。相声有“明春”、“暗春”之说，在布幔后表演口技为主的叫“暗春”，撤去布幔表演的叫“明春”，即现今说的相声。再往上溯，“像声”又渊源自宋代即有的百戏的一种：“像生”——模仿得像生的、活的一样。“像生”是宋代流行的一种技艺，以模拟声音形态而至于毕肖为其特点。《东京梦华录》、《西湖老人繁盛录》、《梦粱录》等籍中分别有“学像生”、“乔像生”、“像生花果”的记载，《都城纪胜》中还记有“小女童像生叫声社”这种类似于今天的艺术班社。故赵景深先生在《中国古典喜剧传统概述》里说，所谓相声，实在是宋代“像生”之遗，这话很有道理。因为，“相声”的名称虽从“像声”转化而来，但“像声”主要是一种口技；而“像生”则是以模拟声音形态为内容的说唱艺术，在内容、表演形式及风格上，表现出与后来的相声有更多的渊源关系。不过，这也只是就相声名称发展的大致脉络而言的。如果再深入一步考察，就会发现，构成相声艺术的诸多要素，早就在孕育形成之中。

2. 相声艺术“四要素”

构成相声艺术的要素有“说、学、逗、唱”。

首先，相声是“说”的艺术。“说”，即是艺人常说的“说‘大笑话’、‘小笑话’、‘俏皮话’，说个‘字义儿’，打个‘灯谜儿’，说个‘蹦蹦蹦儿’，‘憋死牛儿’，‘绕口令儿’”等等。相声的“说”与民间笑话、“说话”艺术及民间语言文字游戏有直接的渊源关系。

相声的“说”，许多都从民间笑话发展而来。相声艺人有所谓“说点‘大笑话’，‘小笑话’”的说法。“大笑话”指的是《刘墉参皇上》、《马寿出世》、《宋金刚押宝》、《解学士》、《康熙私访月明楼》、《硕二爷跑车》、《张广泰回家》、《大小九头案》等八段笑话故事，艺人称之为“八大棍儿”。“小笑话”则是采自口头笑话用于单口相声里的短篇作品，如《熬柿子》、《化蜡千》、《连升三级》、《日遭三险》、《三近视》、《小神仙》、《珍珠翡翠白玉汤》等，艺人又称作“小碌碡儿”。

民间“说话”艺术中那许多诙谐幽默的故事、艺人捷言巧辩的口才及讽谏戏谑的风格，对后世相声的“说”也有着广泛深刻的影响。例如相声段子里的“贯口”，讲究的是“口快如刀，如水之流”，它与“说话”艺术那种口若悬河、舌如利刃、洋洋洒洒、诙谐谑浪的艺术传统是一脉相承的。

① 富察敦崇：《燕京岁时记》。

此外，如拆白道字、灯谜酒令、出题答对、铺陈药名、罗列地名、戏名、菜名等语言文字游戏，也广为相声所吸收，不断地补充和丰富着“说”的手段。如传统相声段子《打油诗》、《傻子学乖》、《测字儿》、《歪讲三字经》、《打灯谜》、《洋药方》、《菜单子》、《地理图》、《绕口令儿》等等，均以其博闻多识、机言妙语而让人心旷神怡，收到雅俗共赏的艺术效果。

所以，“说”在相声中居于统领地位，它赋予相声艺术以表演基础，表明它是“说法中之现身”的语言艺术。

第二，相声又是笑的艺术，术语叫“逗”。“逗”即是抓哏取笑，风趣逗乐。笑，是相声最重要的艺术特点。没有笑，可以构成其他任何形式的作品，但绝不能构成相声和喜剧。相声，以笑为武器，揭露矛盾，塑造人物，评价生活，而且通过笑，寓教于乐，使人从中得到美感和启迪，完成自己的社会使命。笑，是构成相声艺术风格的核心。

古代的“俳优”、唐代的“参军戏”及宋代的“滑稽戏”，对相声这种喜剧风格的孕育和形成，有着深厚而久远的影响。

第三是“学”。“学”是相声的模拟表演部分。学虫鸣鸟叫，学方言土语，学市声叫声，以声音模拟为主，兼有形体仿效，常将刻意求真的模仿与打诨发噱结合起来，是“说”和“逗”的一种补充手段。

第四是“唱”。“唱”是指唱“太平歌词”，学唱各类戏曲、小调以至电影插曲等等。学唱亦是相声表演的一种手段，无论是“正唱”还是“歪唱”，都力求写意、传神，为组织笑料，制造喜剧氛围服务。

“说”、“学”、“逗”、“唱”这四要素之间的关系并不是平列的。其中，“说”和“逗”是主要的。“说”，从表现方式上，统领着“逗”、“学”、“唱”；而“逗”则从艺术风格上制约着“说”、“学”、“唱”。“说”、“逗”之间相辅相成，互为因果。凡不具喜剧风格的“说”，就不是相声而是故事或评书；同样，不用“说”的方式表现的“逗”，也不成其为相声，而是喜剧里的插科打诨了。而“学”和“唱”都只是相声艺术的手段，不能离开“说”和“逗”。如果离开了“说”和“逗”这两条，那也就不成其为相声的要素，而是一种单纯的口技或戏曲清唱了。

了解了相声艺术的“四要素”，我们明确相声是笑的艺术，无笑就不成其为相声。那么，相声怎么会使人发笑呢？喜剧的笑，来自喜剧情节和喜剧性格；相声的笑，则来自它特殊的艺术手段——“包袱”。为了探索相声艺术的创作规律，必须认真地研究“包袱”。

二、相声的“包袱”

1. 什么是“包袱”?

“包袱”是一种形象的比喻说法，指的是相声中的笑料。笑料是各种矛盾失去平衡，造成不协调而产生的。诸如内容与形式、主观与客观、动机与效果、言论与行动之间的矛盾，以及自我性格中的出尔反尔、不能自圆其说等等，这些不符合生活常情的矛盾失调，都会引起人们的笑声。正像黑格尔所说:“任何一个本质与现象的对比，任何一个目的与手段的对比，如果显出矛盾或不相称，因而导致这种现象的自我否定，或是使对立在实现中落了空，这样的情况，就可以成为可笑的。”“包袱”便是生活中各式各样矛盾的集中表现。

试看传统相声《买佛龛》中的包袱:

一位老太太笃信神佛，每年腊月二十三都要祭灶，她认为灶王爷是“一家之主”，没有他，“一家人就没头儿啦”；可在现实生活中，这“一家之主”徒有虚名，“户口上没有他”。老太太对灶王爷十分虔诚，送他“上天言好事”，还巴巴地等着他“回宫降吉祥”。但事实却是，你不拿钱去买，“这灶王爷就回不来”。而且，老太太明明花了钱，却还偏不让说是“买”的，硬说是“请”的。可当人问他多少钱“请”的，她却冲口而出:“嗐，就他妈这么个玩意儿，八毛!”包袱一抖，满堂彩!原来，灶王爷的神格尊严分文不值，他既不是家庭的主宰，也不能降福人间，而不过是小贩们借以谋利的商品而已。甚至连虔诚的老太太，也因为心疼钱，而无意中要骂他几句。观念中作为神格的灶王爷，与现实中作为赚钱手段的灶王爷尖锐对立，矛盾一再失调，令人捧腹不止。这些脆响的包袱，就像一面哈哈镜，经它一照射，灶王爷的体面威风真是扫地以尽了。这便是包袱的妙处。

包袱，是民间艺人的创造。在生活中，并非一切事物都能引人发笑。一般说来，假、丑、恶的事物之中，大多蕴含着可笑的种子；惩治假、丑、恶，笑是得力的武器之一。本来，假、丑、恶本身不一定可笑，但是，它们常常要用那“愚蠢的妄想，失算的企图”，把自己装扮成真、善、美，甚至以丑为美，自炫于人，这就令人可笑了。因为乔装难免不露出麒麟皮下的马脚，虚饰的外壳与恶劣的内质本身始终处在一种不协调的尴尬境地。而能迅速、准确地发现这种“愚蠢的妄想，失算的企图”，并能把种种不协调放大而公之于众，让它原形毕露，出尽洋相，这便是人的聪明，也是相声中包袱能抖响的关键所在。这时，笑声已不单是对假、丑、恶的嘲弄，同时也包含着人对自己的敏锐、聪慧的赞赏与陶醉。它既标示着人认识生活的能力，也表现出人把握生活的一种优越感：那讽刺的笑是无情的鞭子；幽默的笑是善意的规劝；含泪的笑是深层的反思；畅怀的笑则是审美的愉悦。正如马克思所说的："历史不断前进，经过许多阶段，才把陈旧的生活形式送进坟墓。世界历史形式的最后一个阶段就是喜剧。"因此，笑，是一种高级层次的审美评价，人们在和过去告别的过程中，是不能离开笑的！这也是以笑为基本特征的相声艺术受到广泛欢迎和喜爱的根本原因所在。

"包袱"是相声的基本艺术手段，恰如情节在喜剧里的地位一样。喜剧性情节，是喜剧表现主题、刻画人物的基本手段；相声却不同。相声中的情节必须为组织包袱服务。有的相声甚至不要情节，但决不能没有包袱。相声演员通过包袱，把所要表达的一切传达给观众；而观众也正是通过包袱来欣赏相声艺术的。

因此，包袱，也是相声的基本结构单位。任何一段相声，都是由串珠似的大大小小的"包袱"组成的。最理想的段子是大包袱套小包袱，整个段子就是个完整的包袱。

2. "包袱"的种类

包袱的种类很多，从构成包袱的艺术手段来分，大致有两大类：一是"肉里噱"，一是"外插花"。

①"肉里噱"

"肉里噱"原属评弹术语。在相声中，借指胶合着人物性格的、与相声内容直接相关的包袱。其构成方式亦有多种。

"肉里噱"的包袱可以通过人物的语言或行动结构而成。如《关公战秦琼》中，韩复榘的父亲质问艺人："关公是哪儿的人？""山西人为什么到我们山东来打仗？有我们的命令吗？""你知道关公是谁的人吗？""他是阎锡山的队伍！""我们山东有好汉秦琼"，"他们俩谁的本事大？""叫他们俩比比"，"来一出关公战秦琼"，"不会？那全别唱了，全不让走，饿你们三天不管饭，看你会不会！"这真是一幅绝妙的自画像。韩父自作聪明的自问自答，把他那昏聩、蛮横、霸道而又愚蠢不堪的嘴脸揭露无遗。

有时，包袱并不落在被讽刺对象本身，而是透过别人眼中见出。如《威胁》中的爸爸，慵懒无聊，可还要在孩子面前摆架子，责怪孩子没有叫爸爸。孩子委屈地说："怎么叫你呀？怎么叫你呀？大热天你穿着背心在马路边打扑克，脸上还贴满了纸条。不光我没叫你，姗姗也没叫他爸爸。""怎么啦？""她爸爸脸上画了六个小王八。"孩子的天真、自尊，与父亲的慵懒、无聊形成了鲜明的对照。哪个父母听了能不自省一下：自己给了孩子什么影响？好的，还是坏的？

有时，包袱表面看去并不可乐，但由于大家都很熟悉，很容易触发人们的联想，使观众已有的认识突然明晰起来，在一种默契之中，也可以引爆出畅怀的大笑。像《假、大、空》中的假主任，是个专靠吹牛拍马、弄虚作假、欺上压下混世的典型。他不论场合，不看对象，一开口便是“祖国大地红烂漫，雄心壮志冲云天”，“山在欢呼海在笑，一轮红日当头照”，“在国内外一派大好形势下……”以不变应万变，空话连篇；一提战斗口号，便是“人有多大胆，地有多大产”，“宁可扒皮抽筋，也要亩产万斤”；说起假话来是“什么也甭掺”：“我就不信他们的面包比窝窝头好吃”，“宁要社会主义的窝窝头，也不要资本主义的面包”；而那废话是“收破烂的都不要”：“光看到粮棉油，就看不到敌我友，要看到世界上还有穷苦的老百姓”，“要身在西下洼，看到亚非拉，要看到南半球的爪哇、苏门答腊、埃塞俄比亚，要看到西半球的哥伦比亚、危地马拉、尼加拉瓜”。这些貌似惊人实则虚空的信口开河、胡说八道，都是很精彩的“肉里噱”包袱。这些话出自“假大空”主任之口，却令人很快联想起那假话、大话、空话盛行的年代。在这一阵又一阵的笑声中，人们毫不留情地嘲笑这种过失，笑着与过去告别。

可见，“肉里噱”的包袱，是优质的笑的种子，它能够通过平凡的偶然性事件，揭示出带有普遍意义的生活内涵，透过现实的表象，开掘生活的本质。播下的，是通俗的笑的种子；结出的，是深刻的笑的果实。只有精选优质的包袱，才能充分发挥笑在评价生活、陶冶性灵方面的作用。我们既不要片面地强调相声的所谓思想性而把相声写成正确却没有笑声的政治对话；但也不要以为，笑仅仅是为了满足一下人们松弛筋肉的生理要求，而别无其他。优秀的相声，从来不把它的思想性和艺术性、笑的内容和笑的形式割裂开来。传统相声如《化蜡千》、《连升三级》、《小神仙》、《日遭三险》、《贼说话》、《改行》、《关公战秦琼》、《扒马褂》等作品之所以会有那么强的艺术生命力，与包袱的深刻性不无关系。因为，笑既然是对生活的一种评价，那么，笑的内涵就会有高下之分。无论是会心的微笑，还是畅怀的大笑，也无论是机智的幽默，还是讽喻性的调侃，都应该从各种不同的角度引人思考，耐人回味，或是让人忆起什么，或是提醒人们别忘记了什么……只有这样，相声方能成为生活的良师益友，人们才会认可相声的存在价值。为笑而笑是傻笑，聪明人是不喜欢傻笑的。

②“外插花”

“外插花”包袱，多借助语言趣味和修辞手段构成，诸如谐音打岔、胡搅蛮缠、出尔反尔、自相矛盾、错觉误会、答非所问、正话反说、反话正说、明褒暗贬、暗褒明贬、东拉西扯、强词夺理、不懂装懂、歪打正着……传统相声中积累了不少可贵的经验，用这些艺术手段结构包袱，虽然表面看来有时与内容关联不紧，但若用得巧妙，同样能使相声妙趣横生，兴味盎然。在《歪批三国》中，甲说他考证出周瑜姥姥家姓季，诸葛亮姥姥家姓何，张飞姥姥家姓吴，还说赵云卖过年糕。问有什么证据呢？回答说，周瑜临死前高呼“既（季）生瑜，何生亮！”成语有“无（吴）事（氏）生非（飞）”，京剧《天水关》中姜维有一段唱：“这一班五虎将俱已丧了，只剩下赵子龙老迈（卖）年高（糕）”。于是，就成了“季氏老太太生周瑜，何氏老太太生的诸葛亮，吴氏老太太生的张飞，赵云老来卖过年糕”。这是用谐音打岔、同音异义造成的误会曲解，听来颇觉俏皮、逗趣。相声《下棋》讽刺那个不讲棋德的棋迷，让他一边哼着日本电影《追捕》中的音乐，扰乱对方心绪，一边不伦不类地胡诌着影片中的台词：人家要走“车”，他说“走哇，一直朝前走，不要朝两边看……”，对方气得放下“车”要跳“马”，他又说：“跳哇，周仓不是跳下去了吗？唐塔也跳下去了，现在，就请你也跳下去吧。”对手已被搅得晕头转向，他又“梆”地一下，偷偷地吃炮“将”军。在这里，惟妙惟肖的语言模仿，被巧妙地安插在风马牛不相及的另一场合，构成一种绝妙的讽刺，不讲棋德的棋迷成了人们嘲笑的滑稽小丑！又如《闹而优则仕》中，说到“四人帮”的爪牙“闹资产阶级派性、闹无政府主义、闹分裂、闹山头、闹对立”，接下去还“上头闹下头闹，明着闹，暗着闹，胡闹、乱闹、瞎闹、无理取闹、又哭又闹、不让闹偏闹、爱怎么闹就怎么闹”。这里用“嵌字”的手法，嵌入“闹”字，反复出现，也别有一番趣味。其他如用“纳底子”讽喻打针水平不高，用“起钉子”嘲笑拔牙技术的恶劣，用“安拉锁”来批评手术的马虎，都是一种夸张的比喻用法，都能掀起笑的波澜。

其他如夸张、排比、逻辑颠倒、异物相混，以及捧逗双方相互揭露矛盾、设问反问、进进出出、突然提起反诘抖响包袱等等，手法是很多的，运用起来相当灵活。

3.“包袱”的组织过程

包袱，是笑的种子。如何组织包袱？相声艺人总结了许多宝贵经验。概括地说，一般都要经过“填包袱”、“系包袱”、“翻包袱”、“抖包袱”的过程。艺人形象地称之为“铺平垫稳，三翻四抖”。

所谓“铺平垫稳”，就是演员把从生活中提炼出来的笑料，当着观众的面，一件一件地、巧妙地装进“包袱”，诱使观众根据生活常情，作出主观判断；然后，又在观众不知不觉、却又似知似觉之中悄悄地把包袱系上，然后再一而再、再而三地引开观众的注意力，隐秘地拉开观众主观判断与谜底之间的距离，造成观众心理平衡的假象；经过二到三番的铺垫之后，待到时机成熟，突然将包袱抖落，使观众的主观判断猛然被打破，造成心理平衡的失调，从而引爆出开怀大笑。这是包袱的组织过程，也是相声能引起观众强烈快感的心理原因。铺垫中要求严丝合缝，滴水不漏。这样，包袱才能抖得响。在《夜行记》中，夜行者接二连三地出岔子：撞了老头，撞伤了自己，烧着了袖子，可还在继续玩命：

乙：怎么样，下来推着走吧！　　（铺）
甲：啊!？大江大浪我都闯过来了，我还推着走哇！（垫）
乙：没有灯，马路上不能骑。　　（再垫）
甲：我钻胡同。　　（一翻）
乙：哎，胡同里没灯更危险。　　（垫）
甲：不管那一套，钻进胡同我就骑上了。咦？对面儿又来了个警察。　　（二翻）
乙：那你快下来吧。
甲：下来？我趁他没瞧见，抹回头来一拐弯，“嗞溜”一下子！这回他再想找我都找不着了。　　（三翻）
乙：你到家啦？　　（支）
甲：我掉沟里啦！　　（四抖）

这个包袱铺垫得非常严密：夜行者不接受教训，也不听劝告，继续乱闯、钻胡同——此是“一翻”；人说更危险，他也不理，结果碰上警察——此是“二翻”；照常理，他该下来吧？他不，“抹回头一拐弯，‘嗞溜’一下子!”再想找他都找不着了——此是“三翻”。观众这时已被支开了：这家伙总算到家了！结果突然一句：“我掉沟里啦!”确实出乎意外。这是自作自受，观众不由得要放声大笑。因为前面有一系列恶作剧作远铺垫，所以，夜行者在最后的结局虽来得意外，细想却在情理之中。

“铺平垫稳，三翻四抖”，是相声组织包袱的传统程式，也是包袱运动的内在节奏。它并不是某个相声大师主观规定的僵死模式，而是相声能唤起听众最佳心理效应的一种成功的经验总结。只有“铺得平”、“垫得稳”、“支得开”，才能“抖得响”，才能引起笑声。“铺得平”，就可以充分稳定听众的注意力；“垫得稳”，就能导致听众作出自以为是的判断，造成主观感觉平衡的假象；“支得开”，则是对听众主观感觉的强化。在不知不觉、又似知似觉的过程中，拉开观众的主观判断与谜底之间的距离，拉开行将到来的心理变化的幅度。因为艺术快感的强度与心理变化的幅度是密切相关的。强烈的快感总是伴随着心理活动的大幅度变化：幅度拉得越大，愈在听众意料之外，包袱便抖得愈响。所以，从心理学的角度来看，包袱组织的优劣，实际上标志着相声演员把握听众心理节奏的能力。当包袱的运行节奏与听众的心理节奏恰相吻合的时候，包袱才能产生最佳效果。

相声中的“三翻四抖”，并不是死的程式。有时是“一翻一抖”，或“两翻一抖”，优秀的相声演员还特别善于“现挂”——现场抓哏。这种见景生情的即兴包袱抓得好，能有效地调动观众情绪，增强喜剧效果。

三、相声的形式和结构

1. 相声的形式

相声的形式有单口、对口、群活三种。

①单口相声。单口相声又叫“单春”，是相声中出现最早的形式。单口相声多由民间笑话发展而来。一般有生动的故事或曲折的情节，并通过故事情节或画龙点睛的评点，抓哏取笑、组织包袱，与观众进行直接的感情交流。传统相声《山东斗法》、《日遭三险》、《连升三级》、《小神仙》、《三近视》、《化蜡千》等等，都是优秀的单口相声段子。

②对口相声。对口相声是相声的主要形式，由两个演员表演完成，甲为逗哏，乙为捧哏。对口又分“一头沉”、“子母哏”和“贯口”三种。

A.“一头沉”是以逗哏叙述为主，捧哏居于辅助地位，捧、逗二人以“聊天”、“对话”的方式进行表演。逗哏甲有时是局内人，有时又跳出人物，叙述故事，居统领地位。捧哏乙则一面代表观众说话，一面又代表故事中的对立面发言：有时通过“赞”、“疑”、“惊”、“吐”等方式顺口接音，穿针引线；有时又在段落转换之处给甲递火引鞭，垫砖搭桥，为甲抖响包袱创造条件。捧逗之间配合默契，完成表演。

B.“子母哏”是通过甲、乙互相争辩，揭露矛盾，组织包袱，进行表演。乙不单是捧哏，有时也配合甲来逗，犹如“火上浇油”，使包袱更脆、更响。捧、逗之间的对立，常常是因为逗哏甲叙述的片面、歪曲、谬误，引起捧哏乙以不同的观点进行争辩，揭露其说词中的矛盾，加以夸张渲染，组织包袱。

应该指出的是，不论是“一头沉”，还是“子母哏”，捧、逗之间的关系是又矛盾、又统一的。唯其矛盾，才能揭露事物的真相，刻画性格，渲染喜剧气氛；唯其统一，才能使叙述顺利进行，达到捧、逗之间的默契，从而与观众交流感情，使相声成为统一、完整的整体。

C.“贯口”是以流利轻快、抑扬顿挫、一气呵成的语言进行表演的相声段子。传统相声《地理图》、《菜单子》、《八扇屏》、《开粥厂》等都是属于这一类。这类相声段子，一方面能给人以有益的社会生活、地理物产等方面的知识；另一方面，又由于它语言流畅、多变而又富于节奏变幻，常能给人以一种活泼、聪慧、隽永的美感。相声演员常用这些段子进行语言基本功的训练。

③“群活”。“群活”是指三人、或三人以上的相声。除捧哏、逗哏之外，还有一个从中调停、滑稽取笑的“腻缝的”。传统相声里这类相声不多，流传下来的有《扒马褂》、《训徒》等。

2. 相声的结构

一段相声，一般由“垫话”、“瓢把儿”、“正活”和“底”这几个部分构成。

“垫话”，是相声的开场白。其主要作用是为了集中观众的情绪。为了达到这一目的，“垫话”中至少要安排一个包袱。通过酣畅的笑声，集中观众的注意力。头一个包袱抖响，气氛就会骤然活跃，这叫“顶门包袱”，也叫“打门锤”。试看《假大空》里的“垫话”：

甲：您是×××同志。

乙：是我。

甲：久闻大名，如雷贯耳，皓月当空，名驰宇宙。×××同志……

乙：怎么啦？

甲：满怀珠玑，胸藏锦绣，才高八斗，学富五车。

乙：嗯，有玩意儿。

甲：×××同志，艺术上炉火纯青，登峰造极。×××的名字，家喻户晓，妇孺皆知。×××三字，与山河并在，同日月争辉，名彪青史，永垂不朽！

乙：上台没一分钟，就把我给说死了！

这段“垫话”写得十分精彩。它好就好在全是信口胡诌的假话，而且越来越不着边际。“假大空”的形象，当然会在一片笑声和掌声中，引起观众的关注。可见，“垫话”中的“顶门包袱”，关系着演员第一次“亮相”的效果。如果因为火候不对或者拖泥带水造成“皮厚”，包袱就不会抖响，头一个包袱抖不响，欣赏过程中的心理障碍就不易排除，演员和观众双方都会受到影响。

“瓢把儿”是“垫话”和“正活”之间的过渡段落。这一段包袱的作用主要在垫砖搭桥，为引入“正活”作铺垫。虽然也会有笑声，但对全段相声来说，是高潮到来之前的前奏，略作交代，便要迅速引入“正活”。《假大空》中的“瓢把儿”，就是向观众简单介绍了假大空主任其人，并说明上级要派人来检查工作，假主任以为机会来了，马上召集管粮油蛋菜的书记会议，很自然地引入了“正活”。

“正活”是一段相声的主体部分，俗称“大梁子”。塑造人物、叙述故事、揭露矛盾、评价生活，都在这部分进行。“正活”部分的包袱，应疏密相间，错落有致，一环扣一环，一步紧一步。填包袱不露声色，抖包袱干脆果断。节奏的抑扬起伏，要与观众的心理变化同步：既不能犹豫迟缓，坐失良机，使观众失望；也不能心急气躁，过早释疑，刨掉“底”的效果。《假大空》从假主任召开粮油蛋菜会议入“正活”：首先谈粮食生产，吹出了“亩产万斤”的牛皮；第二说吃油的事，引出了一大篇废话；讲到了蛋的生产，甩出了“催蛋机”的荒唐假设；说到蔬菜供应，又发表了“窝头比面包好吃”的谬论。几个部分并不平均使用力量，有的包袱一翻再翻，有的就一抖而过，布局比较协调。最后讲到白局长下来检查，假主任先是迎风拍马，看到白局长拿出群众的检举信，又赶快转舵，表示要痛改前非。至此，相声已逼近高潮，要最后结“底”了。

“底”是相声的高潮，也是相声的结尾。艺人习称为“攒底”。“底”的包袱应该成为全篇的“点睛”之笔，成为衡量演员概括生活能力的一个检测器。测试指针，就是观众的笑声。试看《假大空》的“底”：

> 甲：“……从来没有人说我说假话，今天您到这，一眼就给瞧出来了，看来您的水平比他们高多了。”
>
> 乙：又捧上了。
>
> 甲：白局长，我向您表示红心。
>
> 乙：怎么表示的？
>
> 甲：“沉舟侧畔千帆过，病树前头万木春。野火烧不尽，春风吹又生。面对我的缺点错误，我脸不变色心不跳，泰山压顶不弯腰。我一定高举红旗学大寨，认真看书，努力学习，搞好计划生育，除四害，讲卫生，节约粮食，不随地吐痰，搞好家庭团结，一日夫妻百日恩。”

假主任这一套瞒天过海、语无伦次的拙劣表演，令人忍俊不禁。它画完了“假大空”形象的最后一笔。观众用笑声和掌声表示自己接受了演员对生活的理解和评价，证明这段相声是成功的。反之，“底”的包袱如果抖得不响，观众自然笑不起来，就可能造成“底凉”的僵局，这是相声的最大忌讳。

四、相声的格调

从本质上说，笑是一种健康的、轻松的抒情。相声的包袱，能不能激出健康、轻松的笑声，与包袱的格调很有关系。

从演员讲，使用什么样的包袱，可以见出演员的思想深度、认识水平、人品气质、艺术修养；就观众而言，欣赏什么样的包袱，也可以反映出一个人情趣的高下。

相声中的笑应该是开朗的、健康的，因为它是人们理智的结晶。车尔尼雪夫斯基说得好：“丑在滑稽中我们是感到不快的，我们所感到愉快的是，我们能够这样洞察一切，从而理解，丑就是丑。既然嘲笑了丑，我们就超过它了。”① 当人们能够发现并嘲笑丑的时候，他已经站在高一级层次上，俯视着丑的表演，或是矫正着丑的谬误了。无论是演员还是观众，通过笑这种集体抒情的方式，得到的应该是一种摆脱了世俗观念束缚的、高尚的审美情趣。因此，相声包袱的制作，语言的运用，应力戒庸俗、低级。演员如果不肯在提炼素材、概括生活上狠下苦功，而仅靠耍贫嘴，找便宜，在生理缺陷、人伦关系上找笑料，甚至用成语互相谩骂，以博观众一笑，那是非常浅薄的，实质上是一种艺术上低能的反映，是不尊重观众、也不尊重自己的表现。对于包袱的使用，还应注意留有余地，见好就收，适可而止。为了追求剧场效果，死咬住包袱不放，也会适得其反，流于油滑。

相声中的笑还应该是轻松的、自然的。它要像汩汩清泉，涌流而出，正所谓“我本无心说笑话，谁知笑话逼人来”。相声演员不能一惊一乍，也不应故作艰深，任何的虚情矫饰、忸怩卖弄，都会造成情感的隔膜，妨碍笑的交流。相声演员应把丰富的哲理性内涵，深蓄在风趣幽默的谈笑之中，用自己的聪明才智，去开掘那笑的清泉，以提高相声的格调。

---

① 《车尔尼雪夫斯基论文学》中册，上海译文出版社 1979 年版，第 97 页。

第十三章　民间小戏

第一节　民间小戏概说

一、民间小戏释义

民间小戏，是劳动大众（或是劳动者中有一定专长的艺人）集体创作，并由他们“闲中扮演”的一种“代言体”式的小型综合艺术。

小戏生在民间，长在民间，它形式活泼、曲调优美、风格泼辣、语言生动，具有淳朴的乡土气息和生活韵味。演戏与看戏，是广大民众畅抒情怀、寄托理想、宣泄积郁、娱乐身心的重要方式，是他们生活中不可或缺的内容。

我国戏曲艺术的历史不算太长。直到 13 世纪，才有比较完整的元杂剧产生。但是，作为一种综合艺术，构成戏剧的诸种因素，如文学、音乐、舞蹈、美术等又早在孕育、萌发、综合的过程之中。按照一般戏剧史家的说法，我国戏剧的发端，可以上溯到汉代的“角抵戏”《东海黄公》。《东海黄公》是带有化妆扮演成分、并略具故事情节的民间歌舞，是民间“百戏”的节目之一。“百戏”是民间各种演唱、歌舞、杂技的总称。因此，有人称“百戏”是中国戏曲的摇篮。我国的戏曲艺术，从一开始，便在这种百戏杂陈的环境中，接受着各种艺术的熏陶和影响，逐步孕育、成长，并在此基础上，形成了自己一套独特的综合性的表现方法。如果说，“百戏”中的歌舞赋予了民间戏曲综合性的艺术手段，那么秦汉以来的俳优和唐代的参军，则赋予了民间戏曲以幽默风趣的喜剧风格，而宋元之际兴盛起来的民间说唱，又为民间戏曲的结构体制及表现手法奠定了坚实的基础。正是由诸种艺术形式的日渐交融和综合，才形成了我国戏剧艺术独特的艺术传统。

宋元时期，我国戏剧艺术渐趋成熟。当时民间有一种南戏，也叫“温州杂剧”，用南曲演唱，由宋杂剧、唱赚、宋词以及里巷歌谣等综合发展而成，一般认为是中国戏曲最早的成熟形式。即使在元杂剧产生以后，这种起源于“村坊小曲”的民间小戏，在南方民间仍然广泛流传。不仅留下了许多传统剧目，而且不少地方小戏，在融合了各种声腔之后，有的逐步丰富发展而成为颇具特色的地方戏剧。这种情况到了清代，达于极盛。当然，地方大戏形成以后，既与民间小戏保持着天然联系，同时又受着宫廷戏剧的影响，在内容与表现形式上与民间小戏是有区别的。

二、民间小戏的形成和发展

由于民间小戏多系乡间民众自娱自乐的集体创作，所以很难考订它们产生、形成的具体年代。一般来说，我国民间小戏的形成与发展，有下面几种途径。

1. 在民间歌舞基础上发展而成

我国民间小戏绝大部分剧种是在各地方民间歌、舞的基础上发展形成的。

民间小戏的曲调，多由民歌发展演化而来。有的是吸收民歌小调作为小戏的唱腔：如黄梅戏《绣荷包》用的是“绣荷包”调，《打猪草》用的是“打猪草”调，《送同年》用的是“送同年”调，《望郎》用的是采茶调；东北“二人转”中的“九腔十八调”，则分别吸收了“叹五更”、“放风筝”、“小拜年”、“茉莉花”、“画扇面”、“妈妈娘好糊涂”等多种东北民歌小调。有的戏不只是吸收民歌曲调，而是将民歌的词、曲直接搬用、扩展成剧目：如湖北花鼓戏《喻老四想妹》，云南花灯《捶金扇》，扬剧《王大娘问病》、《小放牛》等，均是如此。

另外，民间歌唱与舞蹈又是密不可分的。在对民间曲调吸收、运用的同时，小戏还吸收了当地的各种民间舞蹈形式：如赣南采茶戏直接脱胎于采茶舞；秧歌戏也直接由各种秧歌舞演化而来。其他如民间的地花鼓、高脚灯、竹马灯、驴子会、莲湘、旱船等，对小戏歌舞剧格局的形成，都起了很重要的作用。

从民间歌舞到民间小戏的发展演化，大体经历了这么几个阶段：

①由歌唱到化妆表演

民间歌谣本是徒歌，徒歌合乐即变为俗曲，进而发展为载歌载舞的演唱形式。《毛诗序》说："诗者，志之所之也，在心为志，发言为诗。情动于中而行于言，言之不足故嗟叹之，嗟叹之不足故永歌之，永歌之不足，不知手之舞之、足之蹈之也。"可见，由歌而舞，实是情感抒发的必然所致。在农闲时节或年节期间的各种"社火"活动中，这种化妆的歌舞表演，又与"扮故事"结合起来，于是，就有了小车、竹马、跑驴、跑旱船、高跷、花鼓、花灯等多种形式的表演。进而也出现了近似戏剧角色的人物，如坐车赶会的小姑娘，骑驴回娘家的新媳妇，撑船捕鱼的老汉，推车、赶脚、背纤的青年等等。这时的民间歌舞表演，从歌唱到舞蹈动作，从化装到人物表情，都给小戏奠定了很好的基础，在这个基础上，角色的扮演与化妆逐步固定下来，形成了情节比较单纯的"俩小戏"。

②"俩小戏"

"俩小戏"由"小旦"和"小生"，或"小旦"和"小丑"相互交替着演唱、扮演完一个故事。故事中人物不固定，但角色固定："旦"就是"旦"，"丑"就是"丑"。像东北的"二人转"、内蒙古的"二人台"，都是典型的"俩小戏"。"俩小戏"保持着浓厚的舞蹈特点和民歌风味。后来，唱中又出现了独白、夹白或对白；出现了哭、笑、逗、闹等多种演技；演员手中也出现了简单的小道具：手帕、扇子、马鞭、彩绸等等。舞蹈动作渐趋丰富：包括手势、步伐、身段以及简单的武术动作；面部表情有了哭、笑、怒、惊、怕、愁等多种情绪的变化；演唱的曲调也从地方俗曲、小调，逐步地演进为相对稳定的小戏唱腔，形成多种曲牌或板式，从而更加具有戏剧表演的特点。

③"多角戏"

"俩小戏"发展到后来，角色开始固定在剧中人物身上，一人扮一角，情节更加复杂，需要增加人物，因而产生了"多角戏"。只有到了这一阶段——角色固定，表演人物之间有了种种戏剧性纠葛，小戏才算真正脱离了单纯的歌舞，而独立成为"代言体"式的歌舞剧。这是民间小戏形成的主要途径。

2. 在民间说唱的基础上发展而成

民间说唱是第三人称叙述体。在说唱一个完整故事的过程中，演员时有进出，对故事中的人物进行模拟性表演。这种表演，虽然只是短暂的、写意性的，而且是一人多角，但也要求装龙像龙，装虎像虎。这种叙事性的长篇说唱，本身就具有某些代言体的表演成分，只要一分角色扮演，便很容易变成小戏。如绍兴莲花落，开始只是第三人称演唱，后来发展成对口莲花落，便接近小戏了。故《清稗类钞》说："京津之唱莲花落者，谓之唱落子，犹南方之花鼓戏也。”“小落子”便是评戏的早期形式。又如山东吕剧，由扬琴说唱发展而来，有的称之为“坐腔戏”。其他如由乐亭大鼓演化而成的二夹弦《拴娃娃》，由西河大鼓发展而成的二人转《双锁山》，由宁波地区弹词丰富而成的甬剧等，都是在民间说唱基础上发展而成的民间小戏。

3. 民间巫觋、祭祀活动也直接影响着民间小戏的发展

旧时，民间多有驱鬼逐疫、迎神赛会、酬神还愿及大型的宗教、祭祀活动。每届此时，或请巫觋驱傩，或者演戏娱神，如山西的赛赛戏，苏北的香火戏，安徽的傩戏，广西、四川的端公戏，贵州的土地戏，广东的花朝戏，福建的泉州和尚戏等，都与此类活动直接相关。

民间小戏，原来是不脱离生产的劳动群众在农闲或年节时扮演娱乐的。后来，由于天灾人祸，小农经济的瓦解，城市商业经济的繁荣和吸引等各种社会历史原因，一部分擅长演唱小戏的人，便逐步组合成半职业化和职业化的演出班子，长年流动演出。不过，民间小戏的主要观众，还是在广大的农村。

我国的民间小戏剧种繁多。因各地经济文化、风土人情及方言习惯的差异，小戏的表演形式及风格也各有不同。主要的，有“花鼓戏”、“花灯戏”、“采茶戏”、“秧歌戏”等几大系统。

民间小戏与全国性大戏（如京剧）不同；与地方大戏（如评剧、汉剧、豫剧、越剧、粤剧、晋剧、川剧、沪剧、秦腔、河北梆子等）也不同。它在传播中，很少跨越外省或遍及多省，常在一省内就拥有很多剧种。如湖北、湖南、河南、山东、山西等省，都分别拥有近 30 种小戏。

民间小戏在自己的发展过程中，在题材、语言、唱腔，及表演技巧、表演风格等方面，都形成了自成一体的艺术传统。

第二节　民间小戏的艺术传统

一、抒情写意、一以当十

1. 浓郁的抒情韵味

我国的民间小戏，与西洋话剧、歌剧不同。西洋戏剧把戏剧冲突作为第一要素，剧情的衍生，人物性格的展现，都必须在戏剧冲突中进行。而我国的民间小戏，孕育于民间歌舞之中，一开始就带有浓重的抒情韵味；而在形成过程中又深受民间说唱的影响。民间小戏虽然最终以其独特的风姿区别于民间说唱，但民间说唱的表现手法和说唱风格，却在小戏中留下了不可磨灭

的影响。例如在戏剧情节的组织上，小戏明显地保留着说情、唱情、表演情的特点，一般不以尖锐激烈的戏剧冲突取胜，而多以诗情画意的抒情写意见长；戏剧冲突，也不一定在角色之间面对面展开，而常常是通过剧中人的自我表白叙述、交代出来；戏中人物的唱段，作用也相当广泛灵活，它可以是戏剧冲突的表现形式，但更多的时候，是用来直抒胸臆、叙述情节、交代背景、介绍人物，以至描绘景物的，与第三人称极为类似。试看锡剧《庵堂相会》中金秀英开头的一段唱：

金秀英（唱）今日清明雨初晴，
（转唱“行路调”）草上水珠湿衣裙。
红云昨日报一信，
说：“我夫在灵神庙内暂存身。”
淡妆素服出后门，
烧香为名去会夫君。
走过三里桃花坞，
穿过四里杏花村。
羊肠小道匆忙过，
行行来到小桥亭。
（转唱“铃铃调”）站立桥堍用目看，
想起当年儿女情：
九年前我与陈阿兴，
两小无猜情义深。
他在桥上放风筝，
我在桥下挖芦根；
他在桥东喊秀英，
我在桥西喊阿兴，
喊一声来应一声，
听在耳内刻在心。
当初攀亲两家贫，
种田人相配草鞋亲。
爹爹他现在上了白粮船，
忘记当年吃糠饼，
要想赖去陈家婚，
把我另配高头亲。

千金难买我心中愿，
爹爹要赖婚我不肯。
（转唱“大陆调”）今日烧香却是假，
相会我夫才是真。
提起罗裙把桥过，
……

这段唱词，交代了事由，点出了矛盾，介绍了人物，唱出了女主人公内心的隐情。如果去掉角色化妆，把第一人称换成第三人称，就成了道地的民间说唱。足见我国民间小戏的“代言体”式，深受说唱文学的影响，有自己的民族特点。

2. 题材选择上的“小中见大”

民间小戏多取材于劳动者的日常生活。有的再现各种劳动场景：如种麦、拾麦、耕田、采桑、采茶、摘棉花、种菜、卖菜、放牛、牧羊、拉骆驼、砍柴、赶脚、担水、打草、磨豆腐、打草鞋、锯锅……

有的表现妇女的家务劳动：如洗衣、缝衣、补衣、做鞋、纺线、绣花……

有的表现民间风习：如过年、拜年、回娘家、探亲家、送别、观灯、赶庙会、搭渡船……

还有邻里之间的交往：如借东西（“借红纱”、“借黄糠”、“借髢髢”）、卖东西（“卖红菱”、“卖花带”、“卖西瓜”、“卖大蒜”、“卖老布”、“卖花篮”、“卖菜”、“卖饺子”）、买东西（“买花”、“买胭脂”、“买鸭梨”）、送东西（“送绫罗”、“送兰花”）……

这些戏，一般都没有什么惊心动魄的矛盾冲突，有些小戏就几乎没有冲突。像黄梅戏《夫妻观灯》、《打猪草》、泗州戏《拾棉花》、睦剧《补背褡》、湖南花鼓戏《刘海砍樵》、川剧《秋江》、东北二人转《王二姐思夫》、《洪月娥做梦》、河南豫剧《小二姐做梦》、祁太秧歌《打酸枣》等等。这些小戏，或写夫妻间的恩爱，或写痴情女的相思，或写小儿女的天真无邪，或写意中人的同病相怜。大段的抒情唱段，配上迷人的歌舞表演，能把人物内心深处的情感变化，细致入微地表现出来，从而唤起人们的经验和联想，产生审美愉悦。

有一些小戏，虽然也以一定的社会生活矛盾为背景，但是，作为戏剧冲突，它们并不在剧中正面展开，而只作为剧中人物思想行动和感情变化的背景或依据。例如湖北花鼓戏《王大娘补缸》、锡剧《双推磨》、《庵堂相会》、淮剧《蓝桥会》、婺剧《僧尼会》等，表现的都是男女主人公为追求婚姻自由，与封建礼法、封建婚姻制度相抗争的生活题材。但是，冲突双方并不同时登台，而多是浓墨重彩地渲染受迫害的一方如何互帮互爱，互诉衷肠，表白心迹。即使像山西二人台《走西口》这样明显地谴责黑暗现实的小戏，也没有直接表现冲突的双方，而只是写了一对新婚夫妇为生计所迫，丈夫不得不撇下心爱的妻子，到“口外”谋生的故事。全戏围绕着小两口一走一留、三起三落的感情波澜，结构戏剧情节。开始是妻子伤心地责问：“哥哥你要走，玉莲泪双流，丢下小妹妹，叫人家谁收留?”继而是含泪为丈夫收拾行装：“低头暗思量，两眼泪汪汪，我给你打包上，铺盖和衣裳。”行装打点已毕，又亲手给丈夫梳头：“哥哥你要走，妹妹也不强留，怀抱上梳头匣，我给哥哥梳个头。”及至丈夫要上路了，妻子哽咽着连声叮嘱：“走路走大路，你不要走小路，大路上人儿多，能给哥哥解忧愁”；“歇地平地歇，你不要歇崖头，恐怕崖头倒，压你在崖里头”；“过河水长流，不要独自走，不论水深浅，跟人家手拉手”；“坐船你坐船舱，……住店住大店，……睡觉当炕睡，……”“哥哥出口外，玉莲我挂心怀，但愿他平安无事，赚钱早回来”——真个是柔肠千转，一唱三叹！不愿走西口，又不得不走西口，这是潜藏在单纯的戏剧情节背后的尖锐冲突。小戏本身却只通过夫妻依依惜别的场面，去打动观众的情怀，让人去领略那个社会的不平等。

民间小戏正是这样从劳动大众所熟悉的日常生活中撷取素材，从生活的横断面或小侧面去反映生活的支流，并从支流和主流的联系上“一以当十”，“小中见大”。从生活的细处着手，向心灵的深处开掘。无论是单身长工的苦情，还是孀居少妇的忧思，也无论是邻里间的斗口，抑或是小两口之间的磨牙打趣，演来无不惟妙惟肖、楚楚动人。而观众对剧中的生活和环境，同样也是非常熟悉的，因此，演员与观众之间的情感交流便十分融洽。这种“微观世界”的方法，常常有大戏所难以达到的深入和细致。

二、夸张变形、幽默风趣

民间小戏清新明快，具有谐趣幽默的喜剧风格。新中国成立前，我国民间小戏中，以丑角为主的戏甚多，剧团中有“三小当家”（小丑、小旦、小生）之说。《中国地方戏曲集成》中绝大部分是喜剧作品。江苏省卷 34 出戏，喜剧有 13 出；湖北卷 30 出戏中有 14 出喜剧；安徽卷 40 出戏中，喜剧占了一半。之所以会出现这种情况，是因为喜剧舞台是劳动大众的精神寄托之所在。讽刺的笑像烈火，正像赫尔岑讲的，它是“最有力的破坏性的武器”之一，它“摧毁偶像，摧毁了花冠和镜框，因而使得美丽的圣像成为一种发黑的画得十分拙劣的图画”。一切丑类，无论它的外表多么凛然不可侵犯，在人们的恣意嘲谑中，都无从逃遁而不得不颓然倒下。而幽默的笑，又像智慧的涌泉，人们在幽默轻松的笑声中欣赏着自己的聪明才智，赞美着生活中的真善美，同时，也纠正着自身的弱点。

喜剧风格在民间小戏中的表现形式是多种多样的。

有时，它通过风趣俏皮的语言，载歌载舞的形式，优美悦耳的曲调，传达出劳动者对生活的热爱，对劳动的赞美，对爱情的追求以及乐观向上的生活情趣。小戏中，无时无处不充满着这种喜剧色彩：元宵灯会上，夫妻猜盘问答，边看边逗，笑语不断；竹林里，一对小儿女边舞边对花，伶俐可爱；黄土路上，回娘家的新媳妇与赶脚的小伙子吵一路，笑一路；田头地边，未过门的闺女悄悄地争夸女婿，妙趣横生。在这些小戏中，创作者对生活的态度和表达思想感情的方式是一致的。他们把生活中自然的、表层的，同时也是分散的细节，稍加夸饰、集中，把它放大为艺术的、深层的心理流程，通过各种观、夸、逗、吵、盘、想、猜、试、要、问等场面，借助误会与巧合、圆谎与打岔、反语和滑稽、纠缠和反复等不同手法，不断地掀起笑的波澜，使这些小戏清新活泼，妙趣横生。

但是，优秀的传统小戏，并不满足于一般生活琐事的搬演，也不仅靠插科打诨获得喜剧效果。真正优秀的小戏，总是善于抓住生活中习见的矛盾，借助虚拟、夸张，甚至变形的表现方法，使它熔铸成喜剧性格和喜剧性情节。楚剧《葛麻》、柳腔《寻功夫》、山西秧歌《当板箱》、锡剧《打面缸》、州五秧歌《打油堂断》、赣剧高腔《借靴》、楚剧《打豆腐》等，都属这类作品。以民间小戏《打豆腐》为例：

这出小戏，揭露和谴责了封建科举制度的罪恶。但是，小戏没有正面去写主人公如何受科举制度的毒害，如何拼命向上爬，而是选择了“打豆腐”这一极为平凡的生活小侧面，抓住一系列人们司空见惯、却又容易忽略的生活细节，不断地揭示出现象与本质、愿望与实际、动机与效果之间的每一差异，并把它们加以夸张和变形，从而组织了一系列妙趣横生的喜剧性情节。

秀才黄德才年年想中举，可年年都落榜。考不上倒也不可笑，可笑的是，还未发榜，他就订下了请客的酒席，换好了衣裳等着报锣响。他一心想飞黄腾达，瞧不起打豆腐人家出身的老婆，可他又非得靠她打豆腐来维持生计。一方面，他认为要堂堂秀才推磨是有辱斯文；但另一方面，却又因自己肚皮饿，饭食无着，而不得不“为了这臭皮囊”“委曲求全”。一方面，他从来不会做活计，不会磨豆腐；另一方面，却又偏要装出一副无所不晓的架势，声明“大丈夫岂能让妇人”。结果拿豆子惊呼泡了水，搬磨子压了衣裳，推磨子反着转，添黄豆一颗一颗地数，真是出尽洋相。更可笑的是，他心里想得慌，耳朵边就老觉着报锣响。待到送报帖的来了，他一把拖住人家，不问青红皂白，进门把碗也摔了，盆也砸了，只等着披红戴花，打马游街去。再仔细一听，28 名举人叫黄国才，一字之差，原来是他听错了，又空喜了一场！最后，这位落第秀才身着长衫，面带羞色，挑着一担豆腐，彷徨四顾，踌躇不前，初用小嗓，继则鼓足勇气高喊一声"卖豆腐"——全剧结束。试想，这是一个多么令人捧腹不止的讽刺性的喜剧场面！一个小小的生活插曲，矛盾不断失调，几经跌落，一个深受科举制度毒害的酸秀才的形象便活灵活现地站在观众面前。最后那一句高声叫卖，极好地完成了对这一喜剧人物性格的塑造。秀才不中举，被迫卖豆腐！一语既出，满座哄堂。这哄然的笑声，就像一根无情的鞭子，鞭挞着造就了黄德才这一可悲性格的封建科举制度。当然，这笑声中，也包含着对这酸秀才终于迈上了自食其力道路的几分鼓励。发微烛隐，于冷讽中见出严肃的抨击，于热嘲中透出善意的规劝。这种喜剧的力量，是十分惊人的。

民间小戏这种喜剧风格充满着浓郁的生活气息，经得起咀嚼，很耐人回味！

三、乡音土语、亲切活泼

小戏的语言一般都用乡音土语，格外质朴、亲切、自然。它与传统的大戏不同，很少在白与唱中安排一系列程式化了的套语。由于小戏的创作者是劳动者自己，所反映的生活也是自己熟悉的，而且小戏又多取喜剧的形式，所以，处处都能看得到创作者们那随机应变、见景生情的才华，有的真是话到、人到、情到，语言一碰就响。山东柳腔《寻工夫》中刘喜儿一上场唱道：

> "日出东来准落西，光棍家里没有妻，衣裳破了没人补，两只破鞋打'哈嘻'。富的不知穷的苦，饱汉不知饿汉饥。穷汉日子不好过，一天不动了不的。锄、镰、锨、镢做朋友，土地杂草当亲戚。风不离，雨不散，天天陪咱卖力气。好地锄过上千亩，锄来锄去是人家的。背朝天，头攻地，脊梁杆子晒破了皮。干上一天穷一天，忙了一年穷四季。冬天一身破棉袄，一气披搭到六月底。灯笼裤子露膝盖，穿到柿子红了皮，补钉上面摞补丁，凑付凑付当棉的。夜晚宿在破庙里，铺着狗皮盖蓑衣来，盖蓑衣。"

雇工的辛酸、困苦，字字血，声声泪，准确鲜明，感情强烈，却又并无悲观主义色彩。

民间小戏不脱民间歌舞的本色，无论是唱词还是曲调，都保持着浓郁的民歌风。特别是唱词，通俗、流畅，说情喻物，十分生动。二人转《杨八姐游春》是一出脍炙人口的讽刺喜剧。说的是昏庸无道的宋仁宗在游春时看中了天波杨府的杨八姐，竟厚着脸皮差人前去提亲。一方是至高无上的万岁，一方是赫赫有名的功臣；一个是非要不可，一个是决不会从命，这矛盾预伏着极为深刻的杀机，按常情是很难调和的，弄不好，就是一场悲剧。可是，聪明的民间小戏的作者，却把一场生死攸关的斗争，非常巧妙地化为一场外松内紧、明许暗拒的抗婚喜剧。戏中并不正面展开宋仁宗与佘太君之间的斗争，而是让佘太君顺水推舟，将计就计，开了一张“彩礼单”。嫁姑娘要彩礼，理所当然，办不了彩礼，就别提婚事！且看这彩礼单：

“我要泰山那么大的一块玉，
黄河那么长的一锭金；
我要它一两星星二两月，
三两清风四两云；
五两炭灰六两气，
七两火苗，八两琴音；
雪花晒干要九两，
冰溜子烧炭我要它十斤！
还要凤凰绒毛的花被面，
天鹅绒毛的白手巾；
蚂蛉翅膀的大红袄，
蝴蝶翅膀的绿罗裙；
螃蟹尾巴长虫腿，
兔子犄角蛤蟆鳞；
四楞子鸡蛋要八个，
三搂粗牛毛要九根。
……”

这样的语言，夸张俏皮，流畅如注，讲出来娓娓动听，想起来忍俊不禁。而且这彩礼的内容，由半真到全假，由可办到完全办不到，小者愈要愈小，大者愈要愈大，奇者愈要愈奇，实在让人拍案叫绝！民间小戏中这样的例子是很多的。

四、载歌载舞、虚实相生

民间小戏，不借助舞台实景，没有固定的道具设施，也不受舞台三面墙的约束。只要需要，演员可以自由地跨越时空限制，对剧情和人物作必要的纵向延伸和横向开掘。甚至，还允许丑角不时跳出角色，以旁观者的身份向观众讲话。这是小戏从民间说唱中带来的痕迹，也是它从民间说唱中“借”得来的自由！从演员来讲，没有实物的阻隔，他可以最充分地发挥自己的创造才能，把既定的剧情场景呈现给观众；从观众来说，他可以摆脱有限之景的束缚，随着演员飘逸的舞姿和动情的演唱，去翻山越岭，踏浪飞舟，追踪人物的神韵。此所谓“实景清而空景现，真境逼而神境生”。在有限中追求无限，于有限中见出无限，这正是民间小戏的传统。

小戏的表演，也是舞蹈化了的、虚拟性的。因为是角色化的，所以它比说唱中的模拟要更加奔放，更加自由；又因为这种虚拟性的舞蹈动作，已被赋予了特指的生活内涵，所以它又比一般的民间歌舞更细致，更贴切，更便于表达人物的情感和心境。由于小戏多以劳动者日常生活内容为题材，所以，小戏中的舞步、手势与身段，一般都是在模拟各种劳动场面与生活场景中人物情态的基础上，集中、提炼、升华了的象征性的动作。像推磨、锄地、推车、荡船，以至缝补、绣花、赶鸡、纺线，甚至连吵架，都已不再是自然性的生活动作，而是经过舞蹈化了的舞台动作。这种动作是虚拟的，它进一步扩大了有限的舞台空间，使观众产生丰富的联想；这种动作又是毕肖的，它能把观众从无限的联想带回到剧中规定的生活场景中去。这就是“化实为虚”，“虚中见实”。观众从具有高度节奏感的、虚拟的舞蹈动作中，既领略了人物生活环境和内心情感的真，又欣赏了舞姿身段的美。秋江河下，老艄公一只船桨和陈妙常袅娜的舞姿，能让你“神游”江上；洪月娥梦中出嫁、坐轿、拜堂的绝妙表演，足以使你想象出最热闹的婚礼场面；欢快的对花歌舞，简直使人觉得眼花缭乱、目不暇接；而骑驴的新媳妇腾挪跌宕的舞步，时而让你担惊受怕，时而令你心旷神怡，甚至连驴蹄的“得得”声和脖铃声都似乎萦绕于耳。真个是“虚实相生，无画处皆成妙境”。

小戏因为是综合艺术，有更强的表现力，而且它的内容又是大众十分熟悉的、关心的，当然也就特别容易激起共鸣。小戏又多取喜剧形式，采用乡音土语，故而深受群众欢迎。人可以不会唱山歌，不会讲故事，但谁都可以看戏，因此，小戏是一种具有广泛群众基础的艺术形式。小戏的艺术传统，不但培养着广大民众的欣赏习惯，也直接影响着我国戏曲表演艺术民族风格的形成。当然，大戏的深刻与完美是小戏所不能企及的；但是，小戏的活泼与丰富、清新与健美却也自有它独立的审美价值，从某种意义上来说，还是一种极有用的借鉴。

第十四章　民间文学的搜集与整理

第一节　搜集整理的历史及意义

一、搜集整理工作的历史回顾

民间文学，是民众口传的文学。口头创作，口头流传，作品保存在民众口头，是它区别于作家文学的显著特征之一。因此，把流传在民间口头的作品加以搜集、整理，是保存民间文学的重要手段之一；同时，也是民间文学研究必不可少的基础工作。

关于民间文学的搜集整理问题，曾引起过学术界的激烈争论。究其原因，乃是对搜集整理的目的意义认识不一，因而对搜集整理的原则与方法也各有选择。为了进一步探讨和总结搜集整理工作的内部规律，有必要对搜集整理民间作品的历史进行简单的回顾。

1. 古代的采录途径

纵观我国民间文学发展史，对民间文学的搜集整理，并不是由民间作者自己进行的。一则因为民间作者一般无主动的创作意识；再则，民众也没有采录、整理自己口头创作的条件和可能。古代，对民间文学的采录主要有以下几条途径：

一是在所谓"清平盛世"，王者为了考察政绩，粉饰太平，需要采列国之诗"以观民风"。《汉书·艺文志》云："自孝武立乐府而采歌谣，于是有赵、代之讴，秦、楚之风，皆感于哀乐，缘事而发。亦可以观风俗、知薄厚云。"而且，自汉武帝以后，东汉光武帝刘秀，和帝刘肇都曾设立过与乐府相似的机关，并经常派遣使者“使行风俗”，“观纳民谣”，甚至出现过根据“谣言单辞，转易守长”的事情（《后汉书·循吏传叙》）。当然，“观风俗”的目的是否真的为了“知薄厚”，我们暂且不去理会，但民间之诗却因之而得以保存，却是事实。宋人郭茂倩所辑《乐府诗集》辑录了汉魏至唐五代的乐府名作，兼及先秦至唐末的民谣，保存了大量的民间创作。其实，采诗之说虽见之于汉，恐怕实际上早有实行。《国风》及《雅》中的民歌，包括了从周初到春秋中期近500年间的作品，若无专人采集，像《诗经》这样体系完整、内容丰富的诗歌总集的出现，恐怕也是不可能的。

民间作品得以采录的第二种途径是统治者为了追求享受，采民间俗乐制作新声。汉代“乐府”便是庞大的制乐机构。有些民间乐人如李延年，能歌善舞，尤擅根据西北少数民族和民间的音乐“新声变曲”，因而深得皇上宠幸，致使许多民间歌谣、民间声乐得以保存。到了南北朝时期，南朝君主偏安一隅，耽于声色歌舞，因而南朝乐府中，采录了许多民间情歌。其中像吴声歌中的《子夜歌》，语言清新明快，感情真挚缠绵，堪称民歌精品。《大子夜歌》说：“歌谣数百种，子夜最可怜，慷慨吐清音，明转出天然”，这是很正确的评价。吴声歌曲保存到现在的有326首。在庙堂文学的森严等级之下，能有这许多民歌被保留下来，也算得是幸事了。

民间作品得以保存的第三条途径，是历代史家、政治家、思想家，为了阐发自己的观点，在史书或文章中，引证民间传说或民间谣谚。先秦诸子的散文中，保存了不少先秦民间寓言。《史记》、《汉书》、《尔雅》、《释名》、《南史》、《隋书》、《新唐书》、《宋史》、《元史》等史书中，多载有各时代的民谚民谣。如《后汉书》卷23《五行志》载顺帝末东京都童谣：“直如弦，死道边，曲如钩，反封侯。”揭露了东汉社会宦党专权、忠臣被害的黑暗现实。《三国志·吴志》卷16《陆凯传》载吴孙皓初童谣：“宁饮建业水，不食武昌鱼。宁还建业死，不止武昌居。”记录了孙皓苛政残酷，人民宁死不愿随其迁都的愤怒情绪。这些保存在历代文献中的民谣数量虽少，但因其内容多与时政有关，是极有价值的历史资料和文学资料。

民间作品能得以搜集整理的第四种途径，是封建时代一些文人学子的参与努力。这其间又有几种情况：一是奉敕编辑。如西汉淮南王刘安及其门客所撰的《淮南子》，保存了不少神话传说；南朝梁昭明太子肖统编选《文选》，其中就辑录了无名氏的《古诗十九首》等；北宋李昉奉敕编纂的《太平广记》，辑录了自汉初至宋初的小说、笔记、稗史500余种，其中保留了不少民间故事和传说。二是一部分文人所辑的各类专书，因其内容多与民间文学有密切关系，故而也较多地保存了民间文学的内容。如周秦之间人所记的《山海经》，是一本古代地理名著，但其间涉及了相当丰富的上古神话和传说资料；东汉应劭的《风俗通义》，以“辨风正俗”为题旨，其中亦有不少民间传说；东晋干宝的《搜神记》，系志怪小说，采自经史旧闻和民间传说，其中像《董永》、《东海孝妇》、《韩凭妻》、《盘瓠》、《女化蚕》、《毛衣女》等等，皆是古代传说的名篇；唐人段成式撰《酉阳杂俎》，记载了南北朝和唐代统治阶级若干秘闻轶事，以及往来使者的应对礼仪，民间婚丧嫁娶和风土习俗，同时，也记载了大量的古代中外传说、神话、故事、传奇等等。第三种情况是一些接近下层民间生活，熟悉民间创作的有识之士编辑的一些民间作品集。此举自宋元话本刊刻始，到明清有了很大发展。如《山歌》、《挂枝儿》（冯梦龙辑），《吴歌》（醉月子辑），《一笑散》（李开先辑），《粤风》（李调元辑），《白雪遗音》（华广生辑），《天籁集》（郑旭旦辑），《瑶歌》（赵龙文辑），《苗歌》（吴代辑），《僮歌》（黄道辑），《古谣谚》（杜文澜辑）。另外还有文人采录、编写的各种笑话专集，如《笑林》（浮白主人辑），《笑府》、《广笑府》（冯梦龙辑），《笑赞》（赵南星辑），《雪涛谐史》（江盈科辑），《笑林广记》（游戏主人辑）等等。这些专书，虽大量辑录了民间作品，但其中有不少是文人仿民间创作进行的改编或仿作。至于文学大家采录民间作品进行加工创造，如《九歌》、《水浒传》、《三国演义》、《西游记》等，均属作家再创作。虽然保有民间作品的内容及风格，但不能再算作搜集、整理的民间作品。

2. 近代的采录工作

真正具有现代科学意义的民间文学搜集工作，是伴着“五四”前后的“新文化运动”一起开始的。其标志是北京大学歌谣征集处的成立。1918 年 2 月，由当时在北京大学任教的刘复、沈尹默、钱玄同、沈兼士等人共同发起了歌谣征集活动，拟将所征集的歌谣辑成《中国近世歌谣汇编》和《中国近世歌谣选粹》二书。主要目的，是想吸收民间歌谣的营养，给已经僵化了的民族诗歌以新的生命，借以探寻一条发展民族诗歌的新路。此举得到了校长蔡元培先生的大力支持，当即批发了《北京大学征集全国近世歌谣简章》，发表在 1918 年 2 月 1 日的《北京大学日刊》第 61 号上。并在《简章》前面发表了《校长启事》，要求“全校教职员工及学生诸君”支持、参与此项活动。《简章》及《校长启事》刊出三个月后，“歌谣选”开始陆续在北京大学日刊上发表。1920 年 12 月 19 日，北京大学歌谣研究会成立。由沈兼士、周作人任主任。1922 年，北京大学研究所国学门成立，歌谣研究会隶属其中，仍由周作人主事，并以北大歌谣研究会的名义再次发表征集全国近世歌谣的简章。《北大歌谣研究会征集全国近世歌谣简章》再次规定了歌谣征集的办法、范围及要求。其中，关于搜集整理的范围与要求，尤有价值，现录于下：

……

4. 寄稿人应行注意之事项：

一、（略）

二、方言成语，当加以解释。

三、歌谣文俗，一仍其真，不可加以润饰；俗字俗语亦不可改为官话。

四、歌谣性质并无限制；语涉迷信或猥亵者亦有研究之价值，当一并录寄，不必先由寄稿者加以甄择。

五、一地通行之俗字及有其音无其字者，均当以注音字母，或罗马字母，或国际音标（international phonetic Alphabet）注其音；并详注其义，以便考证。

六、歌谣通行于某地方某社会，当注明之。

七、歌谣中有关于历史地理，或地方风俗之词句，当注明其所以。

八、歌谣之有音节者，当附注音谱（用中国工尺，日本简谱，或西洋五线谱均可）

……①

这些见解表明，我国现代民间文学搜集整理工作，从一开始，便注意到了它的科学性原则。1922 年 12 月 17 日，即北京大学成立 25 周年纪念日，北京大学《歌谣周刊》正式创刊，周作人、常惠任主编。到 1925 年 6 月 28 日，《歌谣周刊》共出 97 期，登载了 2226 首歌谣。这其间，歌谣研究会共收到代表中国各省的歌谣计 13339 首。② 1925 年 10 月以后，所收资料转由《北京大学研究所国学门周刊》、《北京大学研究所国学门月刊》刊发。

由北京大学发端的征集全国近世歌谣的活动，为我国近代民间文艺学的发展，拉开了第一道帷幕。自此以后，中国的民间文学搜集整理工作，才真正开始获得了方法论意义和科学史价值。

随着征集工作的深入，收集的范围不断扩大。由专收歌谣，扩大到搜集童话、寓言、笑话、英雄故事、民间传说，以及唱本、谜语、谚语、歇后语等；从搜集民间文学作品，扩大到采录各种民俗文化事项。采录工作的新收

① 转引自王文宝：《中国民俗学发展史》，辽宁大学出版社 1987 年版，第 31 页。

② 转引自赵卫邦著、王汝澜译：《中国近代民俗学研究概况》（上），载《民俗学译丛》1982 年第一辑。

获，又直接刺激了相关学科的发展：1923 年 5 月 24 日，北京大学成立了“风俗调查会”，1924 年 1 月 26 日，又成立了“方言调查会”。自此，歌谣研究会、风俗调查会、方言调查会相携相拥，使我国近代人文社会学科从此开创了一种新风：即面向社会，面向基层，面向民众，注重实地考察，关注社会民情风俗的现状及演变，并且，认真地把民众生活文化作为科学研究的对象。这种带有民主性的、进步的学术传统，一直延伸到三四十年代。

1926 年，由于受到北洋军阀的迫害，北大的一部分教授纷纷南下，从而把北大歌谣研究会、风俗调查会的种子带到了南方。1927 年 11 月，由顾颉刚、容肇祖、董作宾、钟敬文等人发起，广东中山大学历史学研究所成立了广州中山大学民俗学会，先后创办了《民间文艺周刊》、《民俗周刊》、《民俗季刊》，并编辑、出版了一系列丛书：

歌谣类的有《台湾情歌集》（谢云声编）、《广州儿歌》（刘万章编）、《闽歌甲集》（谢云声编）、《俍僮情歌》（刘乾初、钟敬文编）、《吴歌乙集》（王翼之编）、《绍兴歌谣》（娄子匡编）、《淮安歌谣》（叶德均编）、《福州歌谣》（魏应麒编）、《梅县童歌》（张乾昌编）、《孩子们的歌声》（黄诏年编）、《开封歌谣》（白寿彝编）、《台山歌谣》（陈元柱编）、情歌对答（丘峻编）、《南昌儿歌辑解》（张嶔坡编）；

故事传说类有《东海龙王的女儿》（清水编）、《广州民间故事》（刘万章编）、《绍兴民间故事》（娄子匡、陈德长编）、《祝英台故事集》（钱南扬编）、《泉州民间传说》（吴藻汀编）、《扬州的传说》（萧汉编）；

谜语类有《谜史》（钱南扬编）、《广州谜语》（刘万章编）、《河南谜语》（白启明编）、《宁波谜语》（王鞠侯编）；

有关理论著述有《印欧民间故事型式表》（杨成志、钟敬文著）、《民间故事丛话》（赵景深著）、《孟姜女故事研究》1~3 册（顾颉刚编）、《湖南唱本提要》（姚逸三著）、《楚辞中的神话和传说》（钟敬文著）……①在搜集、整理、研究、编辑出版方面，取得了显著的成绩。

1930 年，娄子匡、钟敬文、江绍原在浙江杭州发起组织中国民俗学会，先后编辑《民间月刊》、《艺风月刊》、《孟姜女》月刊，大量刊载搜集民间作品及有关民俗资料，并编辑出版了《民俗学集镌》第一、第二辑。

除上述以外，相关的著述还有黄石《神话研究》（1927 年开明书店出版），赵景深《童话概论》（1928 年北新书局出版），胡怀琛《中国寓言的研究》（1930 年商务印书馆出版），陶茂康《民间歌谣》第一集（1931 年出

---

① 见杨成志：《我国民俗学运动概况》，载《民间文学》1962 年第 5 期。

版)，朱雨尊《民间谜语全集》、《民间歌谣全集》、《民间神话全集》、《民间谚语全集》(1931 年至 1935 年出版）……实难悉数列举。

我国近代的搜集整理工作，由于一开始就是由一批具有深厚学养，而又深受民主、科学精神影响的著名学者倡导和实行的，因而起点很高，使搜集工作一开始便具有比较明确的科学意识。但是，也许正是这一原因，搜集工作始终只在有限的学术圈子内进行；再加上战事、政治等各种因素的影响，所以，纵有不少专家学者努力提倡，亦因各种条件的限制，工作时断时续，搜集工作始终未能正式纳入民族文化建设的正常轨道。

3. 当代的民间文学三套集成

中华人民共和国成立以后，民间文学的搜集整理工作，才被正式列入国家文化建设的规划，开始有领导有计划地在全国广泛开展起来。1950 年 3 月 29 日，中国民间文艺研究会召开成立大会，长期被分割在解放区、国统区和香港的民间文学工作者会师北京，选举产生了第一届理事会，第一任会长郭沫若在成立大会上指出，研究民间文艺的目的归纳起来有五点：（1）保存珍贵的文学遗产并加以传播；（2）学习民间文艺的优点，即学习它表现人民情感的手法，学习改正自己创作的立场和态度；（3）从民间文艺里接受民间的批评与自我批评。研究民间文艺不单着眼在它的文学价值，还要注意其中包含的群众的政治意见；（4）民间文艺给历史学家提供了最正确的社会史料。要站在社会发展史、研究历史的立场来加以好好利用；（5）将民间文艺加工、提高、发展，以创造新民族形式的新民主主义的文艺。在这些正确意见的指导下，民间文学开始呈现出“百花齐放、百家争鸣”的繁荣景象。许多传统的民间故事、传说、歌谣、谚语、谜语、小戏等得以搜集、整理、出版。特别是各少数民族地区，先后陆续整理出版了数十部民间叙事长诗，其中还包括一些古典民间文学巨著，如藏族史诗《格萨尔》，蒙古族史诗《格斯尔传》、《江格尔》，柯尔克孜族史诗《玛纳斯》等，都搜集、积累了不少资料。十年动乱，民间文学也和其他学科一样，实际上处于被取消状态。直至拨乱反正之后，民间文学才开始复苏，搜集整理民间文学作品的工作才又重新恢复起来。首先是各地民间文学报刊应运而生。中国民研会上海分会主办了《采风》和《民间文艺集刊》，福建分会主办了《海峡民风》和《故事林》。此外，还有山西分会的《山西民间文学》、吉林分会的《民间故事》、浙江分会的《山海经》、安徽分会的《乡音》、贵州分会的《南风》、河北分会的《民间故事选刊》、广东分会的《天南》、湖南分会的《楚风》、江苏分会的《乡土》、西藏分会的《邦锦梅朵》、江西分会的《乡情》、花山文艺出版社主办了《山茶》，广西民族出版社出版了大型综合杂志《三月三》，新疆人民出版社出版了《新疆民间文学》，上海文艺出版社出版了《故事会》，辽宁省抚顺市出版了《故事报》……短短几年，全国共出版民间文学作品600多种，其中52个民族的民间文学作品得到公开出版。

从80年代初开始，各省、地、市民研分会和一些高等院校中文系，在所在地组织了多种形式的普查、搜集工作，积累了大量翔实可靠、弥足珍贵的民间文学资料。在此基础上，中国民间文艺研究会开始积极酝酿并倡议在全面普查的基础上编纂中国民间文学三套集成（《中国民间故事集成》、《中国歌谣集成》、《中国谚语集成》）。这一倡议得到文化部和国家民委的高度重视与鼎力支持。1984年5月，文化部、国家民委、中国民间文艺研究会（今中国民间文艺家协会）正式联合签发了《关于编纂出版〈中国民间故事集成〉、〈中国歌谣集成〉、〈中国谚语集成〉的通知》，在全国范围内通过省、地（市）、县各级民间文学集成编委会，组织广大民间文学工作者及基层文化单位，进行全面普查与采集。1986年5月，在中国民间文学集成第三次工作会议上，全国艺术科学规划领导小组正式宣布接纳中国民间文学三套集成，列为国家"七·五"重点科研项目。这是一项包括普查、采集、翻译（部分少数民族作品）、鉴别、遴选、分类、编排，以至印刷出版等项内容的浩大的系统化工程。按照全国艺术科学规划领导小组的统一安排，民间文学的三套集成原则上每个省、自治区、直辖市各出一卷，各省的省卷即国家卷。因此，除台湾外，全国将出版民间文学集成九十余卷。以每卷本100万字计，全国民间文学集成全部出齐，其规模将超过两亿字。几年来，全国有数十万专业和民间文学工作者投身于这项宏伟的工程。通过这次大规模的民间文学普查，对我国各地民间文学的蕴藏进行了一次科学勘测，掌握了一些不同品类的民间文学流布情况，发现了一大批具有珍贵价值的民间文学资料和著名的故事讲述家及民间歌手。在普查基础上选编的各地的县卷本数以千计。自1990年开始，省卷集成卷本陆续与读者见面。三大集成，是我国民族民间文学史上一项旷古未有的荟萃之举，也是社会主义文化事业中一项意义深远的建设性工程。它不仅辑录、保存了我国各族人民在漫长的历史发展中所创造的宝贵的民间文学财富，使其在当代社会主义精神文明建设中继续发挥多种功能和国际文化交流的作用，同时也体现了80年代我国民间文学搜集、整理、翻译、研究的水平及成果。

二、搜集整理的现实意义

回顾民间文学搜集整理的发展历程，我们可以发现一条带普遍意义的内在规律，即无论是什么时代，也无论是自发的还是自觉的，对民间文学进行搜集整理的基本动因，或者说搜集整理的目的意义，无外乎两条；一是为社会的；一是为文学的。

所谓“为社会”，即“观风俗、知薄厚”，“批龙鳞于谈笑，息蜗争于顷刻，而悟主解纷者”。采录的目的，或为“规切时政”，或是“直用为戏”，或如北大风俗调查会所言，“了解民众的社会地位”，倾听“国民心声”，从而“为改造社会”作出努力。

所谓“为文学”，即是吸收民间作品中刚健清新的成分为作家文学的滋养，“借男女之真情，发名教之伪药”，以“桑间濮上”的“性情之响”，去纠正“情寡词工”的创作偏向，“给已经僵化了的民族诗歌以新的生命”，以期“引起将来的民族的诗的发展”。特别是“五四”以来掀起的采集民间作品的热潮，其主要宗旨，就在于“创造新文学”。新中国成立以后的搜集整理工作，实际上，也多偏重于“为文学”的目的。

这两方面的事实，既表明了以往人们对民间创作认识与理解的水平，同时，也表明了民间文学本身具有的价值和作用。这对我们今天全面理解民间文学搜集整理工作的实际意义，有很大的启发作用。

如前所述，民间创作是民众精神生产的结晶，是民众生活文化史的有机组成部分。它不是个别人的情绪反映，而是集体意识的凝结；它不是一个时代的记录，而是积淀着深厚的历史传统。它的深层结构中，还包含着民众的道德观念，民众的信仰心理，民众的思维方式等诸多内容。充分认识民间创作这一特质，能把我们的搜集整理的工作水平，提高到一个新的历史高度。对民间文学进行搜集整理的意义，不止于“观民风”“知得失”，更重要的是，要从民间作品反映出来的各种历史积层中去辨析民族传统的精华与糟粕，去认识民族生活历史的变迁，认识民众伦理观念的继承与发展，认识民众思维方式的因袭与变化，从而，更科学、更有效地建设既有中国的优良传统，又具有现代意识的社会主义精神文明。这应该是当前搜集整理民间文学作品的重要的现实意义之一。

现实意义之二，是为更好地促进社会主义文学艺术的繁荣与昌盛。民间创作是社会主义文化体系中极富生命力的一部分。搜集整理民间传统的优秀作品，可以大大丰富社会主义的文化宝库，这些优秀作品的艺术积累，也可以成为有益的借鉴，促进我们民族文化传统的继承与发扬。新产生的民间作品，又在不断地为作家创作提供新的素材和原料。从某种意义上说，提倡作家接近民间文学，有意识地参加搜集整理民间文学作品，是使作家接近生活，不脱离创作源泉的可靠途径。

对民间文学专业工作者来说，搜集整理民间作品，是他们从事理论研究的基础与前提。要想对民间创作内部规律进行切实的、科学的研究和探讨，必须亲自参加搜集整理民间文学作品的实践。这是研究工作的起点，也是研究者必须具备的基本功。

参加搜集整理的实践，可以直接对民间创作进行动态考察，取得真实、鲜活的第一手材料，使理论分析与归纳建筑在可靠的基础之上。而且，实地采集，也是一种情感上的熏陶。研究者只有在沟通了与创作者的情感联系之后，对口头创作的理解才可能进入更深的层次。

第二节 搜集整理的原则与方法

民间文学的搜集整理，是一项实践性很强的工作。任何实践，都有其具体的目的。目的不同，要求也会不一样。

作家为其创作积累素材，会根据他自己的要求决定取舍；学生进行采风实习，主要在于开阔视野，增加感性认识，以加深对理论问题的理解；一般业余文艺爱好者搜集民间作品，更多地出于个人的兴趣或刊发的需要；民间文学专业工作者基于研究任务的需要所进行的调查搜集，则具有科学工作的性质：它有明确的目标、周密的计划，有科学质量的要求和必要的技术准备。本节讲的，主要是这种具有科学实践意义的搜集整理工作。

一、搜集工作的原则与方法

1. 搜集原则

科学性，是民间文学搜集工作的最重要的原则。如前所述，搜集工作是民间文学研究的基础和前提。没有丰富可靠的第一手资料，研究就是空中楼阁。为了保证所搜集的资料真正具有科学研究价值，必须坚持两条：

第一，全面搜集，不设任何“禁区”

全面搜集，指的是对口头文学创作、流传的实际形态进行全面而实际的考察和采录。这既是从空间范围的广度而言，也是从纵向延伸的历史角度而言；既包括精华之作，也包括糟粕在内。只有全面搜集，才能在更广阔的背景上展现民间创作的真实面貌，从而真正显现民间文学的多种价值。我们试以一个民间故事家讲述的全部故事为例，来阐明“全面搜集”的深刻内涵及其重要的意义。

湖北民间故事家刘德培，可以讲述500多个故事（全部有录音）。这些故事已经由上海文艺出版社正式结集出版，书名《新笑府》。刘德培故事集最大的特点是它的真实性与全方位性。由于刘德培本人阅历丰富，它的故事所涉及的内容相当广泛：鄂西山区的世俗风情、人际交往的行为规范、家庭关系的伦理原则、民众惯常的思维方式，以及各类人物的人生态度、情感表达方式、信仰意识……在故事中都有不同程度的折射和投影。过去，在搜集过程中——无论是散点式的自发搜集，还是定向式的自觉采录——常有不少“禁区”是难得涉足的。特别是在编辑出版时，要经过多层筛选。入选的当然多是精品，但民间创作的全貌也就很难认知了。那么，在此基础上对民间创作所作的内容概括与价值判断，就难免会失之片面。刘德培故事集却打破了这一惯例。由于采录者与刘德培关系十分融洽，所以，刘德培讲起故事来无拘无束，毫无保留。在这500多个故事中，有将近100个是在一般正规场合根本就听不到的所谓“荤”故事。过去，学术界常常斥之为“糟粕”、“支流”，但真正能窥见这“糟粕”、“支流”的真貌者并不多。这些“荤”故事，多涉及性的内容：有些，是属于缺乏生理卫生常识闹的笑话；有些，是揭露性关系中的种种不正常现象；有些，可以看成是民间传授性知识的一种粗俗手段；有些，则完全是为了满足感官刺激的一种低级娱乐。这些故事，虽然不宜再在公开场合传讲，更不能整理公开刊行，① 但是，从这些故事中，有时能意外地发现民间故事结构的独特魅力，以及在一般故事中难以看到的内容与形式的和谐。而且，有些故事虽然出现一些关于性的内容，但常常自然而又巧妙地寄寓着一些深刻的人生哲理与道德教训。从考察民间创作寓教于乐的原则出发，这些故事是具有一定研究意义的。但是，必须指出，无论是现在还是将来，这些“荤”故事确实再无传讲、宣传的必要。它代表的，恰恰是民众欣赏趣味中的某些消极成分。搜集它们的目的，不是要重新加以展览，而是力求对民间作品创作、流传的实况有一个全面的认识与把握，对民众的文化心态作出科学的审视与判断。这些故事，现在在民间仍然还有不小的市场，有不少人还专门喜欢找刘德培讲这类故事（当然不是为了研究）。这是我们不应该、也不需要回避的事实。应该清醒地认识到：民间创作固然有许多难以取代的优点和长处，但民众的精神产品，也并不完全是优秀的、纯而又纯的，夹杂其间的粗浅与野性，是应该、而且也定会向更高的审美层次进步的。研究它，也正是为了更快地促成这种进步。

从这里我们可以看到，对民间作品的全面搜集，既是指点与面的结合，新与旧的结合，完整的与片断的结合，口传的与文载的结合，以及各类体裁、各种异文的全面搜集，更重要的是对民间创作全貌的总体把握。对民间

① 在《新笑府》中，多以提要、存目的形式保留。

故事讲述家、民间歌手保存的作品作全面地、系统地、深入地采集、挖掘与整理，使这种整体把握越来越具有现实可能性，这是当今民间文学搜集整理工作的新拓展。对民间文学的搜集，不应该设什么“禁区”。只有对民间创作的全貌尽可能地、真实地了解与掌握，我们才有可能从更广阔的文化背景上，去认识民间创作的真实动力，感知民间作者的原始心态，了解民间故事在民间口头流传的实际状况。从而在一个新的层次上，思考民间创作的本质，探寻口头创作的某些内部规律，体味民间语言的魅力所在，掂量民间作品在民众生活中的地位和价值。这对于民间文学理论的微观研究与宏观把握的结合，无疑是有现实意义的。

第二，忠实记录，不擅做更改

忠实记录，是搜集工作最关键的环节。它直接关乎整理工作的成败及研究工作的质量。

忠实记录，首先要求记录的准确性。采录者对讲述人（或演唱者）所述的一切，包括内容、情节、人物、语词、习惯用语、方言土话以至于贯穿讲述过程中表达情感的语气词、感叹词、歌中的衬字、拖腔等，均照录不误。在不影响被采访对象的注意力和情绪的前提下，尽量利用录音、录像装置；但在任何时候，都必须坚持现场笔录。还是以刘德培故事集为例：辑录在《新笑府》中的500多个故事（包括提要与存目在内），全是根据完整的录音资料及现场笔录忠实地记录整理出来的，没有一篇是仅凭整理者记忆酌情追记的。故事的记录整理者王作栋与刘德培交往十余年，情同亲人，亲密无间。故事的讲述录音虽然是在一段相对集中的时间内进行的，但老人完全是在一种非常自如的心态中，尽情尽兴地演说这些故事的。记录者对他既没有定性的“指令”，也没有什么定向的限制，更没有什么“责任”、“后果”之类的心理压力。他爱怎么讲就怎么讲，平时怎么讲，录音时仍然怎么讲。加上刘德培本人思路清晰，记忆力惊人，故事都很完整。所以，可以毫不夸张地说，这本专集，是一份实实在在的民间创作的“活检”。它给民间文学科学研究者展示的，是完全真实、可靠的第一性资料；而且，这种展示，还是全方位性的。可贵的是，采录者的笔录资料也是非常齐备的，这为我们对民间创作进行科学的、全方位的定性分析或定量检测，提供了极为难得的现实依据。

2. 采录步骤及方法

①前期准备工作

民间文学的搜集是一项科学实践活动，事前必须做好充分的准备：包括制订计划；熟悉被采访对象及其所在地的各种情况；查阅有关的文献资料；

熟悉该地的方言、习俗等等。

②正式采集阶段

主要通过采访。可以通过自由交谈、聊天方式进行；也可根据采录计划要目主动提问，这要视被采访人的具体情况而定。以在自由交谈的和谐氛围中，实施指导性采访为最佳方式。

③采录人员应注意的问题

第一，采录者应充分认识人民创作的重要价值，尊重被采访对象，真正从感情上实现与被采访对象的交流和融合。采录过程中，绝对不能有漫不经心、或者强行中断对方叙述甚至不耐烦、中途退席等不礼貌行为；

第二，采录者必须具有相关的历史、地理、人文知识，这样才可能在采访中敏锐地捕捉到极有价值的资料，而不至因为无知而轻易流失；

第三，采录人员必须具有吃苦耐劳的精神和求真务实的态度，口勤、手勤、腿勤、脑勤，每有珍贵线索，都要抓住不放、穷追到底。哪怕是一句话、一个字的含义都要切实弄清，务求准确无误。

只有这样，才能不断提高资料的可信度，保证它的科学价值。

二、整理工作的原则与方法

1. 整理原则

对搜集的作品进行整理，是把口头文学用文字形态固定下来的必经步骤，必须慎重对待。

“慎重整理”的含义包括两个方面：

第一，是对所有搜集来的作品进行鉴别。这鉴别指的是辨明真伪。去掉伪作，将真正从民间搜来的作品按照原貌，用文字写定，除个别不连贯或有错讹处给以订正外，应尽量保持原样，基本上不做加工，更不能擅自增删、修改。对刘德培讲述的民间故事，就是依照这一原则整理的。对于民间文学的研究来说，这是弥足珍贵的第一手资料。它们是科学判断的前提，是理论研究的基石，是对民间创作进行全面、系统考察的必要条件。

“慎重整理”的第二种含义，是指对民间作品进行去粗取精的筛选。它的目的，是要从众多的民间创作中，选取若干精品刊印流传，供社会阅读欣赏的需要。这就有一个剔除糟粕，留取精华的加工过程。就搜集整理的实际情况来看，一般民间故事、民间笑话和民间歌谣在整理过程中比较好处理。最难办的是对各种传说的整理。传说一般都是人、事、物合一的复活形态。有些传说可能比较完整，多数传说常常只是口头传闻，三言两语就能把一景一物的来历讲完。要敷衍成篇出版，整理者就要进行一定的艺术加工。这是搜集整理工作中长期存在的客观事实。但是，我们必须明白，民间作品的价值，是不能完全用书面文学的尺度来加以衡量的。关于这一点，前面各章已反复强调过。任何民间作品总有其产生的土壤，传说的衍生更受其内在规律的制约。所以，对传说的整理和加工，应该是有限度的，不能随心所欲，任意附会，搞得鱼龙混杂，真伪莫辨。否则，整理工作就失去了自身的意义。

2. 整理的具体方法

①用于科学研究的资料整理，除了上述所言之外，还需要对所搜集的原始资料进行抄整、编号、登记、制卡、分类、编排、编制目录索引，对录音、录像等原件进行笔录、核对、制卡、分类、编注、最后存档备查；

②用于刊印、流传、供阅读的资料整理，除上述原则外，具体整理时有单项整理和综合整理两种。

单项整理一般是以一份原始记录为依据进行整理。这种情况，是原资料比较完整，只需作些字、句校点或疏通语句、对方言土语加注即可。

综合整理，是用一个故事（或抒情长歌）的不同异文，比较参照，进行综合性整理，以使其尽量保持原作的风貌或集中显示其精华。

搜集、整理工作是两个步骤，一个整体。搜集为整理打下基础；整理使搜集的价值付诸实现。在搜集过程中，就在为下一步的整理作准备；而整理的成果，往往不断地为理论研究输送着新鲜的研究资料。有些，还能激活一些新的研究视角。譬如说，民间广泛流传着这样一些农谚："土地公公打伞，棉花光杆"，"不怕观音报，就怕乌龟尿，不怕乌龟尿，就怕蛇钻灶"，"你不赐我磨刀雨，我不让你晒龙袍"等等。这些农谚是什么意思？应不应该搜集？这些农谚，对于不熟悉农事的人来说，似乎很难理解，也不会引起太大的重视。但是，对于世代务农的田家百姓来说，这些农谚却是前传后教、心领神会的。而且，类似的农谚在民间的口头几乎是俯拾即是、随处可得的。可见这并不是个别的、偶然的现象。那么，这些创作说明了什么问题？又是怎么产生的？经过仔细考察，我们发现，这些农谚是农民长期观察天候与农事的关系所得出来的经验之谈。只不过，对自然规律的这些阐释，是被裹在民俗观念的形式外壳中罢了。它们的意思是：2 月初 2 是土地公公的生日，这天若下雨（打伞），棉花就要减产。2 月 19 是观音生日，2 月 22 是乌龟生日，2 月 24 是蛇生日，这几天不宜下雨，否则庄稼就长不好。5 月 13 是关老爷磨刀日，应下几滴"磨刀雨"；6 月初 6 是龙王晒龙袍日，应出大太阳。如若 5 月 13 日龙王滴雨未下，那么关老爷必将报复，6 月初 6 定会大雨倾盆。了解了这些有趣的背景，答案也就好找了。原来，农事与自然气候的变化的关系素来密切。在古老的民俗观念中，大自然阴晴雾雨、寒来暑往的变化，都是由神支配着的。人们把自然气候的变化给农事带来的利弊不断地加以积累、总结，于是，蕴含着民俗观念的大量农谚就产生了。尽管随着时代的进步，民俗信仰的内容渐渐淡薄了，然而，这朗朗上口、活泼有趣的谣谚却仍然深得人民的喜爱而流传不绝。民众习惯于借助这些形象鲜明的农谚，向后代讲述前人留下来的经验，连同那些美妙的故事。这是民间作品的深层结构昭示给我们的事实。所以，我们相信，经过科学的搜集整理之后的民间作品，必将成为社会主义文化的宝贵财富；搜集整理的科学化，也必将使民间文学理论研究的质量不断提高。